# 北大医学战「疫」纪事

詹启敏　刘玉村　主编

北京大学医学出版社

BEIDA YIXUE ZHANYI JISHI

**图书在版编目（CIP）数据**

北大医学战“疫”纪事 / 詹启敏，刘玉村主编. —北京：北京大学医学出版社，2020.4

ISBN 978-7-5659-2169-8

Ⅰ. ①北… Ⅱ. ①詹… ②刘… Ⅲ. ①纪实文学－作品集－中国－当代 Ⅳ. ① I25

中国版本图书馆 CIP 数据核字（2020）第 038879 号

**北大医学战“疫”纪事**

---

**主　　编**：詹启敏　刘玉村
**出版发行**：北京大学医学出版社
**地　　址**：（100191）北京市海淀区学院路38号　北京大学医学部院内
**电　　话**：发行部 010-82802230；图书邮购 010-82802495
**网　　址**：http：//www.pumpress.com.cn
**E-mail**：booksale@bjmu.edu.cn
**印　　刷**：中煤（北京）印务有限公司
**经　　销**：新华书店
**策划编辑**：王凤廷　王智敏
**责任编辑**：王智敏　张李娜　　**责任校对**：靳新强　　**责任印制**：李　啸
**开　　本**：710mm × 1000mm　1/16　　**印张**：30.75　　**字数**：540千字
**版　　次**：2020年4月第1版　2020年4月第1次印刷
**书　　号**：ISBN 978-7-5659-2169-8
**定　　价**：120.00元

# 编委会名单

**主　　编**　詹启敏　刘玉村

**副 主 编**　李文胜　焦　岩　王凤廷

**执行主编**　武慧媛

**编 委 会**（以姓氏笔画为序）

王　冕　王凤廷　仰东萍　刘玉村　李文胜　何小璐

张　静　张景怡　陈　平　邵晓凤　武慧媛　黄大无

续　岩　韩　娜　焦　岩　詹启敏　管九苹

# 致敬逆行英雄

农历新年的钟声还没有敲响，新型冠状病毒肺炎疫情突如其来，一场没有硝烟而又艰苦卓绝的防控保卫战悄然打响。“国有战，召必回，战必胜！”面对疫情，广大医护人员冲锋在前，挺进抗疫一线，战斗在最危险的地方，留下最美逆行者的身影。在残酷的疫情面前，医护人员秉承医者的信仰与诺言，汇聚起抗疫的磅礴力量，为生命带去一份份希望。

驰援武汉的冲锋号吹响，一份份请战书早已呈上，随时听候调令，毅然奔赴战场，坚决打下这场硬仗。半个多月以来，医护人员临危不惧、义无反顾、勇往直前，一批又一批医疗队驰援湖北，在抗疫前线直接面对毒霾病魔，在他们的守护和精心治疗下，一批又一批患者治愈出院。

我们逆行而上的白衣勇士们，尽管救死扶伤的地点变了，救治环境变了，但使命、责任和担当却从未改变。他们心中只有患者，没有自己。被口罩勒到破皮的脸颊，被汗水浸到泛白的双手，手术室外席地而眠的身影……他们用坚定、大爱和担当，扛起医者的初心和使命。他们在病毒面前筑起一道道健康防线，让人民群众真切体会到什么是白衣战士的无畏、坚韧和奉献。

每个时代都有属于这个时代的英雄。此时此刻，战斗在一线救死扶伤、迎难而上的医护工作者，他们不仅是最美的逆行者、最可爱的人，更是伟大的英雄。他们身上，生动体现着伟大的民族精神和社会主义核心价值观。他们的行动，让我们更有信心打赢疫情防控阻击战。他们如抗洪大堤般坚守在最危险的一线，不顾个人安危，与病毒抗争，与时间赛跑，他们为国家、为民族所作的贡献必将载入史册。

致敬逆行英雄，愿你们平安凯旋，胜利归来！

北京大学常务副校长

医学部主任

《致敬逆行英雄》MV

# 艰险时刻，北大医学人从未退却

“毕业后到人民最需要的地方去，以仁心仁术造福人民特别是基层群众。”

2020年2月21日，习近平总书记给正在北京大学首钢医院实习的“00后”西藏大学医学生回信，勉励他们珍惜学习时光，练就过硬本领，以这次新冠肺炎疫情防控斗争中冲锋在前、英勇奋战的广大医务工作者为榜样，努力做党和人民信赖的好医生。

总书记用“人民健康的守护者”和“白衣天使”定位医生；用“过硬本领”“仁心仁术”，从知识技能和人文精神两方面对医学提出了期待和要求。

3月15日，北京大学援鄂医疗队全体“90后”党员在武汉前线收到总书记的回信。“在新冠肺炎疫情防控斗争中，你们青年人同在一线英勇奋战的广大疫情防控人员一道，不畏艰险、冲锋在前、舍生忘死，彰显了青春的蓬勃力量，交出了合格答卷。广大青年用行动证明，新时代的中国青年是好样的，是堪当大任的！”

时隔不到一月，总书记写给“两代青年”的回信，寄予着对社会主义接班人的殷殷期望。在特殊的实践中，深刻理解社会、奉献社会，不惧风雨、勇挑重担。总书记在回信中为青年人的成长指明了方向，对我们办好医学教育具有指导性作用。

新冠肺炎疫情发生以来，北大医学分批派出医疗队共428人*支援湖北疫情防控工作。医疗队员们“调得动、派得出、用得上、救得活”，是在北大医学有效的医院管理体制、完备的人才队伍、过硬的医疗技术水平综合作用下取得的成绩。首批援鄂医疗队员已在前线坚守两个月，长时间高强度的工作之苦，危及生命健康的疫情之险，都被大家扛了过来，展现出北大人胸怀天下、济世为民的家国情怀和北大医学人使命在心、责任在肩的精神风貌。

百余年沧桑风雨，几代人披荆斩棘。蕴育深厚历史积淀和厚道文化传统的北大医学，始终奋进不辍，奔跑在时代前列。历史上，北医人曾为国家民族抗击传染病

---

*编者注：截至3月24日，北大医学援鄂抗疫医疗队共派出428人。书中收录文章因发稿时间不同，均保持发稿时的统计数据。

作出卓越贡献；此时刻，北医人又一次肩负起责任，奋斗在一线，为守护生命和人民健康挺身而出。

北京大学自创校之日起，便与国家和民族的命运紧密相连，一次次临危受命，毅然前行。北大医学人谨遵使命诺言，“除人类之病痛，助健康之完美，救死扶伤，不辞艰辛。”职责所在，万死不辞，在这场交织着光荣与痛苦的战“疫”中，北大医学人从未退却。

让党旗高高飘扬在防控疫情斗争的第一线，让一支坚强有力的党员队伍在战“疫”前线锻炼成长。北大医学奔赴武汉前线的白衣战士中有党员181名，其中，“90后”党员38名。大家各自发挥专长，“60后”统领有方，“70后”指挥得当，“80后”和“90后”作为冲锋在最前线的战士，战斗得力，形成一支敢于斗争、敢于胜利的队伍，构建起凝聚全体医疗队员的坚强堡垒。

北大医学三家附属医院在前线成立11个临时党支部，170余名医疗队员在前线向党组织郑重提交了入党申请书，37名医护人员在战“疫”前线光荣入党。面向党旗，庄严宣誓，这不仅是新入党同志的光荣，也是全体医疗队员的光荣。在这个特殊的时刻，向大家致敬，也向大家致谢。我们这样一支北大医学战队，一定能给党和人民交上一份满意的答卷！

北京大学党委常务副书记

医学部党委书记

# 目录

## 3 前线·日记

## 4 后方·守护

# 1 / 逆行·出征

北京大学国际医院
Peking University International Hospital

北大医学援鄂医疗队

北京大学
人民医院
北京大学
第一医院
北京大学
第三医院

北京大学
第六医院

北京大学第六医院
Peking University Sixth Hospital

2020年1月
26日

# 致敬！向着疫情逆行冲锋的最美北大医学人！

北京大学医学部党委宣传部　陈　平

鲁迅先生曾说
我们从古以来
就有埋头苦干的人
有拼命硬干的人
有为民请命的人
有舍身求法的人
……
这就是中国的脊梁
此时此刻　毫无疑问
那些迎难而上追赶疫情的最美逆行者
就是捍卫人民健康的脊梁

今天是大年初二
源自武汉的疫情仍在肆虐
人民健康正承受严峻考验
生命重于泰山
疫情就是命令
防控就是责任
北大医学积极响应国家号召
迅速集结选派60名医护人员驰援武汉
在北京，公共卫生学院的师生们也在为疫情防控工作作着贡献
致敬这些最美的北大医学人

◀ 北京大学第一医院医疗队整装待发

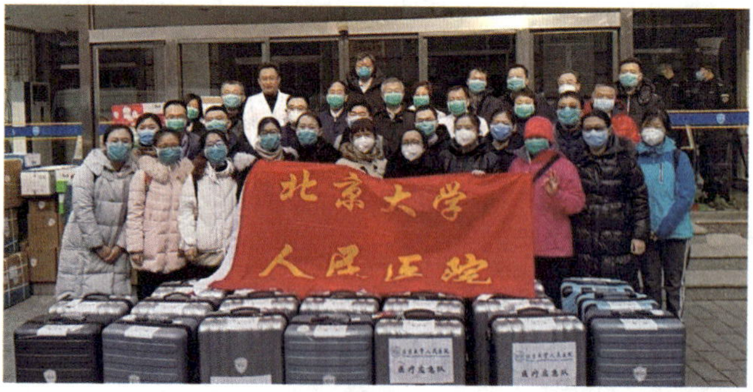


◀ 北京大学人民医院医疗队准备出发

◀ 北京大学第三医院医疗队准备出发

◀ 国家首批援鄂医疗队集合出发

在接到上级通知之前，北京大学各附属医院就已做好随时应战准备，纷纷组建医护应急储备医疗队。1月25日接到上级通知后几个小时内，北大三所综合性附属医院就迅速按照国家要求各自选派20人，与北京医院、北京协和医院、中日友好医院的同仁一道组建“北京超强阵容医疗队”，共赴疫情中心湖北武汉参加这场没有硝烟的战斗。

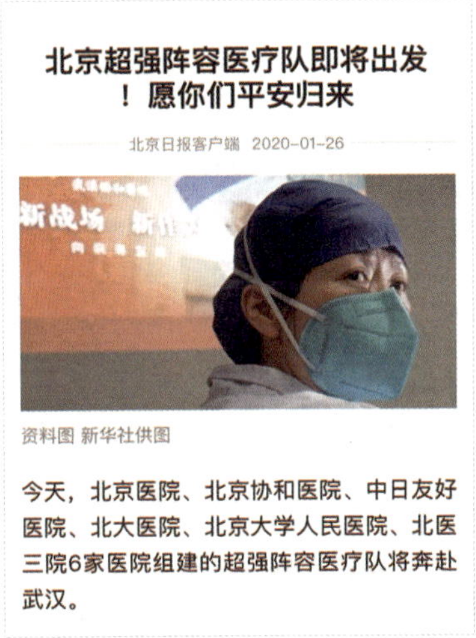

北京超强阵容医疗队即将出发！愿你们平安归来

北京日报客户端 2020-01-26

资料图 新华社供图

今天，北京医院、北京协和医院、中日友好医院、北大医院、北京大学人民医院、北医三院6家医院组建的超强阵容医疗队将奔赴武汉。

▲《北京日报》客户端截图（图源自网络）

Back Weibo Content

北京大学第三医院

1-25 11:36 from 微博 weibo.com

【非常时期，三院人团结一心，抗击新型冠状病毒疫情！】1月24日，正值农历大年三十，全院医护人员积极响应在院内组建医护应急储备医疗队的号召，呼吸与危重症医学科、危重医学科、儿科、心血管内科、神经内科等多个科室医护人员主动请缨。短短三小时，由50名涵盖呼吸、感染、重症、麻醉、影像等相关专业的医护人员团队组建完毕，还有更多医务人员纷纷请战！非常时期，职责所在，义不容辞！@首都健康 @北京12320在聆听 @健康中国 @北京大学 @北京大学医学部 #首都除夕 护卫健康# #贺岁倒数守望相助# #除夕夜我们值班#

Repost Comment Likes

▲北京大学第三医院官方微博截图

## 北京大学第一医院援助湖北医疗队成员名单

| 序号 | 姓名 | 性别 | 单位 | 专业 |
|---|---|---|---|---|
| 1 | 马婧 | 女 | 北京大学第一医院 | 呼吸和危重症医学科 |
| 2 | 王玺 | 男 | 北京大学第一医院 | 呼吸和危重症医学科 |
| 3 | 胡展维 | 男 | 北京大学第一医院 | 呼吸和危重症医学科 |
| 4 | 李楠 | 男 | 北京大学第一医院 | 重症医学科 |
| 5 | 潘佳忻 | 女 | 北京大学第一医院 | 重症医学科 |
| 6 | 廉文清 | 男 | 北京大学第一医院 | 重症医学科 |
| 7 | 赵秀莉 | 女 | 北京大学第一医院 | 感染管理-疾病预防控制处 |
| 8 | 王颖 | 女 | 北京大学第一医院 | 重症医学科 |
| 9 | 常学 | 女 | 北京大学第一医院 | 重症医学科 |
| 10 | 王芳 | 女 | 北京大学第一医院 | 重症医学科 |
| 11 | 宋彦龙 | 男 | 北京大学第一医院 | 重症医学科 |
| 12 | 高军 | 男 | 北京大学第一医院 | 重症医学科 |
| 13 | 贾娜 | 女 | 北京大学第一医院 | 呼吸和危重症医学科 |
| 14 | 尤亚静 | 女 | 北京大学第一医院 | 呼吸和危重症医学科 |
| 15 | 曹帅 | 男 | 北京大学第一医院 | 呼吸和危重症医学科 |
| 16 | 王周圳 | 女 | 北京大学第一医院 | 呼吸和危重症医学科 |
| 17 | 张慧 | 女 | 北京大学第一医院 | 感染疾病科 |
| 18 | 王倩 | 女 | 北京大学第一医院 | 感染疾病科 |
| 19 | 郭梦冉 | 女 | 北京大学第一医院 | 感染疾病科 |
| 20 | 崔晓博 | 女 | 北京大学第一医院 | 感染疾病科 |

## 北京大学人民医院援助湖北医疗队成员名单

| 序号 | 姓名 | 性别 | 单位 | 专业 |
|---|---|---|---|---|
| 1 | 张柳 | 男 | 北京大学人民医院 | 重症医学 |
| 2 | 王光杰 | 男 | 北京大学人民医院 | 重症医学 |
| 3 | 郭维 | 男 | 北京大学人民医院 | 急诊及重症医学 |
| 4 | 李冉 | 男 | 北京大学人民医院 | 呼吸与危重症 |
| 5 | 倪文涛 | 男 | 北京大学人民医院 | 呼吸与危重症 |
| 6 | 暴婧 | 女 | 北京大学人民医院 | 呼吸与危重症 |
| 7 | 陈美恋 | 女 | 北京大学人民医院 | 院感办 |
| 8 | 王雯 | 女 | 北京大学人民医院 | 呼吸内科 |
| 9 | 吴文芳 | 女 | 北京大学人民医院 | 呼吸内科 |
| 10 | 马跃明 | 女 | 北京大学人民医院 | 呼吸内科 |
| 11 | 王秋 | 女 | 北京大学人民医院 | 急诊科 |
| 12 | 张斌 | 男 | 北京大学人民医院 | 急诊科 |
| 13 | 杨欢 | 女 | 北京大学人民医院 | 呼吸监护 |
| 14 | 高灿灿 | 女 | 北京大学人民医院 | 呼吸监护 |
| 15 | 李蕊 | 女 | 北京大学人民医院 | 呼吸监护 |
| 16 | 党晓曦 | 女 | 北京大学人民医院 | 重症医学科 |
| 17 | 朱先娜 | 女 | 北京大学人民医院 | 重症医学科 |
| 18 | 王胜楠 | 女 | 北京大学人民医院 | 重症医学科 |
| 19 | 柳红英 | 女 | 北京大学人民医院 | 重症医学科 |
| 20 | 王卉 | 女 | 北京大学人民医院 | 重症医学科 |

## 北京大学第三医院援助湖北医疗队成员名单

| 序号 | 姓名 | 性别 | 单位 | 专业 |
|---|---|---|---|---|
| 1 | 葛庆岗 | 男 | 北京大学第三医院 | 重症医学 |
| 2 | 王丽 | 女 | 北京大学第三医院 | 耳鼻喉专业 |
| 3 | 王军红 | 女 | 北京大学第三医院 | 急诊重症医学 |
| 4 | 李超 | 女 | 北京大学第三医院 | 重症医学 |
| 5 | 李秋钰 | 女 | 北京大学第三医院 | 呼吸内科学 |
| 6 | 程秦 | 男 | 北京大学第三医院 | 呼吸内科学 |
| 7 | 袁晓宁 | 女 | 北京大学第三医院 | 医院感染管理 |
| 8 | 张文慧 | 女 | 北京大学第三医院 | 内分泌 |
| 9 | 梁超 | 男 | 北京大学第三医院 | 呼吸护理 |
| 10 | 陈琦 | 女 | 北京大学第三医院 | 心内科 |
| 11 | 王朋朋 | 女 | 北京大学第三医院 | 肾内科 |
| 12 | 李娜 | 女 | 北京大学第三医院 | 呼吸科 |
| 13 | 巩志慧 | 女 | 北京大学第三医院 | 护理 |
| 14 | 胡静 | 女 | 北京大学第三医院 | 护理 |
| 15 | 刘金鹏 | 男 | 北京大学第三医院 | 心脏外科 |
| 16 | 李少云 | 女 | 北京大学第三医院 | ICU |
| 17 | 张佳男 | 女 | 北京大学第三医院 | ICU |
| 18 | 夏云霞 | 女 | 北京大学第三医院 | 护理 |
| 19 | 马骏 | 女 | 北京大学第三医院 | 护理 |
| 20 | 王慧 | 女 | 北京大学第三医院 | 护理 |

▲ 北京大学第一批援鄂抗疫医疗队名单（60 人）

同时，还有一支队伍也整装出发了，他们是北京大学公共卫生学院研究生志愿者团队，奔赴国家疾病预防控制中心，支援防控新型冠状病毒肺炎疫情的相关工作。志愿者团队由流行病与卫生统计学系的九名研究生和两名教师组成。在接到中国疾病预防控制中心（CDC）向北京大学公共卫生学院提出支援疫情防控工作的希望后，短短几个小时之内，流行病与卫生统计学系就有三十多名研究生和青年教师报名。首批志愿者由庞元捷老师带队，王洪源老师承担数据分析指导工作；研究生志愿者为韩雨廷、马秋月、马雨佳、陈思、张雪莹、李伟、杨若彤、李泽武、郭英男。留校教师组成后援团队，随时提供技术支持，并积极组织第二梯队，随时待命。

即将到达前线的医护人员，牵动着每一位北大医学人的心。北大医学永远是白衣战士们的坚强后盾。

▲ 公共卫生学院参与 CDC 工作的志愿者师生团队

▲ 北京大学党委副书记、医学部党委书记刘玉村慰问北京大学第一医院医疗队队员

▲ 刘玉村视察北京大学人民医院医疗物资准备情况

▲ 刘玉村为北京大学第三医院医疗队队员送行

▲ 朋友圈中校友、同事和学生们对医疗队员们的祝福和期待

▲ 家人送别北大医学医疗队

▲ 家人送别北大医学医疗队

来源：北京大学医学部微信公众号

素材源自北京大学第一医院、北京大学人民医院、北京大学第三医院

2020年2月

1日

# 再出发，北大医学第二批援鄂医疗队紧急启程！

北京大学医学部党委宣传部　焦　岩　陈　平

国有战，召必回，战必胜

2月1日下午

北大医学第二批援鄂医疗队紧急出发

驰援武汉抗击疫情

疫情就是命令

中午接到国家卫生健康委员会紧急通知

北京大学第一医院、人民医院、第三医院积极响应号召

在1小时之内完成了团队组建、物资调配等工作

北京大学第一医院院长刘新民

北京大学人民医院党委书记赵越

北京大学第三医院院长乔杰亲自带队

这支由北大医学12名医护、管理人员组成的顶级“国家队”

肩负着国家的使命

承载着人民的期望

寄托着学校的信任与亲人的牵挂

驰援战“疫”前线

北京大学 医学部

**第二批援鄂抗疫医疗队名单**

| 医院 | 姓名 | 职务 |
| --- | --- | --- |
| 北京大学第一医院 | 刘新民 | 院长 |
| 北京大学第一医院 | 张红 | 呼吸和危重症医学科副主任 |
| 北京大学第一医院 | 王玉英 | 科护士长 |
| 北京大学第一医院 | 孙璐 | 医务处干部 |
| 北京大学人民医院 | 赵越 | 党委书记 |
| 北京大学人民医院 | 安友仲 | 重症医学科主任 |
| 北京大学人民医院 | 丁璐 | 护士长 |
| 北京大学人民医院 | 郑建 | 助理研究员 |
| 北京大学第三医院 | 乔杰 | 院长 |
| 北京大学第三医院 | 沈宁 | 副院长、呼吸科主任医师 |
| 北京大学第三医院 | 李姝 | 急诊科主治医师 |
| 北京大学第三医院 | 李翔 | 医院管理人员 |

▲ 北京大学第二批援鄂抗疫医疗队名单（12 人）

▲ 学校领导为即将出发的第二批医疗队员送行

北京大学党委书记邱水平，校长郝平，常务副校长、医学部主任詹启敏，党委副书记、医学部党委书记刘玉村和党委常委、副校长陈宝剑来到机场为即将出发的英雄们送行。

北京大学自创建以来，一直与国家同呼吸、共命运。邱水平指出，“大家代表北大为国家、为民族作贡献，大家在抗击疫情的同时，一定要保护好自己，希望大家平安，期待你们凯旋归来，学校就是你们的坚强后盾！”郝平叮嘱道，“这次任务艰巨，说明国家对北大医疗团队的高度信任。希望大家能够完成好国家交付的任务，不辜负国家和人民的信任，平安归来！”

▲ 机场送行

由于任务下达十分紧急，队员们几乎都是从医院直接出发，来不及和亲人道别，亲人也赶不及前来相送，但是平安的祝福与期盼伴随着手机电波传来，成为队员们心底的牵挂与精神的力量。

“还没有告诉爸妈，怕他们担心。”来自北京大学第三医院的李翔是这次医疗队中年龄最小的成员，老家就在武汉，父母也在武汉，“他们现在都挺好。”许久未回家的李翔，再次返乡，虽不能与父母相见，却是以另一种身份为家乡人民、为全国人民的健康贡献力量。

面对形势依然严峻的疫情

北大医学再度派出顶级阵容支援抗疫前线

这既是国家对北大医学的信任嘱托

也是北大医学肩负的重大使命责任

除人类之病痛

助健康之完美

北大医学责无旁贷

北大医学冲锋在前

来源：北京大学医学部微信公众号

素材源自北京大学第一医院、北京大学人民医院、北京大学第三医院

2020年2月
2日

# 北大医学人逆行武汉，参与当地心理危机干预服务

北京大学第六医院

疫情就是命令，防控就是责任。继1月26日、2月1日两批北大医学医疗队驰援武汉后，2月2日下午，北京大学第六医院临床心理测评中心石川主任紧急出发。他将战斗在防疫的另一条重要战线上，为抗击疫情一线的医务人员、患者和群众提供紧急危机心理干预服务，与其他专家一同构筑起大家的心理长城。

随着新型冠状病毒肺炎肆虐全国，感染人数不断增多，疾病造成的恐慌情绪也在不断蔓延。一批又一批的白衣战士奋战在抗击疫情的第一线，夜以继日的高强度工作也对他们的心理造成了巨大的压力。响应国家卫生健康委员会（卫健委）的号召，北京大学第六医院组建了一支8人的危机心理干预骨干队伍，随时待命，只等一声令下，便奔赴前线的战场。

中午，接到紧急出发的通知，石川同志作为心理战线的国家先锋队第一批成员与家人匆匆告别，代表北大医学出征了。北京大学第六医院党委书记王向群、副院长孙洪强代表医院前往北京西站送行，叮嘱他为国奉献，为民服务，保重身体，平安凯旋！

3月24日下午，又一位北大医学人奔赴武汉前线抗疫战场。受国家卫健委委派，北京大学第六医院主任医师马弘从北京西站出发，前往武汉执行心理危机干预任务。北京大学第六医院高度重视此次新冠肺炎疫情相关援鄂工作，院长陆林、党委书记王向群、副院长孙洪强、公共卫生事业部主任马宁等代表医院前往西站送行。

作为国家首支灾后心理危机干预医疗队队员，马弘有着丰富的心理危机干预经验。大连空难、汶川地震、天津港爆炸事故……都有她的身影。在经历了多次大型灾难紧急心理救援后，借助WHO双年度项目，马弘及其团队还开发了属于我国自己的心理干预实训教材，经过专家论证和预实验，这套操作性教材成为了目前实战培训的主要教材，是各地开展灾后心理救援的指南。

▲ 北京大学第六医院石川主任出发，医院领导在北京西站送行

▲ 北京大学第六医院马弘主任出发，医院领导在北京西站送行

新冠肺炎疫情发生后，马弘积极按照国家卫健委要求开展防控工作，自觉承担卫健委指派的各项心理危机干预任务。同时充分发挥专业优势，在国家卫健委指导下牵头主编《应对新型冠状病毒肺炎疫情社区服务心理支持技巧50问》一书。她接受新华社采访，结合SARS时期心理危机干预经验，向公众解答如何应对疫后心理创伤。此外，她热心组织力量为武汉前线捐赠口罩等防疫物资，用一位医学人的责任和担当，践行着仁心仁爱的初心和使命。

敬佑生命、救死扶伤

甘于奉献、大爱无疆

让我们再一次致敬战斗在疫情前线的北大医学人

祝平安，盼凯旋！

来源：北京大学医学部微信公众号

2020年2月
6日

# 大雪纷扬，送你出征！又有20位北大医学人挺进抗疫一线

北京大学医学部党委宣传部　武慧媛　焦　岩

立春次日
北京大雪纷扬
雪花漂染京城
带来独特初春美景
然而风雪未能阻挡我们抗疫前行的脚步
北大医学今日再次派出20位医疗队队员
奔赴前线
汇聚起援鄂抗疫的强大合力

2月6日上午，北京大学国际医院接到国家卫健委的通知，立即组派医疗队，支援湖北鄂州开展新型冠状病毒肺炎医疗救治工作。

使命召唤，职责所在。早在接到任务前，北京大学国际医院就已经发出了组建应急储备医疗队的号召，通知一发出，得到了全院职工的热情响应。300余人积极报名，涵盖感染科、急诊科、呼吸与危重症科等多个科室。接到国家卫健委正式通知后，短短3小时内，一支20人的骨干力量迅速集结完毕，整装出发。

北京大学党委副书记、医学部党委书记刘玉村，副校长王仰麟，医学部副主任刘晓光代表学校来到国际医院为队员送行。王仰麟向大家转达了邱水平书记、郝平校长对医护人员的问候，希望医疗队成员保护好自己，完成国家的任务，平安归来。

▲ 学校领导为即将出征的北京大学国际医院医疗队员送行

“各位医护人员即将代表北京大学前往没有硝烟的战场，与疫情战斗，使命光荣、责任重大”。刘玉村在讲话中指出，目前前线的抗疫形势非常严峻，大家要做好打硬仗、打苦仗的心理准备，要用实际行动展现出北大医学人的责任与担当。刘玉村叮嘱医疗队队员一定要通过科学合理的防护措施保护好自己，在这次抗疫“大考”中交上一份让国家和人民满意的答卷。“大家请放心，学校和医院一定为大家做好后勤保障工作，祝你们平安凯旋！”

即将上前线，难以割舍的是亲情。医疗队成员ICU护士郭森说，家人虽然也担心她的平安，但是都很支持，她很早就报名了医院的应急储备医疗队，这次能够前往武汉很激动，终于能亲自到前线为抗击疫情作贡献。郭森的儿子特意来到医院给妈妈送行，10岁的他很舍不得妈妈，但他还是大声地说：“妈妈加油！”

北京大学国际医院
Peking University International Hospital

**北大医学第三批援鄂抗疫医疗队名单**

| 序号 | 姓名 | 性别 | 科室 |
|---|---|---|---|
| 1 | 秦宇红 | 男 | 急诊科 |
| 2 | 沈剑 | 男 | ICU |
| 3 | 王旭 | 女 | 感染科 |
| 4 | 王生浩 | 男 | 呼吸与危重症医学科 |
| 5 | 常远 | 男 | 呼吸与危重症医学科 |
| 6 | 刘鲲鹏 | 男 | 麻醉科 |
| 7 | 付雪莹 | 女 | 急诊科 |
| 8 | 查鹏 | 男 | 胸外科 |
| 9 | 杨燕君 | 女 | 7C病区护士 |
| 10 | 付瑜文 | 男 | 7C病区护士 |
| 11 | 李伟鹏 | 男 | 7B病区护士 |
| 12 | 王芳 | 女 | 7D病区护士 |
| 13 | 赵静 | 女 | ICU护士 |
| 14 | 张玉 | 女 | 急诊护士 |
| 15 | 孙芸 | 女 | 急诊护士 |
| 16 | 张艳 | 女 | 感染科护士 |
| 17 | 兰爽 | 女 | 手术室护士 |
| 18 | 牛文超 | 女 | 手术室护士 |
| 19 | 刘媛 | 女 | 6B病区护士 |
| 20 | 郭淼 | 女 | ICU护士 |

▲ 北京大学第三批援鄂抗疫医疗队名单（20 人）

▲ 医疗队员郭淼与儿子

▲ 北京大学国际医院援鄂医疗队出征仪式

此前，北大医学已先后派出两批国家医疗队和心理危机干预专家前往武汉，他们昼夜奋战，坚守在疫情最前线。第一批队员，作为国家医疗队首批进入隔离病房的先锋，进驻同济医院中法新城院区抗疫前线。第二批医疗队抵达后，汇聚，集结，整合。北京大学第一医院、人民医院、第三医院共同组成北大医学国家医疗队，集中攻坚重症患者医疗救治工作。今天，第三批医疗队向湖北出发！

同时间赛跑
与病魔较量
跑出疫情防控加速度
打赢疫情防控阻击战
冬将尽，春可期
没有一个冬天不可逾越
没有一个春天不会来临
北大医学人与全中国的爱心汇聚
强大的中国力量
汇爱成海
共克时艰

来源：北京大学医学部微信公众号

素材源自北京大学国际医院

2020年2月
7日

# 334人超强阵容！北大医学第四批援鄂医疗队集结出发

北京大学医学部党委宣传部　武慧媛　焦　岩

当春雪过后的北京还在静谧中等待朝阳
当迎来春雨的武汉还在奋战中期盼花开
一声集结令
北京大学三家综合附属医院再次闻令而动
334名白衣战士
900多件行李物资
满载着北大医学上万人的祝福
逆行而上
迎难向前
他们，用坚定、大爱和担当
扛起北大医学人的初心和使命

"北大加油！武汉加油！中国加油！"

2月7日早晨8点，首都国际机场，出征仪式上，一句句饱含力量的承诺，一声声响彻晴空的口号，汇聚起抗疫的磅礴力量。

北京大学党委书记邱水平，校长郝平，常务副校长、医学部主任詹启敏，党委副书记、医学部党委书记刘玉村代表学校来到机场为英雄们送行。邱水平指出："这次是北大建校以来组织的最大规模医疗队，医疗队员为国家、为民族作贡献的行为必将载入史册！"

郝平叮嘱道："国家有号召，大家在很短的时间内克服困难，驰援武汉，我们代表学校向大家表示崇高的敬意。一定保重身体健康，平安凯旋！"

2月6日下午，北京大学医学部、北京大学第一医院、北京大学人民医院、北京大学第三医院接到国家卫健委通知，立即组派医疗队，支援湖北武汉开展新型冠状病毒肺炎医疗救治工作。

三家医院连夜开展筹备工作，物资准备、战前培训、出征动员，各项到位，整装待发。

北京大学第一医院111人集结完毕，北京大学人民医院110人集结完毕，北京大学第三医院113人集结完毕。

334名医疗队员，900多件行李和物资，满载着北大医学万人的牵挂和祝福。这一刻，我们震撼，祈愿！

带队出征的北京大学人民医院院长姜保国表示，“国家有需求，我们作为国家医疗队一定要响应号召上前线，要在这关键时刻，发挥北大医学专家的实力和经验，为当地百姓健康服务”。北大医学附属医院的三位院长、一位书记将并肩战斗，阻击疫情！

▲ 学校领导在机场为第四批援鄂抗疫医疗队员送行

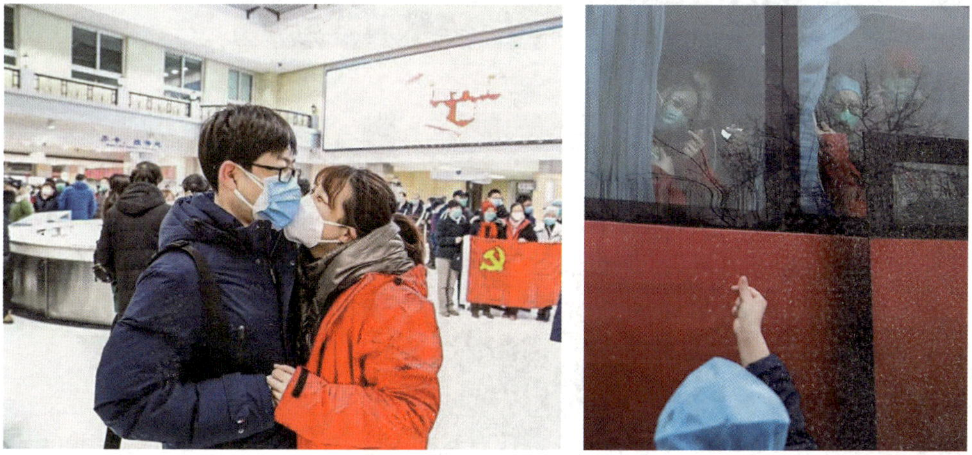

▲ 医疗队员与家人分别

▲ 三家医院集结完毕

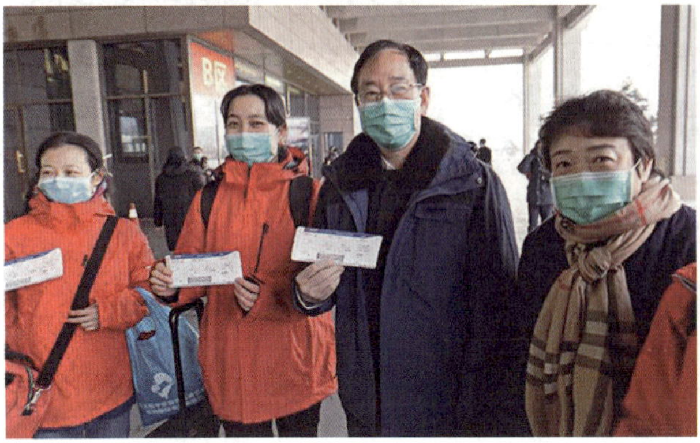

◀ 机场出发

北京大学第一医院
PEKING UNIVERSITY FIRST HOSPITAL

| | | | |
|---|---|---|---|
| 李海潮 | 申延 | 武艳军 | 田溪 |
| 田雨 | 聂丽丽 | 徐龙飞 | 焦新颖 |
| 程渊 | 宋秋辰 | 林晓娟 | 刘玲 |
| 钱建丹 | 韩婷婷 | 张瑞琦 | 杨珊 |
| 刘敬伟 | 张萌 | 李雪芳 | 田理莉 |
| 齐康 | 姚伟 | 平喆 | 魏怡 |
| 董锦沛 | 叶晶 | 陆薪竹 | 杨莹 |
| 张璐 | 相羽 | 郭立娜 | 于坤 |
| 侯婉音 | 苏莉 | 刘志超 | 郭超 |
| 郑茜子 | 壮楠辉 | 杨静怡 | 高洁 |
| 张鑫 | 赵冰 | 杨祎 | 刘新宇 |
| 杨宏宇 | 晋小乔 | 巩月媛 | 崔俊 |
| 李阳 | 尹建平 | 李佳辰 | 郑雪静 |
| 王倩（血液内科） | 王菲 | 陈莲 | 王芳（血液内科 |
| 邓雪蓉 | 吴凡 | 刘晶 | 刘钟缘 |
| 宋志博 | 申蕊 | 陈聪聪 | 陈曦 |
| 杨帆 | 秦美伶 | 李喆 | 王新然 |
| 张龙 | 洪伟 | 张晶 | 陈芳 |
| 刘胜聪 | 李雪影 | 李丹 | 郭新月 |
| 翁浩宇 | 王征 | 李月停 | 孟庆欣 |
| 金汉 | 安建蔼 | 陈斯雯 | 朱佳林 |
| 张杨 | 朱濛 | 康玉琼 | 刘璐 |
| 张健 | 张海明 | 贾丽媛 | 王倩（泌尿外科 |
| 郑园 | 曹海君 | 王旭（神经内科） | 刘晓宇 |
| 王琳 | 王旭（急诊科） | 杨丹 | 李颖佩 |
| 孙婧雅 | 于淼 | 王双燕 | 张臻 |
| 刘鑫娜 | 王晓月 | 王迪 | 李伟 |
| 郭琳 | 冯海莉 | 张卫娟 | |

北京大学人民医院
PEKING UNIVERSITY PEOPLE'S HOSPITAL

| | | | |
|---|---|---|---|
| 姜保国 | 杨继鹏 | 王晓旭 | 李立 |
| 王天兵 | 于鹏飞 | 李红梅 | 王红莉 |
| 曹照龙 | 田丽莎 | 张静 | 李雪莹 |
| 高燕 | 乔琳 | 高丽 | 马丽萍 |
| 朱凤雪 | 赵飞凡 | 杨文雪 | 岳晨 |
| 赵秀娟 | 胡新颖 | 马荟 | 邱桐 |
| 王振洲 | 韩付平 | 马蕊 | 董晶晶 |
| 郭辅政 | 王雪连 | 王英朔 | 高超 |
| 高伟波 | 刘静娜 | 田济畅 | 鲁春宁 |
| 董桂英 | 张学录 | 杨剑辉 | 王毅 |
| 黄伟 | 娄阿芳 | 聂艳 | 赵东阳 |
| 张亚军 | 王卉（创伤） | 郜晶 | 殷赛 |
| 刘中砥 | 周映 | 韩琳琳 | 李娟 |
| 张鹏 | 郝鑫 | 苏媛媛 | 冀红 |
| 杜哲 | 杨怡 | 段文诗 | 赵金霄 |
| 常盼盼 | 夏巍 | 梁焱焱 | 杨振宁 |
| 邓玖旭 | 周颖 | 席晓会 | 田家利 |
| 李明 | 汪梦怡 | 曹彬 | 崔可鑫 |
| 陈博 | 高青青 | 赵茜 | 刘秋月 |
| 饶烽 | 李文月 | 李洋 | 魏新 |
| 陈逸凡 | 黄楠楠 | 薛小英 | 靳晶晶 |
| 姜华 | 李嘉茵 | 安思兰 | 任艳丽 |
| 梁汉生 | 宋新娜 | 邢星 | 田楠 |
| 张旭光 | 权怡 | 尹力 | 杨笑楠 |
| 王泠 | 范宇宏 | 赵娅倩 | 杨春菲 |
| 赵彦 | 夏青 | 王茜 | 马春 |
| 赵礼婷 | 马丹丽 | 陈京文 | 赵静雯 |
| 孙丽冰 | 池艳宇 | | |

北京大学第三医院
Peking University Third Hospital

| | | | |
|---|---|---|---|
| 赵志伶 | 程新鸽 | 王立强 | 张连 |
| 李刚 | 刘洋 | 崔曼 | 聂超 |
| 王奔 | 张连起 | 郭立军 | 张丽颖 |
| 张水生 | 徐阳 | 张余 | 叶红菊 |
| 吴超 | 王迎琪 | 梁如冰 | 王雪夕 |
| 杨航 | 闫海红 | 王京豫 | 闫晶晶 |
| 史尉利 | 刘丹 | 杜海霞 | 高海红 |
| 白洁 | 李雪 | 佟美慧 | 马腾飞 |
| 刘烨 | 黄倩 | 吴亚南 | 于瑞丽 |
| 孟庆阳 | 崔男 | 姚瑶 | 张雪倩 |
| 杨林承 | 冀智洁 | 刘伟 | 靳玥 |
| 刘作静 | 王二敏 | 李小龙 | 王雅亭 |
| 张瑞涛 | 杨丽娟 | 李亚静 | 桂莹莹 |
| 陆浩平 | 申孟兰 | 王梦迪 | 张慧敏 |
| 乔一娴 | 王心锐 | 曲雪 | 张远航 |
| 刘向一 | 魏巍 | 耿娜 | 张娣 |
| 付源伟 | 李萌 | 任卓月 | 乔莉 |
| 郑亦沐 | 张辉 | 霍天依 | 李颖 |
| 田慈 | 孙立佳 | 赵月 | 李思齐 |
| 翟佳羽 | 赵汝佳 | 王妍 | 刘宁婧 |
| 林玉晶 | 神静 | 芦迪 | 王永洁 |
| 俎明 | 梅雅男 | 张夕莹 | 赵亚娟 |
| 包芳 | 王明春 | 张蒙 | 罗敏 |
| 潘维伟 | 高东晗 | 王思媛 | 李蕊 |
| 刘慧强 | 李佩涛 | 王旭 | 张睦毅 |
| 庄昱 | 王亚平 | 张旭 | 代安琪 |
| 李宇轩 | 高勇 | 孙雨 | 李建君 |
| 朱正财 | 宋泊 | 张洁 | 卢思雨 |
| 孙琪 | | | |

▲ 北京大学第四批援鄂抗疫医疗队名单（334 人）

积力之所举，则无不胜也
只要我们不畏风浪，万众一心
胜利的这一天，终将到来

我们坚信，春暖花开时的舒心微笑
在千千万万勇毅逆行者的忠诚担当中
一串串长长的名单里，有你有我有他
致敬北大医学勇士
致敬所有医护人员
为你们每一次的拼尽全力
献上崇高的敬意和衷心的谢意
愿每一个可敬可爱、负重前行的你
都平安归来！
我们共赴春光！

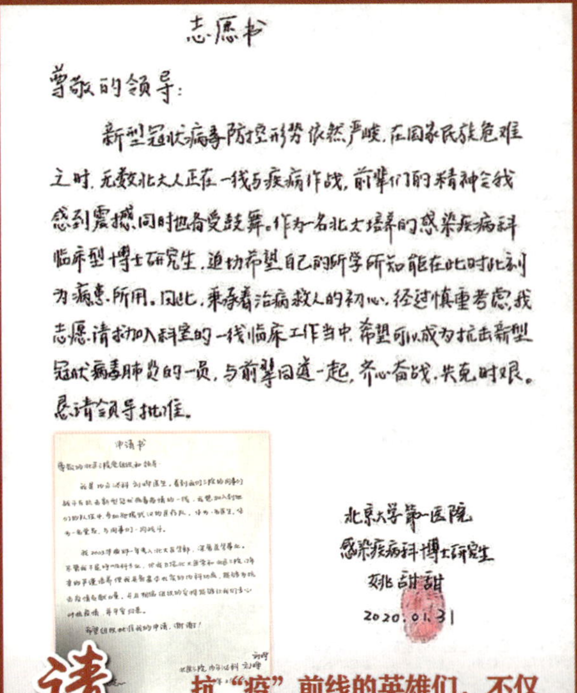

志愿书

尊敬的领导：

新型冠状病毒防控形势依然严峻，在国家民族危难之时，无数北大人正在一线与疾病作战，前辈们的精神令我感到震撼同时也备受鼓舞。作为一名北大培养的感染疾病科临床型博士研究生，迫切希望自己的所学所知能在此时此刻为病患所用。因此，秉承着治病救人的初心，经过慎重考虑我志愿，请求加入科室的一线临床工作当中，希望可以成为抗击新型冠状病毒肺炎的一员，与前辈同道一起，齐心奋战，共克时艰。恳请领导批准。

北京大学第一医院
感染疾病科博士研究生
姚甜甜
2020.01.31

# 请战

抗“疫”前线的英雄们，不仅是充满仁心仁术的医者，还是率先垂范的师者。他们用冲锋在前的实际行动诠释和传承着北大医学厚道与担当的精神传统。

# 重征

1月26日上午，北京大学第三医院援鄂医疗队队长、危重医学科副主任葛庆岗参加出征会议。会议室仍悬挂着他参加2003年抗击非典斗争时的照片（左图）。17年后的今天，他义无反顾、再度出征！

# 送别

1月26日（大年初二）下午，北京大学人民医院重症医学科住院医师王光杰出征前与爱人王益勤（人民医院妇产科医师）道别。



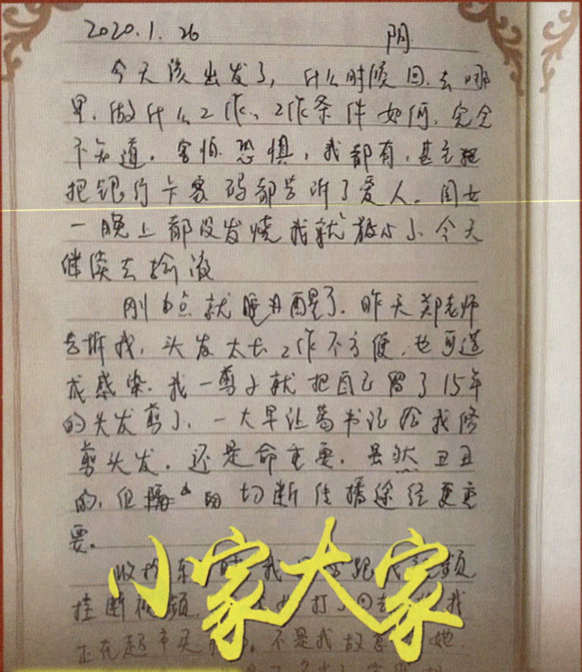

2020.1.26 阴

今天该出发了，什么时候回去哪里，做什么工作，工作条件如何，完全不知道，害怕恐惧，我都有，甚至把银行卡密码都告诉了爱人。闺女一晚上都没发烧我就放心了，今天继续去输液。

刚6点就醒了。昨天郑老师告诉我，头发太长工作不方便，也可造成感染，我一剪子就把自己留了15年的长发剪了。一大早让书记给我修剪头发，还是命重要。虽然卫生的，但隔离的切断传播途径更重要。

# 小家大家

1月26日，面对前途未卜的疫情，北京大学第三医院王军红大夫主动请缨。她在日记中写道，女儿正生病发烧，瞒着年逾古稀的母亲，自己剪掉了15年的长发……

# 2 战“疫”·故事

北京大學
第一医院

北京大學
人民医院

姜保国
教授，北京大学人民医院院长，国家创伤医学中心主任
“我们的使命就是要竭尽全力挽救更多的生命！”

乔杰
中国工程院院士，北京大学第三医院院长，教育部长江学者特聘教授
“我们的责任就是打好危重症救治这场阻击战！”


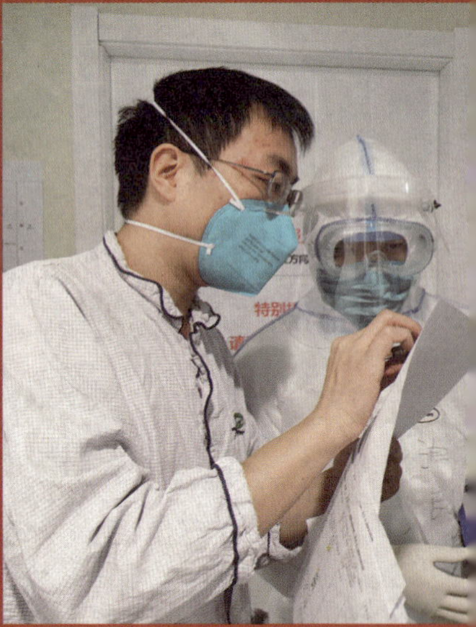

北京大學
第三医院

刘新民
教授，北京大学第一医院院
“只要国家需要，我们一定义不容辞！”


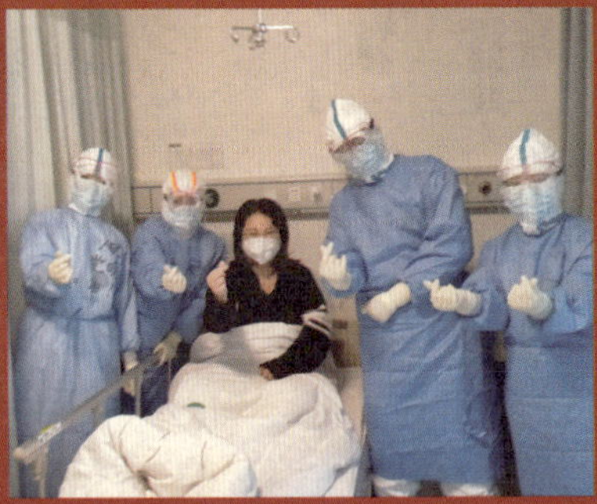

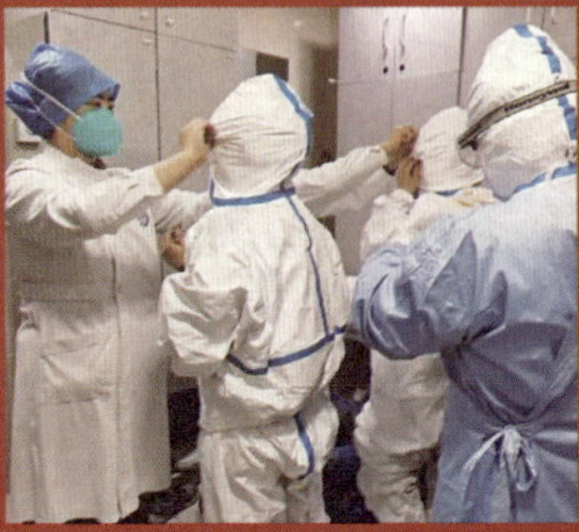

向疫而行，他们无所畏惧
险情在前，他们从不退缩
对家人
他们有太多的愧疚和牵挂
对亲朋
他们有太多的善良和柔软
与患者一起
承受病患疾苦的无私大爱
同战友一道
扛起救护生命的职责担当
为妻、为母、为父、为子
记录北大医学人的战“疫”故事

国家需要，义无反顾
白衣英雄，逆行踏浪
用生命守护承诺
用信念书写大爱
初心无悔，职责所在
英雄出场没有光环
有的是
睫毛下的汗水
湿透衣背的艰辛
席地而睡的困顿
护目镜后的坚定
……

# “北大医学”星夜兼程驰援武汉

《中国教育报》记者　柴　葳　北京大学医学部　武慧媛

1月28日晚上9点，武汉，华中科技大学同济医院中法新城院区改建完成的传染病房正式启用，北京大学人民医院进鄂医疗队员正式开展新型冠状病毒肺炎救治护理工作，成为国家卫健委组建的国家援鄂抗疫医疗队第一批进驻病房的医护人员。

两天前的晚上10点多，由北京大学第一医院、北京大学人民医院、北京大学第三医院与兄弟医院专家共同组成国家援鄂抗疫医疗队，连夜抵达武汉。在从机场去驻地的路上，北京大学人民医院呼吸内科医生吴文芳在车窗上默默留下几个字：“武汉加油！人民必胜！”后面还画上了一个笑脸，似乎在满怀信心与笑容地说，“武汉，加油！我们来了！”

“1月26日，北京，阴……早上刚刚6点，就睡不着了，想起昨天郑康老师说长头发工作不方便，也可造成感染，没时间犹豫，一剪子剪了，养了15年的长发。丑是丑了点，但切断传播途径更重要。”临出征前，主动请缨投入抗疫战斗的北京大学第三医院援鄂队员王军红，登机前收到丈夫的微信，“我和闺女爱你，等你平安归来”。她一下湿了眼眶，这是平时内向的爱人，第一次表白，“瘟疫无情，集体有情！背后家人默默无私的支持，是我前行的最大动力！”

当天，在接到国家卫健委通知后的几小时内，北京大学三所综合性附属医院迅速集结选派60名医护人员，与北京医院、北京协和医院、中日友好医院的同仁一道，组建国家援鄂抗疫医疗队，共赴疫情中心湖北武汉，参加这场没有硝烟的战斗。

“我和我的队员们都清楚到第一线意味着什么，但我们更清楚患者需要我们，武汉疫情防控需要我们。作为一名北大医学人，在抗击新冠疫情的第一线我们不需要豪言壮语，我们会以时不我待、只争朝夕的精神立足岗位踏踏实实做好自己的本职工作，为抗击疫情贡献我们的绵薄之力。”北京大学人民医院援助湖北医疗队队长、重症医学医生张柳说。

北京大学第一医院援助湖北医疗队队员、重症医学科医生潘佳忻所在的这个20人小分队里，有刚满24岁青春活泼的护士，有刚当上父亲的青年医生，有吻别三岁稚子的母亲，有刚刚断奶的妈妈，覆盖了医院的呼吸内科、重症医学科、感染管理科。

“抬眼望去，我的老师、同事们义无反顾地冲在了抗击新冠肺炎的第一线，他们中的很多人虽已不再年轻，却仍旧默默地穿起隔离衣，戴上N95口罩、护目镜，推开半污染区的门，坚定地走向发热门诊诊室，护佑着患者平稳度过每一个日日夜夜。”北京大学人民医院发热门诊、感染科医生王越深受触动，“每个人都知道前路艰险，但虽险犹往！疫情防控之路，虽坎坷，但无畏！”

在新年伊始开始这场抗击新型冠状病毒肺炎的全民“战役”中，以北大医疗队为代表的北大人，用精湛的医术、无畏的奉献，诠释着北大人的担当与使命。抵汉的两天时间里，前线医疗队为正式进入临床全面开展疫情防治，做着最后的冲刺准备，行程安排紧锣密鼓——

1月27日上午，国家援鄂抗疫医疗队举行首次工作会议，会后各医院分别召开队内会议；

1月27日下午，进行感染防控培训，对疾病特点、救治指南、防控细节进行再一次学习演练；

1月27日晚上，进行防护服穿戴演练，队员们根据培训视频，将穿戴流程整理成文字版本并将重点标记，反复演练；

1月28日，队员们分批进行病房踩点，熟悉病房环境，查看储备物资，对于进入病房流程进行最终确认；当天晚上，首批队员正式进入临床，全面开展救治。

医疗队中，来自北京大学第三医院的20人中，有7名党员、4名入党积极分子。出征前，考虑前方形势紧张，任务紧急，医院决定在医疗队内成立临时党支部，由该院感染管理科副主任袁晓宁担任支部书记，为疫情应对和医疗救治工作提供政治保障、组织保障。

“我志愿加入中国共产党。”抵汉后的两天里，临时党支部收到多名队员递交的入党申请书，申请书中饱含了他们从医报国的理想、挺身而出的信念。

“当与死神的拔河获得胜利、当瘫痪在床的患者能站稳他的脚步、当痛苦的表情被微笑代替，那一份内心的满足和喜悦是言语无法形容的。”北京大学第三医院康复医学科护士巩志慧在申请书中写道，突如其来的疫情激励着医务工作者要胸怀共产主义远大理想、全心全意为人民服务，也感动着、激励着她积极向党组织靠近。

来源：中国教育新闻网

# 在前线！北大医学人进鄂两天记

北京大学医学部党委宣传部　武慧媛

1月28日，晚9点整，武汉，北大医学医疗队进鄂两天。华中科技大学同济医院中法新城院区刚刚改建完成的传染病房正式启用。北京大学人民医院进鄂医疗队员正式开展新型冠状病毒肺炎救治护理工作，成为国家医疗队第一批进驻病房的医护人员……

1月26日，大年初二。北京大学第一医院（北大医院）、北京大学人民医院、北京大学第三医院（北医三院）60名医护、感染防控专家组成的应急医疗队，与兄弟医院专家共同组成国家医疗队，驰援武汉。

医疗队员到达武汉驻地时，晚上10点多。北京大学人民医院呼吸内科吴文芳，在从机场去驻地的车窗上，默默留下几个字："武汉加油！人民必胜！"。满满的信心和可爱的笑脸，表达了援鄂医疗队员此刻的心情：武汉，加油！我们来了！

## 紧锣密鼓做最后的冲刺准备

两天时间，前线医疗队紧锣密鼓，感控培训、防护学习、实地考察……为正式进入临床全面开展疫情防治做好最后的冲刺准备。

1月27日上午，国家医疗队举行首次工作会议。

国家医疗队工作会后，各医院分别召开队内会议，强调全体队员要严格遵守国家医疗队的各项要求，牢记使命职责，弘扬专业精神，与全国各兄弟医院相互合作，全力以赴参与患者救治，不辜负国家和人民的期望。

1月27日下午，医疗队员参加国家医疗队感染防控培训，对于疾病特点、救治指南以及防控细节进行再一次学习。

1月27日晚，医疗队员进行防护服穿戴演练。队员们根据培训视频将穿戴流程整理成文字版本，并将重点标记。各位队员不敢懈怠、反复演练。

与此同时，1月27日下午，三家医院医疗队核心组成员前往华中科技大学同济医院中法新城院区进行实地考察。

1月28日，医疗队员们分批来到他们即将开展工作的病房进行踩点，熟悉病房环境、查看储备物资，对于进入病房流程进行最终确认。

据前方消息，截至发稿之时，医疗队已经做好队员的救治培训、感染防控管理、护理管理、健康管理等所有准备。北医三院、北大医院队员也于29日正式进入临床全面开展救治。

## 前线队员发回日志　家人等你们平安归来

援鄂队员王军红，中共党员，北医三院2018年度优秀青年医师，擅长急危重症患者的诊治。此次援鄂，她主动请缨，毅然决然地投入到抗疫战斗中。以下是王军红从武汉发来的援鄂日志节选。

1月26日，北京，阴。今天出发，去武汉哪里？做什么工作？工作条件如何？什么时候回？

完全不了解，未知、害怕恐惧一并涌上来了，早上刚刚6点，就睡不着了，想起昨天郑康老师说长头发工作不方便，也可造成感染，没时间犹豫，一剪子剪了，养了15年的长发。丑是丑了点，但切断传播途径更重要。

收拾东西时，妈妈发来视频，我挂断了，回了个电话，跟她解释我在超市买年货，不方便，没提其他。妈妈70多了，不能让她担心。幸好闺女晚上没继续发热，今天继续去输液，安心了很多。

回医院，出发，院领导同事都来送行、告别，瘟疫无情，集体有情！武汉，我们来了！

登机前收到孩子爸爸的微信，“我和闺女爱你，等你平安归来”，一下湿了眼眶，这是平时内向的爱人，第一次表白。背后家人默默无私的支持，是我前行的最大动力！

## 临时党支部收到8份入党申请书

北医三院医疗救援队共有队员20名，其中党员7名，入党积极分子4名。赴武汉前，考虑前方形势紧张，任务紧急，医院决定在医疗队内成立临时党支部，支部书记由感染管理科副主任袁晓宁担任。临时党支部将充分发挥好基层战斗堡垒作用和党员先锋模范作用，冲锋在前，团结带领全体医疗队员，为疫情应对和医疗救治工作提供政治保障、组织保障。

“我志愿加入中国共产党。”26日至27日，临时党支部收到多名队员递交的入党申请书。入党申请书里饱含了他们从医报国的理想，危难时挺身而出，把爱国之情、报国之志融入到实际行动中，他们是这项光荣任务的亲历者、参与者。大家纷纷表示一定不辱使命，做好个人防护，与其他医护同道并肩作战，打赢这场没有硝烟的战争。

**马骏：**“在全国深受新型冠状病毒肺炎流行之苦，武汉人民深受新型冠状病毒肺炎之害之际，我主动报名参加应急医疗队，准备奔赴武汉第一线。此时此刻，我向党组织提出入党申请，以党员的标准更加严格要求我自己，让自己全身心投入到这场人民群众的健康保卫战之中。”

**王慧：**“在我看来，护士平凡而伟大，没有任何一种职业能给我这样的社会价值感和成就感。防治新型冠状病毒是一场没有硝烟的战斗，参与战斗的士兵就是我这样的临床医务工作者们。我每时每刻都在关注疫情发展，努力学习防疫知识，加强自身防护，宣教身边的人。奔赴防疫最前线武汉，我心潮澎湃，终于我也能在国家危难时，尽我所能！”

**梁超：**“作为在呼吸ICU工作过10年，又是科里医院感染监督员的我，理所应当第一个报名参加应急医疗队。在临行前的会议上，我得知医疗队成立了临时党支部，他们将在这次战役中冲在最前线。作为群众的我，真心敬佩这7位党员，也真心向他们学习，让我对党员有了一个新的认识。在抗击新型冠状病毒肺炎的一线，我现在庄严地向党组织提出入党申请，自觉接受组织的培养和考验。”

**李娜：**感谢组织给了我这个机会，家里人对我的决定也十分支持。告别牙牙学语的女儿和上小学的儿子，我和家人洒泪挥手。在对抗新型冠状病毒肺炎的全国性战役进行中，我会尽全力作出自己的贡献。我现在庄严地向党组织提出入党申请。”

**巩志慧：**“作为一名中国人，作为一名医务人员，当与死神的拔河获得胜利、当瘫痪在床的患者能站稳脚步、当痛苦的表情被微笑代替，那一份内心的满足和喜悦是言语无法形容的。突如其来的疫情检验了中国的医务工作者，全心全意为人民服务，不惜牺牲个人的一切，胸怀共产主义远大理想，带头执行党和国家的各项政策，不怕困难，不怕挫折。他们感动着我、激励着我加入到党的队伍中。”

**陈琦：**“人的一生或重于泰山，或轻如鸿毛。生命于每个人只有一次，人的一生应当这样度过：回首往事，他不会因为虚度年华而悔恨，也不会因为卑鄙庸俗而羞愧；临终之际，他能够说：‘我的整个生命和全部精力，都献给了世界上最壮丽的事业——为解放全人类而斗争。’这就是我为什么加入中国共产党的原因。在生活中，我接触到了许多优秀的党员同志，我从他们的身上看到了党的优良传统和作风，进一步激发了我加入党组织的决心。”

**王朋朋：**“在2020年新春佳节，新型冠状病毒肆虐武汉、危及全国的紧急时刻，作为一名医务工作者，看到武汉的医疗同行们在前线浴血，我心急如焚，早早地向组织报名申请去武汉一线。26日下午我随北医三院医疗队到达武汉，我现在庄严地向党组织提出入党申请，准备在这新的战场上贡献我的全部力量。”

**胡静：**“党自成立以来，始终把各族人民的利益作为自己的重要责任。参加工作后，在组织和领导的关心和教育下，我对党有了进一步的认识。作为一名护士，日常工作是很辛苦的。身上时刻背负着巨大的精神压力，而且还常常受到来自患者和家属的不理解。但是那一份满足和喜悦，是无法用言语形容的。在人民危难之际，武汉疫情严峻之时，我积极加入其中，奔赴战场，职责所在，保证完成组织任务，平安凯旋，与武汉同在！”

让党旗高高飘扬在防控疫情斗争第一线。勇士逆行，党员带头。祖国和人民最需要的时候，你们奔赴前线，义无反顾，坚决打赢疫情防控阻击战！你们肩负重任，迎难而上，虽然挂念亲人，也有担忧，但初心在，使命在，职责在！战斗已开始，祝早日凯旋，盼平安归来！

来源：北京大学医学部微信公众号

素材源自北京大学第三医院、北京大学人民医院、北京大学第一医院

# 国家队首进病房　北大医学冲锋在前

北京大学医学部党委宣传部　武慧媛

国有战，召必回，战必胜

在当前这场特殊的大考面前

强大的医者使命支撑着白衣勇士

当国家医疗队首批进驻隔离病房指令下达

北大医学三家医院依次接续

承担起了“先锋队”“排头兵”

冲锋在前，昼夜奋战

## 一声令下，紧急集合上战场

“同志们，中法新城院区传染病隔离病房改建完成，今晚进驻病房！”1月28日晚，当北京大学人民医院医疗队队长张柳告诉队员们要进驻病房时，瞬时沸腾，大家纷纷踊跃报名。经过医疗队核心组讨论，决定以“党员带头、新老搭配、专业互补”为原则，遴选出第一批12名进驻华中科技大学同济医院中法新城院区隔离病房的医护人员。

晚9点，12名队员作为国家援鄂抗疫医疗队首批进驻隔离病房的“排头兵”，开启工作状态。

1月29日，北医三院医疗队和北大医院医疗队也陆续进入中法新城院区隔离病房，正式开始了临床工作。

## 虽然看不见脸，但护目镜可以传递力量

“武汉百姓就在眼前，虽然他们看不见我们的脸，但我们还是尽可能地希望从护目镜里传递出我们的力量，让他们感受得到。”张柳说。

首入病区，队员们需要克服很多困难，包括隔离防护服带来的不便以及对医嘱系统和病历系统不熟悉等。穿上隔离防护服，医疗队员普遍感觉憋闷感明显。

第一天进驻医院的大多数队员们一整天没有吃饭喝水，平时轻松的操作，查体、记录生命体征、护理操作，对医护人员来说本是“家常便饭”，但此时，在这身厚重的“战衣”下都变得不那么容易。不知不觉中就会汗流浃背，汗水蒸腾中护目镜出现一层雾水，戴两层手套有时候摸患者的血管要反复多次。

北大医院医疗队队长、呼吸和危重症医学科副主任马靖很有体会——这个磨合的过程是必然会遇到的，万事开头难，大家都会积极地去解决它，尽早把新的病房打开，争取让更多的患者能及时住进来，得到治疗。

“在这里工作过，才觉得武汉的医护人员坚守那么长时间，是多么不容易！”医疗队员们由衷地感慨。

## “防护服上写上名字，让我能认出你！”

在武汉同济医院中法新城院区，首批6个国家援鄂医疗队采取“九三制”分四个班轮换，首批进入的北京大学人民医院队员从1月28日晚9点正式进入隔离病区，工作至1月29日凌晨3点。29日凌晨3点到上午9点，是“北医三院时间”。29日早上8点到下午5点，是北大医院队员们的工作时间。

担任此次北医三院医疗队队长的葛庆岗，是医院危重医学科副主任。2003年，葛庆岗的身影出现在抗击非典的病房中。17年后，人到中年的葛庆岗再度出征。29日凌晨3点，葛庆岗和其他几位北医三院队员成为了第二批进入病房的勇士。

写在防护服上的“云！加油！！”指的是副队长李少云。作为北京大学第三医院ICU护士长，有着18年工作经历的她，具备丰富的危重患者抢救和护理经验，以及管理经验。此次代表医院出征武汉，她很激动，认为“义不容辞”，并表示一定不辱使命。

“超哥，加油！”北医三院呼吸与危重症医学科专科护师梁超，从接到通知，到出发，不到24小时。临行前，媳妇带着儿子匆匆从50公里外的老家赶来给他送行，他把儿子抱在怀里，3岁半的儿子还不懂爸爸此行的目的。

儿子一直痴迷奥特曼，我告诉他，爸爸要化身为奥特战士，去一个叫“武汉”的地方，消灭“怪兽”，这个怪兽有点厉害，爸爸要多去几天！他高兴地笑了。媳妇开车送我到医院门口，我没让她进来送我，我泪腺“发达”，怕到时候止不住，满含泪水互相拥抱一下，我赶紧“哄”她走了！五个小时后伴随美丽的云海，我和另外19位战士落地武汉。

梁超的随行笔记中隐藏着五尺男儿的刚毅柔情。

## “作为急诊医生，我要欣赏武汉的十二时辰”

1月29日，武汉，直面疫情第一天。前方队员北医三院急诊科王军红发回工作日志——

昨晚7点收到通知，今天凌晨3点到病房接班。疫情发展迅猛，葛庆岗队长再次强调了隔离防护注意事项，并盯着每一位队员穿脱隔离衣，确保万无一失。所有队员再次学习新型冠状病毒肺炎诊治要点。

紧张、焦虑，就像战士上战场前一样，但我充满信心。住宿换成了单独的房间，队员之间不能有更多的语言交流了，现在不光有工作的压力，还有精神的压力。昨天晚上10点，躺床上一直睡不着，脑子里反复练习穿脱隔离衣，温习新型冠状病毒肺炎的治疗事项。入睡时，已不知几点。凌晨1点30分，我被闹钟惊醒，迅速洗漱。2点，接送司机已在楼下等着我们。

凌晨2：08，到达同济医院中法新城院区。我们北医三院这批10名队员，接北京大学人民医院医护人员的班。刚下班的人民医院同行显得异常兴奋，不知是不是肾上腺素飙升的结果，但我们之间的交流也仅限于隔离区及清洁区。

穿脱隔离衣，需要花费1小时左右的时间。虽然武汉夜间温度接近0℃，但穿上防护服依然汗流浃背。

查看患者、整理医嘱、写病历……时间不知不觉过去了，不进水，不进食，工作中也没有便意。病房里，有一位70多岁的老奶奶，病毒性肺炎合并呼吸衰竭，情绪烦躁，不肯配合吸氧及治疗，经过梁超护士耐心劝说，终于平静了下来。

终于下班了，走下病房楼时，已经是上午11点。

司机已在门口笑盈盈地等待了。他说：“国家医疗队来了，我们更有信心了。为你们服务，我感到光荣！”

回到宾馆，吃上专门给我们准备的热腾腾的饭菜，心里暖暖的，感谢那些为我们服务的司机及宾馆人员。虽然武汉的冬天是寒冷的，但是武汉人民的心是温暖的，感谢你们强大的后援支持！

好了，就写到这。我的肾上腺素已经消耗殆尽，睡了，明天还要继续战斗呢，加油！

作为一名工作了7年的急诊医生，凌晨上班，我没有一点不适应，我见过北京的十二时辰，这次也要欣赏武汉的十二时辰！

来源：北京大学医学部微信公众号

素材源自北京大学第三医院、北京大学人民医院、北京大学第一医院

# 危重病房新病区启用！北大医学援鄂医疗队进驻

北京大学第三医院　李　翔

2月3日晚8点30分，武汉同济医院中法新城院区新病区正式启用。该病区原为头颈肿瘤科病区，为了更多地收治确诊新型冠状病毒肺炎危重症患者，同济医院以最快的速度根据传染病防治需要对病房进行布局改造，采购基本所需设备和物资，由北大医学医疗队，以及来自河南的医护团队共同承担该病区医疗救治任务。

“我现在正在一个即将新开放的重症监护病房，今晚将有一批危重症的患者转运到这里接受救治，医疗队每6小时轮班一次，第一组医疗队员将从晚上9点工作到凌晨3点。”北京大学第三医院院长乔杰在与新华网记者连线时介绍。

北京大学第三医院和人民医院的医护团队第一批进入隔离病房。8点50分左右，新病区收治第一位患者，新病区启用仅一个多小时就已经收治21位患者。

北京大学第一医院院长刘新民在连线中告诉新华网记者，“把危重患者集中收治，把疑似患者和轻症患者进行分类管理，切切实实切断传染源，通过科学的方法，我相信一定能够战胜疾病！”

北京大学人民医院党委书记赵越表示，“医疗队后续将会根据危重症患者的整体情况，根据需要进一步开辟新的病房，尽早救治患者，尽快控制疫情，让患者尽快恢复健康。”

2月1日，由12名医护、管理人员组成的北大医学第二批医疗队紧急驰援武汉，与第一批医疗队员汇合，进一步加强新型冠状病毒肺炎危重症患者的抢救，提高抢救成功率。

2月2日下午，医疗队前往同济医院中法新城院区调研了解情况。

2月2日晚，国家卫健委主任马晓伟在同济医院中法新城院区主持召开工作会。马晓伟首先感谢医护人员在危难之际挺身而出，随后表示，来自全国各地精兵强将将以危重症患者为抓手，精诚合作，组建新的团队开放新病区。国家卫健委也将作为医疗队坚实的后盾，努力协调物资和设备。相信在大家共同努力下，攻坚克难，定能早日战胜疫情。

会议结束后，北京大学三家附属医院即刻召开核心会，加紧部署工作，强调要充分发挥北大医学优势，发扬北医人的厚道精神，脚踏实地，以团结协作的方式坚决完成任务。

新病区医疗队队长由北京大学第三医院副院长、呼吸与危重症医学科副主任沈宁担任，北京大学人民医院重症医学科主任安友仲担任专家组组长。北京大学三家附属医院将各派医护人员进入新病区工作，河南医护团队也将派人共同参与新病区工作。

2月3日上午，队长沈宁、专家组组长安友仲组织召开例会，为当晚开放病房做好充分沟通，并讨论制定了《北京大学援鄂医疗队入院患者初步处理流程和原则》，不打无准备之仗。

与此同时，北大医学援鄂医疗队部分队员再次来到新病区，与河南省第二批援鄂医疗队会师，原中法新城院区的医务工作者已经有条不紊地开展各项病房准备工作。三方就各项工作认真梳理筹划，沟通细节，确定医护人员排班。相信在大家共同努力下，一定能够共克难关，打赢这场抗疫硬仗。

来源：北京大学医学部微信公众号

本文综合自北京大学第三医院微信公众号、新华网客户端

# 聚焦危重症，北大医学援鄂医疗队接管新病区正式运行

北京大学医学部党委宣传部

2020，庚子新年第一个月圆之夜，北大医学医疗队427名医护人员本该家和人团圆，却因新冠肺炎疫情，与家人暂时离别，为了更多人的健康，舍弃“小家”团圆，守护“大家”平安。

2月8日晚9点，北京大学第一医院、北京大学人民医院、北京大学第三医院独立接管的同济医院中法新城院区新病区正式启用。

2月7日上午，北大医学第四批医疗队334名队员出征湖北，驰援武汉。当天下午第四批医疗队与北大医学前两批医疗队成员正式会师。受国家卫生健康委委托，北大医学三家附属医院将各自独立管理同济医院中法新城院区新病区。

抵达武汉后，各医院马不停蹄地开展调研、讨论下一步工作安排，为即将开启的新病区作周密部署。北大医院院长刘新民、副院长李海潮到医院病房实地踏勘，就工作人员出入口分区、设备需求等做最后确认。人民医院院长姜保国、党委书记赵越、副院长王天兵和专家组全体成员前往新病区就环境、物资、设备等情况进行考察。北医三院院长乔杰向队员们介绍了武汉市新型冠状病毒肺炎疫情的主要情况，并详细介绍了北医三院的主战地——武汉同济医院中法新城院区。副院长沈宁带队分三个时间段，分批次带队员前往新病区熟悉环境，跟进设备情况，为进入新病房运行做充足的准备。

医疗队的队员们进行了流程培训、防控演练。北大医院国家级专家、院感染管理–疾病预防控制处处长李六亿为医疗队员开展感控培训。人民医院队员分组进行穿脱防护服实战训练，确保每一位医护人员能熟练掌握穿脱防护服和出入感染病房过程中所有感控细节。北医三院感控专家、临时党支部书记袁晓宁和老队员们以丰富的实战经验为新队员模拟环境，现场演示防护用品的穿戴，并通过小组的方式确保每个新队员穿脱到位，杜绝一切感染风险。

乔杰强调，队员们需要充分认识到这是一次国家层面的整体调动，全国各地的

队伍前来武汉驰援，与大家并肩作战、同舟共济。大家所在的同济医院在防治和提供诊治服务的阵地上已经全力以赴。为了完成新开病区的任务，同济医院迅速调动资源，尽力为大家创造好的诊疗条件。大家也需要严于律己，因地制宜，发挥所长，尽可能地为患者提供高质量的医疗服务。

一切准备就绪！2月8日晚9点，北京大学三家附属医院医疗队单独管理的三个隔离病房同时接收重症肺炎患者！他们在团圆之夜为万家灯火守候，守住平安，守住希望，守住新生。预祝北大医学援鄂抗疫医疗队跑出疫情防控加速度，打赢疫情防控阻击战，期盼他们的平安，期盼他们的凯旋！

素材源自北京大学第一医院、北京大学人民医院、北京大学第三医院

# 致敬！冲锋在战“疫”一线的北大医学3位院长

教育部微信公众号“微言教育”

平日里他们是深受师生爱戴的专家教授
教书育人，科研实践
他们的阵地是讲台、实验室
在战“疫”的关键时刻
他们身披白色“战甲”

带领北大医学精英之师
组成一支先锋队、尖刀队
驰援一线
成为首个进入病房的
国家援鄂医疗队

国有战、召必回、战必胜
在刘新民、姜保国、乔杰
3位队长的带领下
北大医学国家队
发出铿锵宣言
近期《新闻联播》连线了3位
在战“疫”一线的院长
一起来看

他叫刘新民
一位呼吸专家，一位厚道长者
他带着最精锐的团队赴重症救治一线

坐镇指挥，全盘考虑
多学科会诊，制定“一人一案”
治疗最重症，取得最优绩
锚定目标不放松
发扬高水平，展国家队担当

一线故事

2月1日，北京大学第一医院院长刘新民亲赴武汉前线指挥作战。2月6日，北大医院接到通知，需独立负责一个重症病区。作为前方医疗队的掌舵人，也作为呼吸和危重症医学专业的专家，刘新民亲自投入到病房的设计和筹备之中，大到接诊流程的规划，小到仪器设备的摆放，亲自出马只因心里装着无数病患。

他不仅是一位专家，更是一位家长。不放心医疗队员们的自我防护，他到现场亲自督导队员做穿脱防护服的演练；为了给队员们加油鼓劲，他亲自把即将进入病房的队员们送到门口。

他说，“北大医院是中国第一家国立医院，从诞生之日起就与人民同呼吸、与国家共命运。困难面前，北大医院人从来不畏惧，只要国家需要，我们一定义不容辞!”

他叫姜保国
他是医者、学者、管理者
他潜心严重创伤救治数十载
为无数危重患者带来生的希望
他打造体系、规范流程
历练团队、精准救治
锻造出一支召之即来
来之能战、战之能胜的硬核力量
今天他亲自挂帅出征
率领百余名“白衣天团”
奔赴前线抗击疫情

一线故事

2003年，他作为人民医院副院长始终坚守在抗击“非典”疫情最前沿；17年后，作为院长的他再次带领医院重症救治团队奔赴前线决战武汉，攻坚克难，全力打赢疫情防控阻击战。

抵达武汉后，他马不停蹄地投入到独立管理重症病区的筹备工作，从病区工作方案研讨到病区现场考察调研，从物资保障到位到医护人员感染防控培训，他都亲力亲为，确保每个细节不出差错。

从2月7日傍晚抵达武汉到2月8日晚9点，人民医院接管的重症病区正式启用，仅用了短短24小时；从病房启用到50张床位全部收满重症患者，又只用了一天时间。整个过程高效精准、稳步推进。

作为医学专家，他和他的团队重症救治经验丰富、思路清晰，他强调务必要对重症患者进行评估分层，全力救治。针对单纯新冠肺炎患者，对症强化治疗，拦截重症向危重症发展；针对有基础病的老年患者，充分发挥多学科团队优势，进行综合诊治；针对危重症患者，加强器官保护和生命救治。

他说，“从30年前选择创伤医学专业开始，就注定与灾难、疫情和生命救治密不可分。我们的使命就是要竭尽全力挽救更多的生命。”

管理上，她是果敢的乔院长

学术上，她是严谨的乔院士

生活中，她是慈爱的乔妈妈

她临危受命

带领北京大学援鄂国家医疗队406名队员

奋战在抗疫攻坚最前线

她是北京大学第三医院院长乔杰

一线故事

北京大学自创建以来，始终与国家和民族同呼吸共命运。此次新型冠状病毒感染疫情严重，情况危急。北大迅速派出附属医院的多批医疗队驰援武汉。截止到2月13日，北大援鄂抗疫国家医疗队已累计收治危重症患者200余例，而作为领导组组长，乔杰也已在武汉驻守12天。她协同各院领导和专家组成员，迅速梳理工作流程，从管理体制建立、到病房改造，再到人员培训，仪器设备调配，每一细节严格把关。她带领团队充分发挥北大医学多学科合作优势，为提高新冠肺炎危重患者治愈率，降低病亡率履行着应尽的职责。

她是北京大学第三医院医疗队的大家长，是137名队员的主心骨。创建传染病危重症救治新单元，连续两次开辟新战场，医疗质量要求高，工作风险大。工作时，作为乔院长，从熟练掌握防护服穿脱开始，严格要求；生活中，她是乔妈妈，为降低感染风险，她亲自为队员们修剪头发。进病房前，她一笔一划在防护服上为每位队员写下名字，饱含着叮嘱和牵挂。

作为国家产科质控中心专家委员会主任，乔杰也关心着武汉地区孕产妇的安全。她第一时间深入前线，了解孕产妇的感染情况，深入调研分析，指导工作，特别受邀在著名医学杂志《柳叶刀》上，就社会最关心的妊娠期新型冠状病毒感染的临床特点及是否存在母婴垂直传播问题，发表重要述评，与国际同道分享中国经验。

面对疫情，乔杰认为，军令如山，我们必须同舟共济，团结一心，打赢疫情阻击战，共克时艰！

没有人生来就是战士
但面对严峻的疫情形势
身着白大褂、防护服的教授们
仿佛战士披上了盔甲
冲锋在前

以刘新民、姜保国、乔杰等
为代表的北大人

始终与国家在一起
同呼吸　共命运
这些无畏的北大人
始终与人民在一起
并肩前行　同根同心
他们用勇敢和奉献
筑起了一道牢固的抗疫防线

向他们致敬

愿春暖花开时

山河无恙

人间皆安

素材源自北京大学医学部党委宣传部

# 战“疫”前线，北大医者面向党旗庄严宣誓

北京大学党委宣传部　韩　芳

2020年2月25日，北京大学第三医院副院长、呼吸与危重症医学科主任医师沈宁，在抗击新冠肺炎疫情的援鄂一线，成为一名中共预备党员。和她同时面向党旗庄严宣誓的，还有其他3位来自北医三院的战友。

北大医学国家援鄂抗疫医疗队400余名医护管理人员已在抗疫一线奋战30天，在与疫情殊死搏斗的战场上，121位医疗队员向党组织郑重提交了入党申请书。在北京大学第一医院、人民医院、第三医院援鄂医疗队队员中，有11位医护人员在与病魔进行“白刃战”的战场上光荣入党。

他们在来势汹汹的疫情面前，勇往无惧，坚毅地选择了“逆行”。他们用生命捍卫了家国平安，用赤诚谱写了共产党员的初心赞歌。

## “风暴眼”中的特殊发展会

2月25日晚7时，北京大学第一医院援鄂医疗队临时党支部在驻地宾馆举行了一次庄重的党员发展会，王芳、曹帅、尤亚静3位经受了疫情战斗考验的同志，被发展为中共预备党员，“坐镇”一线的北京大学第一医院院长、党委副书记刘新民和临时党支部的同志现场见证了这一时刻。

“对党忠诚、坚守岗位、尽职尽责，为打赢疫情防控攻坚战作出最大的贡献!”面对党旗，三位新发展的预备党员立下了这样的“军令状”。这是一场在“风暴眼”中举行的特殊发展会。

无论是与会党员还是发展对象，都是刚刚脱下厚重的防护服，从抗疫一线下来的战士。会议简短而肃穆，每一步又都严谨而规范。

这次特殊的发展会牵动着京汉两地。北京大学党委副书记、医学部党委书记刘玉村，北京大学第一医院党委书记潘义生与武汉一线亲切“连线”。刘玉村代表学校党委热烈祝贺三位同志被党组织接收为预备党员。

“今天是个特别神圣的日子，三位同志在抗疫一线光荣加入中国共产党，我们所有人都感到非常高兴！”刘玉村说，一线的医务人员展现了北大医学人使命在心、责任在肩的精神风貌，这样一支战队定将给党和人民交上一份满意的答卷。“你们的肯吃苦、能奉献、敢担当是‘人性’和‘党性’的最好体现，祝愿你们凯旋！”

自1月26日（大年初二）起，北京大学第一医院、人民医院、第三医院3家综合医院先后选派三批医疗队驰援武汉，目前共有406名医护和管理人员奋战在援鄂抗疫第一线。医疗队中共有中共党员143名，入党积极分子及发展对象26名。

为贯彻落实中共中央《关于加强党的领导、为打赢疫情防控阻击战提供坚强政治保证的通知》精神，北大医学援鄂抗疫医疗队根据党员构成情况，及时成立了第一医院临时党支部、人民医院临时党总支和第三医院临时党总支。

各临时党组织充分发挥战斗堡垒作用和党员先锋模范作用，扎实工作，团结带领全体医疗队成员，为疫情应对和医疗救治工作提供政治保障和组织保障。

2月22日，北京大学人民医院援鄂抗疫医疗队第一临时党支部、第二临时党支部先后召开党员发展会，张柳、姜华、王茜、马跃明4位医护人员光荣入党。2月25日，北京大学第三医院援鄂抗疫医疗队临时党支部召开党员发展会，沈宁、李少云、张佳男、梁超4位医护人员光荣入党。

新时代的医护工作者就这样冲在了斩除病魔的最前线，无惧无畏，冲锋陷阵。

## “我没见过你的样子，但熟悉你的声音”

北京大学第三医院危重医学科护士张佳男是北京大学第一批援鄂医疗队的队员，也是此次北大医学人在援鄂一线入党名单中唯一的“90后”。

这位在与病魔争分夺秒的战场上刚刚过完28岁生日的年轻姑娘，已经是危重科的“老人”，参与过多场急难险重病患的救治工作。

“在武汉的每一天都是感动的，感动来自于我的病人。”在张佳男的日记本里，有这样一句话。她告诉记者，曾经在给病人输液时，一位年迈的老人给她“打气”：“你们戴着防护手套，手会滑，不要害怕，多扎两针没有关系。”还有一次给病人发药，一位年轻的患者高兴地跟张佳男打招呼，“您怎么知道是我？”——“我们都没见过你们的样子，但是很熟悉你们的声音，谢谢你们来武汉！”

这句来自病患的温暖话语让张佳男默默流下了热泪，这让她想起了那首熟悉的歌曲《为了谁》。“1998年抗洪救灾时，我还是个孩子，每天在电视上看到人民子弟兵用血肉之躯阻挡着洪水。那个时候我肯定没想过，22年会后我也会成为一名‘战士’，和‘战友’们一起，和病魔打一场没有硝烟的战争。”

战友，一个在如此危险的前线，格外打动人的词汇。在张佳男的日记本里，这样记录着“战友”的情谊：“这是一支充满爱的队伍，像一个大家庭。这几天武汉下雪了，乔妈妈一早操心能不能早点给队员弄来羽绒服，上班路上别冻着；有男队员风寒感冒，袁妈妈早上去敲门烧水叠被子……”

“乔妈妈”是北医三院院长乔杰院士，“袁妈妈”是三院感染管理科副主任袁晓宁。两位老党员的付出让年轻的医护人员吃了定心丸。“她们临危受命，责无旁贷的精神感动着我们，我要向这些优秀党员看齐，用实际行动履行党员的责任和医护人员的使命。”张佳男说。

## “每一例重症患者我们都全力救治!”

2月3日武汉同济医院中法新城院区新病区正式启用。为更多地收治危重症患者，同济医院以最快的速度根据传染病防治需要，将原头颈肿瘤科病区改造为新的重症隔离病区。

这里是救治危重症病人的重要战场。2月3日晚，北京大学人民医院和北京大学第三医院医护人员第一批进入隔离病房，成为与死神殊死搏斗的勇士。

张柳是北京大学人民医院援鄂医疗队队长，也是在抗疫一线加入中国共产党的北大医学人中的一员。2月5日，当记者连线他时，张柳刚刚走出隔离病房。此前，他已经连续奋战了8个小时。

“刚过去的这个晚上，我们一共收治了30位患者，其中多数都是危重症患者，相对上周，新病区的工作量是过去的2～3倍，医护人员都是马不停蹄。”张柳告诉记者，当天夜里，病区收治的一位老年患者患有冠心病等基础疾病，还做过心脏搭桥，这次感染了新冠肺炎，低氧饱和度引发了心功能不全，喘憋无尿，情况比较紧急。医疗团队当机立断给予留置导尿，用以降低心脏负荷，一番忙而不乱的抢救过后，这位老年患者的病情得到了缓解。“和挽救生命相比，累真的不算什么!”张柳欣慰地告诉记者。

随着重症患者的增加，探索出一套精细化、标准化、程序化的治疗方案，从而提高效率，保障重症救治的水平，是摆在医护人员面前的一道必须攻克的难题。

面对新冠肺炎这一全新疾病，张柳和全体参与重症救治的医护人员一起，在繁忙的救治工作之余，一遍遍地讨论着最优化的治疗方案。随着救护经验的日益丰富，大家开始联合起草结构病历模板，不断细化规范流程。在北京大学人民医院资深重症医护专家安友仲主任的带领下，北大医学人在最短的时间内讨论出了《北京大学援鄂医疗队入院病人初步处理流程和原则》。这份规范流程的出台，为一切工作有条不紊地高效展开奠定了坚实基础。

“一晚上收治几十位重症患者，压力确实大，但有了明晰的诊疗流程，工作效率有了很大的提升。我们不怕收治更多的重症患者，作为医生，每一位重症患者我们都会尽全力救治！”张柳表示。

## 战“疫”前线，党旗高扬

北京大学援鄂医疗队是一支特别能打硬仗的部队。这不仅源于医护团队精湛的技艺，更源于勇担重任、大爱无疆的精神。

2020年初新型冠状病毒肆虐神州，湖北特别是武汉市成为了疫情最严重的地区。为提高武汉病患的收治率、治愈率，降低病死率，国家吹响了驰援疫区的集结号。号音犹在，北京大学三家医院的党支部群里，报名请战的人员名单已经接起了长龙。

“我有两次抗震救灾医疗队经验，新冠肺炎重症可能需要CRRT，我有经验！我是党员，首选是我！”“我曾经参加过院里2003年非典病房的工作，选我！”许多党支部全体党员报名，包括刚刚生完宝宝的年轻党员和退休的老党员也都积极请战。北大医学先后选派4批医疗队驰援武汉，400余名来自第一医院、人民医院和第三医院的医护人员奋战在援鄂一线。

队伍在哪里，党旗就要立在哪里。北大医学援鄂抗疫医疗队入驻武汉后，根据党员构成情况，及时成立了第一医院临时党支部、人民医院临时党总支和第三医院临时党总支。尽管支部是“临时”的，但责任却格外重大。凝聚人心，鼓舞力量，为疫情应对和医疗救治工作提供政治保障和组织保障成为临时党组织的使命。

暴婧是北京大学人民医院呼吸与危重症医学科的主治医师，也是人民医院临时党支部的支部书记，曾参加“组团式”援藏任务的她义无反顾地投入了与疫情搏斗的战场。

在隔离病房里，暴婧的防护服上写的是“别怕”，她鼓励患者鼓起勇气与新冠病魔作斗争。在战友中间，暴婧是耐心细致的“姐姐”，医疗队排好了进驻隔离病房的班次，每次队员出发前，暴婧会逐个到队员房间，检查每个队员防护物品是否携带齐全。隔三差五，她还与支委党晓曦和王秋跟每个队员谈谈心，了解队员心理状况，让每个人都能保持良好状态完成工作。

当暴婧得知不少队员记挂家人、想念同事时，她与后方及时联系，与队员所在科室、党支部以及宣传处合作，瞒着队员悄悄联系了家人和所有的同事，大家一起录制了医护祝福视频。

2月6日晚，临时党组织举行了一个温暖有爱的支部活动，当一声声铿锵有力的“加油”，一句句充满温暖的祝福话语从远在千里外的同事、父母、孩子们口中传递过来时，队员们感动得热泪盈眶，战胜疫情早日凯旋的必胜决心也更加强烈。

党旗所指，就是冲锋所向。在一大批共产党员先锋模范作用的引领下，北大青年医护人员深受鼓舞，在抗击疫情第一线纷纷向党组织递交入党申请书，截至2月24日，有121人在一线提交入党申请书。

“记得2003年非典，我还是个高中生，看着包裹得严严实实的医护人员治病救人，我义无反顾地选择了从医的志向。17年过去了，我有机会像曾经想象的那样来到抗疫一线，我愿用我的默默付出，为祖国的抗疫之路贡献力量！”来自北京大学第一医院的张慧在入党申请书中，说出了一线青年医护人员的拳拳心声。

让党旗高高飘扬在抗疫一线，北大医学人在党的坚强领导下，正在用精湛的医护水平和迎难而上的冲锋精神，谱写着大爱无疆的时代壮歌。

来源：北京大学微信公众号

素材源自北京大学医学部、北大医学援鄂抗疫医疗队

# 让党旗在疫情防控斗争第一线高高飘扬

## ——北大医学国家援鄂医疗队举行“重温入党誓词”主题党日活动

北京大学人民医院

3月1日上午10时，北大医学国家援鄂医疗队120余名党员和积极分子代表，在北京大学第一医院院长刘新民、北京大学人民医院院长姜保国和北京大学第三医院院长乔杰的带领下，在同济医院中法新城院区共同举行“重温入党誓词”主题党日活动。

北京大学人民医院副院长、援鄂医疗队临时党总支书记王天兵主持了本次活动，北京大学第一医院援鄂医疗队临时党支部书记马靖、北京大学第三医院援鄂医疗队临时党总支书记袁晓宁担任党旗护旗手。在嘹亮的国歌声中，活动拉开了序幕。

“今天是北大国家援鄂医疗队出征以来的第36天，在这段日子里，我们400余名北大医学人并肩携手、共克时艰，奋战在抗疫最前线并且取得了初步的成绩。”

刘新民首先发表动员讲话。他指出，在与新冠肺炎疫情殊死搏斗的战场上，一个多月来，大家响应国家召唤，义无反顾，勇敢逆行，直面考验，争当先锋；大家克服重重困难，舍生忘死，勇敢奋战，不惧病毒，使命必达！医疗队临时党组织充分发挥“红色战斗堡垒”作用，彰显共产党人的责任与担当，让党旗在疫情防控斗争第一线高高飘扬。今天在这里重温入党誓词就是要不忘共产党员的初心和使命，就是要用铮铮誓言展现我们打赢这场阻击战的决心和信心。我们坚信北大必胜，武汉必胜，中国必胜。

“在党和国家，在亿万人民最需要的时刻，北大医学人再次吹响集结号，奋战最前沿！你们是所有北大人的骄傲和自豪！所有北大人是你们最坚强的后盾！”

乔杰宣读了北京大学党委的来信，信中饱含着所有北大人对前线战友们的牵挂和祝福。这段时间北京大学和北京大学医学部党政领导班子多次与前线视频连线，表达关心和慰问，了解医疗队的运行情况和存在的困难。北京大学和医学部校友会多次为医疗队捐赠紧急物资，雪中送炭。北大的广大师生、校友通过帮助医疗队员家属排忧解难、为医疗队员献歌等多种形式为前线战友们加油鼓劲。正是这些关爱和支持，帮助医疗队员们解除了后顾之忧，保障了医疗队的平稳运行。

“我志愿加入中国共产党，拥护党的纲领，遵守党的章程，履行党员义务，执行党的决定，严守党的纪律，保守党的秘密，对党忠诚，积极工作，为共产主义奋斗终身，随时准备为党和人民牺牲一切，永不叛党。”80个字的入党誓词，字字千钧、句句彻骨，无不昭示着每一名宣誓党员入党时的赤诚之心和铮铮誓言。

姜保国作为领誓人，与乔杰、刘新民一起带领全体党员重温入党誓词。大家面对鲜红的党旗，高举右拳，字字铿锵，发出了属于北大医学人的最强音。

“关键时刻冲得上去、危难关头豁得出来，才是真正的共产党人。”此次北大医学国家援鄂医疗队共有143名党员、26名入党积极分子，他们在与新冠肺炎疫情殊死搏斗中临危不惧、冲锋在前，充分发挥了党员的先锋模范作用。在他们的鼓舞下，还有100多位医疗队员向党组织郑重提交了入党申请书，有14位同志在抗疫一线光荣加入了中国共产党。

每一次重温，都是精神的淬炼；每一次对标，都是前行的起点。在抗疫的最前线——武汉同济医院中法新城院区，重温入党誓言，北大医学国家援鄂医疗队将以此活动为契机，继续团结奋战、坚定信心、科学防治、精准施策，用实际行动践行初心使命，用铮铮誓言展现信心决心，让党旗在疫情防控斗争第一线高高飘扬！

# 鼓舞！振奋！习近平总书记的回信在北大医学援藏队员、援鄂抗疫医疗队队员中引起热烈反响

北京大学医学部党委宣传部

在藏历新年来临之际，中共中央总书记、国家主席、中央军委主席习近平2月21日给正在北京大学首钢医院实习的西藏大学医学院学生回信，肯定他们献身西藏医疗卫生事业的志向，勉励他们练就过硬本领、服务基层人民，并向他们以及藏区各族群众致以节日的问候和美好的祝愿。

习近平在回信中说，得知你们17名同学在北京进行临床实习期间，既锻炼了临床基本功，也坚定了献身西藏医疗卫生事业的信念，我很欣慰。

习近平指出，医生是人民健康的守护者。在这次新冠肺炎疫情防控斗争中，军地广大医务工作者冲锋在前、英勇奋战，用行动诠释了白衣天使救死扶伤的崇高精神。我相信，你们一定会以他们为榜样，努力做党和人民信赖的好医生。希望你们珍惜学习时光，练就过硬本领，毕业后到人民最需要的地方去，以仁心仁术造福人民特别是基层群众。

总书记的回信既是对医学生的鼓励，也是对逆行奋战在抗疫前线、救死扶伤的广大医护工作者，对接续奋战在雪域高原上、用大爱无疆的医者情怀为“老西藏精神”注入了全新的时代内涵的援藏干部们的鼓舞与肯定，大家倍感振奋与激动。

**北大医学第四批援鄂医疗队队员、北大医院田雨：**看到了总书记给西藏大学医学院学生的回信，尤其是写到：“医生是人民健康的守护者。在这次新冠肺炎疫情防控斗争中，军地广大医务工作者冲锋在前、英勇奋战，用行动诠释了白衣天使救死扶伤的崇高精神”，大家深受鼓舞，感受到在党中央的领导下，全国人民同心抗击疫情的决心。在前方抗击疫情的工作中也深刻体会到，只要全国人民万众一心，同舟共济，发扬一方有难、八方支援的精神，就一定能够取得抗击疫情的胜利，愿疫情赶紧结束，愿英雄的武汉市民重新过上太平安康的生活。

**北大医学第五批“组团式”援藏医疗队队员、人民医院朱志峰：**看到习近平总

书记给在首钢医院实习的西藏大学医学院学生的回信，感慨万千。这17名医学生意气风发，正值少年风华，在学生时代就能坚定自己的信念，献身西藏医疗卫生事业，让我为他们感到骄傲。2019年8月，我参加了中组部第五批“组团式”援藏医疗队，进行为期一年的医疗援藏工作。在西藏自治区人民医院工作期间，深刻体会到西藏医疗卫生水平与内地的差距，感受到这里的藏族同胞对高质量医疗服务的需求与渴望。岁末年初，新冠肺炎疫情暴发，为做好西藏疫情防控工作，在接到西藏自治区卫健委返岗命令后，我们放弃休假，第一时间返回拉萨，投身到疫情防控的第一线工作，为守护西藏一片净土，奉献着我们的忠诚与坚定。“知责任者，大丈夫之始也；行责任者，大丈夫之终也”，我们作为医务工作者，在这场疫情防控的阻击战中，要有更强烈的担当精神，用行动践行人民至上、生命至上的理念。

从1月下旬开始，北大医学先后派出了四批共427名白衣战士驰援湖北。在他们当中，北大医院赵秀莉，人民医院暴婧、李冉，北医三院葛庆岗，或是作为“组团式”援藏医疗队队员，或是参加过西藏医疗巡回任务，他们从西藏到湖北、从医疗援藏到抗击疫情，将北大医学的厚道与担当书写到了人民群众最需要的地方。

**北大医学第一批援鄂医疗队队员、第二批“组团式”援藏医疗队队员、人民医院暴婧：**看到了习总书记给北大教学医院实习的西藏医学生的回信，很有感触，这17位医学生目前正处于临床实习阶段，一下子把我拉回17年前。我们班大四，正要开始进入临床实习，非典疫情来了，临床的老师们都去支援。我了解到他们也会有担心，但还是会选择直面，他们非常辛苦，但这么多年来他们无怨无悔。新冠肺炎发生以来，多少家庭遭受了沉痛打击，但武汉人民也更加坚强团结，医护人员坚守岗位，酒店人员自愿返岗服务来自全国的医疗队，司机师傅接送医护人员，为群众配送物资……参加一线抗疫医疗工作，跟他们站在一起，是我和千千万万医护人员的心声。同学们坚定地表示学成后会回到西藏，服务于西藏的医疗卫生事业，我很开心。在拉萨工作过一年，知道西藏医疗条件有限，缺医少药，最缺的还是医护人才，相信西藏的同事们和患者们也会很欣慰。正如习总书记所说，练就过硬本领，到人民最需要的地方，作为医学生，能够回到家乡，守护西藏人民的健康，将是非常有意义和价值的人生。

**北大医学第一批援鄂医疗队队员、第三批“组团式”援藏医疗队队员、人民医院李冉：**看了总书记给西藏大学医学生的回信很有感触。我是中组部“组团式”援藏的第三批队员。不管是在西藏援藏期间，还是在这次武汉抗击新冠肺炎疫情的一线，我都感觉医生这个职业肩负了很多使命。我在西藏一年的时间，有幸指导过西藏医学生的毕业课题。无论是学生还是西藏的病人对我们都非常信任，我们也力所能及地给他们支持。在武汉也一样，面对这些病患，我们都是本着医生这个职业最纯粹的初心去救治患者，去跟病毒作斗争。我认为不管是医生，还是即将成为医生的医学生，都要时刻牢记责任，胸怀医者情怀。在真正需要我们的时候，不管是医生还是护士，都能够义无反顾地冲上一线。总书记在回信中说，医生是人民健康的守护者。我觉得我们要终身学习，才能配得上“守护者”这个称号，在人民需要我们的时候，尽自己的微薄之力。

**北大医学第一批援鄂抗疫医疗队队员、北医三院葛庆岗：**作为一名参加过2003年抗击非典战役，2015年支援过西藏的医生，此次带队在武汉参加抗击新冠肺炎战斗的前线，欣然读到习总书记给西藏大学医学院学生的回信，总书记高度肯定了医生是人民健康的守护者，高度赞扬了医生用行动诠释了白衣天使救死扶伤的崇高精神！我们深深感受到祖国的日益强大！深深感动于党中央面对疫情必胜的决心和信心！深深感慨于全国上下团结一致万众一心！深深感受到作为医生的责任和担当！我们没有理由不冲锋在前，英勇奋战！用抗击非典的宝贵经验，用无畏精神，用仁心仁术，救治病患，取得抗击新冠战役的胜利！

从首都北京的水准原点，到世界屋脊的雪域高原。从2015年至今，北大医学先后选派了四批中组部援藏干部，五批国家卫健委和北京市“组团式”援藏医疗队，累计已有111人进驻西藏。口腔医院副院长江泳、肿瘤医院院长助理吴楠先后挂职西藏大学医学院院长，他们针对西藏地区高等医学教育的现状，开拓思路，改变观念，调整结构，推动医教协同高质量发展，有效提升了西藏本地医学人才培养质量。

“西藏大学医学院学生来京学习是在国家‘组团式’援藏工作的背景下，针对西藏大学医学院没有直属附属医院的现状，为进一步提高其医学生的培养质量开展的工作。在教育部的统筹下，北京大学医学部虽然面临本身临床教学资源很紧张的情况，仍每年主动接纳20名左右西藏大学医学院的本科生进行临床实习，除教学查房、病例讨论、基础技能培训等丰富的日常临床教学工作外，还尽可能让同学们参与一些学术会议以开阔视野，并且非常重视学生们职业素养教育。”作为这项工作的推动者之一，江泳介绍到：“西藏自治区目前还处于缺医少药的阶段，解决问题的关键是要培养出一批批能够扎根西藏，为西藏医疗卫生事业而奋斗的高水平医学人才，从现在的‘外部输血’模式逐渐转变为‘自我造血’模式，现阶段的这种代培模式无疑是一种较好的选择。”

“今天，习总书记给西藏大学医学院17名在北京大学首钢医院实习的同学回信，勉励他们练就过硬本领，服务基层人民。作为曾经在西藏大学医学院挂职工作过的教师，我听到这个消息，特别感动，也特别振奋。”学习了总书记的回信，吴楠感悟很深，“西藏大学的同学们，他们心系祖国，积极向总书记表达对党和国家的感恩之情，立志学好本领后报效祖国，建设家乡，这种‘一寸丹心为报国，两行清泪为思亲’的家天下精神值得全社会学习和敬重。在这次抗击疫情的斗争中，北京大学也是国家队、排头兵，先后派出400余人的医护队伍驰援武汉，抗击疫情。藏大学子在北大的学习过程中，亲身体验了北大人勇立潮头、为国分忧的家国情怀，也被这种精神深深激励。藏大学子们用书信表达了他们的理想信念，相信他们一定会在未来的学习工作过程中，认真践行习总书记的勉励，既为国家守护着神圣国土，也为边疆守护人民健康。”

经受了雪域高原与抗疫前线的考验与磨练，北大医学人更加深沉地热爱这片神圣的国土，更加自觉地承担起增进人民健康福祉的责任与使命。

来源：北京大学医学部微信公众号

# 做人民健康的守护者　打赢疫情防控阻击战

北京大学第三医院　李　翔

2月23日下午3点，北京大学援鄂抗疫医疗队在武汉同济医院中法新城院区7层会议室召开会议，认真学习习近平总书记给在北京大学首钢医院实习的西藏大学医学院学生的回信，梳理总结近期北京大学援鄂抗疫医疗队的各项工作，进一步认清援鄂抗疫工作中的责任和使命，为抗疫攻坚战取得最后胜利汲取精神力量。北京大学援鄂抗疫医疗队领导组组长北医三院院长乔杰主持此次会议，副组长北大医院院长刘新民、人民医院院长姜保国带领北大各附属医院轮岗不在病房值班的医疗队队长、专家组成员、党总支和党支部书记等参会。

中共中央总书记、国家主席、中央军委主席习近平2月21日给正在北京大学首钢医院实习的西藏大学医学院学生回信。在信中，总书记肯定了他们献身西藏医疗卫生事业的志向，勉励他们练就过硬本领、服务基层人民，同时高度赞扬了在这次新冠肺炎疫情防控斗争中，广大医务工作者冲锋在前、英勇奋战、救死扶伤的崇高精神，使在武汉一线抗疫的医务人员深受鼓舞，力量倍增。

分管教学工作的北大医院副院长李海潮认为，此次援鄂抗疫，医院共计收到1700余封请战书，这些医护人员毫无疑问是临床医学生最好的榜样。此次战“疫”，感控防护和救治考验的都是基本功，队员们在实战中经受住了考验，收获了宝贵的经验，为打赢这场抗疫阻击战打下了坚实的基础。北医三院副院长沈宁深感北京大学医学部作为培养优秀医学生的沃土，其多年来坚持的教学理念和“厚道”精神，对于在抗疫过程中发挥北京大学国家医疗队高水平的救治力量起到了至关重要的作用，未来医院将更加强调基本功的学习与锻炼。习总书记在回信中对一线工作人员高度肯定，更是对优秀学子们的激励，希望他们投入到医学事业，为健康中国建设发挥力量。

在队伍中，“80后”和“90后”的医护人员占据多数，他们从一名临床学生成长为能在抗疫一线独当一面的白衣战士，绽放着青春的光彩。北大医院贾娜护士长身为一名“80后”，感慨着曾并肩作战的同志们飞速成长，更通过在武汉感受到的诸多细节想对武汉人民说一句谢谢，大家在付出的同时也深感被当地人民守护和关爱着。医疗队第四临时党支部书记北医三院王奔，作为2019届北京大学医学博士毕业生，“90后”的年轻医生，对于习总书记的回信更是深有感触。北大医疗队是一支招之即来、来之即战的队伍，在武汉第一时间全力以赴投入临床一线工作，用一流的诊治水平、护理技术帮助越来越多的患者治愈出院，这正是大家扎实的学识和临床基本功的体现。

这场严峻的战斗中，北京大学各医疗队充分发挥党组织的战斗堡垒作用，迅速成立临时党总支或党支部。党员们率先垂范，在各方面充分发挥先锋带头作用，更有一大批优秀队员共计172人积极递交入党申请书。会上，各医疗队的党员干部从回信中深刻感受到了党组织对人民群众的关怀。医疗队临时党支部书记北大医院第一批援鄂队员马靖回想起1月26日抵达武汉，前期面临着医用物资、设备缺乏的困境，是组织给予医疗队全方位的支持解决多方面难题。临时党总支书记北医三院袁晓宁结合其17年前参与非典战斗的感想，感受到了党组织长期以来强大的号召力，相信在党中央的坚强领导下，我们终将迎来抗疫胜利。

感染控制工作毫无疑问是此次400余名队员能够平安回家的最基本保障。各医疗队感控负责人从整体到细节，高度重视感控流程。人民医院高燕主任提醒“疫情有拐点，防控无拐点”，我们决不能掉以轻心。北大医院李六亿处长、赵秀莉主任、北医三院袁晓宁主任表示要共同努力，时刻把每一步感染控制工作做到位，一定要把北大医疗队平平安安带回家。三家附属医院医疗队护士长王玉英、王泠、李佩涛分别结合此次护理工作交流了读完总书记回信后的收获。各个医疗队通过分护理组的形式，责任到人；充分发挥基本功，不断完善各项工作制度；加强文化建设，给患者带去温暖与关心的同时，也不忘关注队员的心理状态。

专家组成员北大医院田雨副主任回想起从医之初前辈的教诲“穿上白衣就要肩负救死扶伤的职责”。人民医院曹照龙主任作为一名老家在湖北的教授，此次主动请战作为北大医学医疗队的一员更是满怀荣光。专家组表示一定进一步加强多学科合作，展现高水平的救治能力，带领大家不负“国家队”的称号，战胜疫情、平安凯旋。

北京大学第一医院、北京大学人民医院、北京大学第三医院各医疗队队长汇报了当前危重症患者救治情况和重要进展，以及未来工作的主要方向等情况。人民医院副院长王天兵积极分享了结合临床需求定制个性化排班的成功经验。

在会议的最后，三家附属医院院长总结工作并分享了自己的感受。刘新民十分感激总书记在回信中对于医疗援藏、援鄂抗疫工作的肯定和对医务工作者的关怀和鼓舞，强调我们必须要练就过硬的本领，形成合力，发挥北大医学的力量，努力提高治愈率、降低病死率，并叮嘱队员们要注意防护，全员安全归家。姜保国在倾听完众多队员的发言后，深受感动。日益顺畅的病房工作，规范化的诊治流程，这些都得益于奋战于一线的医护人员，大家的拼搏值得尊敬。医学生们虽然不能来到前线，但是就像总书记回信中的寄语，要以前辈为榜样，通过更积极的表现和更响亮的声音，为打赢这场阻击战贡献力量。乔杰结合在2018年首个中国医师节时，国务院副总理孙春兰前往北医三院海淀院区视察工作，深刻阐释习近平总书记指出的“敬佑生命、救死扶伤、甘于奉献、大爱无疆”是对广大卫生与健康工作者的精神概括，以及自己在2019年中国医师协会主办的医师节庆祝大会上带领医师们再次庄严宣誓，从而更深刻体会医者仁心的含义。号召大家要竭尽全力，科学救治每一位患者，充分发挥敢担当、勇探索的北大精神，在抗疫斗争的关键时刻，打一场漂亮的阻击战。

作为北京大学历史上派出支援的规模最大的医疗队，北大医学援鄂抗疫医疗队一定英勇奋战、坚守奉献、无畏前行，做好人民健康的守护者，真正成为医学生们的榜样，不负北大人的使命担当！

来源：北京大学医学部微信公众号

# 让青春在党和人民最需要的地方绽放绚丽之花

## ——北大医学援鄂医疗队“90后”党员学习热议总书记回信

北京大学第三医院　李　翔　北京大学医学部　焦　岩

3月10日，在疫情防控的关键时刻，习近平总书记亲临武汉一线，充分肯定了医务人员在此次疫情中作出的重大贡献。北京大学第三医院两位“90后”临时党支部书记王奔和吴超深受鼓舞，于3月11日代表北京大学三家附属医院援鄂医疗队34名“90后”党员给习总书记写了一封信。表达了“90后”一线人员不怕苦、不怕牺牲的坚定信心，一定会脚踏实地，以坚定的信念，始终把人民群众的健康放在第一位。在这场抗疫斗争关键阶段，站好最后一班岗，打赢疫情歼灭战，贡献“90后”的青春力量!

中共中央总书记、国家主席、中央军委主席习近平3月15日给北京大学援鄂医疗队全体“90后”党员回信，向他们和奋斗在疫情防控各条战线上的广大青年致以诚挚的问候。

习近平在回信中表示，在新冠肺炎疫情防控斗争中，你们青年人同在一线英勇奋战的广大疫情防控人员一道，不畏艰险、冲锋在前、舍生忘死，彰显了青春的蓬勃力量，交出了合格答卷。广大青年用行动证明，新时代的中国青年是好样的，是堪当大任的!

习近平指出，青年一代有理想、有本领、有担当，国家就有前途，民族就有希望。希望你们努力在为人民服务中茁壮成长、在艰苦奋斗中砥砺意志品质、在实践中增长工作本领，继续在救死扶伤的岗位上拼搏奋战，带动广大青年不惧风雨、勇挑重担，让青春在党和人民最需要的地方绽放绚丽之花。

3月16日上午11点，中央指导组综合组组长侯万军与医疗救治组组长张宗久来到北京大学第三医院驻地酒店传达习近平总书记的回信，北京大学三家附属医院医疗队部分“90后”党员共同现场聆听侯万军宣读习总书记的回信内容，大家倍感振奋和鼓舞。

作为这封信的主笔人，北京大学第三医院援鄂医疗队队员、第四临时党支部书记、北医三院骨科王奔激动地表示，感谢总书记和党中央对医疗队员的关怀，大家一定认真学习领悟回信精神，在前线发挥“90后”的全部能量，坚定地打好这场疫情阻击战。这次疫情中，无数“90后”“00后”的年轻人奋战在前线，写这封信的最初用意就是想向总书记和党中央、向全国人民汇报前线“90后”的工作和青春风采，传达出属于新时代“90后”自己的声音。身为北医三院医疗队最年轻的医生，王奔去年刚从北大博士毕业，留在北医三院骨科工作。到达前线后很快就适应了工作，迅速投入到作战当中。“感谢党和国家、学校和医院对我们多年的培养，学生时代的训练为我们打下了扎实的基本功。”王奔表示，最重要的不是“几零后”，而是努力后、奋斗后，能够到祖国最需要的地方去，能够为国家作贡献、为人民服务，才是实现人生价值最好的途径。目前到了战“疫”最后的关键时刻，一定站好最后一班岗，在前线发挥好“90后”年轻人的冲劲和闯劲，起到年轻党员的模范带头作用，和前辈们一起，和武汉人民一起，打赢最后的战役，争取最大的胜利，贡献属于我们的青春力量。

吴超是北医三院神经外科的一名主治医师，目前担任第二临时党支部书记，也是这封信的主笔之一。总书记的回信和鼓励让他感到非常激动。作为一名“90后”党员，自2月7日驰援武汉以来，他一直被周围的队友感动着，见证着在这场抗疫战争中“90后”党员，以舍生忘死的行动，践行入党的初心与誓言。吴超感慨道，一代人有一代人的历史际遇，正如99年前嘉兴南湖红船上的那群人，他们中有一半以上是当年的“90后”，他们为了国家，不顾生死，也勇于担当。现在，我们当代的“90后”党员也以实际行动证明，我们同样有着家国情怀，正表现出坚强、勇敢和担当。已近而立之年，这次抗击疫情是给我们的最好“成人礼”，我们即将“立”起的不仅是信心和能力，还有更多的家国情怀和历史担当。不管是这次抗疫胜利，还是实现中华民族伟大复兴，我们青年一代一定是闯关夺隘、攻城拔寨的先锋力量，也必将肩负重任。

王雅亭是北京大学第三医院心血管内科护师，作为北京大学第三医院援鄂医疗队临时党总支青年委员，兼任临时团支部书记，王雅亭结合抗疫一线护理工作和团支部建设发表了听完回信后的感受。在抗疫一线，护士们感受到身边老党员的模范力量，积极提交入党申请书。在工作和生活中，护理青年党员充分发挥先锋带头作用：严格管理病房，完善工作制度；重点关注危重病人，开展俯卧位通气；强调文化内涵，延续“三米阳光”护理文化理念，给病人带去温暖与关心。青年团员作为医疗队“90后”的主力军，临时团支部在临时党总支和上级团组织领导下发挥团员主观能动性，从后勤物资分发到临床小创新都可以见到“90后”青年团员身影。王雅亭表示，总书记的回信是对“90后”团体的肯定，在武汉抗击疫情的过程中，这些年轻的“90后”医护人员用行动证明了自己的责任、担当和价值。昨天还是父母眼中的孩子，今天已经成为新时代共和国的脊梁。

北京大学第一医院援鄂医疗队队员、心血管内科的金汉就是一名“90后”党员，“习总书记的回信给了我很大的信心，同时也更加明确了肩上所承担的责任。”作为一名“90后”共产党员，同时也是一位医务工作者，金汉表示，当国家面临重大疫情时，理应挺身而出，贡献自己的一份力量。在接下来的日子里，他将继续以一个共产党员的身份严格要求自己，对党忠诚，积极工作，为守护人民的健康事业奋斗终身。“苟利国家生死以，岂因祸福避趋之”，相信我们一定能战胜疫情，取得最终的胜利！

北京大学第一医院消化内科医生董锦沛说道：“3月10号习近平总书记亲临武汉一线，现在收到总书记的回信，作为医务人员，内心感到非常温暖和感动。作为新时代的一名党员，在这次抗疫斗争中，也得到了很大的锻炼和提高，这是我们青年党员在成长过程中必经的重要阶段。总书记在讲话中要求我们，要保持清醒的头脑，再接再厉，坚决打赢武汉保卫战。我们相信我们一定可以做到！”

北京大学人民医院援鄂医疗队队员儿科护士李嘉茵表示，习总书记在回信中指出“青年一代有理想、有本领、有担当，国家就有前途，民族就有希望”。作为一名在武汉援鄂期间刚刚加入中国共产党这支队伍的新兵，她感到格外荣幸。记得在几天前，习总书记考察武汉后说的一句话：“过去有人说他们是娇滴滴的一代，但现在看他们成了抗疫一线的主力军，不怕苦，不怕牺牲。抗疫一线比其他地方更能考验人！”作为最早的一批“90后”，援鄂这段经历应该是李嘉茵30岁最好的一份礼物，“它让我更好地学会独立，学会担当，学会感恩，学会理解与包容，让我更好地成长。也许我还有许多不足，但是援鄂生活势必是我在今后工作生活中最宝贵的一笔财富！”

北京大学人民医院呼吸与危重医学科护士吴文芳作为北大医学第一批援鄂医疗队队员，于1月26日抵达武汉。学习了总书记给医疗队“90后”党员的回信精神，吴文芳倍感鼓舞与振奋，她表示，能用自己所学专业为国家和人民贡献一份力量，感到非常自豪。在援鄂过程中，被武汉人民的感恩之心所感动，也看到各行各业的人们都在为打赢这场保卫战默默付出着，“90后”应发挥抗疫主力军的作用，为打赢这场保卫战贡献自己的力量。

张宗久在讲话中表示，医疗战线的同志们为“90后”医疗队员感到自豪，医疗队中“90后”共产党员们，在疫情中经受考验并受到锻炼，以实际行动践行了初心和使命。总书记的回信不仅是对“90后”医护人员的鼓舞，更是对抗疫一线的同志们、对全国医疗战线的同志们极大的鼓舞和勉励。大家一定要认真学习、深入贯彻领会回信精神的重要意义，凝心聚力，继续坚持努力，完成好抗疫阻击战下一阶段的工作。

侯万军在总结发言中指出，习总书记的回信使所有医护工作者、特别是青年医护工作者深受鼓舞与教育，大家的发言也让他深受感动。孙春兰副总理也多次提到“90后”“00后”在抗疫斗争中的表现，让我们看到了民族的希望。中华民族几千年来生生不息，特别是在重大灾难面前呈现出强大的凝聚力，“90”后青年在其中发挥了很重要的作用。接下来，大家要学习领会贯彻落实习总书记回信精神，在抗击疫情的斗争中发挥好党员先锋模范带头作用，践行白衣天使救死扶伤、大爱无疆的医者精神，展现青年人不畏艰险、冲锋在前、舍生忘死的蓬勃力量！

来源：北京大学医学部微信公众号

# 努力在为人民服务中茁壮成长

《人民日报》记者　汪晓东　李昌禹　申少铁　吴　姗　郑薛飞腾

“在新冠肺炎疫情防控斗争中，你们青年人同在一线英勇奋战的广大疫情防控人员一道，不畏艰险、冲锋在前、舍生忘死，彰显了青春的蓬勃力量，交出了合格答卷。广大青年用行动证明，新时代的中国青年是好样的，是堪当大任的！”

习近平总书记给北京大学援鄂医疗队全体“90后”党员的回信，对新时代的中国青年深情点赞，同时提出殷切期望。

习近平总书记的回信极大地激励了北京大学援鄂医疗队全体“90后”党员和青年，他们一致表示，决不辜负习近平总书记的希望和重托，进一步坚定信心，坚守岗位，坚持到底，“努力在为人民服务中茁壮成长”“让青春在党和人民最需要的地方绽放绚丽之花”。

## “武汉的经历让我的青春更有意义！”

“很意外，也很激动！”在北京大学援鄂医疗队北医三院分队驻地见到王奔，他一脸兴奋。3月10日，在疫情防控的关键时刻，习近平总书记亲临武汉一线，充分肯定了医务人员在此次疫情防控中作出的重大贡献。北医三院两位“90后”临时党支部书记王奔和吴超深受鼓舞，3月11日，他们代表北京大学三家附属医院援鄂医疗队34名“90后”党员给习近平总书记写了一封信。

“没想到总书记这么快给我们回信了！”王奔说，他们在信中汇报了北大援鄂医疗队在前线的工作，表达了“90后”不怕吃苦、不怕牺牲的坚定信心。“现在是战‘疫’的关键时刻，请总书记放心，我们一定发挥党员的先锋模范作用，贡献‘90后’的青春力量！”王奔说。

“总书记在回信中说‘让青春在党和人民最需要的地方绽放绚丽之花’，这句话很激励我。”1997年出生的北医三院心脏外科监护室护士刘金鹏是北大医疗队最小的队员，作为一名党员，他1月26日就请缨来到武汉前线，一直奋战在ICU。插管、吸痰这些又苦又累又有风险的活儿，他都抢着干。2月4日生日那天，他也是在病房度过的。“我今年23岁，武汉的经历让我的青春更有意义！”刘金鹏说。

“总书记一直在关心着我们，信中每一句话都蕴含着无穷力量，让我备受鼓舞！”1995年出生的北京大学第一医院护士宋彦龙是一名入党积极分子，来武汉前一天，他把自己的微信头像换成了夜空中露出一个金色笑脸的图片，给自己加油打气，“作为青年一代，我一定牢记总书记嘱托，不负党和人民厚望，冲锋在前，勇挑重担，为战‘疫’贡献自己最大的力量！”

“总书记的回信让我备感温暖，也备受鼓舞！”北京大学人民医院护士吴文芳说，自己是一名有着10年党龄的党员，参与抗疫是义不容辞的责任，也是自己青春时光里最宝贵的一段经历。“我感受到了武汉人民的爱心，体会到了患者的感激和信任，经历的一点一滴都让自己深受感动。”吴文芳说。

“总书记的回信，让我这个‘90后’感到很自豪！”1991年出生的北医三院消化科医生陆洁平说，“这段时间以来，我在战‘疫’前线学到了很多、成长了很多，将来一定会把在这里学到的不畏艰险、勇挑重担的精神带回工作岗位。”

## “三十而立，我们立住了！”

“总书记在回信中对我们‘90后’抗疫工作的肯定，让我很受鼓舞。”北大医疗队队员、北医三院肾脏内科护士张洁说，以前社会上给“90后”贴了不少标签，但在这次疫情中，“90后”用自己的实际行动为自己正了名，“‘90后’真的长大了，以前我们被别人保护，现在我们可以保护别人了。”

叶红菊与张洁是同一批来武汉的“90后”。她说，在武汉前线，她最忘不了的是患者的眼神。有一次，病房里来了一名70多岁的患者，老人患有脑梗，身体状况差，刚来时眼神里充满焦虑，频繁地按铃叫护士到跟前，叶红菊一点不嫌烦，每次都有叫必到、有求必应，还主动握着老人的手跟他说话，给他信心和力量。老人情绪逐渐缓和。有一次，叶红菊又拉着老人的手跟他说话，这时，老人费力地用左手拽起自己偏瘫的右手，双手抱在胸前晃动，叶红菊这才发现，原来老人是在向她作揖感谢，叶红菊眼泪顿时涌了出来。

“被患者需要，是一种幸福，更是一种责任。我们不再是孩子了，我们肩上的责任很重。”叶红菊说，“人们都说三十而立，最大的‘90后’今年已经30岁了，三十而立，我们立住了！”

"'90后'真的成长起来了，可以挑大梁了!"北医三院医疗队临时党总支书记、北医三院感染管理科副主任袁晓宁说，北医三院医疗队137人中，有75名"90后"，20名"90后"党员。"这次大家重新认识了'90后'，他们不是过去人们所说的'娇滴滴'，他们不怕吃苦，不怕牺牲，他们就是战士!"

"总书记在回信中对我们年轻人十分关心，我很感动。"1990年出生的北京大学人民医院护师李嘉茵在武汉火线入党。来武汉前，李嘉茵是一名新生儿科护师。到武汉后，由于护理的对象不同，她一开始在岗位上不太适应。但通过学习，她在很短的时间内就掌握了危重症患者的护理工作，很快成长为一名重症护士。"我们一定会按照总书记的要求，不断学习，增强自己的本领，救治更多的患者。"她说。

北京大学第一医院感染科"90后"医师钱建丹也在前线火线入了党。在武汉近40天的抗疫工作中，她感到自己"再一次近距离地、直观地感受到党员的先锋模范作用"。她说，"能够在战'疫'一线火线入党，我感到无比光荣!"

"总书记的回信极大地鼓舞了我!"1990年出生的北京大学人民医院创伤中心主治医师刘中砥说，自己在做的都是很普通的救治工作，能得到总书记的认可和鼓励，非常高兴和自豪。"在接下来的抗疫斗争中，我要继续保持昂扬斗志，不战胜疫情，决不收兵!"

## "哪里需要我们，就到哪里去!"

"总书记在回信中说，新时代的中国青年是好样的，是堪当大任的！作为'90后'，我非常受激励!"北京大学第一医院援鄂抗疫医疗队临时团支部书记郭新月说："'90后'朝气蓬勃、思维活跃，在病房里给患者带来很多欢乐。"

"挺住!""别怕，我们能行!"为了鼓励患者，北大医疗队成员、北医三院妇产科护士崔男和"90后"小伙伴们一起把想对患者说的话写下来贴在墙上，她们还为治愈的患者自制贺卡，祝贺他们出院，让患者很感动。现在武汉的情况已经逐步好转，崔男和小伙伴们除了完成日常治疗工作，更加关注患者的心理状态。"我们大家一起奉献自己的青春力量，早日打赢这场武汉保卫战，共同迎来胜利!"崔男说。

吴超是北医三院神经外科医生，他们负责的病区有51名患者，通过治疗，70%以上已经治愈，目前还有10多名重症和危重症患者。"总书记的回信坚定了我们继续战斗的信心和决心！我们会再接再厉，坚持到底，一直到全面胜利!"

"总书记在回信中指出，青年一代有理想、有本领、有担当，国家就有前途，民族就有希望。这句话让我内心久久不能平静。”北京大学援鄂医疗队队员、北京大学人民医院住院医师郭辅政说，“武汉疫情还未结束，我将服从组织安排，毫不放松，不断学习临床知识和本领，成为一名优秀的医生，救治更多的患者。”

“总书记在回信中对我们提出了殷切希望，我们一定要认真思考如何落实。”北京大学第一医院消化内科主治医师董锦沛说，自己以前一直在大医院工作，那里医疗条件好、医疗资源丰富。“这次在武汉的战‘疫’经历，促使我思考如何在紧急情况下、在资源紧缺的条件下进行诊疗工作。”

“我虽然是一名入党积极分子，但我已经开始以党员标准要求自己。”北京大学援鄂医疗队队员、北京大学人民医院护师张静说，“这也让我们觉得身上的责任更重了，我们要肩负这种责任感和使命感，继续努力工作，为国家贡献我们青年一代的力量！”

“请总书记放心，我们一定会鼓足干劲，继续战斗，不获全胜决不收兵！”“90后”党员、北医三院普外科医生张水生说，“武汉的经历是弥足珍贵的人生经历，我们一定会倍加珍惜。将来，我们还要继续在救死扶伤的岗位上拼搏奋战，哪里需要我们，就到哪里去！”

来源：《人民日报》

# 战“疫”前线，北大医学人的生日这样过！

北京大学医学部党委宣传部　武慧媛

两分钟的“战地生日”庆祝转瞬即逝，同事们又迅速投入紧张的“战斗”中，这个生日让王颖毕生难忘。

早晨八点半准时到达所在隔离病区，抱着满腔热血努力拼搏的精神上战场。要不是同事提醒，党晓曦压根没想起今天是自己的生日。

出行前她没有告诉家里的老人，出来这几天她给领导发信息汇报工作，给队员们发消息询问身体，却没有时间回复家里的信息。李少云生日那天，她没有告诉大家。

## 特殊的生日

### 王颖：许下一个特殊的心愿

1月30日，对于北大医院援鄂队员王颖来说，是个特别的日子——她的28岁生日。在繁忙紧张的工作之余，同去的小伙伴们为王颖准备了一个温馨的仪式，虽然简单，但由于在前线，显得尤为特别。

“今天是来武汉的第四天，阳光格外的好，气温仿佛在回升。”王颖记得，中午接到通知说要临时开会，大家都聚集在一起。看到楠哥（同事李楠）一手鲜花一手蛋糕的时候自己还想：这么有仪式感是要宣布什么消息吗？

“今天是咱们成员王颖的生日！”

听到这，她先是懵了下，然后突然幸福感爆棚了。

在领导前辈和同事的生日歌中，王颖手捧鲜花，许下生日愿望：尽自己所能，为患者提供所需，希望疫情消除，我们早点回家！

王颖说，更让她感动的是，生日蛋糕是“人肉”送达，听说过生日的是医疗队成员，当地师傅毫不犹豫用电动车送来。贴心的酒店餐厅专门准备了长寿面，不善言辞的她只能一次又一次真诚地道谢。

偷偷瞄到同行老师悄悄地抹了抹眼，内心感慨万千：这个28岁的伊始不一般，身处异乡，与优秀的前辈和同事共同奋斗在疫区一线。虽是本分，却也正是因为这个集体，让恐惧烟消雾散。勇气做支柱，专业当桥梁，爱心和信心必将指引我们走向健康的前方！——王颖日记中写下感慨，写下特殊时期的生日心愿。

“我希望早日战胜疫情，所有患者都平安出院，所有医务人员都平安而归。我一定不辜负众望，与大家共同努力，早日回家。”

这是王颖的愿望，也是全体医疗队员的愿望，更是全国人民的愿望。

## 遗忘的生日

### 党晓曦：和爱人共同战斗在抗疫一线

翻开北京大学人民医院援鄂队员党晓曦的日记，看到她记录的生日当天，工作紧锣密鼓，状态信心满怀。

“1月30日，我们来武汉已是第四天，在队长张柳的带领下，在‘尖刀兵’一队队员的探路下，昨日我们紧锣密鼓准备今天的临床工作。早晨8:30准时到达了同济医院中法新城院区，对于抗击新型冠状病毒肺炎疫情的工作，抱着满腔热血努力拼搏的精神上战场。

进入病区后，在王雯老师及王秋老师的带领下，团队有条不紊地准备交班前的防护工作，和中日友好医院顺利进行交接班。进入病区后，领导给我们每个人都布置了相关的护理工作，配合同济医院的护士们共同进行主班、治疗班、责护班等护理治疗，患者们在医嘱规定的时间内都得到了相应对症的治疗，这也是我们每个护士最最欣慰的！”

健康所系，性命相托。作为一名重症监护室的护士，党晓曦深知，要把以患者为中心放在首位，要用自己的耐心、细心、责任心守护每一位患者，不得有一点马虎。作为一名党员，她在内心要求自己必须吃苦在前，享受在后，弃小家为大家。

同时作为军人家庭的一份子，党晓曦说，她和爱人共同为抗击新型冠状病毒肺炎疫情做足了思想准备，时刻准备好奔赴前线。“今天的我已经比他提前进入前线工作，这也是我个人特别值得骄傲的事！而他作为解放军总医院京中医疗区筹备组兼新型冠状病毒肺炎防疫应急小组组长，统筹辖区二十余家基层医疗机构的医疗及新型冠状病毒肺炎防疫工作，也在为国家发挥着自己的力量。我们共同努力加油，为国家为人民作出自己的贡献!”

“刚刚，同事提醒并祝福我，今天是我的生日，我自己都忘记了。此时，说出我心中最大的愿望：希望疫情赶快过去，大家平安健康!”

## 奔忙的生日

### 李少云：生日当天做最美逆行者

1月29日，农历正月初五，是国家援鄂抗疫医疗队——北医三院医疗队员正式进入武汉同济医院中法新城院区的第一天，而这天恰好是副队长李少云的生日。她没有告诉大家。

少云老师是副队长，也是带队护士长，她操心着队里所有的工作安排，也操心着护理队伍的生活细事，而她常常没时间顾及自己，刚到武汉的时候我俩住一屋，眼瞅着她天一亮就坐在了电脑前，电话一响匆匆跑出去，一壶热水烧开三回一口没喝。尽管临行前护理部葆华主任已为她剪短头发，来到这里她又拿起剪刀剪掉刘海，哪有女生不爱美，只是疫情面前不在乎。

哪个人没有牵挂的人，出行前少云老师没有告诉家里的老人，出来这几天她给领导发信息汇报工作，给队员们发消息询问身体，却没有时间回复家里人的信息，看到闺女的照片她终于忍不住了……少云老师的爱人是一名退伍军人，她说等宝贝长大一定告诉她，爸爸妈妈都是战士，给她讲讲妈妈的故事。

“如果岁月静好，有人需要负重前行，我愿意去祖国最需要的地方……”李少云说。

疫情可以隔绝，温情无法阻隔。彼此鼓舞，患难与共。坚守奉献，无畏前行。战斗在援鄂抗疫最前线，保重，加油！北大医学医疗队队员，家人祝福你们!

来源：北京大学医学部微信公众号

素材源自北京大学第一医院、北京大学人民医院、北京大学第三医院

# 与疫情战斗的日子！北大医学人前线日记

北京大学医学部党委宣传部　武慧媛

日夜奋战在抗疫前线的
北大医学人
白衣战士们
辛苦了！
感谢你们
在极其忙碌辛劳的工作间隙
记录与疫情战斗的所思所感
这其中，有感动、有牵挂
亦有磐石般的信念和坚守
朴实的文字，充满着力量

2020 年 1 月
27 日

## “妈妈说，我来武汉了，她都不知道”

昨天到武汉宾馆晚上10点多，简单收拾后，躺床上睡得好香。今天的任务是培训，培训完妈妈给我打电话，说我来武汉了她都不知道，还是邻居姥姥看了新闻告诉她的。唉，目前信息这么发达也不好，想瞒她些事情也不容易。

闺女今天最后一天输液，体温一直不高，这下就放心了。

下午培训了穿脱“猴服”（“猴服”是猴式防护服的简称，全套为5层）、隔离衣，队长葛庆岗，副队长王丽、李少云，临时党支部书记袁晓宁，事无巨细，不厌其烦，一遍遍叮嘱，一个一个人纠正，不能出半点错，零感染。

医疗队队员，一个都不能少，既是军令状，也是对我们的要求。我们不仅要对患者负责，也要对自己负责。

——北京大学第三医院援鄂队员　王军红

2020年1月
28日

## “即使很小的细节，我们也要力求完美”

今天过得很充实，我们所有人分组练习整个防护过程。小组在上午练习的时候，感觉时间过得太快了，过了十二点半，才想起来要去吃午饭。

看队友实地考察拍回的照片，病房里的一次性帽子像是浴帽，我们四人赶紧换成浴帽进行练习，可是浴帽并不透气啊！所以我们的头发都湿了，浴帽里都是水汽，就连防护服的帽子都是湿的，拿着吹风机吹干了继续练习。

每次发现问题，大家都特别积极主动地说：“赶紧给我记下来”“把我这个问题也记下来”。我们有一个笔记本，记录着出现的问题。即使很小的细节，我们也要力求完美，这是我们对自己对他人的负责。就这样子一遍遍地练习着，充实地度过了上午和下午的时光。时间一点一点地流逝，我们每个人都在一点一点地进步着！

——北京大学第三医院援鄂队员　巩志慧

2020年1月
29日

## “走出病房前，我向同为护士的患者伸出大拇指”

1月28日晚9点，北京大学人民医院医疗队成为首批进驻病房的国家医疗队。该病区病房首次开放，当晚就收治12例新型冠状病毒肺炎患者，2例病重，其中1例既是产妇，也是护士。

这名产妇是今天晚上过来的，刚生完孩子3周，她的爸爸、妈妈、公公也因确诊新型冠状病毒肺炎住进了医院。看着情绪明显焦虑的患者，我试图拍拍她的肩膀安慰一下，但五层手套的隔离使触感消失。她并没有像我想象的那样哭泣，她相信全家都会平平安安。

其实她不知道，她的妈妈已经因为呼吸困难戴上了无创呼吸机。我不知道是不是该向她透露一切。希望她能乐观一些，帮助自己和家人渡过难关。

后半夜，我因为体力不支被迫替换下岗，走之前我向这名患者伸出大拇指，患者也微微点头示意。相信她会越来越好，也祝她和她的家人平安，早日战胜病魔。

——北京大学人民医院援鄂队员　王胜楠

2020年1月

29日

## “今天进病房了，既紧张又激动”

今天进病房了，既紧张又激动。紧张是因为病房刚刚组建，我们还不是特别熟悉，这几天要和同济医院的兄弟姐妹们互相磨合；而激动是因为终于可以为武汉同胞发挥自己的力量，这也是我们此行的目的。

好在工作开展起来了，一些着急住院的患者有地方住了，他们也安心了。由于病房里的患者属于完全隔离，所以我们不仅要进行疾病的护理，同时也要做好生活的照顾。

一天工作下来，我们没吃饭也没喝水。穿上防水防护服，戴了一天的N95口罩，还是感觉有点憋得慌，面部也被勒得发红发痒。为避免交叉感染，昨天开始所有队员进入单人间。吃晚饭的时候，我们四个小伙伴隔空喊话，隔桌相望。多么搞笑又心酸的场景。

其实最难的不是干活，最难的是穿着防护服戴着五层手套干活；最困难的不是呼吸，最难的是穿着防护服戴着N95呼吸。然而，最最难的是患者，他们焦虑的目光，无助的眼神，未知的生命。我们有信心，让他们一个个健康出院！

——北京大学第一医院援鄂队员　郭梦冉

2020年1月
29日

## “在她们的保护下，我们信心满满、士气十足”

能够成为此次医疗队的一员奔赴前线贡献自己的微薄力量，我很自豪。抵达武汉的这几天，随着气氛的紧张，我们的工作也陆续忙碌起来。在马靖队长、赵秀莉副队长、贾娜护士长等几位老师的带领下，不断地学习感染防控管理、练习穿脱防护服。

脸上一道一道N95的压痕，手上满是消毒剂刺鼻的酒精味儿，虽然有些辛苦，但大家都热情饱满。

几位老师常常说，“我一定要把你们平平安安地带回去”。朴实的话语充满了感动，她们就像我们这个大家庭的家长一样，我们在她们的保护下信心满满，士气十足。我们一定竭尽全力，抗疫到底，武汉加油！中国加油！

——北京大学第一医院援鄂队员　张　慧

2020年1月
29日

## “心中有大爱，一切困难都会克服”

今天是正月初五，是个特殊的日子，作为第一梯队中的一员，在葛庆岗队长、李少云副队长、临时党支部书记袁晓宁的带领下，连夜奔赴现场。凌晨1点半起床，简单洗漱，收拾完毕。这是培训后的第一次真枪实弹，内心无数次给自己加油鼓劲："你可以的，没问题的！"

我们这班主要操作是静脉采血、测体温等，由于护目镜已起雾，不能看清血管，凭借仅有的手触感以及这些年的工作积累，将标本顺利采集完成，内心喜悦之情溢于言表。

完成工作返回的路上，葛庆岗老师、袁晓宁老师回忆起了当年参加非典、玉树救援时的场景。听他们讲述过往经历：玉树医疗救援时，自己的行李找不到了，可他们注意力只在物资上面，只要保证物资药品安全到位就行；在只有一床被子、气温零下10多度的情况下，几个人一起共用取暖……心中有大爱，一切困难都会克服，心中肃然起敬，崇拜感油然而生！

非典那年，我正在医院实习，无法去前线，为此还失落了好一阵子。17年后，随着疫情的蔓延，除夕夜接到通知，需要紧急成立应急医疗队，我第一时间义不容辞报名。由于当时在老家过年，唯恐手机信号不好，不能接到电话，一次次让家里人确认电话是否畅通，以致于妈妈听到我的手机有短信以为是电话，立马叫我接电话。她心中虽然有担心，但仍然无条件地对我的工作给予理解与支持，谢谢你们给我的爱！

——北京大学第三医院援鄂队员　夏云霞

2020年1月
30日

## "多年后回想这一幕，内心定会无比自豪"

有了昨天的第一次"实战"经历，进入隔离病房的队友们都相继反馈了信息，队员们对支援工作有了更为详实的了解。当晚6点召开紧急视频会议，大家集思广益对反馈的问题逐一解决。会议结束后，领队们不顾疲劳，加紧第二组队员穿脱防护服的演练，直至晚上11点。

今天上午队员们各显神通、互相配合，整理方案、制作工作表格、写写日志及感想、练习穿脱防护服。时间总是过得很快，第二组的队友们已于下午奔赴"战场"。加油，战友们。

支援的日子虽然很紧张，但在这期间，无论是家人、朋友还是同事都会源源不断地给我发来鼓励并支持我的短信。我感动万分，谢谢我强大的亲友团。在这里有不一样的经历，不一样的人生，多年后回想起这一幕，内心定会无比自豪，我的人生又多了一份精彩。

今天我们大家才得知，昨天不仅是大年初五，也是李少云护士长的生日，在这里只能给您送上一句“生日快乐”。我想只有大家齐心协力，不畏艰难，将疫情彻底消灭，才是送她最好的生日礼物。

——北京大学第三医院援鄂队员　王朋朋

2020年1月
31日

## “大约半个小时就开始憋气、胸闷、头晕”

昨日是第一次进病房，作为第一组成员，值9点到12点三个小时的班，刚进去时有点兴奋，也有点紧张和恐惧。

穿上密不透风的防护服，戴上口罩、面罩、护目镜等一套装备后，大约半个小时就开始憋气、胸闷、头晕了，要完成护理操作，还要给患者进行宣教。

三个小时下来，真是很疲惫，到现在还是头胀痛得厉害，但这一切都是值得的，因为患者的需要，患者家属的期盼，还有肩上沉甸甸的责任。

——北京大学人民医院援鄂队员　杨　欢

2020年2月
1日

## “在这个团队里，没有人有怨言，也没有人退缩”

凌晨五点才下班回到住所，洗洗涮涮六点四十，本想坚持到七点下楼吃饭，不知怎么就睡了，一觉醒来已是中午。

我们交流着各自的感受，不禁感慨，只是这几个小时，都觉得疲乏、头痛，病房里缺氧的患者多难受……在这个团队里，没有人有怨言，也没有人退缩，现在我们是彼此最亲近的人。

从第一天到达武汉，在路上兜兜转转两个多小时找不到路，到现在我们的基本生活有所保障，工作也慢慢步入正轨，相信会越来越好！今天跟闺女视频，她郑重其事地说："妈妈，问您个事啊，到底什么时候回来?"我竟一时语塞，只能告诉她，我也不知道……愿我们明天一切顺利，愿大家健康平安，愿武汉越来越好，武汉加油，中国加油！

——北京大学人民医院援鄂队员　马跃明

2020年2月
1日

## "国家援鄂医疗队员是我最美的名字"

队员们在武汉给我和二月份生日的"战友"过了集体生日，这个生日在我生命里意义非凡。自我成长和认识一群可亲可敬的战友是我收到最好的生日礼物。有时治愈，常常帮助。爱上这份职业不知从哪一刻开始，从护目镜外患者的点头开始，从战友帮我拉上防护服拉链开始，从爬坡曲线出现拐点的一刻开始。

像"战友"说的，多年后看到这张飞往武汉的机票存根，想起这段峥嵘岁月会泪流满面，国家援鄂医疗队队员是我最美的名字。感恩一起奋战的每一位老师，感谢援鄂的每一位建筑工人，感谢每一次不知名的捐赠，感谢国家有难时每一颗积极赤诚的心，是你们教会我成长。

我相信，扛一扛，漫长的冬季、凛冽的寒风都会过去。我相信，春暖花开，不管何时都会到来。我相信，总有一天闭上眼就可以沉陷在睡梦里。我相信，最美最热烈的时光就在身旁。

冬季再漫长也阻挡不了下一个春季的到来，寒风再凛冽也阻止不了"战友"闭上眼就能流出眼泪的美好。我心里的光，被你们点亮，藏在最美的天堂。刚听亲人说北京下雪了，希望有一天武汉战“疫”胜利，我们带你们回北方看雪。

——北京大学第三医院援鄂队员　张佳男

前方队员的战地日记
一篇篇发回
一遍遍翻看
感动、牵挂、祝福、期盼
刊发前方日记
期待以这样的方式
记住他们的壮举，带去我们的祝福
愿平安健康，早日归来！
愿早日打赢这场硬仗
胜利凯旋！

来源：北京大学医学部微信公众号

本文综合自北京大学第一医院、北京大学人民医院、北京大学第三医院援鄂医疗队员日记

# 北大医学人的战“疫”故事，讲给你听！

北京大学医学部党委宣传部 武慧媛

向疫而行，他们无所畏惧
险情在前，他们从不退缩
对家人
他们有太多的愧疚和牵挂
对亲朋
他们有太多的善良和柔软
与患者一起
承受病患疾苦的无私大爱
同战友一道
扛起救护生命的职责担当
为妻、为母、为父、为子……
陆续整理他们的前线日记
记录北大医学人的战“疫”故事

## 故事1

### SARS后一直留着的长发，“咔嚓”剪落

“其实我觉得大家都害怕，不能说不害怕，但是我觉得毕竟你选择了这个职业，你就应该去做这个职业应该做的事情。”

2月1日，就疫情期间民众应该如何做好防护的问题，北医三院副院长、呼吸与危重症专家沈宁教授接受中央广播电视总台专访。采访间隙收到信息，北京大学三家综合性附属医院接紧急通知，再次召集医务人员驰援武汉。其中，就包括正在接受采访的沈宁教授。

来不及与家人告别，她匆匆结束采访，直接从医院出征武汉。

17年前，非典疫情暴发，31岁的沈宁奋战一线，是呼吸科的先锋人员；17年后，在新型冠状病毒肺炎疫情救援中，已经成为呼吸与危重症专家的沈宁驰援武汉，使命必达。

2月3日晚9点，由北大医学援鄂医疗队（北大医院、人民医院、北医三院）联合河南医护团队进驻的危重病房新病区就要正式运行了。吃过午饭，作为新病区医疗队队长的沈宁看着她保留多年的长发，淡淡地说了一句“你帮我剪了吧”。

“我评估了发量，的确会影响穿脱防护服。经过短暂讨论，最终由乔杰院长和我联手，一人剪一边。正当我们要开剪时，沈宁姐姐说，‘放心剪吧，大不了剪成光头。’”北医三院感染管理科副主任袁晓宁在日记中这样写道。

一剪下去，断了万千烦恼丝，剪下的头发静静地躺在桌上，多年的盘发何时才能再次盘起？

### 故事2

## 不写名字，写“别怕”

1月30日早八点，国家援鄂医疗队北京大学人民医院的13名医护专家和1名感染防控专家再次乘坐班车，赶赴华中科技大学同济医院中法新城院区隔离病房。那里有27名新型冠状病毒肺炎患者和疑似病患正在等待着他们救治。

医疗队员被防护服包裹得严严实实，谁也不认得谁。为方便工作交流，大家在防护服上写下名字，同时也写下“加油”“棒棒哒”等鼓励温暖的词汇。

名字给同事看，“加油”给患者看！

援鄂医疗队员、北京大学人民医院呼吸内科暴婧医生跟大家说：“不用写我名字了，就写‘不怕’吧！我是谁不重要，就希望患者们看到了，能不再害怕。”

暴婧医生的小女儿只有6岁。

在孩子3岁准备上幼儿园时，暴婧响应国家号召参加“组团式”援藏医疗队，奔赴雪域高原开展为期一年的医疗援助。当她完成援藏任务回到家时，女儿紧紧抱着她不肯撒手，白天晚上黏着，生怕一转身妈妈又不见了。

此次她又毅然应急出征来到武汉抗疫前线，看似坚强的女战士，女儿却成为她内心中最柔软、最觉得亏欠的牵挂。

女儿在家，用画笔记下自己的日记，由姥姥拍下来发给妈妈。

## 故事3

### 进入病房，一定“小心”

如果说一线医护是通过诊治工作保障公众健康安全的卫士，那么感染防控人员就是医疗队和到医院就诊的每一位患者的安全卫士。每天和医护人员们战斗在一起，通过优化诊疗流程，通过指导、保障医护人员防护措施到位，减少患者之间以及患者与医护人员交叉感染的风险。

此行，赵秀莉作为感染防控管理专家与医护人员们一同前往武汉前线，主要负责前线医务人员、病房环境的感染管理工作。队员们每一次进入隔离病房，赵秀莉都要“现场监督”。大家穿好防护服，带好隔离用具，稍有一丝不到位，她都要亲自上手为大家整理，上下打量之后才允许大家离开。而每一次目送队员们进入病房时，都会送给大家一个铿锵有力的拳头，“加油!”

1990年参加工作的赵秀莉，在北大医院呼吸科监护室从事护理工作十年。2000年转从医院感染管理工作，整整二十年，伴随着中国感染管理发展日趋成熟壮大。2017年，赵秀莉作为第三批“组团式”援藏医疗队员奔赴高原，帮助西藏自治区人民医院建立了专业的医院感染管理体系。

这一次，她依然选择上前线。“与医院感染作斗争，就像没有硝烟的战役，医院感染管理人员就像背后的无名英雄，默默奉献，静静守候”。作为此次北大医院援鄂医疗队副队长，同时担任医疗队临时党支部副书记，赵秀莉说，“我一定会完成任务，也必须完成任务。在‘前线’，他们救治患者生命，我全力保证他们的安全。”

## 故事4

### 我们是“老兵”，让孩子们缓缓

“隔离病房患者日渐增多，我们今天要派驻护士人手也要增多。如果大家身体不允许，会设有备班接替。但也希望能照顾昨天刚下夜班的老师，尽可能不启用备班。”北京大学人民医院护理队长王雯在晚上的动员会上这样说道。然而第二天一早，两位刚下夜班的护士长却执意上了开往隔离病房的班车。

年轻医生护士不容易，很多是第一次进隔离病房，我们一定要亲自盯着他们防护好才放心。”王雯护士长说。

王秋护士长说：“我们都是‘老兵’！进到隔离病房也熟，手把手带一带，也让第一天夜班的孩子们有机会缓一缓。”

第一次进驻病房，王雯、王秋白天带领大家准备各种物资，晚上临时接到通知，义不容辞地带领大家一起进入病房。从前期物资准备，到逐一盯着大家穿戴防护，从熟悉病房环境明确流程，到事无巨细与年轻护士们一起干，从休息时不停地碎碎念着安全防护操作要领，到大家脱下防护服之后的检查善后交接，忙碌不停。

“两位护士长一直和我们在一起。她们年纪比我们大，责任和工作更多。看着老师们都能坚持，我们又有什么坚持不了的呢?”年轻的护士们感慨道。

### 故事5

## 看了妈妈的留言，泪水在眼眶中打圈

“2020年春节是个不平凡的春节，也是一个特殊的春节！本以为今年春节可以回家和父母团聚，没想到来到了武汉前线。”

国家援鄂医疗队员、北大医院崔晓博还记得：1月23日那天，本来已经拿着行李到了车站，当看到护士长在群里说让大家回到医院值守时，她又毫不犹豫拖着箱子立刻返回。

随医疗队来到武汉的那天早晨，崔晓博给家里发了一个信息，告诉家人自己会照顾自己，请她们放心！

母亲在回信中说，“我相信你会照顾好自己的，调整好心态，迎接挑战。祝你在这无硝烟的战场上与同事团结一心，共同抗战。也祝你们平安顺利返回。我相信你和你的同事，我为你和你的同事们加油！！！”

看了母亲的微信，泪水在崔晓博眼眶中打圈，也增添了她在前线奋战的信心：不辱使命，早日凯旋！

## 故事6

### 可爱的老爸：我没事儿，一切都很好

“昨天您说如果太忙，就不用每天打电话；但打通了电话，您说：‘我还是担心你，你不打个电话，我根本睡不了觉！’

今天进到病房忙了一天都没有时间给您打电话，我只想告诉您一声儿：‘我没事儿，一点也不累，防护很好，一切都很好。’”

国家援鄂医疗队员、北京大学人民医院李蕊，在发回的前线日记中记录了自己和父亲的对话。

李蕊说，自己本是不爱出汗的人，可是一天下来感觉出了一整夏天的汗，头胀到想用凉水冰一下。生理期还没有结束，武汉天气湿冷，一直抱着暖手宝。

她还记得，那天告诉父亲自己决定报名去武汉支援时，父亲长久的沉默。

“一会儿您说，去吧，做好防护。我一下好想抱住您。妈妈的高血压药千万别忘记吃，如果没药了，我不在的时候，您去取药时也一定要做好防护啊！亲爱的老爸，你们的理解和支持，是我最大的动力。我爱你们！”

## 故事7

### 我和患者说，不要紧张，相信科学的力量

2月2日是刘金鹏第二次进病房，这次他的心情放松了许多。在这里，护理工作不仅是打针输液，要更关注心理护理。国家援鄂医疗队员、北医三院刘金鹏在日记里写下：

我和患者说，不要紧张，要有坚定的信心，相信科学的力量，不久的将来一定会健康出院。患者向我点头表示感谢。

我想给他们温暖，用我的知识和诚意给他们希望，稳定情绪配合治疗。我们把北医三院“三米阳光”活动带到了武汉，制作了很多小卡片，上面写了很多鼓励的话，希望患者们可以感受到温暖，有信心战胜疾病。

这两次进病房的经历，让刘金鹏感受颇多。“作为一名年轻的党员，我要起到模范带头作用，帮助老师们做好基础工作，给患者带去温暖和鼓励，让他们有信心。相信一切都会好的，期待马路上熙熙攘攘的人群结伴去看樱花的那一天……加油武汉！”

## 故事8

### 同学一别八年整，隔离病房“巧”相遇

高中毕业已经8年了，国家援鄂医疗队员、北医三院陈琦从没想过会与老同学在武汉、在隔离病房相逢。

1月29日，陈琦进入隔离病房后，发现一位北大医院的同事很不舒服，于是陈琦就帮助她一起走出隔离病房。在最后摘掉口罩时，对方惊讶地喊出了声：“呀！你是不是陈琦？”陈琦惊讶地发现竟然是老同学：“王周圳”。

陈琦和王周圳是高中同学，毕业8年来再没有见过。让她们既惊又喜的是，俩人竟然同样选择了护理行业，同样选择了在国家最需要的时候来支援武汉。“同为北大人，在国家需要时做出了相同的选择。我们身处不同的医院，却同是国家援鄂抗疫医疗队的队员。”这是陈琦和王周圳这两位老同学共同的心声。

同为北大人
国家需要，义无反顾
白衣英雄，逆行踏浪
用生命守护承诺
用信念书写大爱
初心无悔，职责所在
英雄出场没有光环
有的是
睫毛下的汗水
湿透衣背的艰辛
席地而睡的困顿
护目镜后的坚定
医者，保重！

来源：北京大学医学部微信公众号
素材源自央视新闻、北京大学援鄂医疗队员日记

# 以特有的方式表达爱　战“疫”中的特别爱情

北京大学医学部党委宣传部　武慧媛

2月14日，
一个关于爱、浪漫以及鲜花、巧克力的日子
而今天，由于新冠肺炎疫情
他们不得不暂时别离
为了更多人更长久的相聚

疫情来势汹汹，阻击众志成城
白衣战士请战一线，毫无犹豫
时间紧任务重，与爱人的告别只能匆匆
没有甜言蜜语，却爱意满满
没有轰轰烈烈，却打动人心

特殊时期，别离，出征
爱，定格在那个深情的相拥
那千百次的回眸
久久不愿松开的牵手
此刻
淳朴的话语却是最美的爱情

## 回眸：驰援武汉，她留下一千次回眸

马骏，北京大学第三医院肿瘤放疗科护士，国家第一批援鄂抗疫医疗队队员；爱人，陈森，北京大学第三医院肿瘤化疗科医生。

2003年，陈森加入了一线抗击非典的队伍。也是这一年，马骏参加高考，因为对抗击非典医务工作者的敬佩报考了护理专业。当年的小姑娘如今已成坚强战士，奔赴前线丝毫没有犹豫。

1月26日出征那天，陈森手捧鲜花送别即将奔赴战场的妻子。这是两人婚后第一次在这种情境下分别。马骏无数次的回眸，深深记在了陈森脑海里。

**写给正在前线奋战的妻子：**

马骏吾妻，虽然咱们结婚已10余年，孩子都上小学了，但你在我的印象里，仍然是一个有些娇气，有些怕苦怕累还不成熟的小姑娘，直到这次新冠肺炎疫情来临，才让我发现了另一个不同的你。

大年初一晚上，你接到了科里护士长的电话，通知参加第一批三院医疗队去武汉。你二话不说，毫不犹豫就答应下来。放下电话，你的妈妈得知消息后就开始抹眼泪，你又耐心做通妈妈的工作。

初一深夜，安顿好孩子后，你开车从娘家赶回了家里。那一夜，你睡得很安稳，我却失眠了。第二天上午，我去出门诊，你自己一人去超市采购物品，独自一人收拾好行囊来到医院，等待出发。在我眼里，你自始至终都是那么镇定而又坚毅，直到在机场临出发的时候，你的那一次次回眸，才能看出你的不舍与牵挂。

到达武汉后，你总是给家里打电话报平安，说一切都很好。直到有一次我戴着N95口罩出了4小时门诊，摘下来以后望着镜子中鼻梁上、脸颊上深深的红印，感受着耳朵上勒痕带来的疼痛，才切身感受到了你的辛苦与不易。

最后，我想告诉你，我们在北京都挺好的，无论是科里、院里还是北京市的工会，都给了咱们家里巨大的帮助；我和爸妈、孩子都很平安，期待早日战胜这场疫情，期待你早日胜利归来。

你在武汉很爱听的这首歌，我们在北京也很爱听，就像歌中唱的那样“分手的时候，你成了我的牵挂；回来的路很远，心情掩沓；一次次打开，行囊中为你作的画；亲爱的撩动我，情不自禁的泪花；看不见听不见你的我，忐忑牵挂；默默无言，是心里藏了太多话；转过去的脸庞，掩盖心伤；一次次冲动，多想把自己留下。”

## 吻别：机场送行，她和他深情相拥

王光杰，北京大学人民医院重症医学科医师，国家第一批援鄂抗疫医疗队队员；爱人，王益勤，北京大学人民医院妇产科医师。

1月26日下午2时许，首都机场。一支精锐的医疗队集结完毕。此时，距国家卫健委决定派出这支医疗队还不到24个小时。王光杰和结婚刚半年的妻子在机场送别，临近安检登机前，两人隔着口罩拥吻惜别。甜蜜背后，是夫妻俩对从医信念的无悔坚守、对彼此事业的无私支持。

“选择重症医学，出征这一天迟早会到来。”王光杰说，越是在人们遭遇危难的时刻，越是需要医生勇往直前、治病救人。

接到医院的通知，初二一早他便和爱人乘坐高铁赶到北京。由于时间紧来不及回家，王光杰直接赶往医院准备出发，爱人回家收拾行李。在机场两人依依惜别，王光杰对爱人说，“东西可以赶不上，看到你就行。”

虽然相距遥远，心却紧紧相连。如今，王光杰在武汉前线。身着厚重的防护装备喘不过气，时刻面对危重病人，夜以继日……每天，结束工作的王光杰都疲惫不堪。但他不论多累，都会在卸下防护服后第一时间与妻子联系，那是他最放心不下的人。

王益勤对爱人的祝福视频

## 牵手：婚礼推迟，他们一起并肩战斗

付雪莹，北京大学国际医院急诊科医生、国家第三批援鄂抗疫医疗队队员；爱人，张立鹏，北京某部队医院医生。

2月6日，北京大学国际医院援鄂医疗队驰援湖北。急诊科医生付雪莹是医疗队成员之一，2019年刚领取结婚证。

受疫情影响，原定于正月初四的“出阁宴”为避免交叉感染取消了，婚礼也推迟到疫情结束后。付雪莹说：“我先生也是医生，使命感让我们勇往直前，我们有责任做任何我们能做的。我们将一起并肩战斗。”

2月6日中午，当科主任打电话问付雪莹愿不愿意去前线时，她一口答应没有迟疑。挂了电话，她看到坐在自己身边的先生，却哭了，“我要回不来怎么办?”先生愣在那里很久，说了一句：“傻瓜，我相信你能行。”付雪莹仍在抽泣：“对，我要做个好医生，好医生更要去前线。”

“看得出他眼神里流露出的不舍，但我们都是党员又是医生，使命感让我们勇往直前。这一别不知何时再相聚，我们没有告诉爸妈，从此我们是彼此的支柱，后来看到照片才发现，这个一直在安慰我的大男孩，竟在我的身后偷偷哭，甚至戴上帽子，以为可以遮住眼睛……”付雪莹在日记中记录了心中的感动和牵挂。

2月7日凌晨抵达鄂州后，这位准新娘剪去了心爱的长发，为接下来的战“疫”做好准备。

“我是个惜发的人，十几年来一直留着长发。以前说过，婚礼之前绝不考虑剪短发。为了能更好地穿戴帽子和隔离服，尽量减少交叉感染的可能，我知道我必须剪。可是一万分的不舍又淹没了我的勇气，就这样，我在房间和理发处之间跑了好几个来回。我恳请理发师把我剪掉的头发留下。陪伴了我十几年，我爱的长发，这个时候又为我作出牺牲，我不能把它丢弃。”

付雪莹看着剪断的长发，暗自说道：“待疫情结束，我还想留着长发举行婚礼。”

白衣担重任，大爱自长留
为了万家幸福团圆
他们选择奋战坚守
在湖北，还有很多很多爱人
因疫情暂时分隔两地

今日小别离，他日大团圆
祝福亲人们相爱一生
待花渐浓，待燕雀舞
愿亲珍重，静待春归

来源：北京大学医学部微信公众号

素材源自北京大学第三医院、北京大学人民医院、北京大学国际医院

# 出院了！特色小礼物“毕业证书”，满满的祝福与感动！

北京大学医学部党委宣传部　武慧媛

2月19日，下午1点，坐标武汉。

同济医院中法新城院区B栋11层西区病房，北京大学第三医院接管病区内，首位治愈的新冠肺炎患者出院。患者小丰，36岁，同济医院临床一线职工，于2月10日入院。

小丰收到的这份出院小礼物——“毕业证书”贺卡，是北京大学第三医院援鄂医疗队员们特意准备的。得知小丰要出院，队员们在心细手巧的护士长崔曼带领下，提前制作。

这份特殊的礼物，既有对患者的鼓励，更有对同道的敬意。粉色贺卡上，队员们郑重签下自己的名字，承载着大家的祝福。

手工精心制作的星星，代表着星星之火可以燎原，希望患者能够分享她的康复经验，帮助更多的病友，汇爱成海终将胜利。礼物盒里还放了巧克力，祝愿患者康复后凤凰涅磐，生活甜甜蜜蜜。“伴手礼”——三院自制维E乳膏，象征情同手足，携手共进。

特殊时期，准备这样一份蕴含深意的小礼物，寄予着医务人员的深情厚谊。

## 病区首位治愈患者小丰出院啦

2月19日清晨，北京大学第三医院援鄂医疗队员像往常一样，由队长葛庆岗带领前往院区接班。院长乔杰、副院长沈宁、临时党总支书记袁晓宁亲自送队员上班。

到达隔离区，患者小丰兴奋地和医务人员打招呼：“医生，我今天是不是可以出院啦？”语气里充满期待。

“别着急，我们再核实一下核酸检测和CT结果。”

核验后，隔离区的医务人员联系清洁区的葛庆岗队长和梁超护士长，保证出院的每一步流程都无缝连接。同济医院陈茜护士长为患者送来新的衣物，并对患者要带走的手机、身份证等物品进行了消毒。接患者出院的转运车也已经到位。

此时，对讲机里传来葛队长的声音："各项工作准备就绪，启动出院流程。"

小丰带着医疗队员们满满的祝福走出院区大门。

"历劫方显天使毅，经疫更知华夏情。"正如同济医院医务人员用对联所表达，厚道北医，同舟共济。北医三院将与武汉同道携手，打赢这场抗疫阻击战，迎接武汉的春暖花开。

其实，北京"炸酱面"写给武汉"热干面"的这份爱的传递，早在二十多天前就开始了。

## 北京"炸酱面"写给武汉"热干面"

为了帮助隔离病房的患者树立战胜疾病的信心，北京大学第三医院援鄂医疗团队遵循医院"三米阳光"的护理文化理念，通过制作交流鼓励卡片——"致患者的一封信"，在医护与患者之间建立有效的沟通桥梁，把人文关怀带入隔离病房。

在北京大后方，北京大学第三医院护理部主任李葆华亲自设计指导。武汉前线，援鄂队员们在护士长带领下，用自制的彩纸书写、涂鸦、裁剪、修改，赶制出大量鼓励卡片。

一张张载满爱的卡片被带进隔离病房，送到每位患者手上。

"加油，武汉！"

"加油，热干面！"

"信心是比黄金还可贵的东西！"

"不要害怕，相信我们，与你们同在！"

"无论何时，不抛弃，不放弃！"

……

虽然医护人员穿着厚厚的隔离服，但他们始终与患者同在，为患者加油鼓劲的初心不变，透过护目镜的眼神一样坚定，通过小小卡片传达"隔离病毒，不隔离爱"的温暖。

## 温暖武汉的第一缕“三米阳光”

“三米阳光”是北京大学第三医院护理同仁发起的一个爱心行动，提倡在工作场所中关注、关心、关爱出现在三米内的所有人。

“三米阳光”希望用护理人的行动，为患者、家属和同事营造温馨的氛围，让所有人都能沐浴在爱的春风里！

医疗队员们出发来鄂之前，李葆华主任就给护理团队起了个名字，叫做“温暖武汉的第一缕三米阳光”，希望大家能够把北医三院护理人的温暖带给武汉这个英雄的城市，大家并肩作战，不负韶华。

国家援鄂医疗队员、北医三院内分泌科张文慧在1月30日发回的武汉日记中记述：

作为进入隔离病房的第二组队员，我和同济医院一名工作三年的护士一起搭班。她是一位典型的湖北妹子，无论从语言还是动作都透着“辣妹子”的麻利。由于我的护目镜上早已经布满了雾气和汗水，只能从镜面汇聚水滴后流下的缝隙才能看到护目镜外面的世界，我们只能通过声音找到彼此。

工作三年的护士也就二十四岁左右吧，和北医三院援鄂医疗队的大多数同事一样大，多么年轻呀。可现在正是这些小弟弟、小妹妹们肩负起了抗击疫情的重任。在休息室等待其他队友时，听到了熟悉的声音，通过声音我认出来她就是刚才一起合作的同济医院队友。

今天上班的路上阳光明媚，照到脸上暖暖的，这让我想起了北医三院的“三米阳光”。三米之内有阳光，关注、关心、关爱出现在我们三米内的所有人，用护理人的行动，为患者加油鼓劲，同心同力，武汉必胜！

## 一个动作，就能明白彼此

“在病房里只需要一个动作，一个手势，一个眼神，我们就互相明白了彼此的意思。我能感受到你的紧张，我也能让你感到心安，这就是医护与患者之间的最特别的沟通方式和鼓励。”

北医三院援鄂队员、骨科护师王心锐将自己在抗疫前线工作的感受和思考记录下来，她的日记中记载着一个个小故事，每个故事都充满温情。

——要给5床阿姨查血气了。摸了摸她动脉搏动的地方，虽然隔着防护手套，但是阿姨的动脉跳得很有力，再次确定好位置后，垂直进针，针头处马上涌出了鲜血，成功！这是我第一次独立完成，内心感到小小的开心。血气结果显示，病人氧分压低，我连接好无创呼吸机推到病人床旁，“阿姨，这个无创呼吸机可以帮助您进行更好的呼吸，扣着这个面罩会有一些不舒服，不要紧张，不要张嘴，要用鼻子跟着机器给的气进行呼吸，这样就没有那么难那么不舒服了。有问题，随时按呼叫器……”上机很顺利，阿姨很快适应。我竖起大拇指，她也向我点了点头。

——今天也是一个特别的日子。4床病人今天出院，这是我们病区第一位出院的病人。可爱的小姐姐已经迫不及待要出院了。我们为她送上了亲手制作的贺卡，里面有全体医务人员的签名，祝福她身体健康，平安顺利。小姐姐激动地握着葛队长的手，感谢大家。看着此时此刻的她，我们不断为她鼓励和加油，太多太多开心的话此时都化成祝福。

## 那天，武汉一点都不冷

2月19日，北医三院接管的病区内首位治愈患者出院。患者难忘出院的时刻，医护人员更不会忘记和患者一起战“疫”的9天。

“今天的武汉一点也不冷，风都是暖的。到达医院，上一组的同事们早已为我们擦好了护目镜，在我们进入准备区后迅速协助我们穿防护服、戴手套，一个个检查我们各自的装备，现在大家都是速度快，效率高。”王心锐这样写道。

“今天上午第二次咽拭子病毒核酸检测的结果回来了，是阴性，意味着她符合出院标准，可以回家了。每一位医护都兴奋不已，她是我们新病区第一例出院的病人，也是我们的努力结出的第一颗果实。”胸外科主治医师白洁在日记中记录。

“今天是个好日子，我们病区的第一例患者顺利治愈出院，这不仅给患者带去了希望，同时也给了我们莫大的鼓舞和信心，看到这个结果，我们所做的一切都是值得的，请给我们一些时间，给武汉一些时间，只需要再等等，大家熟悉的城市就会回来了！”消化科护师张雪倩表达心中的喜悦和期待。

那一天，武汉一点也不冷，风都是暖的。

那一天，武汉前线，援鄂队员们在日记里记下了欣喜和鼓舞。

让我们一起熬过病毒这劫，人间值得！

来源：北京大学医学部微信公众号

素材源自北京大学第三医院

# 救命恩人，我要和你们合张影！

北京大学医学部党委宣传部　武慧媛

“我要和你们合张影，你们是我们的救命恩人啊！”

这样的场面，发生在武汉，同济医院中法新城院区隔离病房，北京大学援鄂抗疫医疗队独立接管病区。

## 夫妻双双把家还

2月21日，在武汉，北京大学人民医院独立管理的同济医院中法新城院区隔离病房内，新冠肺炎患者张先生和王女士治愈出院。

“终于可以回家啦！今天太高兴了！谢谢你们！”

张先生和王女士是夫妻，生活在武汉。1月29日开始出现发热、咳嗽，双肺影像学改变显著，后确诊新冠肺炎。两位患者症状比较重，喘憋明显，2月9日转入北京大学人民医院独立管理的同济医院中法新城院区重症隔离病房。

回忆起刚接诊时的情况，护士长王秋还记忆犹新。“两位患者都特别焦虑，眼神中流露出的不安令人心疼。夫妻两人彼此照顾着、鼓励着、安慰着，又特别令人感动。”

住院时，本来应该男女病房分开住，但两个人不愿意分开。疫情之下的深情令医护人员感动，特意把他们安排为邻床。妻子照顾丈夫生活起居，丈夫提醒妻子吸氧治疗，护士们也经常和他们聊聊天、谈谈心、鼓鼓劲、暖暖心。

住院之后，在北京大学人民医院医护人员的精心照顾和治疗下，二人精神状态和身体状态明显好转。

北京大学人民医院高伟波医生介绍：“这两位患者入院之后体温逐渐正常，活动也不再喘憋，低流量吸氧状态下的氧饱和非常理想，复查CT双肺病灶吸收，两次核酸检测均为阴性，符合出院标准。”

得知可以出院，夫妻二人格外开心，一直追问着复查核酸的结果。当得知结果为阴性，两人像孩子一样开心击掌，不停地跟医护人员说着，“谢谢！谢谢！”

医护人员也都表达着祝福与祝贺，送上了花束和精心制作的祝福贺卡。

新冠肺炎疫情发生以来，北京大学人民医院响应国家号召，派出3批共134名重症医学科、呼吸内科、急诊科、创伤救治中心等学科专家和经验丰富的骨干护理团队紧急出征驰援武汉，并独立管理重症病区。

从调研筹备到接管重症病区正式启用，仅用了短短24小时，从病房启用到50张床位全部收满重症患者，又只用了一天时间。医疗队对重症患者进行评估分层，全力救治。针对单纯新冠肺炎患者，对症强化治疗，拦截重症向危重症发展；针对有基础病的老年患者，充分发挥多学科团队优势，进行综合诊治；针对危重症患者，发挥重症医护专家团优势，加强器官保护和生命救治。

医护人员夜以继日全力救治每一位重症患者，看到一批又一批重症患者逐渐康复，医护人员脸上也露出欣慰的笑容。

双手合十，感激不已。88岁的李奶奶感谢医护人员的救治和照顾。2月16日，北京大学第一医院援鄂抗疫医疗队独立接管病房后的首例治愈患者顺利出院。

## 千言万语道不尽心中感谢

李奶奶2月8日进入病房，经过9天的系统治疗，达到国家最新诊疗方案确诊病例出院标准，顺利出院。这也是该医院截至目前出院年龄最大的一名患者。

“您的女儿已经在门口等着了，您把东西都收拾好，我们等下就准备出院了。”国家医疗队队员、北京大学第一医院胸外科副主任医师刘敬伟用地道的武汉话对老人说。

老人十分高兴，双手合十不停地说着感谢，走出病房前还和同屋的病友邀约说：“拜拜！我们硚口公园跳舞的时候再会。”

刘敬伟介绍，经过治疗老人已经符合出院标准，CT显示病灶吸收得特别好，精神状态也很好，与第一天转院到病房的情形完全不同。

“第一天见到她的时候，躺在床上没劲，CT显示整个肺部的感染区域还挺大的，好在主观症状还可以，我们当时觉得她年龄大，在重症病房会安全一些，进来以后给老人吸氧，加强营养支持，给她一些对症的药物治疗。今天见到她就感觉自由活动得特别好了,不像是88岁，像是60多岁。”刘敬伟说。

刘敬伟是武汉人，这次随北大医院第三批医疗队来到武汉，也是最特别的一次"回家"。他说："这次回来发现城市空荡荡的，就像被打麻醉一样，被'麻住'了，我们纷纷前来给予治疗，把它治好了再让它麻醉苏醒，恢复活力。"为此，他每次进病房都说武汉话，让患者听到更亲切些。

老人顺利出院，医疗队员们都特别高兴，临出院前，北大医院胸外科主管护师李喆给了老人一个大大的拥抱。

"真的特别为老人高兴，因为她特别阳光，很积极地配合治疗，刚才还悄悄跟我说，她88岁了还可以跑步，还跑了几步给我看。还说有时间上北京来看我们。"

李喆告诉记者，每次进病房看老人，她都说，"谢谢你们来给武汉帮忙，你们太辛苦了，你们去喝口水吧。"

"可能阿姨并不知道穿着隔离服期间是不能吃不能喝的，但听到她说这些我们都很感动。我希望能给每一位出院的病人一个大大的拥抱，我希望自己能够努力成为一道光，病人看见我们就会感受到生的希望。"李喆说。

看到自己照顾的患者平安出院，北大医院医疗队全体医护人员既高兴又激动。

2月16日是医疗队驰援武汉的第22天，从1月26日第一批医疗队落地武汉开始，他们就昼夜不休地投入到紧张的战斗中去；2月8日，元宵佳节之夜，北大医院独立接管的病区正式运行，作为"国家队"，医院接管后病区定位是收治危重症患者，50张床位短时间内就已住满；一个星期后，成功治愈的88岁患者走出病区大门，还给了自己新生，也是送给了北大医院援鄂抗疫医疗队一份最好的礼物。

"千言万语道不尽心中感谢"，而这千言万语也增添我们无数的信心。与病魔抗争的日子还在继续，但战胜病毒的捷报不会遥远。大家有信心让更多的患者走出病房，回家团圆。祝您一切安好，但我们不说"再见"！

收到一份特殊的"毕业证书"，小丰喜出望外。2月19日，北京大学第三医院接管病区内首位治愈患者和医护人员告别后走出院区大门。

## 历劫方显天使毅

2月19日，在由北京大学第三医院开辟的同济医院中法新城院区B栋11层西区病房内，首位治愈的新冠肺炎患者小丰出院了。

小丰36岁，于2月10日入院，是同济医院临床一线职工。得知她要出院，医疗队员们提前制作了赋有三院特色的出院小礼物——“毕业证书”贺卡。礼物由北医三院医疗队队长葛庆岗亲自交到小丰手中。打开贺卡，看到医疗队员们满满的签字，满满的祝福，小丰笑了。

疫情汹汹袭来，作为患者同时也是医护人员的小丰，此刻，或许更能体会战胜病毒恢复健康的意义。多少天来未曾有过的笑容，有喜悦有感动有感慨。同济医院同仁们写了一副对联：历劫方显天使毅，经疫更知华夏情。北医三院将与武汉同道携手，全国医患同心抗击病魔，共同打赢这场抗疫阻击战，迎接武汉的春暖花开。

北医三院先后派出三批共137名医务人员在武汉开展医疗救援工作。主要任务是作为国家医疗队组建危重症病房，提高治愈率，降低病死率。继2月3日北大三家附属医院共同开辟新的危重症救治单元后，元宵节夜晚，北医三院独立开辟新的救治单元。截至2月19日，三个病区共收治新冠肺炎患者153人，其中重症患者120人，危重症患者33人。

医疗队自制病历模板、病程模板、交班模板、临床路径、护理模板，行第一例床旁气管插管、第一例中心静脉置管……各项管理与救治工作稳步开展。截至2月19日下午3点，新病区累计收治患者53名。第一例治愈患者出院，极大地鼓舞了在第一线战斗的医护人员士气，也让住院患者增添了战胜疾病的信心。

来源：北京大学医学部微信公众号

素材源自北京大学第一医院、北京大学人民医院、北京大学第三医院

# 抗疫前线还有这样一支北大医学队伍！疫情防控志愿者的十二时辰

北京大学公共卫生学院　韩汶静　庞元捷

目前疫情防控形势依然严峻复杂，为了尽快打赢疫情防控阻击战，除了需要临床医护人员与病毒“贴身”战斗，还需疾控人员对疫情的发展变化分析研究、提出方案。在这场看不见硝烟的战斗中，北大医学选派了60名医护人员支援武汉前线，同期还有十余名师生奔赴中国疾病预防控制中心（疾控中心）支援防控疫情的相关研究工作。他们的任务同样紧迫，他们的节奏同样紧张，他们践行着“公行天下，卫成健康”的北大公卫人使命。

1月26日，农历大年初二，北京大学公共卫生学院研究生志愿者团队整装出发，奔赴国家疾病预防中心，支援防控新型冠状病毒肺炎疫情的相关工作。志愿者团队由流行病与卫生统计学系庞元捷老师带队，包括王洪源老师和韩雨廷、马秋月、马雨佳、陈思、张雪莹、李伟、杨若彤、李泽武、郭英男9名研究生。

经过简单的培训，志愿者团队当天就正式上岗开始工作，他们的每天是如何度过的？让我们通过1月28日的日程安排了解疫情防控志愿者的十二时辰。

志愿者每天的工作内容包括：疫情实时分析、专题分析、专家指导、参与报告制作、提供专业指导、代码讨论、小组讨论等。

所承担的任务决定了他们“昼夜颠倒”的工作特质，高强度的任务量又常会挤占白日的休息时间。志愿者们分为两组，日夜轮换，确保按时完成任务。

疫情数据截止更新时间是每日24时，为了保证能在第二天清早，及时将数据统计提供给中心领导作决策依据，志愿者们需要连夜开工，清晨之前，完成前一日的疫情情况分析整理，这是他们最重要的任务。

## 子时、丑时——数据清理和分析

时间接近午夜0时，志愿者们开始进行数据清理工作，随后的两个小时是数据分析环节。为了保证分析结果的准确和高效，大家分成平行的两组，同时开工，分别用不同软件进行数据分析。如此既可相互复核以防出现错误，又可保证至少有一个工作组能如期完成任务。

寅时——数据可视化处理

凌晨3点已过，又到了数据可视化处理的时间，分析结果通过图表或图形的形式展现，可使疫情分布和走势更为直观。待完全完成任务，已是东方欲晓，凌晨5点左右。

卯时——早餐时间

天亮了，本是早饭时间，仅有一位同学孤单进餐。由于整宿工作的疲惫，尽管已经饥肠辘辘，但大家仍选择将宝贵时间用来补觉。

辰时、巳时——专题分析和个案调查

从8点开始，是专题分析和个案调查的任务时间。专题分析会根据疾控方面需求的优先级和同学们的兴趣进行分配。应急办张彦平处长还亲自指导同学。

午时——深研数据

接近中午，仍有同学在研究数据结构。

未时——专家指导

匆匆用过午饭，有专家前来指导。浙江大学徐福洁教授和中国疾控中心首席流行病学家吴尊友教授为疾控中心疫情防控提供技术指导，同学们参会学习。

申时——参与制作各类报告

下午3点，志愿者参与为中国疾控中心制作各类报告的工作。

酉时——提供专业指导

晚饭前的时间也要充分利用，王洪源老师为应急办流行病组提供关于研究方案和调查问卷的设计专业指导。

戌时——代码讨论

吃晚饭了，时间依然宝贵，志愿者们一边吃晚饭一边讨论数据分析中遇到的问题。

亥时——小组讨论

晚上的时间是学习交流的时间，同学们一起讨论交流，包括各自的困难以及数据分析中遇到的问题。

又一个子时——准备迎接第二天的工作

一天马上就要过去了，志愿者们在为熬夜做准备，领取充足的物资（泡面、咖啡、肉制品、纸巾）。

学校和疾控中心的老师对志愿者们十分照顾，不仅物资准备齐全，包括紧缺物资（口罩、消毒液）和丰富食物；还考虑到工作辛苦，同学们需加餐的现实需要，特意准备了“最好的泡面”等应急食品。

时间就这样一天天过去，看似相同的每一天，默默记录着每一名在防疫战线上的奋斗者们的付出与奉献。北大医学的志愿者加油！中国加油！

采访手记

记者在追踪志愿者动态的同时，注意到应急办的老师们工作非常繁忙，基本是连轴转，从春节开始天天加班熬夜，实时待命（“应急”的概念就是这样），甚至忙到没有时间为志愿者们布置任务、说明情况，因为随时可能被电话叫去参加另一个会议。每到这个时候，志愿者们便根据计划安排，主动了解任务情况，认真完成相关工作，用实际行动为疫情的防控工作贡献北大医学人的力量。

队伍一经派出，便受到了学院领导、老师和同学们的高度关注。虽然身处祖国各地，但全体北大医学人的心却揪在一起，关心着志愿者们的工作和生活状态。

1月29日，农历大年初五，带着学院所有老师和同学的问候和关心，公共卫生学院院长孟庆跃，学院党委副书记、流行病与卫生统计学系主任詹思延，系副主任吴涛专程前往疾控中心，看望正奋斗在新型冠状病毒疫情分析一线的志愿者们。“同学们精神状态挺好，所发挥的专业作用和展示的专业精神，得到了CDC（中国疾病预防控制中心）领导们的高度肯定”。孟庆跃对同学们的工作高度赞赏，并对流行病与卫生统计系的组织工作表示肯定。

紧迫的任务，超强的节奏，让志愿者们少有放松的时间，但是大家无怨无悔。

这就是北大公卫人！病毒肆虐，选择挺身而出。新春佳节，为了国家疫情防控顺利“过关”，毅然放弃小家团圆“过年”，他们用实际行动践行着“公行天下，卫成健康”的崇高使命，彰显出北大医学厚道担当的精神底蕴，我们为之骄傲，盼其凯旋！

来源：北京大学医学部微信公众号

# “用我智慧奉献爱”

## ——北大公卫志愿者行动纪实

姜霁洋　张一夫　姜宇昕

2月1日凌晨6点钟，天至微亮，黑夜渐渐隐去，留下了雾蓝色的黎明。中国疾病预防控制中心的工作室里，流行病与卫生统计学系18级硕士生李泽武终于合上了电脑，结束了六个小时的数据整理分析工作，和一同值班的老师同学们下班了。除了来到疾控的第一天——这个集体全部通宵到凌晨6点——后来就少有这样的晚归了。一张“下班纪念照”给这繁忙的生活中增添了一份可爱的仪式感。

这个集体是北京大学公共卫生学院（北大公卫）支援中国疾病预防控制中心的志愿者团队。庚子鼠年在一场新型冠状病毒肺炎疫情里显得严肃萧索。“公行天下，卫成健康”，这是北大公卫师生的坚定信仰。

疫情暴发后，北大公卫的十多位师生以志愿者的身份加入中国疾病预防控制中心工作，用智慧与奉献守护着医学人永恒的使命。

### “数字=生命”，一呼百应共度不一样的新年

1月25日，大年初一，中国疾病预防控制中心向北大公卫发出参与支援疫情防控工作的邀请，希望能派出志愿者参与疫情防控工作。消息一发布就得到了众多同学的响应，当天队伍便组建完成。考虑到出行安全与便利的问题，这支队伍人员基本由在京学生组成。新闻里不断滚动的每个数字都代表着生命，让身为公卫学子的他们忧心不已。但能用所学所长监测疫情变化，分析疫情特征，为疫情研判提供科学证据，对于他们来说却也是一个贡献智慧、施展拳脚的机会。

1月26日，大年初二，北大公卫志愿者团队整装出发，由流行病与卫生统计学系的庞元捷老师带队，王洪源老师担任指导教师，韩雨廷、马秋月、马雨佳、陈思、张雪莹、李伟、杨若彤、李泽武、郭英男9名研究生，奔赴中国疾病预防控制中心。刘欣然与巴哈白克2名研究生同学随后也加入了支援队伍。

## 白天与黑夜，班班轮换中有他们忙碌的身影

正式开展工作前，志愿者们经过了两轮培训，学院内的动员会上，流行病学专家李立明教授和流行病与卫生统计学系主任詹思延教授为志愿者培训相关情况和注意事项。到达疾控中心后，冯子健、张彦平等老师为志愿者理清工作思路、指出工作重点。短暂的培训后，志愿者们迅速进入了紧张的工作状态中。

志愿者的工作主要是在专家指导下帮助进行疫情实时分析和专题分析。这其中又包括数据清洗、代码编写、可视化处理、报告撰写等诸多任务。由于工作内容繁重，加上数据更新要在每日零点后，小组必须保证全天运转不容停歇。故志愿者们分成白班和夜班，实行轮岗制，每个零时是一天工作的开始，却不一定是一天工作的结束。

夜里，志愿者们拿到最新数据后要尽快进行数据分析，并赶制报告提供给各个单位。而白班从早上8点开始，志愿者们需要做疫情重点专题分析并进行定期汇报。

起初，大家尚不熟悉工作，志愿者们经常在熬夜与加班中争分夺秒，尽力赶工。每一天志愿者们的工作时间都超过了十小时，用餐时间是难得的轻松时刻，而在这时他们也不愿放松，仍在讨论着数据怎样处理，代码如何编写，发现什么疫情特征……就这样，面对数据分析的工作，每一位同学都能处理得娴熟自如。

## 青年意气，用智慧助力分析，用决心抗击疫情

此次支援行动中最大的挑战就是要迅速熟悉、高效完成任务。每日工作量庞大，如果能够简便快捷地完成该项工作，则会大大减轻整个团队的压力。于是志愿者们通力合作写成一套程序，能准确提炼出报告需要的文字表格、流行曲线、疫情地图，仅用十几分钟就能输出全部需要的内容。在支援结束时，此项程序仍然在疾控中心继续使用，得到疾控中心老师们的高度认可。

即使在疾控中心老师与十几位志愿者的努力下，人手不足的情况仍时有发生。面对此情况，学院又组织吕筠、孙点剑一、余灿清三位老师和11名同学，以线上方式为志愿者提供远程帮助，通过检索信息、查阅文献、优化统计方法等不涉密途径进行支援，为现场志愿团队提供了很大的帮助。

## 这个别样的正月，有一样的情意绵绵

公共卫生学院的志愿者们在大年初二就赶到疾控中心。面对这些即将奔赴工作岗位的志愿者们，家人虽然感到十分不舍，但又非常支持他们的学以致用、志愿奉献。14级预防医学长学制的杨若彤同学谈到，大年初一晚，母亲送她到火车站时万分不舍，近乎哽咽。

这个别样的正月，是令人感动而难忘的。一方面学院和老师给予大力关注与支持，医学部党委徐善东副书记、学院孟庆跃院长、学院党委郝卫东书记先后前往慰问，满足了同学们生活上、心理上、学业上、工作上等各方面需求。老师们的点拨使志愿者们快速进步，并能在工作中实际施展出个人能力。每个志愿者的心中都充满了自豪和满足。另一方面，参与的师生早已成为了亲密的“战友”，大家有着共同的志向和心愿，都在第一时间参与此次支援防控工作，为疫情的严密防控作出了自己的贡献。

元宵节这天，志愿者们在平凡和小确幸中度过。因为工作不可停歇，大家在仍要整天坚守岗位。到了晚上，学院老师体贴地为同学们买了肯德基，营养与食品卫生学系18级博士生刘欣然带着心爱的吉他，大家伴着吉他的旋律一起唱歌，玩团队游戏。平日里，所有志愿者面对任务和压力少有时间沟通，再加上白班和夜班的同学工作时间颠倒，更难有空闲交流。元宵佳节，大家借着“小型联欢会”开怀畅谈，发现彼此兴趣相投，实是志同道合。

## 致敬医学人，愿春暖大地，国泰民安

目前，第一批公共卫生学院赴疾控中心志愿者已经圆满结束志愿服务，准备迎接新学期的到来。当然，鼓舞着这些青年人的不仅仅是志愿服务的奉献精神，更少不了身边的亲友主动请缨、投身一线的带动作用。志愿者14级预防医学七年制学生李伟的母亲是一名医生，她从大年二十八开始就全天守在医院，没有一天春节假期。还有公共卫生学院03级校友陈勇师兄和04级校友阿尔帕提师兄主动请缨支援前线的消息，更让志愿者们备受鼓舞。

谈到学校所学与实际运用的关系，本次志愿队的队长、流行病与卫生统计学系17级直博生韩雨廷说，“通过在这种战役中献力的机会，终于将‘公行天下，卫成健康’从口号转为实践。应用于真实的疫情防控过程中，更加明确流行病学在防控疫情中的关键作用，极大程度加深了专业的认同感。在亲身实战中更是弥补了理论实践脱轨的不足，学到了指导老师的防控思路，丰富了疾病防控的经验。我们志愿者们在工作中也互相学习，拓宽了自身知识面的同时，也进一步提升了数据分析的熟练度。”

全民健康是医学生不断奋斗的目标，本次疫情牵动着所有人的心，能真正地运用所学知识亲身参与到疫情防控当中，每一名志愿者都感到无比光荣。同时，他们也呼吁广大青年朋友关注疫情进展，谨慎辨别信息真伪，要用成熟心态和科学知识帮助身边的朋友、家人进行心理上的疏解，缓解不安的情绪。

21天的日月交替，27名北大公卫老师与同学，24小时全力守候，40个轮换班次，数不清的数字、图表、会议与报告组成了一段难忘的助力抗疫历程。2月17日，第二批志愿者周川与霍家康也正式到岗，延续这个“用我智慧奉献爱”的故事。在悠闲的新年假期里，他们暂别团圆，在疫情严峻时刻冲锋在前；他们放弃娱乐，用智慧奉献医学人的大爱。北大公卫学生志愿者以实际行动践行着北大人的初心与使命，在举国共克时艰的团结力量中，愿疫情消散，盼春暖花开。

来源：北大团委微信公众号

# 三个“王倩”，同一个战场

北京大学第一医院

同名同姓，本是缘分，可遇不可求。然而，同名同姓的三个“王倩”，居然同时出现在北大医院国家援鄂抗疫医疗队中。

当北大医院三批医疗队在武汉会合后，医院建了一个微信群。有人在群里搜索“王倩”，屏幕一下子闪出三个人，分别是感染疾病科、泌尿外科、血液内科的三位医护人员。三个“王倩”，相遇在同一个战场。虽然专业不同，但他们都有一个共同的信念——坚决打赢这场没有硝烟的战争！

2月12日，三位王倩都发回了工作日记，摘录如下——

## 感染疾病科护士王倩

作为一名党员，我有幸成为北大医院第一批国家援鄂抗疫医疗队队员。大年初一，接到电话要去武汉支援，我没有丝毫犹豫。

武汉，我以前没来过。入冬虽然有些阴冷，但街景很美。没有车水马龙的喧嚣，安静的大街上沿途挂满了灯笼，留着节日的喜庆。这么美的城市，很难让人跟病毒肆虐联系到一起。

经过两天培训，1月29日进入了真正的战场。我们在同济医院开辟了第一个收治新冠肺炎患者的病房。10天之后，原来20人的北大医院团队迅速壮大到135人，我们从6家医院共同管理一个病房到如今独自运行管理。

记得医疗队有个妹妹过生日，她没有想到，今年的生日居然如此特别。祝福她的，不仅有医疗队队员，还有武汉同胞。听说是医疗队买的蛋糕，店方立刻送货。由于封路，快递小哥步行加骑行6公里，才把蛋糕送到，分文未取。武汉，多美！武汉人，多美！

记得有个夜班，病房收了不少重症患者，有截肢术后感染的，有存在多种基础疾病的，还有很多生活不能自理的。虽然戴着无创呼吸机高流量吸氧，但有的患者仍然憋得难受。有位阿姨抓着我的手，目光里饱含着感激和期待，我也紧紧握着她的手，在护目镜和口罩之下告诉她“加油”。

还有位重症阿姨，在收进病房时，我们没有找到家属。我们全力抢救了3天，最后还是没能留住阿姨。当我们多方打探，好不容易联系到家属时，阿姨却再也无法醒来。没能让家属见亲人最后一面，那种遗憾和感伤，不由涌上我的心头。

今天有位同事说，总算体会了我说的“鼻涕被压出来”的尴尬，是有点小恶心。但每次进病房，我都没有逃脱N95、护目镜把鼻涕压出来的尴尬，还有呼吸的冷凝水顺着口罩滴到下巴的那一丝丝凉。

很辛苦，也很累，可是看到收治的患者一天天好转，再苦再累也值了。

## 泌尿外科护士王倩

我和老公都是护士。2月6日，接到医院的紧急通知，需要组建医疗队支援武汉，我和老公简单商量后，一起报名参加。虽然我们决定把年幼的女儿留在家里，但最后医院决定让老公留在医院，我奔赴武汉。

出发那天，北京刚刚下过雪。来到武汉，看到这个城市安安静静，眼里不禁涌出热泪。那么多的同仁日日夜夜奋斗，就是为了让这个城市恢复曾经的繁华，如今我也加入了这个队伍。

来到武汉，就是和时间赛跑。没有一刻停歇，我们就投入战斗。上完一天班后，我的鼻梁也被口罩压红了，可老公却说，这个样子的我比平时更美，他和女儿都会为我骄傲。虽然女儿还小，断奶也没有多久，可我无怨无悔。女儿和老公，成为了我在这里战斗的最大动力。

为了方便工作，我剪掉留了多年的长发。我在朋友圈中写到：“今日报平安，再没有什么长发及腰了。亲手剪掉长发，无悔我的青春。”

## 血液内科医生王倩

我是北大医院第三批援鄂医疗队员。来到武汉这几天，心情如坐过山车一般。

春节前夕，新冠肺炎疫情暴发。蜗居在家，我心里挺不是滋味。2003年非典时，我还是一名见习医生，没有资格参加战斗。2020年这场“战役”，我已经成为一名血液专科医师，渴望奉献自己的微薄之力。

2月6日下午4点，我接到出征命令，内心着实激动了一阵，我终于能做点什么了！计算一下时间，从接到任务到集合奔赴战场，时间就剩下14个小时。收拾完行李，还有时间给爸妈发个信息。妈妈的回复很简单："加油！保重！平安归来！"看着这行字，我忍不住哭了。

5天前，我和大部队来到武汉。这是我第一次来武汉，天气阴冷，机场空无一人，街上空空荡荡。目光所及，让我想起一部科幻电影《生化危机》，心情有些压抑。一时间，莫名的焦虑涌上心头。这边疫情到底有多严重？有充足的防护物资吗？基本生活物资能保障吗？还未来得及多想，已经到达酒店。见到同事们，下飞机时的焦虑和疑惑都消失了，医院把大家的生活起居安排得井井有条，入夜后还送来了热水袋、暖宝宝等取暖物资。元宵节当天，还录制了祝福视频。这座城市虽被疫情笼罩，但内核是温暖的、充满力量的。

我们在这里负责一个病房，50张床位迅速收满。好多患者全家都被感染了，有位80多岁的老人只身一人来住院，家属全部感染，正在隔离治疗。看着他们心里真难受。病魔无情人有情，我们要给患者加油！

下班时，外面天气阴冷，但我心里却涌起一阵热流，这就是信念的力量吧。期待下一个班，继续战斗！

"倩"字有着"美好"的寓意。三位王倩，人如其名，长得甜、专业强、心灵美。

2月11日夜班，血液内科的王倩和感染疾病科的王倩刚好是同一个班，战友相遇，留了一张合影。期待三个王倩再留一张合影！

# 我们的护士长，很厉害！

北京大学第一医院

当阴霾笼罩大地，当不安冲走笑意，穿一袭白色戎装，投身那没有硝烟的战“疫”，为使命千里奔袭，为信仰前赴后继！我们的护士长，很厉害！

在武汉，北京大学第一医院接管的危重症病房里，有位很“厉害”的护士长——王玉英。这个“厉害”并不是说护士长性格直爽不好惹，而是说护士长是位雷厉风行、果断干练、出类拔萃、周全稳妥的干将。有她在，每位医疗队员都安全感十足。

## 最美护士长

王玉英，北京大学第一医院大外科科护士长、援鄂国家医疗队护理工作负责人，这位厉害的护士长是位优秀出色的护理工作者，在专业领域内可谓是一员“战绩赫赫”的名将。她从事护理工作30余年，在重症护理和胸外科等领域都颇有建树，担任中华护理学会重症监护专业委员会委员、北京护理学会胸科护理专业委员会副主任委员、北大医院护理部重症护理专业组组长。

厉害的护士长不仅专业过硬，也有着丰富的管理经验，她曾被评为2004、2007、2010、2014、2017年度北京大学医学部“优秀护士长”，2018年度北京大学第一医院“护理管理之星”，曾赴台湾等地进修。每当有任务需要时，这位优秀的管理者从不负期望，2019年4月，王玉英执行健康扶贫任务，前往国家级贫困县山西省永和县人民医院进行医疗帮扶。无论在哪里，王玉英都打造了一支战斗力一流、凝聚力十足的护理团队，为保证医疗安全、提高诊疗质量、提高团队效率打下了坚实的工作基础。一个月前，2月1日，当接到紧急通知需要前往武汉时，王玉英只有一个小时的时间，厉害的护士长随即动身，即刻飞赴武汉开始工作。到达武汉后，换上防护服就直接进入隔离病房。

## 一位“女将”

厉害的护士长是一名“女将”。来到武汉没有几天，她就承担了将普通病房改造成为隔离病房的工作。王玉英自称是光荣的“开荒专业户”，马不停蹄地开始在病房里和装修师傅们一起干活。她速度快、反应快，有急事急情，总能第一时间赶到现场，拿出方案，迅速解决；她仿佛不知疲倦，紧紧守在第一线，把冲锋在前的背影留给同事，也把勇气、信心、担当和安全留给了同事。

## 一位“严将”

厉害的护士长是位“严将”。她用严格和强硬守住了医护零感染的红线。每位队员的防护穿戴都曾被她用“放大镜”审视过——在队员们进入污染区前，她挨个严格督导检查，细到一个步骤、小到一个缝隙，直至合格方可进入病区。她每天都要到一线进行指导与护理，把控护理质量——工作是否规范精准、流程是否顺畅高效；安抚病人情绪——患者是否照护周全，病人心理是否波动。她心里装着每一位患者、每一名队员，唯有严格，才是对他们负责。

## 一位“硬将”

厉害的护士长是名“硬将”。王玉英“硬核”的表现至今还让同事们心疼不已。2月8日是元宵节，北大医院独立接管病房，当天下午王玉英来到病房在现场工作，只见她一刻不停，处处查看，身着密封的防护服，忍住了缺氧、气闷、出汗，一项项工作接踵而来，一项项指令发出，一项项反馈又涌来……她忘记了时间，忽略了体力极限，几乎熬了一整宿。第二天一早，前来交接的同事看到脱下防护服的王玉英吃了一惊：平日明亮含笑的眼睛已尽是血丝，眼圈青黑，脸上几道压痕让她的表情都走了形；摘下乳胶手套，汗滴成串流出，肿胀变形的手指上满是褶皱和勒痕……

## 一位“老将”

厉害的护士长也是位“老将”，医疗队员很多都是“80后”“90后”，见到同事，年近六旬的王玉英总是不自觉地变成了“妈妈”。大家的生活起居、心情好坏，都装在她心里，她无时不刻地操心着、关心着，把一切都安排得妥妥当当，那份宠爱和呵护给大家带来了满满的幸福感。被最勇敢的人保护很安心——很多队员都说，“前线有王老师在，我们什么都不怕。”

北大医院院长助理、护理部主任丁炎明这样评价王玉英，“王玉英科护士长从事护理工作35年，用执着和坚守书写着平凡，又用奉献和大爱诠释着不平凡。只要医院、护理部有需要，在京郊密云、山西永和、西藏拉萨等地，都有她的身影出现，不论条件多么艰苦，她从来都是听从指挥，毫无怨言。她在工作上精益求精，一直把病人放在第一位，始终重视个人和团队专业能力的提升。她在管理上高效务实，带动队伍不断追求卓越，尤其是近年来带领北大医院护理部重症护理队伍增强临床、教学和研究的‘硬核力量’。她是北大医院优秀护士长的代表，更是北大医院全体护士的榜样。感谢王玉英科护士长在武汉前线承担国家使命，期待她多多保重，带领前线护士们早日平安凯旋!”

## 前线医疗队员们眼中的护士长

**刘志超：**王老师每天检查我们防护服穿着是否标准，每天督促我们按时吃饭保证营养，每天指导我们临床护理工作，每天协调我们所遇难题，每天往返于医院酒店！在她眼里，我们都是她的孩子、她的兄弟姐妹，她情系我们每一个人！她为我们所付出的，我们每个人都看在眼里，记在心里！感谢王老师，感谢这位大家长，有她在，我们幸福，我们安心!

**常学：**在武汉，王老师是我们并肩作战的战友，更是我们的大家长。还深深记得那天下班时看到王老师眼里的红血丝，心里着实心疼，但王老师依然活力满满地对大家说“我不累，你们才是最累的”。也还记得每次帮我们穿防护服时王老师认真严肃的表情，因为对于我们密切接触病患的医护人员来说，防护装备非常重要。王老师每次都反复检查，表情严肃但手里动作细致入微。想对王老师说：您辛苦了！爱您!

**陆薪竹：**都说“师者，所以传道授业解惑也”，王老师就是这样的人。疫情就是命令，在接到援鄂通知时，您不顾自身安危，毅然前往武汉，夜以继日地工作。您总说“你们是最可爱的人”，而在我心里，您不仅是师者、长者、更是家人，您才是最可亲、可敬、可爱的人!“桃李不言，下自成蹊”是对您最好的赞美，相信在您的带领下，我们定会持之以恒，共克时艰，使命必达，战胜疫情。

**曹帅：**您是我们的良师，是益友，更是我们的大家长。有您在，我们无所畏惧，砥砺前行！有您在，我们充满希望，迎风而上！有您在，我们永远充满欢声和笑语！

**尤亚静：**每一个“武装”的细节，为我们严格把关；每一次问题出现，都能为我们很快地解决。从工作到生活，我们能感受到无比温暖，有您在我们很踏实。

**聂丽丽：**谢谢王老师为我们忙前忙后，您就是我们坚强的后盾。有您在，我们什么都不怕。我们会保护好我们自己，也会尽所能照顾好我们的病人。

**张萌：**每次穿好防护服后都看到您一丝不苟地给我们检查，蹲下身来给我们穿鞋套，给我们整理护目镜，有您在我们很踏实。

**姚伟：**“一个都不能少”对于护士来说是立志保护好自己，而对于王老师来说，那是保护好大家的重重的责任啊！她对护士们就像对自己的孩子一样百般呵护，从防护细节到生活琐事，事无巨细，此时我们真的想呼唤您一声：王妈妈！

王玉英护士长在武汉前线工作已经快一个月了，她还在继续奉献着、操劳着。无愧于“厉害”的评价，她用医者大爱诠释着对职责使命的担当、对原则底线的坚守。认真和严格中饱含深深的爱，一代代传承，也影响一代代人，这就是厚道的北大医院护理人。

# “17年后，我终于成了你”

## ——北大医院一对母女的书信

这是北大医院一对母女的来往书信。妈妈是17年前参加抗击非典的医务人员，女儿是国家援鄂医疗队重症医学科护师李佳辰。书信摘录如下——

亲爱的女儿：

得知你要去武汉前线的消息，一时间有些恍惚。思绪拉回17年前，我去非典前线的一幕幕浮现在眼前。那时你刚刚9岁，也许你还不懂非典是什么、前线是什么。为了能给妈妈加油鼓劲儿，你用稚嫩的小手给妈妈弹奏了一首《世上只有妈妈好》。那时的妈妈，身上肩负着医务人员的责任与使命，虽然义无反顾奔向前，但心里最牵挂、最放心不下的还是年幼的你。

17年后的今天，新冠病毒肆虐，长江后浪推前浪，我的宝贝女儿奔赴前线。妈妈很是欣慰，我的女儿长大了，当年那个给我弹琴加油的小丫头，如今背上行囊，逆流而上。妈妈为你骄傲，为你自豪，也为你揪心。你永远是妈妈最大的牵挂。

小丫头，今天是你在武汉的第一个夜班。此时此刻，妈妈坐在办公桌前，满脑子都是你在武汉工作的想象。看着旋转的时钟，计算着你下班的时间。闺女，防护服穿得是不是规范？带着三层手套操作是否方便？你已经进入病区3个小时了，护目镜里的水雾和汗水会不会影响视线？你对躺在病床上的患者如何传递温暖？时间一分一秒地向前赶，闺女，坚持住，你正在用智慧和汗水与病魔搏斗。

妈妈坚信，这次特殊的经历，注定会成为你人生中的一次沉淀与成长。看到朋友圈里关于你们征战“疫”情的报道，平日里爱发朋友圈的妈妈，没有任何想发朋友圈的欲望。妈妈只盼女儿勇战病毒，脱下铠甲战袍，依旧是天真洒脱的模样。

这一次血与火的考验，一定丰富了你的羽毛，强健了你的翅膀，让你真正体会了白衣战士的使命与责任。

这一次生与死的较量，一定会让你更深刻地思考人生的意义，褪去稚气，调整人生的天平，用你的感悟为今后的人生导航。

亲爱的女儿，妈妈为你骄傲为你自豪，妈妈为你祈祷为你祝福！

爱你的妈妈

2月10日凌晨1:00于北京

亲爱的老妈：

见字如面。

17年前，虽然我还小，不能确切地理解何为前线、何为没有硝烟的战场，但在我心里，妈妈是个拯救生命的英雄。像动画片里救人于水深火热之中的超人。那时的我，不懂得奋斗在一线的辛苦和危险，只是骄傲地感到，我有一个超人妈妈。

如今，我也像当年的您一样，肩负使命，站在这个没有硝烟的战场上。临行前，您一遍又一遍地叮嘱我，保护好自己，照顾好病人，穿防护服要仔细，不能有遗漏，脱防护服要小心，千万不要污染。在您故作镇定的目光中，在您难以抑制的颤抖的话语里，我感受到了您的不舍与担忧。老妈，别紧张，请给我逆行而上的勇气，我正是当年那个勇往直前的您啊！

17年，弹指一挥间。在肆虐的病毒面前，曾经是你，而今是我。17年后，我终于成了你。我们同是白衣天使，更是肩负同样使命的战友。我们一路相伴，砥砺前行。

放心吧老妈，我定会不辱使命，照顾好我的病人。

放心吧老妈，我会时刻牢记您的百般叮咛，保护好自己。

放心吧老妈，您的女儿已长大！

辰辰

2月17日于武汉

来源：北京大学第一医院

# 当爱情遇上疫情，看到了爱最美的模样

北京大学人民医院

“爱”，是世间最美好的字眼，温润如玉，暖若春风。爱充实了生命，爱是生活中的英雄梦想。当爱情遇上疫情，爱，呈现出了最美的模样。在这个特殊的情人节，北京大学人民医院援鄂医疗队队员与他们的另一半分隔两地，但距离挡不住爱人的思念。

王光杰是北京大学人民医院重症医学科医生，他的妻子王益勤是北京大学人民医院的妇产科医生。此时此刻王光杰正在武汉抗击疫情前线，每天都在为抢救危重患者而努力。身着厚重的防护装备喘不过气，每天结束工作的王光杰都疲惫不堪。但他不论多累，都会在卸下防护服后第一时间与妻子联系。妻子对着镜头为他和战友唱出《祝你平安》，甜蜜背后是两人对从医信念的无悔坚守、对彼此事业的无私支持。彼此的心意息息相通，爱便是永恒。

常盼盼是来北京大学人民医院急诊重症监护的医生，本应该正月十六那天举办婚礼，一场突如其来的疫情打乱了所有的甜蜜。2月7日，元宵节前一天，常盼盼医生随北京大学人民医院第三批援鄂医疗队出征奔赴武汉。未婚妻给他的信中写道：“在此之前我曾经想象过、不安过这一天的到来，当时我就在想，如果这个时刻真的来临，我肯定会支持你，因为我们彼此懂得彼此。你深知作为医生的责任和使命，坚守希波克拉底誓言，一身白大褂、一生医者心，令我钦佩。临走前我嘱咐你每天报个平安，于是你一天不落地告诉我‘出发了’‘回去了’让我放心，看到这些信息的我很温暖，爱对了人天天都是情人节。”没有朝夕相处的陪伴，没有花前月下的浪漫，一句“平安”，就成为了最长情的告白。

北京大学人民医院急诊重症监护的陈逸凡医生从得知参加医疗队驰援武汉到出发只有短短几个小时时间，他匆匆与女朋友，北京大学人民医院骨关节科的护士冯俊做了简短告别。冯俊护士立即跟科室请示，“我也要去武汉！”她想努力争取成为第四批援鄂医疗队员。冯俊说道：“作为同事，我敬佩他的无畏；作为女友，更多的却是不舍与担心。希望他与前线的同事们能保护好自己，也希望更多人得到及时救治，迎来一个健康美好的春天。我会坚守在医院，做好储备力量，听从组织召唤随时准备前往武汉支援。虽然知道就算去了武汉也不一定能见面，但就是想能和他并肩战斗，能和他距离近一点再近一点。”

北京大学人民医院急诊重症监护郭维医生身着隔离服的背影最近在网络上火了。这伟岸肩膀扛起了压力、肩负着责任，义无反顾、坚持向前。郭维医生的背后却是无尽的思念，妻子在情人节为他写来家书：“2020年是我们在一起的第八个年头。我也从起初不适应你每日的忙碌，到现在习惯并体谅你的这份职业的不易，你经常说的一句话时常在我耳边‘患者的生命是无法复制的，容不得一丁点差错’。远在他方，在没硝烟的战场中，希望你把自己照顾好，保持最好的状态去战斗。我会把我们的小家照顾好，把年迈的父母照顾好，让你安心地在前线奋战，能够帮助更多的人，让更多家庭能够幸福。我与孩子们期盼你的早日平安归来。”此去山长水阔，我的思念随你而去，我的心也飞向有你的地方，不问归期，直到你平安归来。

正月初六，北京大学人民医院急诊重症监护男护士于鹏飞刚刚当上父亲，全家人都沉浸在迎接小生命的幸福和喜悦中。2月7日，在女儿妙妙出生后的第九天，于鹏飞志愿报名参加第三批医疗队踏上了去往武汉的征程。于鹏飞妻子是眼科护士，她鼓励爱人报名加入医院驰援武汉的大部队。于鹏飞说：“我爱人是湖北孝感人，作为一个湖北女婿，作为医护人员，我理应冲到前线！”

北京大学人民医院呼吸内科李冉主治医师，两年前参加国家“组团式”援藏医疗队支援西藏整整一年，随后作为骨干人才出国进修，刚刚回国又再次奔赴武汉抗疫前线。幼小的孩子、家庭的重担都留给瘦弱的妻子。在这个见不到面的情人节，妻子为远在武汉的丈夫写来一封短信：“自从2007年在一起之后，记忆中我们就2008年过了一次情人节。对于节日，我们都没有特别的期盼，因为在一起的每一天我们都彼此珍惜，感到满足。转眼又到了这个浪漫的节日，想到还在远方战斗的你，突然好想飞奔过去给你一个拥抱，跟你说说话，为你加油！你奔赴前线后的每天都在想迎你回来那一刻的样子，我想我们会微笑相视，一起牵手回家，相伴走过今后的漫漫长路。”

北京大学人民医院急诊监护高伟波医生的爱人是北京协和医院感染科医生。当有记者来采访高伟波爱人提出想要一张全家福时，她说：“我开始翻照片，照片好多，翻着翻着，我的眼泪就滚下来了，我们结婚13年了，可除了当年的结婚照，居然没有一张合影！更没有全家的合影！因为，不是我休息时他在医院上班，就是他休息时我在医院值班。他在家他看孩子们，我休息我看孩子们。所以，最多的都是我们各自和孩子们的照片，不知道的肯定会以为我们是单亲家庭!”相爱的人相互支撑组成了一个家，浮世扰攘，风云变幻，只要有对方在身边，每一步都会坚定毅然。

北京大学人民医院急诊重症监护张亚军医生17年前特意选择2003年2月14日这一天，和爱人领了结婚证。那时候他们没想到，同是医生的他们一个多月后就面临了长长的分别。因为抗击非典疫情的需要，张亚军的爱人四月份进了医院隔离病房抗击疫情。17年后，当疫情再次出现的时候，当国家再次需要的时候，张亚军医生奔赴武汉前线。妻子再三叮嘱做好防护，一定要完完整整、平平安安地回来。张亚军医生说道：“现在她对我的牵挂和2003年我对她的牵挂是一样的。”平时不善表达的张亚军特意在情人节前两天在网上订好了一束花，给爱人一份惊喜。“都老夫老妻了，但是今年比较特殊，不在她身边，还是想给她一份特别的礼物。”张亚军笑着说，嘴角是满满的爱意。

北京大学人民医院重症监护副护士长马蕊的丈夫是来自北京大学人民医院肝胆外科李涛主任医师。深沉内敛的李大夫，想了许久，终于说出了对身在武汉的爱妻的话：“国有难，召必回，战必胜！作为医务工作者，在面对疫情时，我们义不容辞！你在一线一定要安心工作，做好防护。我们就是你的坚强后盾！”两人相隔千里、各自坚守，守护万家的团圆与平安。

北京大学人民医院重症医学科护士长丁璐作为第二批援鄂医疗队抵达前线，她身先士卒带领着大家冲锋陷阵，在重症隔离病房全力救治护理患者。爱人和女儿为她写来家书：“每天从电视和网络上看到你们医护人员在与死神赛跑，抢救重症患者的生命的英雄事迹，我十分感动！我作为英勇奔赴前线医护人员的家属也感到十分自豪和骄傲！你放心，我们都挺好的，勿念，我们全力支持你！病毒不除，你们不退，圆满完成国家赋予你们的使命！”爱情融入了彼此之间生命中的温暖和支撑，成为负重前行的动力。

北京大学人民医院第三批援鄂队员神经外科护士席晓会的爱人发来了自己亲自朗诵的诗歌《出征》，向自己的妻子、向所有医护人员致敬。席晓会的爱人饱含深情地朗读道：“最爱看的春晚还没登场，最爱吃的饺子还未品尝，战斗的号角已经吹响，你就要去一个没有硝烟的战场。出征！出征！向着武汉，向着远方。出征！出征！为国分忧，救死扶伤。”

急诊科护士长赵礼婷17年前就奋战在抗疫的第一线，这次她又作为主力人员奔赴前线。爱人发来语音叮咛，“马上就要到情人节了，这是我们第二次如此长久的分离，上一次是17年前，时间好快……你的身体再不如前，要注意身体啊!”都说男人不善言辞，但当妻子像战士一样冲锋到战场，那发自心底的思念与牵挂令人动容。

北京大学人民医院急诊科护士长王秋大年初二飞抵武汉，投身疫情防治一线。爱人王占平是北京西城公安分局二龙路派出所巡逻民警，一直坚持在工作岗位上。这个医警家庭在17年前也经历过这样的分离，回忆起2003年两人一起参加抗击非典的经历时，王秋的爱人说道：“那时候我们还年轻，现在我们已经是中年人了，但我们依然在战斗。”男子汉潸然泪下，“这辈子最浪漫的事，最深沉的爱，莫过于我们携手并肩、为国坚守!”

在这个特殊的情人节里，向坚守在抗疫一线的工作人员致敬！今日的情人节，即使最亲密的人不在身边，但相信今后在一起的每一天，都是情人节。愿所有的爱情都能被温柔相待，愿岁月可回首，且以深情共白头。

# “妈妈，加油！”

北京大学国际医院

“妈妈，你能行吗？”

“我能行！”

2月6日，驰援湖北的北京大学国际医院援鄂抗疫国家医疗队成员ICU护士郭淼与儿子做了简短的告别，便义无反顾地奔赴前线。

正月十五，是阖家团圆的日子。而身在湖北鄂州的郭淼，却只能与家人“云分享”一碗象征团聚的汤圆。她说：“自己不怕，最舍不得的就是孩子。”身在前线，最难以割舍的是亲情。

为了更多家庭的团圆，郭淼放弃了与家人的团聚。她坚信——此刻的离别，是为了将来更好的团圆！

## 从接到任务到出发，不足四个小时

早在新型冠状病毒肺炎开始出现在武汉之初，郭淼就自愿报名加入了医院的应急储备医疗队。2月6日中午，还在上班的她突然接到去前线支援湖北的通知，下午3点，医院的驰援湖北队伍要出发去火车站。从准备到出发，留给她的仅仅不到四个小时。她迅速交接了手头工作，便义无反顾地返回家中收拾行囊。

突然从医院返回家中，家里人得知她要去湖北驰援的消息都十分惊讶。10岁的儿子一时间接受不了，郭淼在家收拾行李的短短一个小时，他因为舍不得妈妈哭了好几次。

## 在我心中，你怎样都是最美的

抵达湖北，为了更好地穿戴帽子和隔离服，尽量减少交叉感染的可能，为接下来的战“疫”做好准备，女队员们剪去了长发。郭淼在发给先生的报平安微信中说

“剪了头发，有点丑”，然而先生却回答“你怎样都是最漂亮的”。郭淼的儿子还特意拨通了妈妈的视频，和妈妈“一起”分享汤圆，共度了一个特别的元宵节。

湖北的气温有些冷，为了防止交叉感染，医疗队住的地方不能使用中央空调。由于出发仓促，郭淼准备的东西有些欠缺，她特意嘱咐先生把家里的电热毯和自己的厚衣物邮寄过来。

## 既然选择了这个职业，就义无反顾

郭淼说，虽然病毒无情，但她并不害怕，唯一舍不得的就是孩子。儿子曾哭着对她说：“妈妈，那边太危险了，你能不能不去呀？”她也哭着告诉儿子，“妈妈既然选择了这个职业，就要冲上去迎接这场战役。虽然妈妈不是一个拿着真刀真枪的战士，却是一名可以把病毒打倒的医务人员。妈妈此刻比战士还要厉害！”在送别的时候，懂事的儿子虽然很舍不得妈妈，但他还是大声对郭淼说：“妈妈加油！”

“若有战，召之即来，来之即战，战之必胜！”这是北大医学医疗队的铮铮誓言。你们，是这场没有硝烟的战争中的英雄，期待英雄们的凯旋！

# 与病毒斗争是我的“天命”，没想那么多

北京大学国际医院

他每天都要在群里事无巨细地说明各种注意事项，北京大学国际医院感染疾病科王旭，也是此次援鄂医疗队中把关感染防控环节的主力。

为了实现最大程度的防护，从抵达鄂州第一天起，王旭就与后方的感染疾病科荣义辉副主任反复探讨，开始严格制定团队感染防控标准。从认真规划入住酒店房间感染防控分区，深入浅出地说明“手消要唱满两遍生日快乐歌”，到反复的完成全员战前培训、考核，她经常要忙碌到深夜。

在实地考察了鄂州市中心医院后，队长秦宇红主任，杨燕君护士长和王旭发现，前期当地医院的医护人员防护漏洞不容忽视，在商议后，由王旭进行了院内培训。她在凌晨发布的朋友圈中写道：

即便有一天我们这个团队离开这里了，但所有的人都记得该怎么防护，当疫情来临且不要随意，这就是我所想达到的一点点小心愿。

为了实现这个“小心愿”，王旭有些执着，不熟悉的人看来，不算是个好商量的人。“心细又有点轴，其实她不是针对你，都是为了工作，为了安全。”疫情发生以来，一直坚守发热门诊的荣义辉副主任提起自己科的姑娘突然红了眼。“姑娘特别倔强，家里娃儿不到3岁，却一点不犹豫，第一个请缨上战场。”

知道她要上前线，不少同事担心她，让她照顾好自己，她几乎都是这样反过来安慰别人：“我可是学感染的。别担心！都好好的！”

相爱的人总是相似的。王旭的爱人在得知她要去前线的消息时，虽然很担心，但他认为，妻子作为一名感染科医生，疫情当前，责无旁贷。

“这是她的专业范围也是她的责任，不容推卸，所谓养兵千日，用兵一时，从上学一直到工作，在专业范围内培养了这么多年，不能说在国家需要的时候就当逃兵。其实自从知道她有可能要去湖北前线后都在叮嘱她注意安全，她自己安全，才不会影响团队的安全。这样，整个团队就能够更好地帮助当地医院和患者解决问题，这不正是此行的目的吗？”

家国大义面前，理性可能是这家人的共同标签。就连王旭的女儿多米在得知妈妈要去湖北“救更多的小朋友”时，也没有哭闹，为了不让妈妈担心，努力忍住眼泪憋红了脸。

可是，前线怎能不苦？穿上厚厚的防护服，戴上防护镜，穿上成人纸尿裤，拼尽全力与病魔厮杀，无论是身体还是心理，对所有的医疗队队员而言都是巨大挑战。而每天，王旭都会在朋友圈里记上几笔当天的故事。有时是为自己加油打气，有时是分享一首轻快的歌曲，有时也会以这样的内容给当天做一个欢乐的结尾：“疫情结束后，你最想去吃什么？欢迎留言。”有人说，想吃火锅撸串；有人说，想吃烤鱼小龙虾；也有人说，想去武汉，去吃热干面、豆皮和面窝……

在这场战“疫”里，每一位冲锋陷阵的医护人员都是英雄，但卸去这身奋不顾身的冲锋铠甲，他们也是父母、是儿女、是爱人，是普通人。然而，为了人民生命健康，这些普通人义无反顾，他们用专业傍身，他们用勇气前行，他们的选择也一直是肯定的：若有战、召必应、战必胜，共克时艰，迎难而上！

# 家里几辈人都是医生，“出征”是必然！

北京大学国际医院

“家里俩儿子，今年5岁多了，正是有英雄情结的年纪，他们觉得爸爸变身成奥特曼、变形金刚去湖北打‘小病毒’，等爸爸打完病毒回家的时候，他们就可以上幼儿园了。”

“我爱人也是一名医生，因为同样的职业，虽然心里有万般不舍，但也理解我的决定，只叮嘱我注意安全，没再多说其他。”

2月26日是北京大学国际医院援鄂医疗队副队长、呼吸与危重症医学科医生王生浩在鄂州的第20天，问及家里和现在工作的一些情况，内敛的他有些不善言辞，只说家里几辈人都是医生，选择“出征”是必然的决定。

## 团队配合默契，几乎不需要磨合期

“跟他配合起来，真的是连个眼神都不需要，想的都一模一样。”这是医疗队队长、急诊科主任秦宇红对王生浩的描述，然而王生浩自己却严谨地表示：秦宇红主任是急诊方向，我是危重症方向，我们看待患者的“角度”是相通的，这是默契配合最主要的原因。

在援鄂医疗队所在的鄂州市中心医院的ICU里，患者的病情各不相同，除了各种日常操作外，还会有突发的抢救，所以医护之间的团队配合尤为重要。

“平时看起来慢性子的、柔弱的，真到抢救的时候，个个都不示弱，而且可以跟你很默契地配合。”这样能让指挥抢救的医生有更多的精力用在病人这边。其实来鄂州的路上他还曾担心医护配合的问题，毕竟队员们来自不同的科室，但是从工作开始的第一天，大家的言行举止中，他便觉得是自己多虑了，而真正打消疑虑的是一次夜班的抢救。

“一位年老的患者突发状况，在抢救过程中，我的注意力全在患者的生命体征上，需要做哪些操作便直接说了出来，比如我会直接说‘抽血气’‘跟家属沟通病情’‘打电话喊麻醉科’‘连接呼吸机管路’……没有时间具体讲到操作者的名字，但是团队的王旭医生，张玉、兰爽护士，每一个人都清晰地知道自己该做什么。抢救很紧急，但是一点儿都不乱，很有条理性，经过一小时抢救，患者生命体征逐渐恢复了平稳。”

## 奋战一线，最苦的是心里对病人的“内疚”

3层防护衣、2层手套、护目镜、口罩……ICU里，全副武装的持续奋战对每一名医疗队队员来说，都是体力与脑力的考验。心率120～130，氧合达到97%，对王生浩而言，真正的苦不在于此。

“身体所承受的苦是可以适应和克服的，坦诚地说，内心更多的感觉是对不起病房里的患者。”王生浩表示，大多数患者看到医护人员穿着防护服会心生恐惧，不能像平时那样面对面用表情和眼神交流，做治疗操作的时候，因为会再加一层无菌手套，所以手感和准确度难免会变差，稍有不慎患者就要多挨一针。“如果说苦，就是心里这种‘内疚’的苦。”

在谈及疫情过后的愿望时，他说，因为这场疫情，大家都憋闷得太久了，待战胜疫情后，想开着越野车带上爱人和孩子去“撒撒野”，好好地感受一下祖国的大好河山。

山河无恙、人间皆安，向每一位“逆行而上”的白衣战士致敬！

# 战“疫”的力量

《光明日报》记者　晋浩天　章　正　卢　璐　王胜昔　颜维琦

“出发!”

“去哪里?”

“进驻新病房!”

武汉，28日晚，当北京大学人民医院医疗队队长张柳告诉队员们要进驻华中科技大学同济医院中法新城院区隔离病房时，大家踊跃报名。简短讨论后，他们决定以“党员带头、新老搭配、专业互补”为原则，遴选出第一批12名进驻的医护人员。

他们，是6000多名支援武汉医护人员的一个缩影。记者了解到，截至29日晚，29个省市区和部队的52支医疗队，共6129名医疗队员在湖北省协助开展医疗救治工作，其中41支安排在武汉。

## 奔赴：虽不是军人，但也是战士

李红是山西医科大学第一医院感染病科副主任，从春节前到现在，她一直没有休息。谈到最爱的家人，她有些愧疚。除夕夜，原本说好与家人团圆，她却最终在发热门诊中忙碌地度过。“更没想到的是，在初一晚上8点多，我接到电话要增援湖北，第二天出发。当时没有跟家里人商量，我就报名了。责无旁贷。”李红说。

回到家，孩子问：“妈妈，怎么非要让你去呢?”李红淡定地说：“妈妈就是搞这个专业的，只不过这次不是太原而是湖北。”

“2003年非典我全程参与下来，那时候是年轻专家，现在已经是‘老专家’了。”作为山西省人民医院消化科主任，58岁的王俊平是山西省首批抗击新型冠状病毒肺炎援鄂队伍中年龄最大的医生，“虽然不是军人，但我们也是‘战士’，只不过工作形式不一样而已。”他说。

疫情，就像是集结号。距离太原500多公里的北京，一支被誉为“北京超强阵容医疗队”迅速集结。25日，接到上级通知后短短两三个小时，北大三所综合性附属医院就各自迅速选派20名医护人员，与北京医院、北京协和医院、中日友好医院的同仁共赴武汉。

此时，很多人不知道，另一支北京大学公共卫生学院的志愿者队伍整装待发。接到中国疾病预防控制中心的通知后，短短几个小时，流行病与卫生统计学系就有30多名研究生和青年教师报名，组建了9名学生和2名教师的支援团队。带队老师庞元捷告诉记者，留校教师组成后援团队，随时提供技术支持，并积极组织第二梯队，随时待命。

国有战，召必回，战必胜。疫情面前，他们争当“逆行者”。23日下午，河南省胸科医院的医生孙玉梅和丈夫郑向阳向医院递交“请战书”，自愿要求前往武汉，驰援抗击新型冠状病毒肺炎疫情一线。

请战，源源不断。这两天，河南省胸科医院党委副书记、副院长袁义强不断接到医护人员的“请战书”，攥着这厚厚的一叠纸，他说：“接到临床一线职工递交的‘请战书’非常感动，为大家的豪情壮志点赞。作为胸部疾病治疗专科医院，抗击肺炎疫情，我们责无旁贷。”

## 抵达：科学细致抗疫

26日晚，北京大学第一医院、人民医院、第三医院60名队员与其他医院专家共同组成国家医疗队抵达武汉。

除了勇气之外有什么？科学精神！第二天，早已熟悉流程的医护人员，又进行了多次防护服穿戴演练。正如一位队员所说，“我们绝不懈怠、反复演练，保护好自己才能帮助更多人”。

之后，他们分批来到即将开展工作的病房踩点，熟悉病房环境，查看储备物资，对于进入病房流程进行最终确认。

北京大学人民医院院长姜保国一再提醒医护人员，在特殊环境下，务必要在保证安全的基础上开展工作，务必用科学的精神、严谨的态度做好防护和救治工作。

在这场战“疫”中，科学与严谨始终闪耀在医护人员之中。27日，北京中医药大学附属东直门医院和东方医院40名医护人员组建的第二批中医国家医疗队，一到武汉就直奔定点救治单位——湖北省中西医结合医院。经过短暂的休息休整，医疗队全员立即开始了医院统一组织的培训。

在这里，他们最关心的是细节。医疗护理组对排班模式、防护物资管理等细节都进行了周密安排。医疗队进入改造病房，与原病房工作人员就呼叫器、负压设施、抢救设施等工作细节进行详细沟通，并提出改进意见。

这支医疗队的战地党支部书记张耀圣说：“越是危难时刻，越要体现共产党员的先锋模范作用，面对疫情，越要注重细节。我们要在临床上体现出诊疗水平，为救治患者做全方位努力。”

而到了医生那里，以何种状态出击战“疫”甚至具体到了头发的长短。武汉大学人民医院的单霞，是正在施援武汉市金银潭医疗救治中心的医护人员。为了方便工作，她狠心剪掉长发，理了一个光头。看着缕缕长发飘落，她却很淡然：“没关系，头发没有了可以再长嘛。保护好自己的同时，这样可以尽力救更多的人。”

无独有偶。刚到武汉，南京医科大学附二院的护士高燕和陶连珊也做了一个决定。她们向宾馆借了把剪刀，互相帮忙完成了理发。高燕说，头发留了很长时间了，心里有点舍不得，但洗头费事，穿戴防护装备也不方便。为了确保“零感染”，美美的长发，剪了！

在一线工作并不容易，多位医生告诉记者，穿着防护服进入病房，分不清谁是谁，于是他们想了个办法，在衣服后面写上姓名和自己的单位名称。他们一次工作的极限在4个小时左右，不能吃饭、不能喝水，医护人员身上出汗，工作环境并不舒适。

“在穿上厚重、严密的防护服，平时熟练的配液、输液、吸氧等工作变得小心翼翼，不过，我们在当天晚上已经收治了60余名患者。”南开大学附属医院手术室护士尹楠正在武汉武钢二院紧张地救治着患者。

“累吗”？“累，但看到患者为我们竖起大拇指时，所有的辛苦都一扫而空。”尹楠说。

情况持续向好。河南支援湖北医疗队医务组长周正介绍，这几天队员们的工作情绪都很高，137名队员全部进入到武汉市第四人民医院。“第一期的病房30个患者已经收治，大部分患者的病情比较稳定，我们已经在第二个病区开展工作。”周正说：“这几天队员们接到了很多慰问的信息，我们战斗并不孤单，有信心战胜疫情。”

## 再出发：初心使命在真刀真枪实干中体现

在这场战“疫”中，有许多故事让人动容。28日，在武汉抗击疫情一线的河南大学淮河医院护士王月递交了入党申请书。“我志愿加入中国共产党，全力以赴，抗击疫情。不计较个人报酬，无论生死，逆风而行，为保障人民的生命健康而奋斗！”

除了她以外，还有其他4名医护人员也递交了入党申请书。这一次，在武汉支援抗击疫情的河南大学淮河医院医护人员共有26人，其中党员8人。组建医疗队后，他们首先建起了临时党支部。

王月是一名有着12年临床护理经验的护士，这一次，她利用休息时间，根据住处的实际情况，设计了房间污染区域分区图。这样一来，从病房回到住处，准确地将衣物鞋帽等放到规定处，降低房间的被污染程度。她把这个分区图已上交到河南医院武汉疫区指挥部，以便论证进行推广。

淮河医院党委副书记傅侃达说：“王月等5名同志关键时候能冲上去，业务能力都很过硬，思想上也积极向党组织靠拢。如果他们在此次抗击疫情战役中表现突出，我们就向学校党组织提交报告，希望批准他们火线入党。”

在武汉金银潭医院，来自上海奉贤的“80后”“90后”医务工作者在战场上交出了自己的入党申请书。仔细翻阅，便可发现一个共同点，字数并不多，更没有套话，选取几句话就能看到他们对组织的自我表白。

“人活着总要做一些自己认为值得去做的事，我志愿加入中国共产党。”护士王海红手写了这份入党申请书。她坦言，病毒虽然可怕，但自己始终相信，事在人为，团结就是力量。

作为团员的孙旦萍写下入党申请书后说：“秉持着治病救人的职业精神，我自愿加入医疗队，我并不是一时冲动，希望体现一名护士真正的价值。”

记者在采访中发现，不少医疗队员提交入党申请书。

北京大学第三医院医疗救援队共有队员20名，其中党员7名，入党积极分子4名。赴武汉前，考虑前方任务紧急，医院决定在医疗队内成立临时党支部。这两天，这个临时党支部收到多名队员递交的入党申请书。

他们为什么此时选择入党？队员梁超说：“我看到党员们冲在最前线。作为群众的我，让我对党员有了一个新的认识。在一线，我现在庄严地向党组织提出入党申请，自觉接受组织的培养和考验。”

在队员陈琦看来：“这一次我看到了党员身上的优良传统和作风，进一步激发了我加入党组织的决心。”

“疫情是魔鬼，我们不能让魔鬼藏匿。”如何不让魔鬼藏匿？是一封封请战书，一枚枚红手印，是共产党员的初心，是救死扶伤的职责，是消灭疫情的坚强斗志！

——“我们愿意在国家危难时刻，冲锋在抗击2019-nCOV肺炎的临床一线，严阵以待，无条件地服从医院安排。”请战人：安徽省安庆市立医院消化内科及内镜中心党支部。

——“作为一支有丰富经验，战胜过非典的英雄集体……我们特向院党委请战：若有战，召必回，战必胜！”请战人：原第一军医大学赴小汤山医疗队全体成员。

他们，已经到达武汉。而他们的担当精神，刚刚出发。战“疫”的力量从何而来？正如一位医护人员所言，初心使命不是说出来的，而是真刀真枪干出来的。

来源：《光明日报》

# 与瘟神赛跑

## ——全国高校附属医院驰援抗疫一线纪实

《中国教育报》记者 柴 葳 北京大学医学部 武慧媛 等

1月28日晚9时，武汉，华中科技大学同济医院中法新城院区改建完成的传染病房正式启用，北京大学人民医院进鄂医疗队员正式开展新型冠状病毒肺炎救治护理工作，成为国家卫健委组建的国家援鄂抗疫医疗队第一批进驻病房的医护人员。

两天前的晚上10时多，由北京大学第一医院、北京大学人民医院、北京大学第三医院与兄弟医院专家共同组成国家援鄂抗疫医疗队，连夜抵达武汉。在从机场去驻地的路上，北京大学人民医院呼吸内科医生吴文芳在车窗上默默留下几个字："武汉加油！人民必胜！"后面还画上了一个笑脸，似乎在满怀信心与笑容地说，"武汉，加油！我们来了！"

集结！出征！时间就是生命！北京、天津、上海、重庆、河北、山东、河南、陕西、辽宁、黑龙江、江西、云南、广东、湖南……全国各高校附属医院第一时间积极响应国家号召，在极短时间内集结骨干力量，星夜驰援。他们有着共同的目的地——武汉！湖北！

### "祖国的需要就是我们的责任！"

大年初二，夜色已深沉，重庆医科大学附属第一医院的大院似乎将春节的欢愉隔绝在外。20名医务人员站成一排，整装待发，等待他们的是紧急驰援湖北抗击新型冠状病毒肺炎疫情。

在出征仪式上，在与亲人依依惜别的人群中，40岁的呼吸内科医生刘煜亮有些形单影只，他的妻子徐瑜，已于两天前的除夕夜，随陆军军医大学医疗队驰援武汉。作为医师组组长，刘煜亮将随重庆组建的130余人的医疗队火速支援湖北孝感，留下年迈的父母和7岁的儿子在家。

1月27日零时30分，刚下大巴，刘煜亮的手机突然响了，刚回到驻地的妻子打来电话，简短的几句互报平安后，妻子抓紧时间和他沟通这两天的临床经历。凌晨2时半，驻地简单安顿后，刘煜亮和队友们就开始紧急制定工作方案、拟订工作纪律和原则、分配医疗物资。所有准备工作忙完，不觉已是凌晨4时。第二天早6时半，天刚蒙蒙亮，驻地里便响起一阵急过一阵的脚步声。

“1月26日，北京，阴……早上刚刚6时，就睡不着了，想起长头发工作不方便，也可造成感染，没时间犹豫了，一剪子剪了，养了15年的长发，丑是丑了点，但切断传播途径更重要。”登机前，主动请缨投入抗疫战斗的北京大学第三医院援鄂队员王军红，收到丈夫的微信，“我和闺女爱你，等你平安归来”。她一下湿了眼眶，这是平时内向的爱人第一次表白。

当天，在接到国家卫健委通知后的几小时内，北京大学三所综合性附属医院迅速集结选派60名医护人员，与北京医院、北京协和医院、中日友好医院的同仁一道，组建国家援鄂抗疫医疗队，共赴疫情中心湖北武汉，参加这场没有硝烟的战斗。

“我和我的队员们都清楚到第一线意味着什么，但我们更清楚患者需要我们，武汉疫情防控需要我们。作为一名北大医学人，在抗击新冠疫情的第一线我们不需要豪言壮语，我们会以时不我待、只争朝夕的精神立足岗位踏踏实实做好自己的本职工作，为抗击疫情贡献我们的绵薄之力。”北京大学人民医院援助湖北医疗队队长、重症医学医生张柳说。

疫情就是声声号角，在这场没有硝烟战斗中，奋力奔跑是最执着的姿态。

1月28日下午4时许，江西省上饶市卫健委的一个紧急电话，打到江西医专一附院：需抽调一名呼吸科医生和一名重症医学科医生前往鄱阳县人民医院参加2019n-CoV肺炎救治对口支援。短短一个小时内，呼吸科吕康、重症医学科熊建辉主动请战，来不及告别家人和同事，便第一时间赶往上饶市卫健委集结，留下的只有逆行的背影。

此刻，时间就是在跟生命赛跑。

1月26日，接到河北省卫健委通知后，河北医科大学直属第一、第二、第三、第四医院援助湖北医疗队的首批17名队员迅速集结，当晚20时20分便登上了开往湖北的列车。

同一天的广东，中山大学附属第六医院仅用一晚时间，便组建了一支由来自重症医学、呼吸等科室的17人精干队伍驰援。次日，广州中医药大学第一附属医院、第二附属医院18名、26名医护人员集体出征。

“停止春节休假，回到工作岗位。”1月26日，收到这则紧急通知后1个小时内，哈尔滨医科大学附属第一医院急诊内科便有22名医护人员申请调往最前线。次日晚，包括该院派出的59名医师、检验技师、护理人员在内的黑龙江省首批医疗队奔赴湖北疫情防控一线。

清华大学附属北京清华长庚医院呼吸与危重症医学科副主任医师郭军，作为具有应对非典临床经验的医生，简单安顿好家里的一双儿女，便匆匆提起行李出发。

“疫情就是命令，医院就是战场，祖国的需要就是我们的责任，我们义无反顾，履行使命，坚决打赢疫情防控阻击战。”1月28日，由142人组成的新疆首批医疗队带着自治区党委和政府的重托驰援湖北。

截至1月26日下午5时，昆明医科大学附属医院仍有1000余名职工积极报名准备参加湖北一线疫情防控工作。

……

“不忘初心，牢记使命；面对疫情，迎难而上；救死扶伤，医者担当……”1月26日，郑州大学第五附属医院援助湖北医疗队简短的出征仪式上，28名医疗队员的誓言铿锵有力。

## “这是党员需要挺身而出的关键时刻！”

“我郑重向党组织提出请求，申请加入援鄂医疗队，用自己的专业技术，去保卫人民群众的生命健康。我是具有多年临床经验的呼吸科医生，更是一名党员、党支部书记，恳请领导批准，让我去！”江西中医药大学附属医院呼吸内科主治医师万松在“请战书”中写道。

1月26日，江西中医药大学附属医院援鄂倡议书发布不到2小时，便有20余人递交了“请战书”，万松也成为该院首批驰援武汉的6名医护人员之一。

在新年伊始开始这场抗击新型冠状病毒肺炎的全民战役中，党员就是一面旗帜，党员更是使命与担当。迎难而上、勇夺胜利的坚定信念，向着党旗飘扬的地方，聚集！

“我们3个人都是党员，听到支援武汉的消息都主动请战，我们愿为战胜疫情作出自己的贡献！”参加过抗击非典的行动，支援过汶川地震的救治，沈阳医学院附属第二医院重症医学科主任张汝峰和2位同事仅用半天时间准备，便登上了飞往武汉的航班。

国家援鄂抗疫医疗队中，来自北京大学第三医院的20人中，有7名党员、4名入党积极分子。出征前，考虑到前方形势紧张，任务紧急，该院决定在医疗队内成立临时党支部，为疫情应对和医疗救治工作提供政治保障、组织保障。抵汉后的两天里，临时党支部收到多名队员递交的入党申请书，申请书中饱含了他们从医报国的理想、挺身而出的信念。

“今天我怀着无比诚挚与激动的心情，在武汉抗战“疫”情的前线，真诚地写下这份入党申请书，我将用实际行动践行中国共产党人的初心和使命，在疫区救治前线展现一名医务党员的责任与担当。”1月30日晚，28岁的西安交大一附院护士陈萍郑重写下了这份入党申请书。

“请全院教职工放心，我们在这里很好，队员们请战意愿强烈……我们准备好了，度过这半个月危难时刻，我们就可能迎来抗疫的胜利！”这是1月29日上午，郑州大学第五附属医院支援湖北医疗队发回信息。

医疗队们所在的无陪护病区，护理负荷更大。考验面前，该院医疗队党支部的9名党员决心“亮出党徽做先锋、让党旗高高飘扬在战‘疫’第一线”！决战时刻，医疗队副主任医师万琳，主治医师杨默，护士李晓艳、刘莹、胡绍月、史峰峰纷纷递交了入党申请书。

苟利国家生死以，岂因祸福避趋之？

1月26日，在国家卫健委统一调度下，中南大学湘雅医院、湘雅二医院迅速集结队伍，湘雅医院医疗队紧急选派具备前方紧缺的连续性血液净化专业能力的重症护理骨干驰援。

“身为党员，我随时待命。”刚下夜班的“90后”护士张春燕看到群信息，立即报名请战。临行前，几名非党员护理人员郑重写下《入党申请书》：“我们跟着共产党员上抗疫前线，要像共产党员一样去战斗！”

“03年的SARS，我曾作为第一梯队进驻医院隔离病房；09年的禽流感，我在发热门诊负责管理工作。我的工作经验让我果断报名，因为我是一名医务工作者，是一名党员，在与病毒抗战之际，我希望能冲锋在前，将责任担在肩上，作出自己的贡献！”同济大学附属杨浦医院内科总护士长刘红说。

“什么是关键时刻？这就是共产党员需要挺身而出的关键时刻！”一声声“加油，平安”，伴随着同济大学附属上海市第四人民医院（筹）的15名医护人员出征。

## “我们能完成这次艰巨的任务！”

1月28日上午9时，河南省支援湖北应对疫情医疗队队员、郑大五附院医疗队队长冯永海在医疗队微信工作群中发出一条微信：“今天是我们最后一次集体开会，为避免交叉感染，今后采取微信或者电话会议开会，禁止握手拥抱，为自己加油，为武汉加油，为湖北加油！”在武汉市第四医院（古田院区）发热病区的工作正式开始。

1月29日，华中科技大学同济医院中法新城院区感染隔离病房，从1月28日晚9时至1月29日下午5时，首批6个国家援鄂医疗队采取“九三制”分四个班轮换。

查体、记录生命体征、护理等平时轻松的操作，在厚重的防护服下都变得不那么容易，不知不觉中就会汗流浃背，汗水蒸腾中护目镜出现一层雾水。“在这里工作过，才觉得武汉的医护人员坚守那么长时间，是多么不容易！”医疗队员们由衷地感慨。

“若有战，召即来，战必胜！”是每个一线驰援医护人员坚定的信念。

对同济大学附属同济医院呼吸与重症医学科护士长惠蔚来说，从1月27日凌晨零时进入武汉金银潭医院三层重症监护室的那一刻开始，这场抗击疫情的战役便真正开始了。

“8小时内一直处于高度紧张的状态，没上过厕所。”从零时到早8时的8个小时，对惠蔚和同伴们来说都是巨大的考验。医疗资源有限，防护装备穿脱又很繁琐，一旦上厕所，整套防护服就报废了。

武汉的冬天，寒气逼人。为了避免交叉感染，病房不但不能开空调，还要开窗通风。一夜过后，不少人手都冻麻了。早上，交班时间还没到，下一班的护士们便已提前上岗了，他们用这种独特的方式互相温暖着。

“2003年SARS的时候，我还在同济大学医学院读大三。”同济大学附属同济医院急诊与危重症学科主治医生肖武强说，“SARS时，全国医护人员守护大家的健康，现在该我们上场了，越困难的事越值得去做。”

是啊，疫情当前，在时间与生命的赛跑中，我们何曾向困难低过头？！

“感谢江西救援队的援助，在我们精疲力尽的时候，有你们注入一股暖流，一群可爱、善良的天使们，由衷地感谢。武汉加油！五医院加油！呼吸科加油！”1月31日，江西援助湖北第一支医疗队进入武汉市第五医院的第三天，该院呼吸内科护士长好不容易有时间喘息，支着眼皮，赶忙发了一条感谢的朋友圈。

即便做好了各种充足的准备，投入病房后，各种困难接踵而至，压力强度都远远超出救援队员们的预期。救护再难，队员们没有喊苦。138人，3个病区，300位患者轮轴转。值班每4到6个小时换人，队员也铆足了劲。

“我们必须在包裹得严严实实的情况下去做每一项医疗工作，如果平常强度是1，现在的强度就达到了5。”南昌大学第二附属医院副院长祝新根说，“我们能完成这次艰巨的任务！”

山东大学第二医院重症医学专业副主任张鲁所在的黄冈大别山区域医疗中心重症病区，接诊首夜就迎来了6位患者。这一夜，整整10个小时，他水米未进。天亮了，交班的同事来了，脱下防护服，张鲁才感觉到里冷凝的水汽，不禁打了个寒颤。

自1月26日进入武钢二医院，由天津医科大学四家附属医院32名医护人员组成的天医医疗队进驻已经6天了。因为长时间佩戴口罩护目镜，一天下来，防护口罩在每个人脸上留下道道压痕，需要使用预防面部压疮的增强贴缓解，医疗队成员都出现了口鼻干燥甚至头晕恶心的状况，但各组人员都坚守岗位，从不懈怠。

在南华大学附二医院医疗队这支以“80后”“90后”为主体的17人团队的物资清单里，除了必备的防护用品外，还有每包10个、24包尿不湿！为什么？从队员们的日记里可以找到答案——

“交接班时间是8:00—16:00—0:00，当天夜里我们就开始开展工作了，一个夜班陆陆续续收了40多个患者。”护士尹艳写道。

“病房共有44个患者，连续工作10余个小时，我们中间不喝水、不进食、不去卫生间，始终穿梭于每个病房……”主管护师李苑银写道。

疫情尚未停止，战斗仍在继续。接下来的每个寂静的深夜、破晓的黎明，在时间与生命的赛跑中，他们，这群星夜驰援的健康卫士将始终守护着生命的炽热与尊严，迎接正午的阳光。

来源：《中国教育报》

# 重症救治　国家队的攻坚战

《健康报》记者　刘志勇　王　宁

新型冠状病毒肺炎疫情仍在持续，在疫情最严重的湖北省武汉市，重症病例的数字在不断上升。针对重症患者开展集中救治，已经成为武汉市患者救治工作中的一项紧迫任务。

2月6日，《健康报》走进北京大学人民医院援鄂医疗队隔离病区，进行现场报道——

## 整建制接管病区

在2月4日召开的国家卫健委新闻发布会上，国家卫健委医政医管局副局长焦雅辉表示：武汉市在金银潭医院、市肺科医院、武汉大学中南医院3家重症集中收治的基础上，开设新的重症患者集中收治定点医院，包括华中科技大学同济医学院附属协和医院西院区、华中科技大学同济医学院附属同济医院中法新城院区、武汉大学人民医院东院区，计划收治1000名重症患者。

同时，国家卫健委从全国调集医疗资源，支援武汉重症患者医疗救治工作。从在京的委属委管医院，江苏、山东等10余个省份的委属委管医院、省级大医院、大学附属医院抽调负责人和3000余名重症医学骨干医护力量组建医疗队，整建制接管新的重症患者收治病区。

此前，北京大学人民医院等6家医院组成的国家医疗队，已进驻同济医院中法新城院区。2月1日下午，北京大学人民医院党委书记挂帅的以重症专家为主的第二批医疗队赶赴武汉。第二批医疗队抵达后，此前的国家医疗队分为3支医疗队，集中攻坚重症患者的救治。北京大学第一医院、北京大学人民医院、北京大学第三医院共同组成一支医疗队，在中法新城院区单独负责一个重症病区。

2月4日下午，第二批国家医疗队抵达武汉后的第三天，记者拨通了北京大学人民医院重症医学科主任安友仲的电话。

"到达之后首先了解了第一批医疗队的工作情况，查看新病区病房的工作环境和条件，随后参加了一系列的培训。"安友仲介绍，在仔细查看医院病房条件和实际情况后，2月3日上午，北京大学附属3家医院的众多专家坐下来共同进行了详细的研讨。在研讨会上，安友仲表示，任何重大突发公共卫生事件，首先要做的是"检伤"，就是对患者进行分层。

国家提出"早发现、早诊断、早隔离、早治疗"是疫情防控的关键，其中最核心的就是早诊断，尽量迅速及时地明确患者的诊断，然后再将确诊病例进一步分层为轻症、重症、危重症，这是近期患者救治领域的一项重要工作。

## "压力最大的一个班"

"不慌乱很重要，在大灾大疫面前的诊疗同样要尽量做到规范。"在半天的研讨会上，专家们首先确定了规范化的病历采集流程与基础医嘱规范等，通过各种规范统一病区的检查治疗方案。在治疗上不奢求有长板，但是绝不能有短板。首先要把一切可能出现的漏洞，通过明确的规范事先进行防范。北京大学附属3家医院的力量整合后，在重症医学领域有着很强的实力。2月3日晚，北大医学国家医疗队与河南省医疗队合作，首先开辟了第一个50张床位的重症病区，集中收治重症、危重症患者。在武汉疫情防控指挥部统一协调下，很快有救护车将部分重症患者连夜转运到这里。

2月3日21时至2月4日3时，北大医疗队开始了收治重症患者的第一个班次。

"6个小时收治了24名重症患者，这是我到武汉后经历的压力最大的一个班，现在回头看，这简直就是一个不可能完成的任务。"作为第一批医疗队员，北京大学人民医院急诊科医生郭维已随改组后的医疗队从12楼的病区，转战至位于7楼的重症病区，并在第一班次参加收治患者的工作。

安友仲说，目前收治的重症患者中，仍有人尚未得到核酸检测确诊，根据诊疗规范，这些疑似患者不能与确诊患者收治在一起，"所以还不能把病床全部收满，要有床位预留给疑似患者单独隔离收治"。

## 设备仍然欠缺

突发重大公共卫生事件中重症患者的救治，强调"集中患者、集中空间、集中专家、集中设备”的四集中理念。

“根据武汉目前的形势，只有建立完整的重症患者收治院区才能高效运转，如果只是建立几个重症病房，物资供应、后勤保障等都很难快速跟上。”安友仲坦言，武汉市集中患者、集中空间、集中专家的工作已经初步得到完善，但在重症患者救治集中设备方面目前仍有欠缺。“目前，病区收治的患者仍以重症为主，支持危重患者救治的部分医疗设备仍有不足。”

“现在收治的患者普遍病情更重了，医护人员面临的压力更大了。”郭维说，重症病区收治的部分患者需要机械通气，开放气道可能会带来更危险的病毒暴露，这对防护的要求更高了。此外，随着重症患者的集中增加，对经鼻高流量氧疗仪、呼吸机、吸痰器等医疗设备的需求也将逐渐增大，目前病区的设备支持仍需加强。

“医疗队也一直在跟各有关方面沟通设备和耗材保障的问题。”安友仲表示，对于重症患者的救治，医疗设备和耗材的支持十分重要，医疗队已通过最大限度挖掘当地医院的库存设备来充实病房。

医院病房难以满足传染病负压病房的要求，医疗队在院方协助下，在病房里安装了几台强力排风扇，“把病房里的空气向外引，形成相对负压，希望能够对医务人员起到一定的保护作用”。安友仲表示，目前在病区工作的，是一支由来自北京、河南、武汉几十家医院的医务人员组成的医疗队，人员构成相对复杂，作为一项重要的基础性工作，事前制定各项规范流程的重要作用很快得到体现。

一夜之间有条不紊地收治30多名重症患者，流程规范发挥的作用不可替代。接下来，将对医疗队进行全员培训，包括治疗、护理、检查、感染防控的规范等。所有人都严格执行规范，才能保证医疗救治的质量。

## 后记

北京飘了一天的春雪，武汉迎来了立春后的第一场小雨。北京大学人民医院援鄂医疗队王光杰在日记中写道：一夜醒来，看窗台溅雨，路面湿润，不禁吟诵起杜甫的诗句：“好雨知时节，当春乃发生。随风潜入夜，润物细无声。”

虽然不讨厌冬季，但更期待着春回大地。前天是立春，小雨也算是识趣地来了，万物复苏，生意盎然。

在这抗击疫情的最前线，医务人员和防护物资从全国乃至全世界而来。纵有老母不舍、爱人牵挂、姊妹千言、儿女啼哭，但我们承载着历史使命，决然出征。

我们不是英雄，我们也会害怕，害怕人们生病没有药物；也会流泪，惋惜自己对病患逝去的无助。但我们和武汉及全湖北的民众站在一起，背后有强大的祖国和众志成城的人民，我们不怕，我们不哭。

相信我们会战胜疫情，迎接春的暖风，樱花的盛开。

来源：《健康报》

# 泪目！这支上了《新闻联播》的援鄂医疗队，是所有医护人员的缩影

中国外文局融媒体中心　北京大学人民医院

武汉胜则湖北胜，湖北胜则全国胜。

湖北和武汉是疫情防控的重中之重，是打赢疫情防控阻击战的决胜之地。也正因如此，全国各地的医疗队已源源不断地驰援湖北，尽锐出战，同心战“疫”情。

目前，来自全国的154支医疗队、18700余名医护人员正汇聚湖北抗疫一线，与当地医护人员并肩战斗。北京大学的三家综合性附属医院（北京大学第一医院、北京大学人民医院、北京大学第三医院）427名白衣战士组成的医疗队就是其中之一。

2月10日，央视《新闻联播》聚焦国家援鄂医疗队，来自北京大学人民医院的院长姜保国详细介绍了国家医疗队重症专家组的工作情况。

2月7日，作为北京大学人民医院援助武汉医疗队的队长，姜保国带领着110人组成的医疗队奔赴武汉。而在此前，北京大学人民医院已经派出了两批医疗队，抵达前线开展救治工作。

在疫情防控胶着对垒的关键时刻，姜保国介绍，这支医疗队接下来的任务就是尽可能地收治新冠肺炎重症患者，挽救更多的生命。

这支英雄的队伍，是所有奋战在抗疫一线的医护人员的缩影。

## 关键词：全力支持

患者的救治情况，始终是专家团队最关注的情况。对于重症患者的治疗，专家团队成员充分发挥各自的优势，加强危重症患者监测评估和支持治疗，并建立了会诊系统，为重症救治保驾护航。

“一定要尽全力保障物资供应，而且要做打持久战的准备。”对于管理保障和物资供应工作，院长姜保国这样说。

“大部队来了，领导来了，我们就更加有信心、更加踏实了。随着医疗资源逐

步到位，管理逐步规范，工作开展会越来越顺利。”医疗队员们表示。

2月8日晚9点，北京大学人民医院和北京大学第一医院、北京大学第三医院独立接管的同济医院中法新城院区新病区正式启用。该院区收治的患者以重症为主。

从病房启用至2月10日凌晨5点，北京大学人民医院前线重症隔离病房50张病床已经全部收满。

召之即来，来之能战！

## 关键词：紧锣密鼓

2月9日15:00，大量重症患者陆续抵达病房。

医疗队员李明介绍道："刚穿上防护服就一身汗，感觉喘不过气，还没来得及看病房里的患者，第一位患者已经躺在平车上推进病房，他后面是更多等待住院的患者。说实话，我的汗一下子就开始呼呼地往外冒。"

据医疗队员陈博介绍，第一位患者病情危重，到病房时已经休克，吸氧情况下血氧饱和度70%，血压80/40mmHg。

"立即高流量吸氧！"医疗队员李冉第一时间说道。护士迅速默契地给予患者高流量吸氧和相应的护理治疗。

大年初二从北京到达武汉之后，李冉已经连续工作两周，用他的话来说，自己已经是个经验丰富的"老大夫"了，但依然紧张到头痛。

"我们除了抢救第一位危重患者，还要接收同时到来的其他入院患者。每一位患者的病情都很严重，每一位患者都渴望尽快得到救治。我们特别理解，开医嘱、问病史、查体、抢救……不愿意耽误任何一点时间。当时恨不得自己长出三头六臂。"

李明、陈博是第一次进入隔离病房，本想让他们工作几个小时后到医生办公室脱下隔离服缓一缓。但电话不停地响起——"120送来患者，准备接收！"

"我们能撑得住！"两位小伙子打起精神，强忍住第一次穿防护服的头痛、胸闷、大汗，一直在坚持。

重症医学科董桂英感叹，15:00到21:00共收治了重症患者16名。患者往往有不同程度的危及生命的状况，比如呼吸衰竭、休克、肾功能衰竭等等多脏器功能衰竭的表现。同时下午正是住院患者化验结果回报的时候。大量的化验指标需要逐一判断、大量的入院病历和医嘱需要书写，面对这种收治时间紧迫，病情严重的情况，队友们充分体现了临危不乱、合理有序安排救治工作的专业素质。

紧张的工作过后是从未有过的剧烈头痛和虚脱般的精疲力竭，曾经在2017年参加“组团式”援藏、在藏区工作一年的李冉笑称：“防护服下的缺氧感，比我在拉萨还严重，让我恍惚间回到援藏的日子。”

但当交班时看到第一位入院的休克患者血氧饱和度升到90%，循环恢复、呼吸平稳的状态，他感到特别欣慰：“一切都值得！”

## 关键词：温暖感动

抵达武汉后，北京大学人民医院医疗队先后接管了三个重症隔离病房，创伤救治中心医生郭维每次都自告奋勇加入到首发阵容中。

“在大夫里，我算年龄大年资高的，急诊和危重症医学专业出身，临床经验比较丰富；在党员里，我已经快20年党龄了，应该是医生里党龄最长的。作为老大哥、老党员，这种时候我冲在前面，责无旁贷！”

张柳也是前线的“老队员”了，他所在的那一组，从21:00到凌晨3:00接收了18位患者，其中有8名危重症患者。

“尽管工作任务如此繁重，大家仍是斗志高昂。让人感动的是，很多第三批来的同志都没有进过隔离病房，但他们都抢着进去。来的都是好汉！没有人害怕，没有人退缩，没有人叫苦喊累。”张柳说道。

得知病房新收治患者多、病情重，刚刚下夜班的朱凤雪连夜打车赶到医院支援，指导危重患者救治，直到凌晨3点还坚守在病房。

2月10日一早，北京大学人民医院重症医学科主任安友仲和北京大学人民医院呼吸与危重症医学科主任医师曹照龙早早赶到医院参加联合会诊。每一位危重症患者的安全都牢牢记挂在每一位医护人员心中。

59岁的安友仲，是北京大学三家附属医院第二批援鄂抗疫医疗队的成员，也是北京大学赴武汉医疗队专家组组长。2月1日，上飞机前，他在朋友圈留下一句话：“老夫聊发少年狂，赴汉口，跨长江，医亦凡人，匹夫尽责灭疫狼。”

在这么短时间内收治如此大量的危重症患者，不仅是对医生的挑战，对护士的要求更高。

护士长李立感慨道：护士们除了要负责危重患者的生命体征的监测外，还要做一些为患者发饭打水等生活上的照顾工作。很多护士都是第一次在隔离病房工作，大家顾不上进入隔离区的紧张，还没完全适应穿着厚重的隔离服工作产生的不适感，就开始为其他患者问诊、测体征、入院宣教、整理床位、执行治疗护理外联传输等工作。因为女护士较多，难免赶上生理期，但是没有人叫停工作。经常听到他们说，出汗出到流进了嘴里，很是心疼。

前方的工作充满了各种困难，但是医疗队员们都积极克服，展现出了极高的专业素养。本来每组6小时的班，实际上包括穿脱隔离衣、交接班、完成各种防护流程，前前后后加在一起需要十个小时。大家在隔离病房里穿着闷热的防护服，需要消耗更多的体力说话、工作，而大家为了节省防护服，又都尽量选择减少吃喝。

护士吴文芳和朱先娜都是第一批援鄂医疗队的队员，有一定的工作经验，她们不仅实时给大家传授经验，进入病房后还主动承担了更多的工作，帮助新进入病房的同事顺利过渡。

“年轻孩子们多，第一次进隔离病房容易紧张不适应。”护理部主任王泠笑着说，“我一定要跟他们一起。我在，他们就都觉得踏实了。”

护士长赵礼婷表示：“我们都经历过SARS的洗礼，有经验，我们多干点，可以减少他们工作的压力。”

“我们虽然都来自一个大集体，但又是一个新的团队。我很快地感受到了熟悉的家的温暖，感受到团结、友爱、奋进和凝聚。”重症医学科赵秀娟医生感慨道。

## 关键词：泪目家书

在北京大学人民医院援鄂医疗队出征之时，他们义无反顾，但留给家庭的却是无尽的思念。看看孩子们的家书吧——

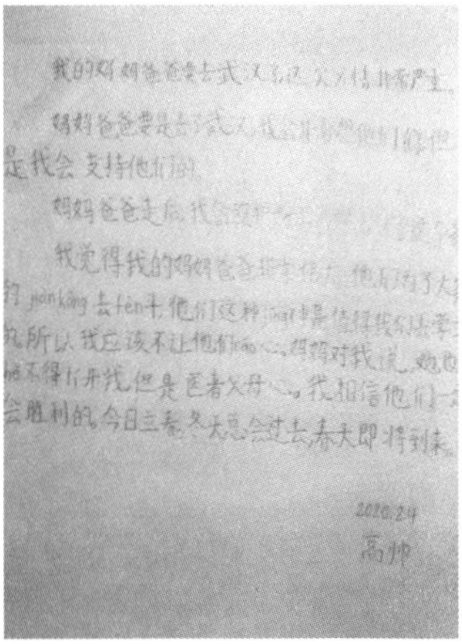


▶ 高伟波医生的儿子在写家书

这位刚刚8岁的小男孩是高伟波医生的儿子，他的妈妈是协和医院感染科医生。

他向远在武汉前线的爸爸和即将出征的妈妈写下《保证书》——

我会照顾好弟弟，保护这个家！

小小的“医二代”，稚气未脱却满满担当！

那天早上，我没有赖床，其实我醒了……父亲即使要去那么危险的地方，却依旧在笑……我心里五味杂陈，我受不了，可又不想在送父亲离开时哭，索性把自己闷在被子里，很闷很热，却又很冷……

这是北京大学人民医院援鄂医疗队男护士杨继鹏女儿的日记，多么真实，多么让人心疼。

孩子，别怕，有千千万万像你爸爸这样的战士冲锋在前，一定会打赢这场战役！孩子，别哭，爸爸打赢这场仗一定平安回来！

正如重症医学科护士长丁璐在前线日记中写道——

在平凡的日子里，我们在不同的科室发挥着各自的作用，在各自的生活里承担着不同的角色。但在此时，我们舍弃各自的生活和家庭，奔赴抗击疫情的最前线，我们是无所畏惧的战士。

在传染性最强的隔离病房，由于缺氧和疲劳，我们节省说话的氧耗，用手势相互问候，相互鼓励，倾尽所能挽救重症患者的生命。

我最最亲爱的兄弟姐妹，看着你们的坚韧和无私付出，我只想你们、我们都好好地，好好地工作，平平安安地回家。

来源：百万庄通讯社微信公众号

素材源自北京大学人民医院

# 国家援鄂医疗队员女医护人员的战“疫”一周

中国新闻网记者　余湛奕

“大年初二我们集体从北京出发去武汉，初三晚上就正式上岗。”北京大学第三医院急诊科主治医师王军红告诉记者。

在武汉封城后的第十天，记者采访了北医三院随第一批国家援鄂医疗队员出征武汉，奋战在抗疫一线的三名女医护人员。

王军红是第一批国家援鄂抗疫医疗队中的一员。1月26日，国家卫生健康委员会从北京医院、中国医学科学院北京协和医院、中日友好医院、北京大学第一医院、北京大学人民医院、北京大学第三医院6家在京委属委管医院，抽调重症医学科、呼吸科、医院感染科专家共121人，组建国家援鄂抗疫医疗队，并于当天飞赴武汉。

在武汉抗疫一线的同济医院中法新城院区临床工作了一周，王军红感慨，抗疫工作刻不容缓，虽然工作时间长、压力大，但作为一名医生，在国家需要的时候去到患者最多、疫情最严重的一线，义不容辞。

王军红介绍，中法院区开始收治患者的第一天，从晚上9点到第二天早上9点，12个小时中收治了12名患者。第二天又收治了8名，到现在一共收治了28名患者。“目前病房基本已经饱和，但后续还会增加新的病房，也许还会收治新的患者。”

医院为这28名患者配备了5名医生轮流医治、13名护士分两班看护。

“通过治疗，目前一部分患者的体温现已经逐渐恢复正常。我们也还在观察中，但是否能出院还需要等待做核酸的检测和进一步检查。”王军红说。

根据国家新发布的新冠病毒的整治规范，结合病房实际情况，王军红所在的北医三院援鄂医疗队率先推出隔离病房运行管理机制，将救治流程规范化、标准化，以进一步提高工作效率和救治水平。如何采集病史，如何制定治疗方案，这些都是医生在交接班时的沟通要点，以便于更快更准确地了解每一位患者的最新情况。

安排居住的地方距离医院路程较远、上下班时需要费力脱穿多层防护服、戴近视眼镜的医生和护士再佩戴护目镜会产生雾气遮挡视线……这些都是所有深入疫区的一线医护人员需要克服的挑战。

但比起克服自身遇到的这些困难，更紧迫的是要解决患者在住院时的心理问题，照顾他们的情绪。

“大部分患者在入院后心情敏感焦虑，情绪不佳。我们13名护士在对患者的人文关怀方面做了许多工作和努力。”北医三院危重医学科（ICU）护士长、北医三院援鄂医疗队副队长李少云说，比如及时对患者做一些心理疏导，写“致患者的一封信”，告诉患者医护人员始终与病患站在一起，细心看护，一直陪伴，多给他们一些精神力量。

“医护患同心同德，一起扛过这场战役。”李少云说。

北医三院感染管理科副主任袁晓宁在这一周的抗疫战斗中，为了工作曾长达30多个小时未睡眠。

早在2003年的“非典”战“疫”中，作为临床护士的袁晓宁曾在ICU病房工作过。因为有了那次的抗疫经验，这次她作为北医三院援鄂医疗队临时党支部书记带队出征湖北。

时隔17年再次站在了疫情的一线，她没有过丝毫犹豫和退缩，并得到了家人的支持和鼓励。

回忆起17年前的情景，袁晓宁说，“当时的条件比现在的差得多，工作量也大得多。但我们最终还是战胜了疫情，这次肯定也一样。”

她在个人的“援鄂日志”中写道：“武汉，武汉！北医三院来爱你，大北京来爱你，大中国来爱你，你还有什么理由不尽快康复，春暖花开呢?”

记者问她什么时候能回北京，她笑言：“不知道。不着急。”

据了解，按照国家卫健委统一部署，2月1日，北京大学三家综合性附属医院组建了第二批援鄂抗疫医疗队，由北大医院院长刘新民、人民医院党委书记赵越、北医三院院长乔杰带队，12名医护、管理人员前往武汉，驰援战“疫”前线。

来源：中国新闻网

# 千里迢迢来过年　我却只陪了您30小时

新华网记者　何　凡　李　由

“大年三十晚上我在医院值班，留下从山东来的妈妈一个人过年。初二我报名去支援武汉，只能又把妈妈送回山东。”与记者连线时，正在武汉一线支援当地疫情阻击的国家援鄂抗疫医疗队队员胡展维，回忆起陪妈妈过年经历的数次反转，“做儿子的整个春节就陪了她30个小时，我对家人还是挺亏欠的。但我是医生，身穿这件白衣，就要肩负起使命。”

2020年的春节是个不一样的春节。按党中央、国务院决策部署，国家卫健委全力支援湖北开展新型冠状病毒肺炎医疗救治工作，调派北京医院、中国医学科学院北京协和医院、中日友好医院、北京大学第一医院、北京大学人民医院、北京大学第三医院6家在京委属委管医院抽调重症医学科、呼吸科、医院感染科专家共121人，组建国家援鄂抗疫医疗队，在大年初二飞赴武汉。

就在大年初一的下午，北京大学第一医院发出通知，组建医疗队，接受自愿报名。“响应得很快，同事们都特别踊跃。有的同事本身就在发热门诊工作，这次主动报名；有的科室全员报名。条件合适的同志还报名后续梯队的名单，我觉得很感动，这是凸显医生责任感的时候。”国家援鄂抗疫医疗队、北京大学第一医院呼吸和危重症医学科副主任马靖说。

而北京大学第一医院呼吸和危重症医学科主治医生胡展维就是报名行列中的一员，本以为今年春节可以回家，和家人团聚，没想到已身处武汉前线。他原计划的行程安排，不得不一变再变。

“原本我买好了票，回老家陪妈妈过年，因为科室有同事先去了武汉支援抗击疫情，春节人手紧张，排了我值班，于是就把票退掉，换成妈妈从山东来北京一起过年。回想起来，腊月二十九晚上和母亲吃了个饭，年三十全天值班，直到初一早上九点多才到家，初二上午就把母亲送上了回家的高铁，整个春节就陪了她30个小时，对家人还是挺亏欠的。”胡展维坦言。

同行的国家援鄂抗疫医疗队队员、北京大学第一医院重症医学科主治医师廉文清介绍说，他的父母在老家，去武汉的事本来不想告诉他们，怕他们担心。此后医院发布了医疗队的名单，现在网络通讯很发达，他怕瞒不住让家人更担心，犹豫再三，才在上飞机前告诉了他们。父亲叮嘱他注意做好防护，不用惦记家里。

这次出远门之前，他对五岁的儿子说，爸爸要出差，可能要去比较长的时间。“他还太小，并不是很懂我去做什么，大概理解和我平时值班差不多，这次只是时间更久一点吧。其实医生这个职业就是这样，有患者需要我们就要在。”廉文清说。

来源：新华网

# 我们的性命是连在一起的，别害怕！

新华网记者　李　由　陈　正

今天是国家援鄂抗疫医疗队驰援武汉的第十天，这十天医疗队员们在防疫一线紧锣密鼓地开展临床工作。随着病房的增加，收治患者的数量也在不断增长。

## 别害怕，一定会好起来的

在倒班休息期间，记者视频连线了北京大学第一医院呼吸与危重症医学科主任医师马靖。聊起这些天来患者的变化，她介绍说，在隔离病房的污染区，大夫每天穿着厚厚的防护服，就像科幻片一样，刚开始患者难免感觉紧张和害怕。为了缓解患者的心理压力，每次进病房，他们都会亲切地自我介绍，就像和朋友聊天一样，逐渐就能感觉患者们比刚开始淡定多了，也更有信心了。

"医生跟患者其实是很亲密的伙伴，尤其是在污染区，大家的性命是系在一起的。这段时间我们和患者之间互相鼓励，一定会好起来的，感觉特别暖心。"马靖说。

这十天来，让马靖印象最深刻的患者是一个年轻的小伙子。"他是某医院负责转运患者的一个工作人员，住进病房以后情绪波动比较大。躺在病床上，他还一直说，我特别着急，我还有很多同事在外面转运患者，我想去分担他们的工作。"说到这里马靖有些哽咽。

## 好消息，我们治疗的患者出院了

4日下午，在下班回驻地的车上，记者还连线了北京大学第一医院重症医学科主治医师潘佳忻，今天是北大医疗队新开重症病房的第一个白班，她告诉记者，今天收治的都是重症患者，相比之前的工作强度也增加了不少，压力也越来越大了。

同时，潘佳忻也跟记者分享了一个好消息，就在前两天，有患者已经痊愈出院了，这是大家十天以来最高兴、最激动的事情。她说："对于抗击疫情的医疗队员们来说，看到患者治愈出院，就看到了更多战胜疫情的希望。"

来源：新华网

# 从医无惧，爱你无悔：白衣伉俪的“逆行”情歌

新华社记者　王晓洁　林苗苗　侠　克　熊　琳

“注意营养，多吃蔬菜和水果，不要考虑减肥。”北大人民医院重症医学科的医生王光杰戴着口罩，自拍下了这段朴实无华的话，作为送给妻子的2月14日情人节礼物。此时，他身在武汉，每天都在为抢救危重病人而努力。

1月26日，王光杰与北大人民医院以及其他5家医院的医疗队一起，从首都启程共赴武汉，参与到新冠肺炎患者救治当中。面对凶猛的疫情，无畏直面病毒的医生被人们称为“逆行”的白衣天使。

身着厚重的防护装备喘不过气，时刻面对危重病人，夜以继日……每天，结束工作的王光杰都疲惫不堪。但他不论多累，都会在卸下防护服后第一时间与妻子联系，那是他最放心不下的人。

他的妻子王益勤是北大人民医院的妇产科医生。在同事眼中，他们是一对业务强、医德好的“90后”模范伉俪。每年医院组织无偿献血，总能看到夫妻俩的身影。在1月26日王光杰出征那天，夫妻俩隔着口罩拥吻惜别。

甜蜜背后，是夫妻俩对从医信念的无悔坚守、对彼此事业的无私支持。

大年初一晚上，王光杰夫妇正在山东过年。王光杰接到了医院的电话，医院问他是否愿意出征武汉，他二话没说就答应了。

“选择重症医学，出征这一天迟早会到来。”王光杰说，越是在人们遭遇危难的时刻，越是需要医生勇往直前、治病救人。

王光杰出生于山东的“医生之家”，父母和许多亲戚都是医生。2003年，他的父亲被评为当地抗击非典的模范医务工作者。他从小就坚定了学医的信念，希望成为父亲那样的人。

“我听说光杰要去武汉，心里沉了一下，但很快就想通了，帮他收拾出门需要的东西，这就是一个医生应该做的。”王益勤说，“我们做好了最坏的打算。即使他感染了，也要积极面对。把最坏的结局想到了，就没有什么可以担心了。”

夫妻俩先后于2016年和2017年进入医院工作，王益勤在科室轮转时，在重症医

学科工作了一段时间，那个时候，二人很谈得来，王光杰经常请她“撸串儿”。

“聊天的时候，其实他就是谈自己的理想，我就这么被他吸引了，觉得这个人很正直、有抱负、有志气。”王益勤说。她自己也是一个乐于为社会作贡献的人，自上大学起，热衷于各种公益活动。

2019年6月，二人喜结连理。

这个情人节，他们虽然相距遥远，心却紧紧相连。夫妻俩现在的愿望，是希望在下一个情人节来临之前，能叫上小伙伴自驾去西藏，感受那里的蓝天白云和纯净空气。

“祝你平安，噢祝你平安，你永远都幸福，是我最大的心愿。”王益勤拿着手机，录下了自己唱的老歌《祝你平安》，送给远在武汉抗疫一线的丈夫王光杰，这是她送给爱人的情人节礼物。

王益勤说，没有什么比这首歌更能代表她现在的心声：“平安就好！”

来源：新华网

# “天使印记”，真美

《光明日报》 武汉一线报道组

同呼吸，共命运。这句话用来形容齐聚武汉的白衣天使们最恰当不过。新冠肺炎疫情的突然来袭，打乱了许多人的过年节奏。不少人获得了超长假期，但呼吸科的医护人员却还没来得及多吃几顿饺子，就冲上了战“疫”最前线。

“因为我是中华护理学会内科专委会的，在武汉有很多同仁。疫情一开始，我就非常关注武汉的情况。据我所知，大年三十那天就有医疗队来武汉援助了，从那一刻开始，我就做好了准备。”北京大学人民医院呼吸内科护士长王雯说。

时刻准备着。明明前方有危险，但号角响起时，依然选择披上战衣。“本身这次新冠肺炎就是属于呼吸科感染科的领域，所以我们全国第一批支援武汉的医护人员大多是相关领域的。碰上了这种大灾大难，我们肯定是使命在肩，义不容辞。”王雯坦然地说。

医生守在抗疫的第一线，离不开护士琐碎而繁重的护理工作支持。“来之前，其实心里也有过预估，但并没有想到这么辛苦。虽然我本人曾经也参加过抗击非典的斗争，但这次还是大不一样。”王雯说。

从防化服到防护服，从手套到口罩，从护目镜到纸尿裤……这身行头穿脱不易，全副武装后的医护人员先是大汗淋漓，后又在忙碌中用体温把汗水蒸干，数不清有多少次。

“我清楚地记得接患者的第一个晚上，穿好所有防护装备后，自己的心率就达到了120。我想这样不行。首先，大家都是第一次穿，都很不习惯。其次，我们当护士的，心里患者总是第一位的，看到患者有状况心里就开始起急。所以我就赶紧稳住我的护士团队说，咱们都慢点走，不能急。”

“一着急一跑，血氧就降低，自己心慌头晕、照顾不好自己，就不能很好地护理患者。虽然救人心切，但在这个当下，一步一步按流程走，确保万无一失的重要性不可小觑。”王雯说。

脱下一身“戎装”的医生护士，着实让人心疼。前胸后背，满是汗渍，护目镜和N95口罩勒得额头和面颊上都是压纹。“我们管这个叫‘天使印记’。”王雯说。

“早上9点的班，我们8点就得开始穿防护服。3点下班的时候，还要和后面的人交接完工作再出去脱防护服。”虽然是6个小时的班，但是加上前后准备和临时状况，往往短则8个小时，长则10个小时，他们都没办法喝水上洗手间。纸尿裤不见得真能用上，但却是必备品。

“第一次很难适应，后面慢慢就好了，而且一忙起来，我们其实想不到喝水，也想不到上厕所。说起来，这也算是医护人员特有的韧性吧。”医护人员忙到想不起来照顾自己，但那美丽的天使印记却深深拓印，时刻提醒着世人，有人在那么努力地付出着。

一个护士的日常除了基础的护理工作，比如观察病情、输液、发口服药、抽血化验、调呼吸机、看监测等，还负责许多杂事，比如收拾工作区的垃圾、给患者打水等，这还不包括危重症的突发病情处理。

“我们呼吸科平时在医院经常处理危重症患者，都在ICU工作过，所以合作上非常顺利，再加上这次来的都是自愿报名的，来的时候都抱着一颗火热的心，所以大家都特别积极肯干。”王雯作为护士长特别自豪。

医护人员安心在前方拼命，离不开温暖坚定的后方支持。“我们大多是北方人，刚来武汉的时候特别不适应。头天晚上来就觉得特别冷，夜里两点多院长紧急协调给我们调来了被子和暖气，这才睡了一个好觉。我们的家人、孩子留在北京过年，医院也一直在照顾、关心他们，真的特别感激。”

来源：《光明日报》

# 北大医学直博女生回乡上抗疫前线

《中国青年报》记者　朱娟娟

2020年的春节，北京大学医学部药学院化学生物学系2017级直博生黄雨佳，是在医院与隔离宾馆度过的。

黄雨佳是湖北荆州松滋市人。正月初一，她跟随在松滋市人民医院感染性疾病科工作的爸爸，一起来到了抗击新型冠状病毒肺炎疫情的前线。

由于专业所限加上还是学生，黄雨佳不能直接上一线。看到医生、护士忙前忙后不停歇，黄雨佳提出，由她来承担住院部每天确诊与疑似病例的数据统计上报等工作。

每天，黄雨佳首先了解前一天晚上与当天清晨新增的病例，再一一查看他们的CT影像学结果，将新增病例的基本病情填写进统计表格；然后找到值班医生，询问、登记已有病例的病情变化情况；再将头一天送检样本的检测结果登记备案……她需要填写、更新5张表格，上下午各上报一次。稍有空闲，她又帮助医护人员填写病历。忙完这一切，经常已过了晚上7点。

从做志愿者的第一天起，黄雨佳就住进了医院专门为抗疫一线医护人员准备的宾馆。她与爸爸没有回过家。

黄雨佳的妈妈余继英，是一名儿科医务工作者。在黄雨佳的印象里，每年寒假，爸妈工作都比较忙。今年，因为疫情，爸爸比以往任何时候都忙，一家人很少能同时坐在一张饭桌上吃饭。黄雨佳的爸爸黄胜是感染科主任，回到家提到最多的就是：疫情很严峻，但科室人手有限。

大年初一中午的一个细节，让黄雨佳再也坐不住了。一顿饭的时间里，爸爸接了好几个电话，来自医院或科室、疾控部门，也有患者打来的，黄胜一一耐心回复。等接着吃饭时，饭已经凉了。

想到自己是学医的，今年已经24岁，黄雨佳便想去爸爸所在的科室帮帮忙。

女儿的这一想法，让爸爸妈妈有些意外。“能帮多少是多少”黄雨佳向他们保证，一定做好防护，而且自己有一定的医学知识，请他们不要担心。

松滋市人民医院感染科的医疗物资紧缺，有的N95口罩得反复杀菌，使用三四次；医疗设备有限，新的设备采购完得现学现用；每天，新增的确诊与疑似病例不在少数。自疫情发生以来，黄胜就叮嘱全科室人员注意防护，至今无一例医护人员感染。

黄雨佳也没有害怕，做志愿者第一天，爸爸教她如何做好个人消毒与防护。黄雨佳对电脑操作很熟悉，没过多久，手头的工作便熟稔起来。感染科护士长严艳红说，现在医院人力有限，黄雨佳来一线参加战斗，“给医护人员减轻了不少压力”。

如今，回顾在医院的这些天，黄雨佳觉得“很值得”。

“所有医护人员都在竭尽全力抢救每一位患者。”刚去医院不久，黄雨佳注意到，感染科室收治了一位确诊新冠肺炎的孕妇，呼吸困难，病情危重。但医院条件有限，没有特别好的无创呼吸机，整个科室的医生就一起讨论最优化的治疗方案，为患者用上了现有最好的设备。

回到住处，黄雨佳凌晨两点在医护微信群看到，值班医生还在报告这位患者的最新情况：“患者病情终于平稳了些，这会儿睡了……”

黄雨佳到岗第三天，科室又来了一位志愿者——44岁的毛伟医生，也是松滋人，广东佛山南海泰成逸园医院医务科副科长兼ICU主任。与黄雨佳一样，他也放弃春节与家人团聚的时光，自愿来到松滋市人民医院，参与疫情防控与救治工作。

毛伟与科室其他医生轮流值白班、晚班。当工作人员找毛医生登记银行账号，提出按照国家规定发放补助时，毛医生婉拒了。

在科室，黄雨佳第一次近距离观察到了爸爸的工作状态。

2月2日凌晨时分，黄胜接到电话，科室来了危重患者，血氧饱和度只有50%。黄胜赶紧打电话通知医院领导，赶到病房展开急救。等患者情况稳定后，黄胜又去看望其他重症患者，重新回到住处，已是凌晨3时。

正月初一到现在，这对父女没有回家。余继英每天晚上下班后，做好饭菜送至隔离宾馆。2月2日这天，她做了丸子汤、豆棍炒肉、蒸鱼块、清炒菠菜，“给他们补充点营养，希望他们都保重。”

最近，来自海南的11位援助医务工作者也来到了松滋市人民医院，加入抗疫工作。“没有想到，外地援助医务工作者也来到了我们县级医院。”黄雨佳既意外又感动。

来源：《中国青年报》

# 北大医院医疗队的年轻人

《健康报》记者　曹　政

2月5日早上10时，廉文清才回到驻地。从凌晨3时到早上9时，他一直在隔离病房忙碌。坐到记者面前时，他的脸上被口罩勒出的痕迹依然清晰可见。

廉文清是北京大学第一医院ICU的医生，是个“80后”。他告诉记者，在第一批支援武汉的国家医疗队中，北大医院医护团队里，“80后”“90后”占了大多数。“2003年非典的时候，我还在大学读书，只是听说了医务人员的付出和努力。13年之后，轮到我们冲上一线了。”

和廉文清同一批抵达武汉的北大医院呼吸监护室护士长贾娜同样也是“80后”。她介绍说，在护士团队里，年纪最大的是1982年出生，年纪最小的是1995年的，是一支标准的“新生代”生力军。

北大医院医疗队在大年初一组建，从动员到名额报满只用了几个小时。1月26日医疗队出发，经过严格培训、认真准备，他们在1月29日正式进入病房收治患者。

“要说不紧张也不可能，毕竟是面对未知的新病毒。但是一开始工作，就没人想这些了。”贾娜说，由于专业对口，她并没有觉得在隔离病房的工作与日常工作有太大的不同。不过，穿戴严实的防护装备，给工作带来了少许的变化。“比如我们最少要戴三层手套，在护理过程中，触感就没那么明确，耳朵被防护服遮住，说话也不太容易听清。”她说，这些小问题，都随着工作的开展逐渐适应。在病房里，年轻人们最关注的是患者的状态。廉文清头天值班，整晚都在为一位确诊的老人担心。老太太因为年纪大，身体较差，病情较重。“昨晚收入院的时候，老太太喘得厉害，血氧饱和度只有60%，非常危险。”廉文清说，他和同事整个晚上都在努力，终于让老人的症状有所缓和，他的心情才稍微轻松了一些。

贾娜和年轻护士们则注意到，进入隔离病房的患者，情绪非常紧张和害怕。他们便在防护服外面写上加油鼓励的话，“让患者知道，我们会陪着他一起对抗病魔。”贾娜说。

“疫情发生后，北大医院1700多名医务人员主动请战，特别是‘80后’‘90后’

的年轻人，报名最踊跃。”在武汉一线率领医务人员工作的北大医院院长刘新民拿着手机，向记者逐个展示年轻医务人员们发来的请战书，“这些孩子特别令我感动，他们体现了北大医院105年以来为国担当奉献精神的传承。”

实际上，作为国内知名的呼吸学科专家，刘新民从接到命令到赶赴武汉，也只花了两三个小时。“我是作为一个30年呼吸专业经验的临床医生到一线的。”在他看来，无论是面对当初的非典，还是面对现在的新型冠状病毒，作为医务人员，既要科学理性，又要勇于担当。“只有做到这两点，我相信，我们这支年轻的队伍一定能够完成抗击疫情的任务。”

来源：《健康报》

# 专访安友仲："生死之外，我们应当反思什么？"

中国新闻网记者　张子扬

2月1日，由北京大学三家附属医院组成的援鄂医疗队正式出征。

上飞机前，59岁的医疗队专家组组长安友仲在朋友圈留下一句话："老夫聊发少年狂，赴汉口，跨长江，医亦凡人，匹夫尽责灭疫狼"。

安友仲在接受中新社记者专访时解释："年近花甲，很多人劝我勿赴前线，但作为医生，看着前方有难，难以冷眼旁观。但医生亦凡人，我没法做到'神医'般的妙手回春，只尽匹夫之责，吾心无悔。"

出征武汉，安友仲给自己和专家团队做好了足够的定位："让专家组每一个成员发挥出最佳状态，医疗队中不论是谁参与治疗护理，执行的都是'国家队标准'"。

但到了武汉同济医院中法新城院区，他才发现，现状远比自己勾勒的治疗图景复杂得多。

第二天，安友仲立即召集专家开会，统一了治疗、护理、防控方案，化繁为简。他说，"这次要打一场硬仗，大仗前要力争使自己立于不败之地，不能说能发挥出多大优势，但至少要保证没有短板"。

安友仲同专家组成员强调，面对新的疾病，应该抛开惯性思维、经验主义，沉住气。给患者用药既要对病又要对人，要病症兼治。"不能听说一种药有效，就马上给所有人用。特别是激素的使用一定要慎重。不光是为了现在的治，还要为患者将来负责"。

据他回忆，在与其他专家会商后，大家形成统一思路：按照患者病情划出轻、中、重等级，逐一筛查，分类拣诊，特别要对病情全盘考量。

"一开始的不注意，到后面过度恐慌，都是要命的事。"安友仲直言，"一次重大疫情出现时，总要有一个清醒判断，分析问题应更全面客观。疫情过后，除了教训，亦应给后辈儿孙留一点经验财富。"

作为北大人民医院重症医学科主任，安友仲经历过2003年的非典，亦经历了汶川地震、天津港爆炸等一系列重大突发事件。

“此时此刻，我们不谈生死，只谈经验和教训。”安友仲对记者说。

“比如如何控制人的欲望。当全人类的人口数字逐渐增加时，势必要消耗地球更多资源。我们为了活得更好，‘幸福指数’更高，必然要同其他生物去竞争，利用地球上一切资源为己所用。但别忘了，保护地球和环境是全人类的责任。当人类因自己的贪欲而将其他生物链破坏时，必然会遭到惩罚，‘你欠下的账，迟早要还的’。”

“当然，人类社会进化到今天，与其他生物接触是必然的，但这种接触中要注意度的把握。还有一旦出现意外，我们如何有效应对，有没有应急管理策略以及物资储备。从现实角度看，有些地方不‘身临其境’，恐难有切肤之痛。”

17年间遭遇两次重大疫情，安友仲期盼着，藉此经历能给国家迎来一次“重要”契机。比如，当务之急，应将全国疾控体系建设作为一项重要任务提上日程，推进疾控体系现代化再难也要咬紧牙关往前走。

在武汉，他经常嘱咐医生护士：“把患者当做人，不是当成细胞和组织。查房时，要叫患者名字，而不是几床的代码，叫名字是在不断提醒对方，他姓甚名谁，他还活着。”

来源：中国新闻网

# 武汉战“疫”中的感动：“我欠‘80后’和‘90后’一个道歉”

《经济日报》记者　邓　浩　温济聪　包元凯

“我欠‘80后’和‘90后’一个道歉。”重症医学专家葛庆岗对记者说。

华中科技大学同济医学院附属同济医院中法新城院区，收治的是武汉市新冠肺炎重症患者，全国18支医疗队共计2400名医护人员在这里开展救治工作，北京大学第三医院（北医三院）医疗队也是其中一支。20日，记者来到中法新城院区，对北医三院危重医学科副主任葛庆岗进行专访。作为该院第一批援鄂医务人员的带队队长，葛庆岗1月26日来到武汉，在抗疫一线奋战，至今已有20多天。

曾多次参加大型应急救援工作的葛庆岗回忆起了2003年抗击非典的经历。“我从中学到了很多宝贵的经验，包括病人救治、病床建立、流程梳理和危重病人管理等方面，这些都能够成功地运用到抗击新冠肺炎疫情的战斗中来。”他向记者表示。

随着第三批医务人员2月8日到达，北医三院医疗队人数达到了137人。按照规定，每支医疗队负责整建制接管一个病区。经济日报-中国经济网记者了解到，北医三院医疗队至今累计收治150余位重症患者，其中危重症患者比例达到了10%～15%。经过救治，一些病人目前已经痊愈，进入了出院的流程，有的已经出院；有20%～30%的病人进入了康复期。整个中法新城院区，治愈人数也在不断增加，病死率呈下降趋势。截至19日10点，已累计收治重症患者1251人，累计治愈出院97人。

葛庆岗向记者介绍说，基于对新冠肺炎的现有认识，目前主要采取综合治疗来救治患者，包括抗病毒药物治疗、中医中药治疗，再加上一系列生命支持手段，帮助病人从危险期顺利过渡到康复期。“对促进患者康复来说，还有最重要的一点，就是全国人民的关怀和心理上的抚慰。”葛庆岗强调说。

在葛庆岗30年的职业生涯中，有两件事让他印象最为深刻，“在记忆当中永远无法磨灭”。

第一件事，是2010年他参加的青海玉树地震抗震救灾中，很多年轻的解放军战士在严寒中被冻得嘴唇和手指发紫，却仍然在不停地救援灾民、运送伤员、搬运物资。还有很多年轻的医务工作者克服高原反应，积极救治伤员。“这些都深深地印在脑海中。”

第二件事，就是这次抗击新冠肺炎疫情的战斗中，医疗队里的那些年轻人无私奉献，不怕吃苦，面对危险，敢于担当。这位医学造诣深厚的‘70后’有些哽咽：“在我印象中，‘80后’和‘90后’是没有担当和责任感的。非常抱歉！这次抗击疫情的战斗，他们冲在了前面，让我非常感动。”

“请大家放心！请相信我们中国的医务人员。医务人员就是战士，需要的时候我们肯定能冲得上去。”葛庆岗对战胜疫情充满信心。

来源：经济日报–中国经济网

# 用爱，征战生命的疆场

## ——北京大学援鄂抗疫医疗队战“疫”记

《中国教育报》记者　于　珍　柴　葳　北京大学医学部　武慧媛

“老夫聊发少年狂，赴汉口，跨长江，医亦凡人，匹夫尽责灭疫狼。”上飞机前，北京大学人民医院重症医学科主任安友仲在朋友圈留下了这样一句话。

2月1日下午，由北京大学第一医院、人民医院和第三医院组成的第二批援鄂医疗队出征。59岁的安友仲是北京大学援鄂抗疫医疗队专家组组长。曾经血气方刚的“重症敢死队队员”，而今双鬓华发，但出征时的英雄气概丝毫不减当年。

从1月26日开始，10多天里，按照国家卫健委统一部署，北京大学先后派出四批援鄂医疗队共427 人奔赴武汉。在新年伊始进行的这场抗击新冠肺炎疫情人民战争、总体战、阻击战中，他们用精湛的医术、无私的奉献、决胜的信念，诠释着北大人的初心与使命。

### 超强阵容出征

天刚刚破晓，凌晨5点，北京大学人民医院重症医学科医生王光杰便从老家山东省茌平县出发了，他着急回北京与医疗队汇合。

听说丈夫要去武汉，第一次和王光杰回老家过年的妻子，心里沉了一下，但很快就想通了，“这是一个医生应该做的”。

这天是1月26日，大年初二。下午，北京大学3家综合性附属医院集结选派的首批60名医护人员，与北京医院、北京协和医院、中日友好医院的同仁一道，组建成“北京超强阵容医疗队”，共赴疫情中心湖北武汉。

2月1日，由12 名医护、管理人员组成的北大第二批援鄂医疗队出发。与安友仲同乘一架飞机的，还有北大第一医院院长刘新民、北大人民医院党委书记赵越、北医三院院长乔杰。

“我是作为一名有着30年呼吸专业经验的临床医生到一线的。”作为国内知名的呼吸学科专家，刘新民从接到命令到赶赴武汉，只花了几个小时。

不断往上跳动的确诊病例数牵动着全国人民的心，北大奔赴一线的援兵同样在增加。

2月6日，伴随着北京纷纷扬扬的大雪，作为北大第三批援鄂医疗队，20位北大医学人出发了。2月7日，北大建校以来组织的最大规模医疗队——第四批334人的超强阵容出征，由北京大学人民医院院长姜保国带队。

四批援鄂医疗队，427 人，这是北大驰援湖北的阵容。这些人中，有刚满24岁青春活泼的护士，有推迟婚礼的准新郎，有刚当上父亲的青年医生，有吻别3岁稚子的母亲，有刚刚给孩子断奶的妈妈，覆盖了医院的呼吸内科、重症医学科、感染管理科等科室。

出征前，有母亲一晚没睡，凌晨3点就开始蒸馒头为即将上前线的儿子送行。有人把银行卡密码写在纸上，留给家人。有人自始至终都没告诉父母，母亲从电视上看到新闻，哭着打电话过来。有人向三岁半的儿子解释，自己是去一个叫“武汉”的地方打“怪兽”。送别的时候，很多人哭了。从机场去驻地的大巴上，有人默默在车窗上留下几个字——“武汉加油！人民必胜！”后面还画上了一个笑脸。

同样，援鄂医疗队中，既有经验丰富的专家，也有新锐医生；既有经历非典考验的资深护士长，也有年富力强的年轻护士，有的医疗护理专家还执行过抗震救灾、援藏等重大医疗支援任务，组成了“党员带头、新老搭配、专业互补”的援鄂医疗队。

“我志愿加入中国共产党！”抵汉后，医疗队内成立的临时党支部收到多名队员递交的入党申请书。

他们为什么此时选择入党？队员李蕊说：“在这次疫情中，我看到了许多冲锋在前的共产党员，我想成为党组织中的一员，用自己的实际行动接受党组织的考验！”

感染防控是医疗队一项非常重要的工作，防护设备能有效避免医护人员本身被感染，但穿戴起来极为复杂。从防化服到防护服，从手套到口罩，从护目镜到纸尿裤……队员们根据培训视频，将穿戴流程整理成文字版本，并将重点标记在上面，两人一组反复演练。

1月28日晚9点，经过防护规范培训并熟悉工作环境之后，第一批援鄂医疗队的12名队员进驻刚刚改造完成的同济医院中法新城院区感染隔离病房。真正的“战役”开始了！

采取“九三制”分4个班轮换的首批6支国家援鄂医疗队，当晚就收治12例新冠肺炎患者。本来每组6小时的班，实际上包括穿脱隔离衣、交接班、完成各种防护流程，前前后后加在一起需要10个小时。

## 接管重症病区

第二批援鄂医疗队抵达后，此前的国家医疗队分为3支医疗队，集中攻坚重症患者的救治。

随着工作的开展，重症患者会越来越多，该如何提高效率、保证国家医疗队的水准？

从抵达武汉的第一天，安友仲就在思考这一问题，专家组成员们讨论最多的就是如何提供给患者最佳的治疗手段与最优化的治疗方案，保证诊疗过程的精细化、标准化、程序化。

北京大学3家附属医院充分沟通，专家组团队和医疗队员一起，结合指南细化诊疗细节，甚至就抗生素、激素、丙种球蛋白使用指征等常见问题进行讨论，制定统一原则，最终确定了《北京大学援鄂医疗队入院病人初步处理流程和原则》。

随着第三批、第四批“大部队”的到来，2月8日晚9点，3家附属医院独立接管的同济医院中法新城院区新病区正式启用。

新病区开放的第一天，一夜之间有条不紊地收治30多名重症患者，流程规范发挥的作用不可替代。“我们共同制定了疾病标准化处理流程，医疗队中不论是谁参与治疗护理，执行的都是‘国家队标准’。”安友仲说。

北京大学人民医院急诊科医生郭维说，重症病区收治的部分患者需要机械通气，开放气道可能会带来更危险的病毒暴露，这对防护的要求更高了。而且，随着重症患者的集中增加，对经鼻高流量氧疗仪、呼吸机、吸痰器等医疗设备的需求逐渐增大，病区的设备支持仍需加强。

“医疗队也一直在跟各有关方面沟通设备和耗材保障的问题。”安友仲说，对于重症患者的救治，医疗设备和耗材的支持十分重要，医疗队已通过最大限度挖掘当地医院的库存设备来充实病房。

医院病房难以满足传染病负压病房的要求，医疗队就在院方协助下，在病房里安装了几台强力排风扇。“把病房里的空气向外引，形成相对负压，希望能够对医务人员起到一定的保护作用。”郭维说。

在重症病区，每一位患者的病情都很严重，每一位患者都渴望尽快得到救治。开医嘱、问病史、查体、抢救……医疗队员们恨不得自己长出三头六臂，不愿意耽误任何一点时间。在隔离病房里，穿着闷热的防护服，需要消耗更多的体力说话、工作，为了节省防护服，他们又都选择尽量减少吃喝。

医疗队员被防护服包裹得严严实实，谁也不认得谁。为方便工作交流，大家在防护服上写下名字，同时也写下“加油”“棒棒哒”等鼓励的温暖字眼。名字给同事看，“加油”给患者看。

紧张的工作过后是从未有过的剧烈头痛和虚脱般的精疲力竭，曾经在2017年参加“组团式”援藏在藏区工作一年的李冉笑称：“防护服下的缺氧感，比我在拉萨还严重，让我恍惚间回到援藏的日子。”

但当交班时看到第一位入院的休克患者血氧饱和度升到90%，循环恢复、呼吸平稳的状态，他感到特别欣慰：“一切都值得！”

没有护工也没有家属陪伴，在重症隔离病房中，患者的日常饮食、大小便以及护理都需要护士亲力亲为。除了负责危重患者的生命体征监测外，重症隔离病房的护士们还成了护工、清洁工、送餐员，给患者抽血、输液、打饭、发药，给卧床患者擦拭大便，每天无数次的近身操作，稍有不慎就有被感染的风险。

身着密不透风的防护服，平时一个人就能独立完成的护理操作，一下子变得很艰难，有时需要两个甚至更多战友一起协助完成。每一位队员都是衣服湿了干、干了湿，即使这样，团队里没有一位队员掉队。

“如果此时我们不关爱他们，他们还能靠谁呢？”北京大学人民医院护士长赵礼婷的一句话，道出了每一位战友的心声。

## 暖意在病房回荡

“医生我今天是不是可以出院啦？”

“别着急，我们再核实一下核酸检测和CT结果。”

2月19日中午，在中法新城院区B栋11层西区病房内，一位患者即将出院。疫情在一天天好转，病区的情况慢慢趋于稳定，越来越多患者康复更是让医护人员们欣喜，更坚定了他们战胜疫情的信心。

治疗、护理之外，医护人员还需要花很多时间去抚慰患者的心理。“有很多患者得了病之后，把医院当成自己唯一的希望。”李冉说，有些患者全家人都得病了，无人照顾，除了医护人员外就没有人可以从心理上安慰他们。“很多患者老是说觉得憋气，其实可能是想你时常去看看他，你在他身边，他就会安心很多。”

越来越多的暖意开始在病房内回荡，北京大学第一医院护士于森在援鄂日记里记录了这样一件“小事”——

病房里，有位奶奶需要使用无创呼吸机辅助通气，但是特别不配合，头总是扭来扭去。在给她戴好面罩以后，于森发现她的头发特别乱，于是就对她说：“奶奶，我给你把头发梳一下吧，这样能舒服一点。”

这位患者愣了一下，冲她伸出了大拇哥。于森赶紧把她的头发梳好，在头顶给她梳了一个小辫子。

慢慢地，老人变得很安静，也很耐受无创呼吸机了，在于森和医生准备离开病房时，她又冲于森竖起大拇哥。于森觉得，这是患者感受到了她的善意，同时回报以感激。

“把患者当作人，不是当成细胞和组织。”安友仲时时嘱咐医生护士，查房时，要叫患者名字，而不是几床的代码，“叫名字是在不断提醒对方，他姓甚名谁，他还活着”。

一位奶奶进入隔离病房，看到大夫、护士规范条理、严谨细致的接诊，听到医护人员和蔼耐心的问诊、叮嘱，多日来积压的恐惧和压力一下释放出来，她紧紧握着护士的手大哭起来：“你们真是太好了！遇到你们真是太好了！”

武汉的天气渐渐暖了起来，医疗队的成员也在被这座城市的人温暖着。

1月30日是北京大学第一医院援鄂队员王颖的28岁生日，大家聚在一起为她举办了一个简单的生日会。

听说是医疗队买的蛋糕，店方立刻送货，由于封路，师傅步行加骑行6公里，才把蛋糕送到，分文未取，贴心的酒店餐厅还为王颖准备了长寿面。

王颖悄悄地抹去眼泪，身处异乡，这个集体让她的恐惧烟消云散，她感叹：“武汉，真美！武汉人，真美！”

如今，一个多月过去了，这支援鄂医疗队无一人感染。安友仲希望疫情能尽快过去，把队伍平安带回北京。

每天结束工作后，王光杰都疲惫不堪。但不论多累，他都会在卸下防护服后第一时间与妻子联系，那是他最放心不下的人。他说，虽然不讨厌冬季，但他更期待春回大地，万物复苏，期待处处生意盎然。

情人节那天，李冉的妻子给他发来短信：“你奔赴前线后的每天，都在想迎你回来那一刻的样子，我想我们会微笑相视，一起牵手回家，相伴走过今后的漫漫长路。”对此，李冉也在期待着，他还想着，以后能有机会带妻子来武汉，看春天美丽的樱花，看看这个他曾经战斗过的城市。

作为一位母亲，在武汉的每一天，于淼都会想念自己的孩子，每次视频时儿子问她“什么时候才能回来”，她的心头总是酸酸的。但她觉得，回家的日子越来越近了，“春天和爱，都会来临”。

春江水暖鸭先知，北大人民医院的一位护士在援鄂日记中写道：“在今天的长江水里，看到了几只小鸭子，相信春暖花开就在前方。”

来源：《中国教育报》

# 刘新民：我们真的是来拼命的

《健康报》记者　姚常房

3月23日晚20点，北京大学第一医院院长刘新民刚刚结束每天固定的工作例会。这是他在华中科技大学同济医学院附属同济医院中法新城院区工作的第54天。

1月26日、2月1日、2月7日，北京大学第一医院三批援鄂医疗队共计135人先后驰援湖北省武汉市。现在，他们仍然坚守在救治新冠肺炎重症、危重症患者的最前线。

在武汉，刘新民和队员们接到的最重要的任务就是提高治愈率、降低病亡率。经过近两个月的奋战，截至目前，他们独立管理的病房累计收治重症、危重症患者91人，已治愈出院79人。

## 这是一场鏖战

“到武汉的那天是正月初八，机场只有我们一架飞机。路上，要么是救护车，要么是警车，大家心里都有一种说不出来的感觉。”刘新民回忆。

医疗队刚到武汉的时候，类似揪心的场景还有很多。

有一天晚上，刘新民和另外4名同事一起回驻地。因为车辆有限，医院后勤只派了一辆小轿车，5个人只能挤一挤，同事们很客气，让刘新民坐在了副驾驶。

车开了十多分钟，穿着简陋防护服的司机从口袋里掏出一张纸条说：“医生，你们是从北京来的，你们帮我看看化验单，会诊会诊。”刘新民接过化验单一看，着实出了一身冷汗，因为化验单上写着“核酸检测阳性”。

“我们5个人虽然戴着口罩，司机穿着隔离衣，但是，如此近距离接触，会不会有风险，心里还是犯嘀咕。”不过，职业惯性让刘新民很镇定地询问了司机的相关情况。一问才知道，检查单并非司机本人的，而是他家人的。“这位司机是同济医院的职工，他告诉我，他的家人发热等了几天都住不进医院。那段时间，这样的情况很多，因为真的没有病床。”刘新民说。

“所以必须在短时间内大量改造、建设新的病区。新的病区建立后，各种硬件设施还必须能跟上，例如氧气供应、呼吸机等，这对于改善通气状况、提高治愈率至关重要。”刘新民和队员们到武汉后，全身心投入到了改造、建设新病区的工作中。

在刘新民眼中，中法新城院区非常漂亮，因为它近几年才整体投入使用。“但是，普通病区与隔离病区差别很大。我们将病区的污染通道和清洁通道进行区分，在污染区和清洁区之间建立半污染区，设置多道屏蔽门，穿脱防护设备必须在指定区域按照标准流程操作。尤其是，作为接收呼吸道传染病的专用病区，必须采取一定措施降低呼吸道传染病的传播风险，于是，在每个房间、走廊尽头都加装了排气扇，使病房始终处于相对负压环境中。”刘新民说。

刘新民还和队员们不断总结了很多有益于提高治愈率、降低病亡率的经验方法。比如，为了保证医疗质量和医疗安全，呼吸、危重症、感染以及内科各亚专科多学科讨论机制应运而生。“北京大学三家医院共同建立的会诊中心，在患者较多的一个多月时间里，每天16：00准时开始，专家组成员会对管辖病房的危重病例进行讨论，充分发挥北京大学团队优势、提升医疗质量。”刘新民说，在大家的努力下，中法新城院区的病死率从6%降到了2.8%。

## 有两位“话疗”大夫

收治在重症、危重症病区的患者们，他们与外界隔绝，有些患者家属甚至在不同地点隔离，联系不上，这给患者造成了很大的心理压力。“于是，大家通过谈话沟通、写爱心卡片等方式鼓励患者，树立战胜疾病的信心。”刘新民说，疾病是无情的，但医疗一定是有温度的。

一天，病房收治了一位60多岁的大伯，这位大伯入院后一言不发，也不配合医护人员的问诊和查体。因为病情较重，入院后不久就给予氧疗、无创呼吸机辅助通气等治疗手段。然而，缺氧以及各种管路让大伯表现得更加烦躁。这时，病区医护人员才从其他渠道了解到，大伯的老伴几天前刚刚因新冠肺炎去世，家里其他亲人也被感染，分散在不同医院治疗。

对于这样一位患者，急需抚慰，使他能够积极配合治疗。医疗队的刘敬伟大夫主动请缨，来到老伯床前，“你感觉抹样啊？还扣以撒？要相信自己，配合我们！莫得担心莫得担心！”短短几句乡音，让烦躁的老伯逐渐平静下来，开始主动配合医护人员的各种治疗。

“刘敬伟是医院胸外科副主任医师，也是一名地地道道的武汉人。这次作为北大医院援鄂抗疫医疗队的一员，对他来说既是支援，也是回家。除了刘敬伟大夫，程渊副主任医师也是湖北人。”刘新民说，为了最大限度地发挥两位大夫的“独特”作用，特意将他们都安排在了长白班，两人各自一天交替值守，完成治疗工作后，跟病友们唠唠家常。

刘新民说，正是这两位“话疗”大夫和病区全体医护人员的努力，给病区所有患者都带去了家的温暖。

除了“话疗”时间，医务人员的排班时间都是在紧张有序中进行的。刘新民说，医护人员在病房的所有操作都是在严密的防护装备下进行，这对于体力的消耗非常大。为保证治疗连续性和医护人员体力要求，医疗队制定了医生8小时、护士4小时的每班次时间。因为病房没有配备护工，这就要求护士完成病房内除医生操作外的全部工作，对体力要求极高。

“刚开始物资不足，大家都是在体力允许的情况下尽可能把班次时间拉长，以减少防护物资消耗。”刘新民说，“那时候，每用一件防护服都心疼得很。”同时，为了保证诊疗的连续性，医生制定了长白班制，即连续三个白天9点～17点班次由同一组医生执行。

## 正在思考一个问题

“新冠肺炎事件提醒我们，未来我们到底应该培养什么样的医务人员。”这是刘新民最近在思考的一个问题。

在刘新民看来，无论是非典，还是新冠肺炎，都在提示“强基层”的重要性，基层应当成为防疫的第一道防线。

“大家发烧了，直接绕过基层，涌进大医院，后果不堪设想。”刘新民说，大医院资源有限，最基层的社区卫生服务中心、村卫生室等要在前端帮助有序地输入患者，而不是任由患者盲目涌进来。但是目前基层能力还存在诸多短板。

“强基层，最重要的是有人才，要有全科医生。”刘新民说，现在的体制和机制让基层吸引不来有能力的人，最突出的问题是待遇和发展空间。“比如有一块砖，如果拿来盖摩天大楼，那它享受的是万众瞩目，而如果用它来盖乡间小平房，可能很少有人看它一眼。现在我们的医生入职后培养也是如此，虽然是同学，但是在大医院与在乡镇卫生院的发展前景相差甚远。”刘新民说，要想让优秀人才留在基层，不仅要给他尊严，也要给他体面的生活。他呼吁，进一步完善基层医务人员薪酬待遇，建立符合中国特色的基层医务人员培养体系。

最近，不少医疗队已经回家，或者踏上了返程的道路。在诸多送别白衣战士的祝福语中，有一句让刘新民感触颇深——“为湖北拼过命的人”。他说，我们真的是来拼命的。

来源：《健康报》

# 姜保国：慎终如始，战斗到最后

《健康报》记者　姚常房　北京大学人民医院　邵晓凤

“刚来的时候看到每天新增确诊病例还是四位数，就盼着哪一天变成三位数，很高兴现在已经是个位数了。”每天早上睁开眼睛，北京大学人民医院院长姜保国的第一件事，就是拿出手机查看疫情数据。2月7日，姜保国刚到武汉的时候，湖北省较前日新增确诊病例2447例。3月11日，这一数字仅为8例。

在武汉的一个多月里，姜保国和队员们用他们全部的“能量”投入战斗，让一名又一名重症患者治愈出院。

## 重症患者救治：场场都是硬仗

“最多的时候，病房里住满了50名重症患者。到3月7日，只有16人了。最近又从其他医疗机构转来了18名患者，但大多是轻症。”姜保国说，总体的医疗压力确实没有当初那么大了。

现在，新冠肺炎总体发病人数在减少，重症患者也在减少，但回想起来，重症患者救治仍是一场攻坚战，场场都是硬仗。

“初到中法新城院区，还没进病房楼，就看到大量的救护车在转运患者。转来的患者病情特别重，大都发病一周或者是十天左右了。”刚到华中科技大学同济医学院附属同济医院中法新城院区时，姜保国的心情很沉重。他们面对的是病情最危重的患者，部分患者同时患有新冠肺炎和其他基础性疾病，有的甚至已经出现多器官衰竭，病情变化非常迅速，救治刻不容缓。

到武汉的第一天，姜保国和其他院长们就领到了一个看似难以完成的任务：在最短的时间内，把中法新城院区原有普通病房改建成能够适应传染病救治的重症病房。

一切从“零”开始，这项艰巨任务背后有大量的工作要完成。既要科学划分新的洁净区、污染区，建立详细而严格的诊治、感染防控流程，又要确保物资、设备、信息系统等协调到位，还要对医护人员分批次反复培训和模拟演练，任何一个细节都要落实到位，不能有丝毫马虎松懈。姜保国和大家一起马不停蹄地投入其中，短短24小时后，重症病区正式启用。仅用了一天的时间，50张床位全部收满重症患者。

接下来，他们又开始争分夺秒，用速度和质量确保危重症患者救治“无死角”。医疗队不仅建立了专家指导组与医疗护理组双层运行模式，医疗、护理和感染防控多管齐下，而且针对重症患者病情进行分层分类个体化管理，实现了重症救治的高效率、高水准。

谈到重症患者的救治，姜保国认为要从整体生命救治考虑，他和他的团队把患者分成三类：一类是以单纯的新冠肺炎发病为主，大约占30%；一类是同时患有新冠肺炎和严重基础性疾病的患者，大多是老年人，占比超过50%；还有一类，转来的时候病情就非常重，已经出现多器官衰竭。重症患者分类治疗有利于对疾病进行个体评估，为患者提供有效的个性化治疗，促进患者向更轻的方向转化。具体来讲，对于单纯新冠肺炎患者，给予抗病毒药物、氧疗等基本治疗方法；对于伴有基础性疾病的新冠肺炎患者，专家团队发挥多学科优势，根据原有基础疾病的情况，控制肺炎的同时针对基础病进行治疗；而对于第三类多脏器功能出现问题的重症患者，则会注意多器官功能保护、生命支持和系统化治疗。

北京大学人民医院医疗队负责的病房中，曾收治9名接受透析治疗的患者。“他们原本就是肾衰竭患者，我们通过规范的治疗，既保证肺炎的有效治疗，也保证原有疾病的治疗。”姜保国说。

姜保国对多学科会诊的感受也颇深。此次新冠肺炎急危重症患者大多会出现多器官衰竭，亟需多学科联合，形成全面的救治方案。而北京大学三所附属医院——北京大学第一医院、北京大学人民医院、北京大学第三医院开展工作之初就迅速攥成一个拳头，启动了三家医院共同参与的专家会诊体系，每天下午4时进行会诊，确保每位重症患者得到最佳治疗方案，获得最佳治疗效果。

## 医疗队管理：科学严格与人情味并存

“这个团队里的每一个人都是我的兄弟姐妹，有的年轻人就像我的孩子一样，必须确保他们每个人平安健康，我们才有可能打赢这场艰巨的阻击战。”这位在隔离病房指挥重症救治的“指挥长”，到后方秒变“大家长”。

无论是隔离病房，还是后方驻地，抑或队员们往来的路上，姜保国始终挂在嘴边的一句话是“感染防控怎么重视都不为过”，他反复叮嘱每一位队员在特殊的环境下，务必要在保证安全的基础上开展工作，用科学的精神、严谨的态度做好防护。

医院独立承担的重症病房启用当晚，姜保国陪同第一批进驻的医护人员进病房梳理流程，核对物资、设备情况，叮嘱队员各项注意事项。

北京大学人民医院先后派出3批共134名医疗队员驰援武汉，他们来自医院不同科室、不同专业。如何整编为一个高效工作的团队、如何在短时间内投入战斗、如何确保重症患者救治效果、如何保持持续战斗力等，都需要快速做出决策。

科学严格与人情味并存，这是姜保国对医疗队的管理模式。他一直强调，既要高效高质量完成临床工作，又要照顾到医护人员的身心感受。“大家能休息好、精力充沛，我心里才踏实。”

姜保国强调，对队员也要分层分类，排班才能科学合理。通过对三批队员进行分析，以临床专业互补、年资形成梯队、新老队员结合的原则，将医生和护士分成小组管理，并由资深医生和护士担任小组组长。姜保国和队员们接管的病房启用之初，集中收治患者工作量大，工作频次安排较为密集，医护人员分为6组，6小时一个班次，每日四个班次。随着疫情的好转，病房患者逐渐减少，医疗队将医生和护士的班次进行了相应调整，逐渐增加队员的休息时间。姜保国说，现在队员们的精神状态和体力都没有问题，还可以坚持战斗。

“中间也讨论过要不要后方再派医疗队，替换队员。”姜保国有过犹豫，但是换队员也会存在不少问题，回去的队员需要隔离，新来的队员也需要重新培训、适应环境，所有流程都要再来一遍，会给患者救治和医护人员保护带来新的风险。姜保国与队员们谈谈心、“摸摸状况”，尝试做思想工作，大家一致同意坚持到最后。

当谈到队员们是否会想家时，他说道，“不想家，那是不可能的，很多‘80后’‘90后’，在前线是白衣执甲的战士，但在家里还是父母的孩子，长期离开家，肯定会想。”这种情况下，姜保国和队长、党支部书记等人充当了队员们的心理医生，经常跟队员们聊天、疏导，还在加强防护的前提下组织一些小型活动让大家放松心情，感受到家一般的温暖。

“既来之则安之，作为‘国家队’，一定慎终如始，战斗到最后。”姜保国说。

来源：《健康报》

# 乔杰：必须跟时间赛跑

《健康报》记者　姚常房　北京大学第三医院　仰东萍

“我来。”前线发出召唤时，中国工程院院士、北京大学第三医院院长乔杰没有丝毫犹豫，几小时后就迅速到了机场。她说，“北医三院一直以来是一支招之即来、来之能战、战之能胜的队伍。面对疫情，必须同舟共济，团结一心。”

1月26日、2月1日、2月7日，北医三院共派出三批医疗队，137名医务人员挺进湖北省武汉市，目标是华中科技大学同济医学院附属同济医院中法新城院区的危重症患者救治。

## 30多个小时背后

“那时并不清楚病人到底有多大的量，就知道有重症病人确实很需要被收治，我们必须要跟时间赛跑。”2月1日，作为北医三院第二批援鄂抗疫国家医疗队领队的乔杰抵达武汉。

“当时，虽然病人数处于上升期，但国家层面的宏观架构已经做得比较清晰了，即救治的‘两条线’——一头是方舱医院，一头就是危重症病房。”乔杰的任务就是做好“后头”。回驻地的路上，就开始思考组建危重症病房的方方面面。

事实上，每家医院都有危重症病房，而且包括北医三院在内的第一批医疗队到武汉后，也开了一个传染病的危重症病区。但是，“远远满足不了需求，而且从病房整体运行上看，还需要更多的人员。”因此，乔杰在着手扩建危重症病房的同时，也开始准备调集下一批力量。

很快，作为北京大学援鄂抗疫国家医疗队领导组组长的乔杰，与兄弟医院一起组建了第一个危重症病房，由北医三院与北大第一医院、北大人民医院，以及来自河南的医护团队共同承担该病区医疗救治任务。整个过程，只用了30多个小时。

30多个小时，这是一个普通病房到传染病危重症病房转换的时间，也是乔杰和同事们的速度。30多个小时背后，条条线线上要做的事情太多太多。也因此，这位看上去优雅而温暖的“女战士”，被同事称为掌控全局的“钢铁侠”。

组建重症隔离病房中，最大的难题是如何保证一步到位，不返工。“因为病人一旦住进去，就不能再做任何改造了。”乔杰举例说，刚开始扩建的时候一直强调要有中央监护，因为护士不可能一直在病房盯着病人。但是，临时装中央监护，首先要有仪器设备，还要有安装部的工人、熟悉电脑系统的调试人员等，所有这些都要一点一点做起来。

改造流程上，首先要做比较大的改动。乔杰说，一定要把清洁区、污染区、缓冲区三个区域完全分开，保证医务人员不被感染。从整体流程改造，到仪器设备进驻，都要大量调整。另外，病房改造过程中，床旁超声、呼吸机等都是紧急调配。乔杰不知道打了多少电话、协调了多少事情后，好消息终于来了：设备有了，不少还是国有企业自己的产品。“有了这些‘家伙什儿’，就能救得了病人。”

总体上，危重症病房的组建在紧张有序地进行。

没多久，中法新城院区B栋整体改造成了危重症病房。北医三院独立接管了一个编制床位数为50张的病房。同期调集的北医三院第三批113人的医疗队，2月7日中午到达武汉。第二天晚上9：00就投入了战斗。“那天是正月十五元宵节，我经常会错说成‘中秋节’”，乔杰笑着说，“因为那天晚上月亮很圆、很亮”。

不过，运行过程中还有很多未知难题等着队员们。一天，在为患者进行气管插管和机械通气时，由于多个机器同时运转，氧源供应不足。当大家没主意的时候，乔杰镇定地说：“战时情况紧急，没有条件我们也要创造条件！”最终，乔杰想出了主意：把墙壁氧留给呼吸机患者，未上机的患者采用氧气筒吸氧。

回忆那段争分夺秒的日子，乔杰用了两句话概括：同舟共济，细节决定成败。从医疗队到当地医院，从企业到工人，大家都劲往一处使，协作配合。“普通病房变成隔离病房后，门缝要封细。那么，就得找封门的胶，找会封这些门缝的工作人员。”战场上，乔杰仍旧不遗余力地仔细核对着每个细节。

## 关照“看不见”的战线

与发热、急诊、呼吸等前线科室相比，产科门诊、病房是“看不见”的战线中非常重要的一环。作为生殖医学领域最高“段位”的“大咖”，乔杰的目光从未离开过这些“看不见”的战线。

“全社会都在关注前线科室，其他科室的手术也可以缓做，但是产科不行。

孩子是一定要生的。”到武汉前，北京的疫情防控已经紧张起来，乔杰所在的北医三院发热门诊量排在了北京前列。那时，不能“停摆”的产科，在北医三院迅速防护升级。不仅医务人员准备得比较充分，同时对孕产妇也进行了有效预防的健康教育。

在武汉，危重症病房开始有序工作后，乔杰迅速把部分精力转移到了孕产妇的感染、救治情况的相关调查上。作为国家产科医疗质量管理和控制中心专家委员会主任的乔杰，深入一线调研、指导，了解孕产妇的感染情况。她多次出现在产科儿科病房，为妇儿医生、为孕产妇送上“强心剂”，鼓励大家坚定信念，共抗疫情。

别说确诊，孕产妇一旦成为疑似患者，都非常紧张。乔杰还“以笔为枪”，2月12日受邀在著名医学杂志《柳叶刀》上，在线发表题为《新型冠状病毒感染孕产妇的风险是什么?》的述评。

乔杰的述评成了很多人的“镇定剂”。文章指出，通过对最新基因序列遗传学分析和临床观察性研究等科学证据进行综合的比较分析，认为截至目前尚缺乏能够有效支持新型冠状病毒存在母婴垂直传播的可靠证据。而孕产妇是呼吸道病原体的易感人群，而且容易发展为严重肺炎，这就可能使得孕产妇比普通人群更易感新型冠状病毒，尤其是在她们原本就患有慢性病或孕期合并症的情况下。因此，孕产妇和新生儿应被视为新型冠状病毒感染预防和管理的重点人群。

“幸运的是，孕产妇新冠肺炎轻症和普通型比较多。重症病例本身跟合并症更有关系，相对情况也还可以，与其他病例差不多。而且，最近收集到的更多的临床第一手资料，仍然没有母婴垂直传播发生。”乔杰说。

如果产科门诊、病房是“看不见”的战线，那么医疗队驻地又是另一个“隐形战场”。

为了降低感染，乔杰当起了“Tony老师”，为来不及理发的队员们修剪头发；为了给队员们鼓劲，乔杰和其他院领导总会目送大家上班；为了让大家睡够6个小时，不管多忙，乔杰都会提醒大家睡觉；乔杰还鼓励大家练瑜伽、读文献、做病例分析，鼓励护士们做小发明……

虽然人在前线，乔杰也一直心系北京大后方。在线上办公，让她一刻都没有缺席“北京现场”。

到武汉后的第三周，北医三院本部每周的行政办公会、党委会已经联网进行。乔杰不仅会参会，继续指挥医院全局工作，而且也开始了对自己研究生的指导工作。“作为一家大型医院，现在逐渐恢复正常诊疗，这个时候医院管理、感控等都很重要。”乔杰说，按中央要求，医院逐渐恢复正常诊疗，同时又必须做到院内零感染，因此，工作不仅要有序，还要抓细节。在防控上，对可能的危险点每天要巡视，在北京的医院行政班子工作做得都非常细致，每天下午4点都会有防控工作领导例会，有情况随时沟通商量。

无论在武汉，还是在北京，乔杰都与她的战友们并肩作战。

来源：《健康报》

# “让病人看见我们就感受到生的希望”

## ——记北京大学第一医院援鄂抗疫医疗队

《光明日报》记者　陈海波

2020年1月26日，农历大年初二，北京市西城区西什库大街8号，20名医务人员组成的北京大学第一医院（以下简称北大医院）第一批援鄂抗疫医疗队集结完毕，向武汉进发。105年前的大年初二，北大医院在北京后孙公园胡同第一天开诊，13名医务人员接诊了3位患者。这家百年医院的历史浓缩成四个字，并被刻印在医院的院徽里——厚德尚道。

“弘扬北大医院‘厚德尚道’的医者精神，全力以赴参与患者的救治，不辜负国家和人民对我们的期望。”出征前，队伍里响起了这样的誓言。

此后，北大医院又有两批医疗队驰援武汉。三批共135名队员里，有的曾奋战于“非典”一线，有的曾参加过地震救援，有的是有着二三十年临床经验的老专家，有的是渴望在“战场”上接受检验的“新兵”……

他们在疫情一线，在与病毒的较量、与病人的相处中，写下心中那个“医”字。

### 厚德：医患的性命是系在一起的

“我还能跑步了，你看我跑得怎么样？”

88岁的老奶奶出院前，在病房小跑了几步，脸上挂着笑，对北大医院胸外科主管护师李喆说：“我有时间上北京看你们。”

就像告别一位老朋友，李喆给了老奶奶一个拥抱。“希望能给每个出院病人一个大大的拥抱。”她说。

这是北大医院医疗队在华中科技大学同济医学院附属同济医院中法新城院区接管的重症病房，这是一个总有笑声的温暖空间。

老奶奶是北大医院医疗队独立接管病房后第一位治愈出院的患者。在队员眼里，这是一位“特别阳光”的病人，而为她诊治的，也是一群“特别阳光”的医生和护士。

有阳光，就有温度和希望。这阳光，来自北大医院的“厚德”传统，即人文关怀。这个传统在北大医院人身上体现为“做事要厚道”。他们把这个传统带到了武汉。

他们理解患者。“最难的不是干活，难的是穿着防护服戴着五层手套干活；最困难的不是呼吸，困难的是穿着防护服戴着N95呼吸。然而，最最难的还是患者，他们焦虑的目光，无助的眼神，未知的生命。”北大医院感染疾病科主管护师郭梦冉感慨。

这种理解，让他们更真诚地走入患者心里。病毒让患者被隔离和疏远，心理仿佛也病了。他们要打破病毒给患者带来的孤独和无助。“对于被隔离的传染病患者，心理支持也非常重要。”北大医院院长刘新民说。

于是，有了“话疗”。医疗队中两位湖北籍医生——北大医院胸外科副主任医师刘敬伟、呼吸和危重症医学科副主任医师程渊，用乡音与患者拉近距离。病房中有一位老先生，老伴因新冠肺炎去世，亲属也被感染。他心情很糟糕，不配合治疗，也不愿跟医生交流。“莫得事情，都会好起来！”病房里响起了亲切的武汉话，刘敬伟和程渊用乡音与老人聊天谈心，老人渐渐开朗，积极地配合治疗。

于是，有了“一哥”“二宝”式的乐观和幽默。要让患者乐观，医务人员自己首先得乐观。他们以幽默来打破病房的沉默，让笑声回荡。几位年轻队员在防护服上写上搞笑的昵称，如“一哥”“二宝”等，穿梭来往于病床前。患者叫一声“二宝”，先是不好意思，不久就乐呵起来。患者心里多了份放松和信任，医生心里多了份自信和坦然。

于是，有了许多医疗之外的关切。医疗队护士们承担了危重症患者们的生活护理，诸如帮助患者留取标本、更换纸尿裤、清理排泄物、擦身洗头、发饭、打水、扫地、收拾垃圾等，就像照看自己的亲人。

在他们看来，医务人员跟患者是最亲密的伙伴。“大家的性命是系在一起的。”北大医院呼吸和危重症医学科主任医师马靖说。

## 尚道：思想的碰撞、智慧的挑战

“慢—重—慢。”北大医院副院长李海潮在工作日志里写下这三个字。

在武汉的日日夜夜，这位临床经验丰富的大夫总结出部分危重症患者的特点：

起病慢、病情重（尤其是恶化速度快）、恢复慢。“患者起病相对隐匿，经过挺长一段时间的轻微症状期，可能有一些低热、咳嗽，有些人甚至以为是不是就快没事了。可是，病情突然就加重了，出现了越来越重的劳力性呼吸困难，严重的低氧血症，很多脏器都受到波及和影响，必须接受呼吸支持治疗。”他说。

病毒很狡猾，看似慢，实则快。因此，他们不能慢，他们要更快。“这个阶段的治疗任务是极其艰巨的，除了重中之重的肺部问题的处理，还有凝血功能异常，心脏功能、肾功能出问题，以及酸碱失衡、感染等都需要关注。你必须时刻盯着监护屏上氧饱和度、呼吸频率和心率的变化，有问题必须及时发现、第一时间处理。”李海潮分享他们的治疗经验。

新冠肺炎危重症患者的病情复杂凶险，伴有肺部重度炎症反应、呼吸衰竭以及心血管、肾、内分泌等多器官系统障碍，再加上高龄和基础疾病等因素，救治工作不简单。“发挥我们的人才优势、技术优势、学科优势，有信心、有能力打赢这场阻击战。”刘新民笃定地说。

“尚道”，这是深入北大医院医务人员骨髓的另外两个字。他们要崇尚的“道”，是科学，是严谨而极致的科学追求。在武汉，面对新冠肺炎这个新的医学难题，他们以谦卑的姿态，“反复讨论每一个重要的细节”。

他们追求科学，建立病区呼吸、危重症、感染及内科各亚专科多学科讨论机制，合理规划治疗方案，充分利用现有技术手段，实施科学救治。他们追求极致，牵头北京大学三家医院建立会诊中心，提升医疗质量。

“因为是新的疾病，几乎每一次的讨论都有思想的碰撞，不断出现的新问题拷问着大家的经验和学识，挑战着大家的逻辑和智慧。”李海潮在工作日志中写道，大家结合各自的专业和临床上发现的各种问题提出自己的见解和建议，几乎所有的专业和学科都涉及了。后来，护士们也参与进来。

李海潮的话里流露出一种兴奋，这是一线医务人员对科学求知的兴奋，对消除疾病和死亡的兴奋。正如李海潮所言，“这样既有重点，又关注全面的讨论，不断丰富和完善着我们的认识，优化着治疗方案。”

不断地讨论，不停地思考，才有了越来越科学和精细的治疗方案。他们甚至安排了长白班，以便更好地保持观察和治疗的连续性。

一次，李海潮在去医院的路上收到病房发来的短信，一位老人的氧饱和度到了90以上，他顿时热泪盈眶。“后来知道那只是一个瞬间。但即使是瞬间希望，我们仍要拼尽全力。”他说。

## 担当：让被“麻醉”的城市苏醒

“这是你们平时很难遇到的一段经历”“这次战‘疫’对你们是一场最艰苦的考验，也是最实际的磨难和锻炼”……94岁的北大医院原副院长许饴陶，“怀着激动和敬佩的心情”，给前线的同事们写了一封信。

70年前，许饴陶曾参加抗击鼠疫。70年后，身不能往，而心向之。她嘱托正在一线奋战的同事们：“稳扎稳打，精益求精。”

年近六旬的王玉英，是北大医院大外科护士长、医疗队护理工作负责人，她到武汉没几天就承担了将普通病房改造成为隔离病房的工作，笑称自己是“开荒专业户”。为了保证大家不被感染，队员每次进入病区之前，她都要反复检查他们的防护装备，“表情严肃但手里动作细致入微”。她被大家视为“大家长”，有她在，大家很踏实。

更多的是年轻人，他们在一线感受身上这件白衣的重量，用行动去诠释他们耳濡目染的“厚德尚道”。

“国家重托，义不容辞，我们到了应该承担责任的年纪。”这就是“90后”队员们的态度。

25岁的高军，17年前和母亲一同送父亲去“非典”前线。17年后，他“什么也没想”，就报名来了武汉。

25岁的宋彦龙也做了同样的选择。他说，要给予病人最多的人文关怀，了解所需，尽可能地提供帮助。

“疫情发生后，北大医院1700多名医务人员主动请战，特别是‘80后’‘90后’的年轻人，报名最踊跃。”刘新民的手机里保存着许多医务人员发来的“请战书”，“这些孩子特别令我感动，他们体现了北大医院105年以来为国担当奉献精神的传承。”

正像刘敬伟到达武汉后第一眼看到的——“城市空荡荡的，就像被打麻醉一样，被‘麻’住了”，以及油然而生的第一个念头——他们要把它治好，“让它苏醒，恢复活力”。

他们努力着，“希望成为一道光”。“让病人看见我们就会感受到生的希望。”李喆说。

来源：《光明日报》

# “你们的到来，让我们看到了划破乌云的那道光芒”

## ——记北京大学人民医院援鄂抗疫医疗队

《光明日报》武汉一线报道组

华中科技大学同济医学院附属同济医院中法新城院区里，矗立着一尊刻有“生命之托、重于泰山”八个字的立石。在这个院区，北京大学人民医院援鄂医疗队已经奋战了两个月。

北京大学人民医院是一所在医疗史上写下光辉一笔的百年老院。一百多年前，医院首任院长伍连德抗击鼠疫，实现了人类历史上第一次大规模控制传染病的壮举。如今，面对肆虐的新冠肺炎疫情，北京大学人民医院的白衣战士再次出征，用精湛的医术筑起守护生命健康的屏障。一名患者的家属在感谢信里写道：“你们的到来，让处在疫情暴风眼中的我们，看到了划破乌云的那道光芒，看到了生的希望。”“我们就是要救助每一个病人，挽救每一个生命。”北京大学人民医院院长姜保国说。所有的争分夺秒，所有的竭尽全力，只为这一份重于泰山的生命之托。

### 国家随时需要，我们随时上前线

穿上厚重的防护服、箍紧口罩和护目镜、套上一层层橡胶手套，北京大学人民医院重症医学科护士党晓曦又一次进入收治新冠肺炎重症病人的病区，开始紧张的救治工作。

作为北京大学人民医院首批援鄂医疗队队员，她到武汉支援已经整整两个月了。刚来这里时，他们负责的同济医院中法新城院区重症病房一直是50张床位满员，每一天病房内都在进行着紧张的生死竞速。

重症病区没有家人陪伴，很多患者生活难以自理，照顾病人日常生活的担子也落在了她和队友身上。端水喂饭、翻身擦洗、清理卫生，党晓曦每天的工作烦琐而辛苦，穿着防护服的她行动不便，比平时需要花更多的力气，但她从无怨言。

“健康所系，性命相托。我作为人民医院重症监护室的护士，把以患者为中心放在首位，要用自己的耐心、细心、责任心守护每一位患者……作为军人家庭的一分子，我和我爱人共同为支援做好了思想准备，时刻准备好奔赴前线。”党晓曦在日记中写下了这些质朴而坚定的话语。与她一样，怀揣着仁心、肩负着重任赴战场的还有北京大学人民医院133名医护战友。

“养兵千日，用兵一时，我们是一定要来的。”姜保国说。这一次，他带领北大人民医院第三批医疗队来到武汉，与医疗队医生护士一同奋战在抗击疫情的一线。

疫情刚发生的春节前，北京大学人民医院就开始了疫情防控救治相关培训，厉兵秣马，时刻准备着。一旦有令，即刻出征。当第三批医疗队2月6日下午接到紧急通知，他们在短短半天内就完成了110名人员和320箱物资的准备。

“我们是国家队，国家随时需要，我们就随时有专家、有医生、有护士来前线，来真正为整体的抗击传染病、抗击这次新冠肺炎做一些我们医生应该做的事情。”姜保国说。

## 学科协同　为救治患者全力以赴

姜保国还记得医疗队刚接管同济医院中法新城院区的情形，那时是医疗队压力最大的时候，大量重症病人陆续转来。2月8日晚9点，隔离病房投入使用仅24小时，50张病床就全部收满。

患者的病情十分复杂。“刚开始，我们以为这些就是单纯的呼吸道传染病重症病人，但在救治过程中我们发现，他们不单是肺部出现问题，许多危重病人伴随着严重的基础性疾病，比如心脏病或者肿瘤、肾衰竭等。”姜保国说。

面对挑战，医疗队敢打硬仗，不打乱仗。他们把病人分成以单独新冠肺炎发病为主的、同时患有肺炎和很多基础性疾病的、病情危重出现多器官衰竭的三类进行分层治疗管理。医疗队结合指南细化诊疗细节，确定了《北京大学援鄂医疗队入院病人初步处理流程和原则》这一高水准诊疗“模板”。对于单纯的新冠肺炎病人，医疗队采用标准化的治疗方法，保障了肺炎治疗规范化，同时也腾出了更多精力去救治有生命危险的急危重症病人。

“老年患者合并基础性疾病，病情复杂，全身炎症反应可能更重，病情变化犹如多米诺骨牌。对于危重症，把握共同病理生理机制，能准确预判即将倒伏‘骨牌’的方向与位置，提前卡位，就能阻挡后续‘骨牌’的倒伏。”北京大学援鄂抗疫医疗队专家组组长、北京大学人民医院重症医学科主任安友仲这样形容患有基础疾病的急危重症病人的救治。在他看来，救治这一类患者要增强医疗队协同性，针对基础疾病开展多学科联合诊疗，最大程度发挥多学科协作优势。为了高效率地进行多学科协同，医疗队在院区建立了一个信息化会诊平台。几乎每天下午4点，内科、外科、重症科等整个重症抢救、生命维护过程中涉及的学科专家都齐聚于此，从信息平台调取患者数字、影像学资料进行讨论，综合评估治疗方案需要如何调整。

“我们要尤其重视这些重症患者，保证每个病人在每个疾病阶段得到最适合的治疗方案。他们需要什么样的专家，我们就有什么样的专家去参与。疾病发展过程中需要什么样的专家出现，什么样的专家就会出现在患者身边。”姜保国说。

## 从身到心　关注每一个细节

“朱大夫来了，我们就踏实了！”同济医院中法新城院区值班医生们都这样说。朱凤雪来，就意味着治疗的妥善、高效和极度精准。

朱凤雪是北京大学人民医院重症医学科副主任，担任此次北京大学人民医院援鄂医疗队的副队长。朱凤雪总是在每一个细节上“斤斤计较”。在朱凤雪看来，重症患者的病情瞬息万变，这种监护不能完全依赖机器的报警。“每个细节都可能是最后一根稻草，临床医生必须亲自到病床旁去观察。”朱凤雪说。

2月17日，医疗队进行了第一例气管插管辅助机械通气。病人高龄，基础病较多，全身症状严重。插管前，朱凤雪反复检查每一个流程，她敏锐地发现，隔离病房只有7号气管导管，根据患者特征，结合多年临床经验，应该使用7号半导管，不适合的导管将会影响患者机械通气后期的维护与治疗。朱凤雪当机立断，以最快速度沟通并找到匹配导管。麻醉科医生姜华操作娴熟，插管操作一次性顺利完成，整个过程病人生命体征平稳，患者各项指标很快得到了改善。“我们深知抢救的每个危重病人，身后都系着一个家庭。我们要尽力给这里的病人最好的治疗！”朱凤雪说。

医疗队对细节的执着，不仅体现在救治工作精益求精，还体现在对病人无微不至的照顾护理。“有一位老爷爷胖胖的，总是笑眯眯的，每次帮他做过事之后，他都会说很多遍谢谢。”这位老人有糖尿病，病重期间食欲不好，解不下大便，医疗队队员、北京大学人民医院泌尿外科护士王茜就用开塞露帮他解决。从不玩手机的老人想看报纸，护士们就每天从驻地把报纸拿过来给他。

“我们每天要做的除了完成医生的医嘱，还要尽量安慰他们、陪伴他们。”医疗队队员、北京大学人民医院妇产科护士黄楠楠说，“爱是可以治愈创伤的良药，他们能够感受到，他们会由衷地跟我们说一句‘谢谢’，这些都让我燃起更多的战胜疫情的决心和力量。”

《光明日报》武汉一线报道组：本报记者蔡闯、安胜蓝、李盛明、王斯敏、张勇、刘坤、晋浩天、张锐、章正、姜奕名、卢璐，见习记者陈怡，光明网记者李政葳、季春红、蔡琳。

来源：《光明日报》

# 一场靠特色攻坚的阻击战

## ——记北京大学第三医院援鄂抗疫医疗队

《光明日报》武汉一线报道组

“最重要的不是‘几零后’，而是努力后、奋斗后，能够到祖国最需要的地方去，能够为国家作贡献、为人民服务，才是实现人生价值最好的途径。”

“不管是这次抗击疫情的斗争，还是实现中华民族伟大复兴，我们青年一代一定是闯关夺隘、攻城拔寨的先锋力量。”

收到习近平总书记给北京大学援鄂医疗队全体“90后”党员的回信后，北医三院援鄂医疗队的75名“90后”们，倍感振奋。

在这次新冠肺炎疫情防控斗争中，他们同北医三院援鄂医疗队的其他队员一道，不畏艰险、冲锋在前、舍生忘死，发挥了火线上的中流砥柱作用。

### 红色基因连接历史与现在

“在这个战场上，身边党员哪里有危险，就冲向哪里，我深切感受到了他们对党的感情，对加入中国共产党有了更加坚定的决心。”在疫情防控的最前线，北医三院援鄂医疗队队员、肿瘤放疗科主管护师马骏郑重地写下自己的入党申请书。

疫情防控是一场人民战争，每个党员都是一面旗帜，可以感召一群人、带动一群人，汇聚起更强大的战“疫”力量。田慈、王慧、梁超、白洁、李娜、杨林承……还有更多北医三院援鄂医疗队队员像马骏一样，受到身边共产党员的精神感召，在抗疫一线庄严地提出入党申请。截至3月10日，11名同志在抗疫一线光荣入党，71名队员向党组织递交了入党申请书。

作为呼吸与危重症专家，北医三院副院长沈宁已经连续在武汉奋战了50余天。17年前，当时31岁的沈宁就曾战斗在抗击非典的第一线；17年后，沈宁作为北京大学援鄂医疗队联合病区队长，再次来到抗击疫情的最前线，全力以赴救治患者。

2月25日，在同济医院中法新城院区，通过远程视频连线，北京大学医学部党委领导在网上参加了北医三院援鄂医疗队接收预备党员大会，见证奋战在抗疫一线的沈宁、张佳男、李少云、梁超4位同志在武汉成为中共预备党员。2月28日，北医三院援鄂医疗队队员杨航、赵志伶、夏云霞3位同志成为中共预备党员。3月9日，北医三院援鄂医疗队接收队员王慧、李娜、田慈、李宇轩4位同志为中共预备党员。

疫情防控是一场生死之战，只能胜，不能败。每个支部都是一座堡垒，可以团结一群人、组织一群人，凝聚起众志成城的战“疫”伟力。3月6日，北医三院援鄂医疗队临时党总支第六党支部党日活动在武汉防汛纪念碑前举行。医疗队临时党总支书记兼第六党支部支部书记、感染管理科副主任袁晓宁带领党员们重温入党誓词。袁晓宁说：“红色基因连接历史、现在和未来，我们要在抗疫中坚定地向前走，走得再远也不要忘记为什么出发。”

## “三院方案”体现北大优势　中国经验与全球分享

“俯卧位通气，身体向下趴。肩髋垫软枕，胸腹部悬空。两臂环绕枕，深吸慢吐气。”这是北医三院援鄂医疗队编写的顺口溜，配以“趴着比躺着更好”的宣传海报，帮助患者更好地理解、掌握俯卧位通气方法。

北医三院肾内科护师张洁介绍，作为急性呼吸窘迫综合征（ARDS）的支持治疗手段之一，俯卧位通气具有改善通气血流比值，提高氧合指数，从而促进肺恢复的效果，目前已逐步应用于重症新冠肺炎的患者救治中。

在武汉战“疫”的50多天里，有太多这样的情节值得记录——从三次48小时内开辟重症传染病病房，到优化患者收治与分层救治流程；从感染防控监督管理，到医生规范化诊疗培训；从加速研究疾病特点，到总结推广救治经验……每一处都凝聚了137名援鄂医疗队队员的智慧和心血。

“那时并不清楚病人到底有多大的量，就知道有重症病人需要被收治，我们必须要跟时间赛跑。”回忆初到武汉那段争分夺秒的日子，北京大学援鄂医疗队领导组组长、北医三院院长乔杰院士用了两句话概况：同舟共济，细节决定成败。

细节的背后，是强大的专业能力和执行力。2月14日清晨，北医三院援鄂医疗队在同济医院中法新城院区的查房工作准时开始。一位68岁男性患者在几日无创呼吸机辅助呼吸且纯氧的条件下，血氧饱和度仍难以维持在90%以上，病情有所恶化。沈宁与危重医学科副主任葛庆岗迅速组织会诊。经过对患者病情细致全面的评估，他们当机立断，决定立即启动气管插管进行机械通气。

中午12点30分，气管插管开始。10分钟后，在北医三院急诊科医生李姝、ICU医生李超和护士徐阳等人的配合下，插管成功，并顺利连接有创呼吸机进行机械通气，该医疗队在同济医院中法新城院区首例有创呼吸机辅助机械通气成功实施。

在重症患者救治的战场上，时间就是生命。2月25日，北医三院胸外科医生白洁轮休，他刚想去吃午饭，就接到值班医生赵志伶的电话："39床气胸了，我把片子发给你，赶紧看看。"看到胸片，白洁紧张起来，病人左侧张力性气胸，肺组织压缩明显，得马上处理。往嘴里塞了几块巧克力，白洁匆匆奔下楼。

15分钟后，白洁来到病房，准备胸腔闭式引流。对白洁来说，这只是个小手术，平时仅需要不到10分钟，但穿着隔离衣，操作难度增大，但高危操作不能马虎丝毫。随着全部操作完成，患者胸腔内气体不断排出。走出病房，白洁的后背早已湿透。

在武汉，危重症病房开始有序工作后，作为全国产科质量控制和持续改进中心主任，乔杰院士第一时间深入前线，了解孕产妇感染情况，深入调研分析，指导工作，特别受邀在世界著名医学期刊《柳叶刀》上在线发表题为《新型冠状病毒感染孕产妇的风险是什么?》的评论文章，并参加国务院新闻办公室组织的中外记者见面会和面向全球的网络直播，与国际同行分享中国经验。她总结的孕产妇、儿童新冠肺炎患者的临床表现和治疗经验，纳入国家卫生健康委员会颁布的第七版《新冠肺炎诊疗方案》中。

## "三米阳光"护理理念温暖武汉一线

无论是参与筹建新病区还是独立接管，北医三院援鄂医疗队涉及收治的患者都以重症、危重症为主。当危重症和传染性交织在一起，需要采取的治疗手段更复杂，护理的工作量极大，对专业技术水平的要求也极高。

常言道，"三分治，七分护"。面对危重症患者，除了基本护理，护士们需要密切监测患者生命体征，时刻关注和评估患者病情变化等。"此时，是真正检验临床技术水平的时候。"北医三院肾内科护师张洁在援鄂日记中这样写道，我真正理解了优质护理的意义，让患者在接受治疗的同时，感受到专业性，切实为患者提供服务。

护理的专业性要有精细化、定制化、人性化的措施提供保障。成立重点患者纵向结对护理管理小组，建立危重症患者访视制度，实施全面整体、一对一、个性化护理，保证护理连续性；组建血糖管理、营养管理、康复指导等专业治疗小组，对合并不同学科疾病的患者，一人一策进行护理；制定中心静脉导管换药、气管插管配合与护理等标准化护理技术操作流程……近日，北医三院医护人员编写的《新冠肺炎防控期间综合医院的护理管理》和《新冠肺炎常用护理技术手册》两本护理专著已由北京大学医学出版社正式出版，全文电子版面向社会免费阅读。

抗击疫情不仅是一场医疗战，也是一场心理战。“鼓舞士气，树立信心，也是一剂良药。”医疗队出发前，医院护理部主任李葆华就给护理团队起名“温暖武汉的三米阳光”，希望援鄂护理团队把北医三院的“三米阳光”护理理念带进新冠肺炎病区，关注、关心、关爱三米内的所有人。

“外面的早樱开花了，叔叔快点好起来，回家看樱花啊。”“阿姨，都能扛过来的，您要加油!”护士们鼓励的话语在隔离病房的每个角落流动。他们将这样到患者身边面对面交流鼓励称之为“话疗”。这里首位治愈的新冠肺炎患者出院时，护理团队提前制作了“毕业证书”。患者小丰告诉记者：“我自己也是护士，这几日的相处中，被三院的护理文化深深感动。”

“三米阳光”早已跨越三米的物理距离，洒向抗疫前线的每个角落。北医三院援鄂医疗队正以更坚定的信心、更顽强的意志、更高效的措施，冲向最后的胜利。

《光明日报》武汉一线报道组：本报记者蔡闯、晋浩天、章正、柴如瑾、李盛明、张锐、王斯敏、刘坤、安胜蓝、张勇、陈怡、姜奕名、卢璐，光明网记者李政葳、季春红、蔡琳。

来源：《光明日报》

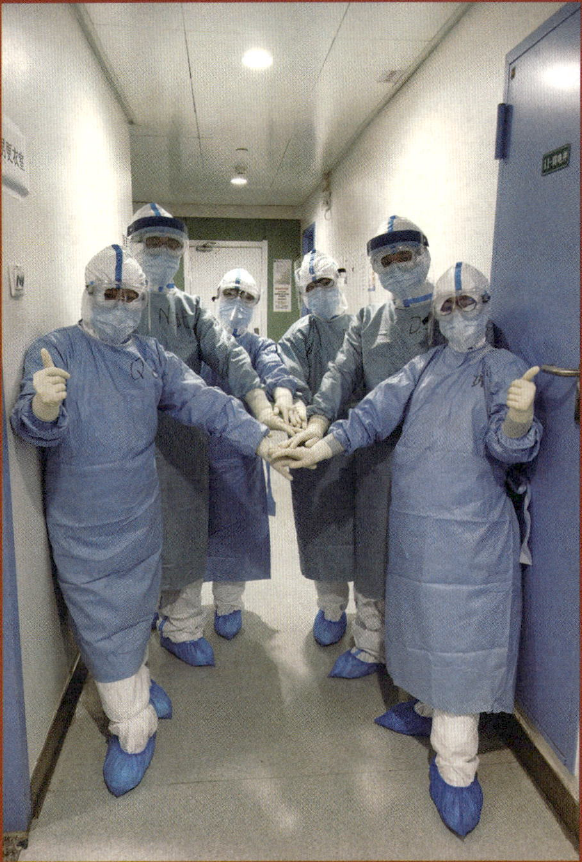

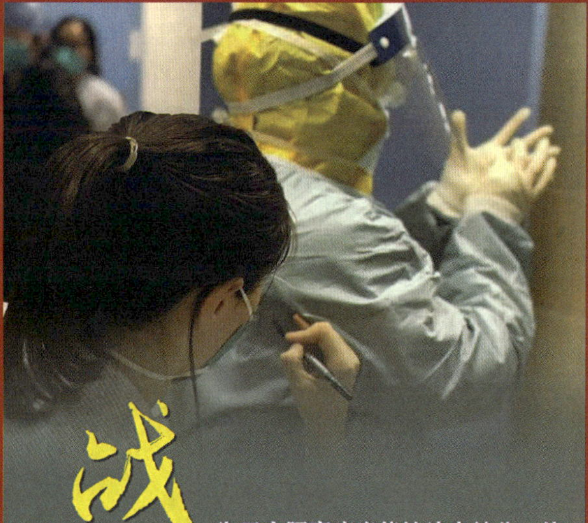

## 战友

为了在隔离病房能够认出彼此，他们相互在防护服上写名字，同时写上“加油”、“棒棒哒”等鼓励打气的词语。图为1月29日凌晨2点，第三医院的队员们在防护服上写名字。

背上的名字方便同事看，胸前的“加油”方便患者看！他们不仅在努力治愈，也总是在安慰。

北京大学医学部

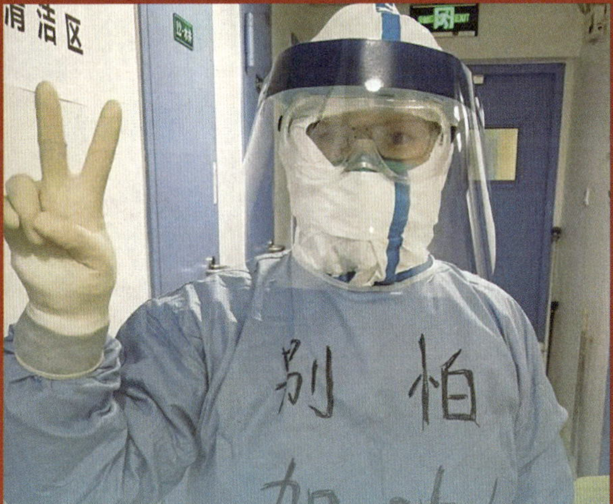


## 别怕

1月30日，北京大学人民医院呼吸内科暴婧医生穿好防护服之后对同事说：“不用写我名字了，就写‘不怕’吧！我是谁不重要，就希望患者们看到了，能不再害怕。”

北京大学医学部

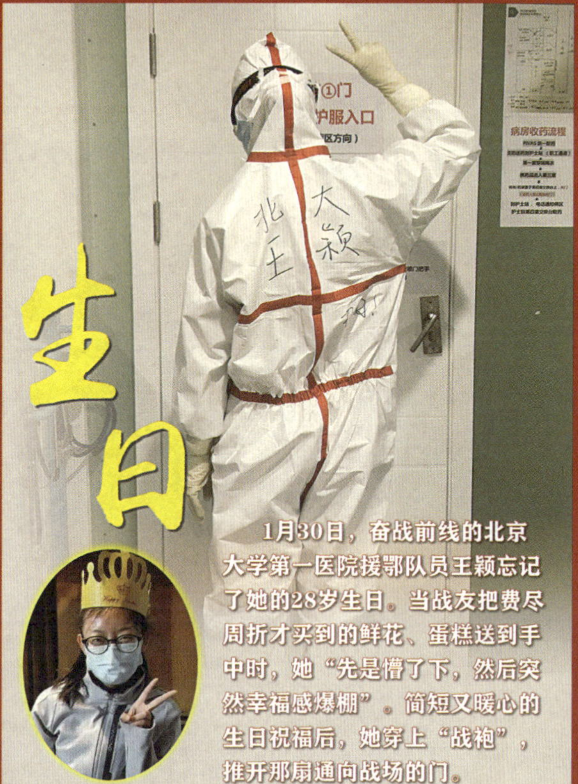


## 生日

1月30日，奋战前线的北京大学第一医院援鄂队员王颖忘记了她的28岁生日。当战友把费尽周折才买到的鲜花、蛋糕送到手中时，她“先是懵了下，然后突然幸福感爆棚”。简短又暖心的生日祝福后，她穿上“战袍”，推开那扇通向战场的门。

北京大学医学部

# 3 前线·日记

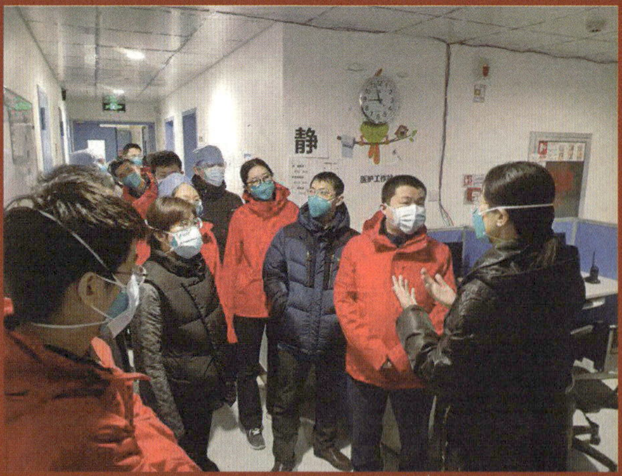
静
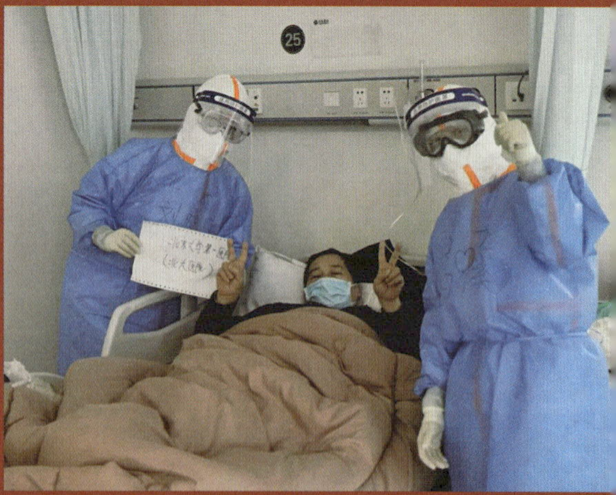
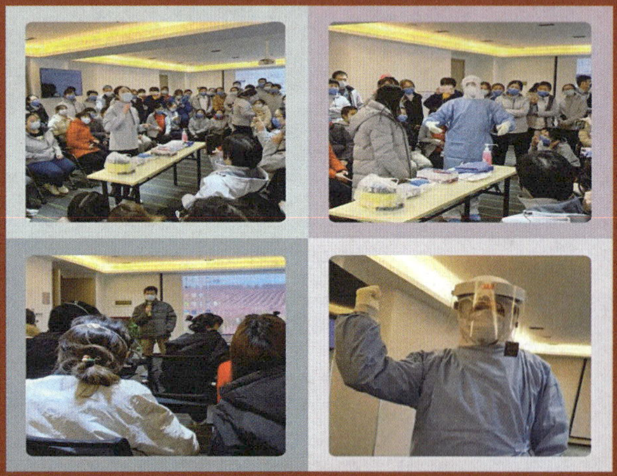
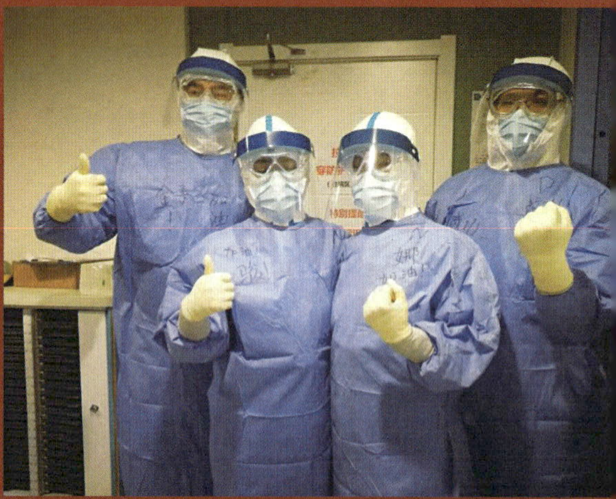
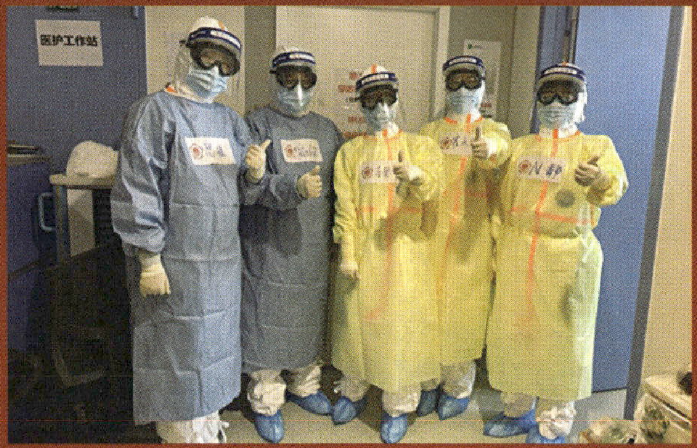
医护工作站
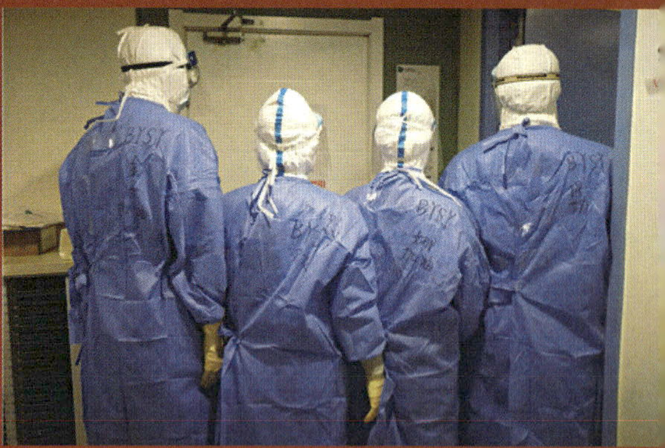

见证救死扶伤的日日夜夜
饱含坚韧奋战的汗水泪水
前方队员的战地日记
一篇篇发回，一遍遍翻看
感动、牵挂、祝福、期盼
整理编发来自前线的日记
期待以这样的方式
记住他们的壮举

战疫青春，不负韶华
奋勇搏战，绝不落后

在极其忙碌辛劳的工作间隙
记录与疫情战斗的所思所感
这其中，有感动、有牵挂
亦有磐石般的信念和坚守
朴实的文字，充满着力量

他们，是北大医学人的骄傲
他们，是白衣天使
更是白衣战士！

# 妈妈换个方式守护你们

北京大学第一医院　贾　娜

2020年2月
4日
星期二

都说“为母则刚”，作为两个宝宝的妈妈，我愿为你们撑起一片晴天，我愿倾尽全力护你们平安快乐，我愿静静陪着你们长大……

然而，放假前夕，我和爸爸商量取消期盼已久的行程，留守北京。希望儿子能接受，不要失望。

“大宝，妈妈跟你说个事。现在有一种新的病毒，叫新型冠状病毒，它很厉害，让很多人都生病了。为了安全，今年要留在北京过年了。”

“妈妈，我们不回四川了吗？可是我想回四川过年。”

“路上风险太高，等这阵子过去了，爸爸妈妈带你们回去，好吗？”

“嗯，好吧……”

这场“战争”悄然而至。孩子们，我不能再陪你们身旁，我想去前线，尽绵薄之力，助战抗疫。

“大宝，还记得妈妈告诉你的新型冠状病毒吗？妈妈要去武汉和病毒战斗，可能有很长时间不能见到妈妈了。”

“嗯，妈妈，加油！你一定可以打败病毒的！”

告别年迈父母，安置好提前断乳的幼女，挥别爱人与儿子。出门前，儿子说：“妈妈，我希望打败病毒的药是你制造的！”看到你们的笑容，我甚是欣慰。看来，我还是你们心中的英雄啊！

初二出发，来到武汉，经过两天的培训和准备，初五终于进病房工作。几天下来，逐渐步入正轨。队友们团结友爱，严谨认真，信心大增。看到你们依旧无忧无虑，我觉得一切付出都值得。今天妈妈转战到另一个新开放的病房，接收更多的重症患者，希望一切顺利。你们也在给我加油，对不对？愿身披战袍的妈妈成为你们的榜样，愿你们长大后成为勇敢而有担当的人……

这一次，妈妈换个方式守护你们！我的孩子们，待我归来，陪你们一起庆祝生日，可好？

# 丈夫非无泪　不洒离别间

北京大学第一医院　刘晓宇

2020年2月
6日
星期四

下午5点多，我正在护士站填写护理记录单，以往过完春节假期会有大批新病人入院，病房正是忙碌的时候，但今年受到新型冠状病毒肺炎疫情的影响，患者并不多。为了减少人员流动，护士长贾老师给我们安排的是24小时班，我该开始准备夜班的工作了。忽然，听见贾老师叫我的名字，脚步有些急促地向我身边跑来，一改往日轻松温柔的语气，凝重地对我说："晓宇，护理部紧急通知，要从骨科抽一个护士，马上就要出发"，我的心突然"砰砰砰"加速跳了起来，"按照之前排好的梯队，该轮到你了。你有什么困难吗？"

作为一名党员，之前动员的时候我就主动报名了，科里也已经派出去了三位护士，张蕾去了发热门诊，戴玉伶和韩冰承担了医院的咽拭子采样工作。虽然有一丝紧张，我仍毫不犹豫地回答"必须得上啊"！

时间匆忙，当时我想到的就是尽快回家收拾东西。贾老师找其他人来替我的班，并帮我准备东西，解决我的后顾之忧。离开医院我调整呼吸，给爱人发了一条微信："我被派去武汉了，正在回家路上"。瞬间他的电话就打了过来。"能不去吗？""总得有人去，你必须支持我"。电话那头沉默了一会儿，他说"我马上打车回家，家里等你”。我进了家门，他已经给我做好了晚饭，一碗热腾腾的面条，虽然很简单，却是家的味道。

贾老师把我要去武汉支援的事情发到了科室的微信群里，大家纷纷送来了祝福和帮助，让我感受到了骨科这个大家庭的温暖。

需要的物资，我第一个想到的就是纸尿裤，进了隔离病房中途没法脱掉防护服，是不能上厕所的。贾老师让他的爱人买了8包纸尿裤，一整箱的零食，甚至还贴心地准备了护手霜和面膜。真比我自己准备得还齐全。杨昕大夫和曹永平主任都主动要求送我回家，我已经走到了地铁站，便没有麻烦他们。同事宫羽直接到我家帮我一起收拾，还送来一些卫生用品以及30个暖宝宝。她说，武汉没有暖气，夜里会比较冷。

曹永平主任给我准备了来之不易的维C泡腾片，叮嘱我每天喝一片，增强抵抗力。晚上医院附近的药店都关门了，曹主任坚持敲门，对里面尚未离开的店员说：“我的员工明天一早就要去武汉支援了，你必须得把这个东西卖给我。”

我尝试用滴滴约明天一早5点到医院的车，根本没有人接单，米川主任知道后立即提出明早来送我。以及许许多多同事的关心和鼓励，千言万语道不尽感谢之情。在这种特殊的时刻，相信每一位骨科人都愿意挺身而出。而我，当然也不能退缩。

临睡前，我跟6岁的儿子说：“妈妈明天一大早就要坐飞机出去打病毒了，和许许多多的叔叔阿姨一起，你在家要乖乖听话哦。”儿子抱着我说：“妈妈，我舍不得你！能不能带我一起去啊？”就在那一瞬间，一股暖流涌上了心头。

# 面对肆虐病毒，挺住就是胜利

北京大学第一医院　于　淼

2020年2月
12日
星期三

病房里的重症病人很多，今天有位奶奶需要使用无创呼吸机辅助通气，但特别不配合，头总是扭来扭去。我给奶奶带好面罩以后，发现她的头发很乱，于是就问她：奶奶，我帮您把头发梳一下吧，这样能舒服一点。

她看了我一眼，没有说话。我以为她没有听懂，于是我一边比划一边又说了一遍，我刚说到一半的时候，奶奶冲我伸出了大拇哥。我明白这是她同意了的意思。我把她的头发梳好，在头顶给她梳了一个小辫子，慢慢地奶奶变得安静了，也能耐受无创呼吸机了，在我和医生准备离开病房时，她又冲我们摆出了大拇哥。武汉加油！中国加油！希望武汉樱花盛开的时候，武汉不再是一座“空城”。

上午10点45分，接到儿子的电话，问我在干什么？什么时候才能回来？我眯着眼睛跟他聊了2分钟，突然听到电话那头爱人的声音：“你给谁打电话呢，你别跟你妈聊天了，她下夜班睡觉呢。”我才知道儿子是自己用奶奶的手机给我打的电话，我想孩子一定是真想我了。被他吵醒后，我就没有了困意，下楼拿饭，吃饭。吃完饭后本来想继续在床上休息，后来又想起来有人说过不能光吃饭，不运动。好吧，那我就来运动运动，我们的驻地有跑步机，可是我不想去，我还是收拾屋子吧，这是我们女人的最爱。开始洗洗擦擦的节奏，擦完一圈下来，浑身是汗，今天吃的能量应该能消耗一半了，晚上接着吃起来。

昨晚去上夜班的时候，看见一栋栋高楼大厦安安静静地在那里坐落着，楼里面只有星星点点的灯光亮着，心里不是滋味。想起一位支援武汉的医生说过：面对肆虐的病毒，我们挺住就是胜利！我们一定会挺住，为了武汉，为了中国，为了让高楼里面能够亮出更多的灯光。

# 相知无远近　万里尚为邻

北京大学第一医院　王　倩（泌尿外科）

2020 年 2 月
14 日
星期五

今天，是来到武汉的第八天，逐渐适应了“医院—住处”两点一线的生活，更适应了时刻区分污染区、缓冲区和清洁区这些概念的生活。

前几天的武汉，给我的感觉静谧、空旷，每次上班路上总是急匆匆想着如何做好防护，如何在层层手套下一针见血，今天迎来了休息，也终于让我有时间静下心来感受武汉这座城市，感受这几天的工作与生活。

第一次在这样的环境下工作，护理和平时工作中不一样的病人，我充满了斗志，却又带着小心翼翼的谨慎。穿着里三层外三层的防护服，几分钟就会觉得很累很闷，连抽血这样平时很常见的操作，在一层层手套的阻隔之下也变得困难重重。我怕自己戴着一层层手套不能一针见血，怕自己为病人增加额外的痛苦。幸运的是，我们有经验丰富的领导，也有身经百战的同事，两人一组为病人做操作，既能更好地护理病人，也能更好地保护我们自己。

在第一个夜班的时候，我因为穿防护服时间长了，觉得头晕、恶心，但想到战友们教给我的如何调整呼吸，调整心态，想到自己带着同事和家人的期许与责任，我很快克服了这种身体上的不适。虽然同事们都说我很瘦，可是我一直坚信小身板里也可以蕴藏着大能量。

看到之前来支援的老师们剪掉长发，是为了更安全，没想到这样的事情也发生在了我的身上。虽然已经身为人母，可我依旧爱美爱长发，但这次，我告诉自己，为了更好地工作，也因为安全最重要，我拿起了剪子，看着镜子里的自己，亲手剪短了及腰的长发。头发一缕一缕飘落在水池里，我也忍不住落下了大颗眼泪，剪短头发后同为护士的老公安慰我：现在的样子更好看，咱都是为了安全和工作。说着，他哭了，我却释然了，头发于我固然重要，但大难当前，我亲手剪短，不悔，也更决然。

到达武汉这一周的时间里，原本生活上的担心也都随着领导们和护士长们的贴心关照烟消云散了。虽然生活用品购买没有那么方便，我们也不能随意外出，但是领导们尽可能地满足我们的各种需求，每天的饭菜虽简单，却也营养均衡。有临时工作间和健身房，在饮食住宿各方面，医院领导们都尽力提供给我们最好的保障。

家里的领导亦是如此，走之前的细心嘱咐，每天微信群里的报平安，不厌其烦地叮嘱我好好吃饭、睡觉，好好保护自己。走之前领导们和同事赶着北京的大雪来送我，为我送上暖心的拥抱和细心的嘱咐，我都一一记在心里。身在武汉，在尽心尽力工作的同时，休息的时候也会想念家人，感谢老公的支持和对家庭的付出，感谢四位爸爸妈妈的支持，辛苦他们带孩子，也更加想念我的小棉袄。虽然她还小，不知道我的具体工作，但是每当通过视频看到她无忧无虑的笑脸，看着她笑看着她闹，我这一身的疲惫也都烟消云散了。

今天是情人节，也是女儿的两岁生日。两年前，女儿的出生让我和老公度过了一个充满爱与感动的情人节。今年的情人节，虽然不在我爱的人身边，但是却更加富有意义。我想告诉她，妈妈在做一件平凡却又不平凡的事，等她长大，我想她会理解我在她咿呀学语的时候短暂离开她的做法，她也会为我感到骄傲。我也想带她来看武汉春天美丽的樱花，看这个我曾经生活战斗过的城市。

静下心来回味这几天在江城的工作与生活，我想到张九龄在《送韦城李少府》中写到：相知无远近，万里尚为邻。尽管北京与武汉相隔千里，可我们彼此相知，感情深厚。全国人民与武汉同在，全国人民的心紧紧系在一起，纵使祖国疆域辽阔，也如同邻居一样亲近。

世界上可能没有天使的存在，每个时期英雄也有着不同的定义，但我坚信每一位奋斗在不同岗位上的人们都是这个特殊时期的逆行者，都值得我们尊重与敬佩，每一位穿上防护服与病毒战斗的身躯都是最美的战士。

希望只是时间按下了2020键，我们只待春暖花开，阳光会重新照亮武汉这片土地。希望四月武汉樱花烂漫时，它不再封城，像往年那样，千千万万人在树下看樱花，樱花在树上看千千万万人。

疫情，一定可以控制住。春天，也一定会准时到来。未来依旧可期，武汉加油！中国加油！大家加油！

# 希望成为亲友们的榜样和骄傲

北京大学第一医院　陈　莲

2020年2月
14日
星期五

在我平凡的护理人生中，能有这样一次让自己热泪盈眶的经历，是我的财富。而作为一名带教老师，我希望自己是学生们的榜样。

此次援鄂护士百人队伍中，有为数不多的几位年龄超过40岁的护士，我是其中之一。爱人正在支援西藏，儿子还在上高中，父母双双在光荣的岗位为祖国作贡献。我毅然主动报名参加援鄂医疗队，相信这样的言传身教一定会为儿子树立英雄的榜样。

情人节的夜班，在武汉遥祝千里之外的两位“情人”节日快乐，无论作为母亲、爱人，还是作为老师、同事，我希望成为亲友们的榜样和骄傲。

# 第一个班虽然辛苦，但经受住了考验

北京大学第一医院　刘志超

2020年2月
18日
星期二

来武汉快半个月，印象最深刻的是我的第一个班，那是凌晨3点到早上9点的大夜班。也许出于些许的小紧张，当天前半夜“果然”睡不着，脑子一直清醒地熬到了凌晨1点45分出发，穿着防护服走进病房的一瞬间，内心还是有恐惧和不安。

当组长安排好分管床位和护理工作任务时，紧张情绪全然抛在脑后。第一个接手的工作就是给一名80岁女患者抽12管血。这时候考验和挑战来了：需要带着3层手套用从来没用过的“小飞机”采血，既想赶紧完成，又想减轻患者痛苦，所以反复确认血管，在同事的配合下终于一次成功。

由于患者的所有治疗和生活护理都需要我们来完成，整个晚上摇床、喂饭、打热水、监测生命体征、测量餐前后血糖、协助去厕所、发口服药，甚至更换病房垃圾袋，应接不暇，等忙完再抬头看表，已经超过交班时间。交完班，脱完防护服，坐上回酒店的车已经10点半。

这就是我的第一个班，虽然辛苦但经受住了考验，一觉醒来，依然能量满满！因为我们是重症监护室的护士，更是国家医疗队的战士！

# 喜欢早上那充满希望的初升太阳

北京大学第一医院　申　蕊

2020年2月
20日
星期四

上班六年了，如果不是这次援鄂，不会和院长有太多直接接触的机会。但是从那天院长讲话的哽咽，到每一次积极为我们联系餐食，真的为有这么一位惦记我们的好院长而感动，我们又有什么理由不全力以赴，贡献自己的所有力量呢。

群里的老师们，一直在统筹安排后勤的事务，尽力满足我们的需求。还有远在北京的领导们，关心着我们的家人，让我们没有后顾之忧。正是有这么多人的关心与爱护，我们才能毫无负担地在这里工作，保证援鄂行动的顺利进行。有这么多人的辛勤付出，疫情肆虐的灰暗日子总会过去。来到武汉，总喜欢看早上那充满希望的初升太阳，惟愿待到春暖花开时，山河无恙，万物皆安。

# 雾气阻碍，依然专注

北京大学第一医院　秦美伶

2020 年 2 月
20 日
星期四

这是我第一次进入新冠肺炎病人的病房，我看到了生命的脆弱和护理的力量。

今天的35床爷爷一直在和我说："姑娘，快给我输液，快给我输蛋白"，紧张、焦急、恐惧，就是这位爷爷给我的全部感受。

我只能用言语安慰他，"爷爷，咱们扎个针""爷爷，已经输液了，滴得特别好""爷爷，别担心。有事按铃，我们护士就会来到您床旁"。

我想付出更多，我想我可以连着上更久的班，给病人更多的安慰与陪伴。护目镜上的雾气，三层手套的阻碍，使我平时的技术大打折扣，但我每次总会特别专注，只为不给病人带来更多的疼痛，那样我便心安。

# 战“疫”面前绝不退缩

北京大学第一医院　徐龙飞

2020年2月
21日
星期五

一个人的屋里静下来，突然想写点东西。

北京，一个我生活的城市。

武汉，一个我初次来的城市。

机场里，“武汉欢迎你”的布景很漂亮。

酒店里，透过窗户可以看到跨江大桥，还有建设一半的楼宇。一个建设中的武汉，一个我从窗户中认识的武汉。

休息的酒店里一面墙上都是武汉的骄傲，有“国立武汉大学”，有“鄂军都督府”、黄鹤楼，还有我不认识的地标建筑。一个我从画上认识的武汉。

非典那年的北京，我窝在家里看“空中课堂”。到处都是中药和醋的味道。街道上空荡荡。

今年的武汉，如同那年的北京。如难兄难弟的两座城。

我在这里，不是因为我有多高尚、多伟大、多无畏，我也不是英雄！只因为我的职业，一个“非紧急避难人员”里的职业。钟南山说：选择医学可能是偶然，但你一旦选择，就必须用一生的忠诚和热情去对待它。所以绝不退缩是应该的！在这场战“疫”里，做着最纯粹的事。

所有人都盼着病魔快些走。待它散去，北京欢迎你，武汉欢迎你！

# 并肩作战不孤单

北京大学第一医院　田　溪

2020 年 2 月
22 日
星期六

我的爱人是军人，也是党员。他鼓励我："国难当头，我们应该挺身而出，为国家做点事。"这句话更坚定了我去武汉疫区的决心。

从来武汉第一天到现在，我们的基本生活有保障，我们的工作有条不紊。在武汉，我并不孤单，因为这里有很多和我一起并肩作战的兄弟姐妹，大家相亲相爱，互帮互助。大家的心态都很好，在这里我们感受到家庭的温暖。

我会一直勇敢地走下去，和战友们同心协力，坚持到疫情结束的那一天。

国家召唤，责无旁贷，不负使命。盼着疫情结束之时，一起去吃一碗热干面，去武大看美美的樱花。

# 从紧张不安到得心应手

北京大学第一医院　张卫娟

2020年2月
22日
星期六

我不是一个善于表达自己的人，当初报名来武汉支援，只有一个念头，就是知道自己是一名护士，有责任来到疫情前线，为守卫健康贡献自己的力量，努力践行南丁格尔誓言。

来到武汉之后，从第一天进入病房，穿上隔离衣、戴上护目镜、戴上手套，紧张得不知道在病房里该干什么、该如何干，到现在已经得心应手，可以处理各类问题，这离不开北大医院老师们的严格监督与培训，离不开队员们的加油打气。

病毒终将被战胜，相约春暖花开时。

# 这个春天的“距离”不远

北京大学第一医院　陈　曦

2020年2月
24日
星期一

2月6日晚接到医院通知，第二天一早7点到医院出发去援鄂。接到通知后，我跟父母在电话里进行简单告别，没敢说太多，怕他们担心。孩子在奶奶家，没来得及和他见上一面。2月7日清晨，当人们还沉浸在睡梦中时，我匆匆收拾了行囊，毅然奔赴武汉抗击疫情一线，心中纵有对家人的万千不舍，但疫情就是命令，时间就是生命。作为北大医院第三批国家援鄂医疗队的一员，我无比荣幸和自豪，我们是最顶尖的团队，我们的任务非常明确，提高治愈率，降低病死率。为挽救生命逆行，我在武汉战“疫”。

没来得及说再见！到达武汉市我给家人发了个定位，看到地图显示与儿子的距离是1200公里，心知归期不定，思念之情油然而生，居然有些泪目。这时候手机里收到了儿子传来的语音留言，小小年纪的他并没有我想象中的哭闹与不舍，而是保证听奶奶的话，认真写作业，还鼓励我，让我加油，“妈妈是白衣天使，向白衣天使学习”，甚是欣慰。

我想对宝贝说：“宝贝，在家妈妈是你的盔甲，在武汉妈妈要做那些病人们的盔甲，你平时最喜欢cosplay各种超级英雄，齐天大圣、哪吒、蜘蛛侠……现在妈妈也要化身为超级英雄，和叔叔阿姨们一起打‘新冠’这个‘小怪兽’了，就像你说的，白衣天使真伟大”。

时代的一粒灰尘，落到个人身上，就是一座山，而我们北大人偏偏来到一个“尘土飞扬”的地方。每天通过各种媒体看到那些冰冷的疫情数字，不敢去想背后的故事；每天看到那些确诊的、疑似的、重症的、死亡的、治愈的人，七万多人的背后，我们是那个扛起“大山”的人。

2月9日是我的第一个夜班，心中有期待，有激动，也有些许的恐惧，但穿上防护服的那一刻，使命感油然而生……虽然有十几年工作经验，但推开门迈进病房的那一刻，还是有些恐惧，心中总在想新型冠状病毒，就是那个电视里看到的奇形怪状的东西，这病房里得有多少啊，是不是都在围着我呀。

在转房巡视的时候，看到躺在床上的病人，我逐渐镇定下来了，那一双双期待的眼睛，仿佛在告诉我，他们需要我。我迅速调整好情绪进入工作状态，测量生命体征、吸氧、抽血、输液、协助吃口服药、帮患者打水打饭、换尿不湿、清理大小便，这些在平时看来都是简单的工作，但穿着厚厚的防护服和手套干起来却是如此吃力，基本听不清、看不见、手摸不到血管。因此，我要靠近患者的嘴巴才能听清楚患者的诉求，反复看、反复摸才能确认哪里是血管的位置。

高强度的一个夜班下来，脸上勒出了口罩的印痕，头发湿透，身体极度疲劳，近乎虚脱。但临下班去床旁交班时，听到患者们的一句句感谢，我知道患者需要我，社会需要我，祖国需要我！我知道每日与病毒零距离接触是我的使命，这就是我的战场，这是我的新家！

防护服不是护身符，但医护人员却是老百姓的救命符。在看不见硝烟的战场上，每一名北大医院人都是一道筑起的屏障，守护着患者的生命，守护着我们的家园。这是我们的使命和职责。疫情一定战胜，樱花即将盛开。期待在樱花盛开的日子里，14亿摘下口罩的笑脸，一同迎接最美的春天。

# 这是我应该的本分

北京大学第一医院　孟庆欣

2020年2月
25日
星期二

今天的武汉，天阴阴的。

通过酒店的窗向外望去，寂静安然。路上没有行人，偶尔会有两三辆车辆驶过，带起一小缕的灰尘起落。这座城市里的每一个人，都在我们知道或不知道的地方努力着。我看到的有：像我们一样的全国各地的医务人员们在一线争分夺秒地与病魔抗争着，当地酒店的工作人员们24小时辛苦地为我们提供周到的关怀，冒风险为我们送餐的师傅们每天都会在餐盒上给我们写下鼓励又暖心的话语，往返于酒店和医院（酒店距离医院23公里）的两位司机师傅24小时为我们提供安全的接送服务，还有城市里24小时坚守岗位的警察部队人员。每一个人都在做着自己认为应该做的事，为这座城市的未来努力着。

前一段我们医院所接管的重症病区迎来第一位出院病人，她是一位88岁的老奶奶，这样高龄的老人感染病毒真的很让人揪心。老奶奶刚来病房的时候精神很差，因为高龄加病痛无力而不愿意活动，经过9天时间的治疗，通过医务人员的努力和老奶奶的配合，老人恢复了以前容光焕发的样子，大家都为她的痊愈而感到高兴。老人在出院之前不停地跟我们说着感谢的话语。其实，我们做的只是自己应该做的事。

除了严格的防护措施之外，这里的工作内容其实和平时没什么大的不同，我们每天会和医生们一起转房查看病人情况，遵医嘱进行注射、静脉输液、采集血标本、监测血糖、测生命体征、查看呼吸机的运行情况，以及完成生活护理，打水、发饭、收拾餐盒、更换纸尿裤、更换尿垫、整理床单位、倾倒排泄物、协助患者翻身活动等等。随着逐步适应，这些工作在穿着厚厚隔离衣的情况下已经越来越熟练和得心应手了。

疫情当前坚守岗位，是每一位为这座城市努力的人的本分，愿不久之后这座城市安适如常，热闹如初。

黑夜无论怎么悠长，白昼总会到来，只要我们有共同执着的信仰，我们就一定会胜利。武汉加油，祖国加油！

## 在武汉战斗，也在武汉成长

北京大学第一医院　刘　璐

2020年2月
26日
星期三

“我志愿加入中国共产党……”党龄只有三个月的我，宣誓的场景仿佛发生在昨天，前辈对我的鼓励与期望犹在耳边。记得普通外科支部书记戎龙问我入党动机时，我毫不犹豫地回答“因为身边的榜样带给我无尽的力量”。没想到，入党三个月后的第一次考验就是如此一场“大考”。

在得知需要驰援武汉的第一时间，我们普通外科三病房所有护士都向护士长报了名。在收到“明日出发，马上报名”的紧急召唤后，护士长非常严肃地跟我说：“给你五分钟时间，再认真想一想。”

我是一名共产党员，那句“随时准备为党和人民牺牲一切”的誓言还“滚烫”着，这一个理由就足够了。

来到武汉之后，面对湿冷的气候一时难以适应；严密的防护在保护的同时带来巨大不适，额头、鼻梁、脸颊上的压红消退了又反复出现；工作中频繁接触含有病毒的痰液、尿液、粪便；病房危重病人多，护理难度大。面对这些，也曾害怕，可这一切之所以能被视为一场考验，就是因为“不容易”。

生命面前，作为一名党员，作为一名护士，这些都是微不足道的，必须要去克服。这次普外科选派的是全党员阵容，我们互相鼓励，互相帮助，携手同行。而远在北京的各位领导和同事，也时刻关心着我们的一切，帮我们打点行装，帮我们照顾后方。向优秀的老党员学习，在困难中完善自己，我是一名共产党员，我在武汉战斗，也在武汉成长，抗击疫情，全力以赴，盼胜利。

## 奔赴一线，热血沸腾

北京大学第一医院　郭新月

2020 年 2 月
26日
星期三

17年前的SARS，全世界在保护“90后”；17年后的今天，换“90后”保护全世界。

当初看到第一批援鄂医疗队员表达“苟利国家生死以，岂因祸福避趋之”的决心时，我深受感动；作为党龄6年的“90后”党员，看着无数党员和同仁们前赴后继奔赴一线，我也是热血沸腾。如今，自己荣幸地加入到这支抗击疫情的大军中，与武汉人民一起抵抗病毒。

病房工作比想象的困难很多，穿上防护服与隔离衣，戴上双层无菌手套，配上起雾的护目镜，穿刺等操作在这个时候变得难上加难，但患者没有抱怨与责怪，更多的是配合与理解。这也让我们的工作变得更加有动力，群众与党员团结一心，全民抗疫。

这几天陆续出院的患者让医疗队所有队员都激动不已，由衷地希望武汉这座城市早日恢复勃勃生机。

# 初心无悔　职责所在

北京大学第一医院　朱佳林

2020年2月
26日
星期三

作为党龄7年的党员，类似“支援武汉”的选择已经做过很多次，没有什么可犹豫的。勇挑重担，不计得失，是我对自己的要求。面对疫情，没有人是局外人，共产党员更是主力军。从事普外科护理工作很多年，可这次却是全新的挑战。

我担心隔着厚厚的防护服无法给予病人更细致的照顾，也担心病人在疾病的影响下产生不良情绪。于是，耐心与温暖，细致与专业，我始终铭记心间。守护人民群众的生命和健康就是我们党员的使命，每出一份力，病人就多一分安全，早日取得抗击疫情战斗的胜利是我们共同的心愿。

每当得到病人感谢的时候，我内心都无比欣慰，患者信任的不单是我个人，更是信任党和国家。接连不断的好消息，让我们对抗疫工作充满了信心。同样祝福在各个岗位坚守的“战友们”，他们克服各自的困难，承担着巨大的压力，勇挑重担，坚守一线。国家需要，义无反顾；初心无悔，职责所在。

# 我弯下腰轻轻拍拍她的肩膀

北京大学第一医院　刘钟缘

2020年2月
27日
星期四

新春伊始，一场疫情席卷全国。大年初一与家人团聚的时候，接到驰援武汉的报名通知，我毫不犹豫地向护士长报了名。半个多月后，我带着医院和科室领导以及家人朋友的嘱托来到了武汉，经过严格培训后，我和同事们立即投入到救治新冠肺炎重症患者的队伍中。

给我印象最深的是一位60岁左右的女性患者，她告诉我，她也在医院工作，结果家人都不幸感染了，她很担心在外院接受治疗的家人。听闻之后我只是弯下腰轻轻拍了拍她的肩膀，给她安慰和鼓励，就是这个再普通不过的行为让她紧皱着的眉头微微放松，坚定了治愈的信心。

每每为患者做完操作后，他们都会对我们说感谢的话，即使戴着无创呼吸机的患者，呼吸很急促，也会给我们竖起大拇指。每当看到这一幕，我都倍感欣慰，觉得一切的努力都是值得的，救死扶伤正是我工作的意义。

战“疫”已经打响，因为是一名护士，我毫不犹豫地冲上了最前线。我希望通过我和其他战友的努力，能让武汉早点儿好起来！让我们一起坚持，美好终会到来！加油！

# 在自己的工作岗位上“战斗”

北京大学第一医院 陈 芳

2020年2月
27日
星期四

清晰记得刚入职的时候，我们的科护士长曹立云老师用了一个词来形容我们，那就是“白衣战士”，意思是说我们在自己的工作岗位上是在“战斗”。多年之后，我也渐渐地明白了这个词的含义。

我很庆幸自己是一名护士，在这场没有硝烟的战争中，可以为了同胞们去战斗。在这里的工作其实和我们原来的工作相差不多，但由于穿上了防护服，这些原本简单的工作加大了难度。

在武汉的这段时间，无论是领导同事，还是这里的工作人员和病人，都时常给我带来感动。医院为我们准备的贴心周到的防护及生活物资，让我们的生活很温暖；同事们互相鼓励，互相帮助，让我们的工作更加有动力。

武汉当地的工作人员经常发自内心对我们说感谢，尽可能地为我们提供帮助；医院里的病人虽然身心饱受病毒的折磨，除了时常对我们表达感激之情，还经常关心地问我们有没有吃饭，有没有休息好。这些处处可见的感动都已化作战斗的力量，让我更加勇敢，更加斗志昂扬！

# 职责所在　使命必达

北京大学第一医院　王新然

2020年2月
27日
星期四

在领导发出支援武汉的紧急通知之后，我毅然决然地报了名。职责所在，使命必达。我年轻，没结婚，没孩子，就比别人少了一份牵挂，在国家需要的时候理应挺身而出。

来到武汉后，每天都能收到亲人朋友的关怀问候，打开大夫递给我的小纸条，一句句温暖的话语很是感动，你们对我的关怀是我最大的动力，是我战斗在一线的“铠甲”。

N95口罩、双层帽子、三层手套、三层鞋套、防护服、隔离衣、护目镜，这是每次进入病房的标准装备，给大家很大的安全感。但这样的装备导致行动不便，多层手套让我触感不灵敏，浑身时不时会感到瘙痒又不能碰，只能强忍着。

步入病房，和病人虽然有些沟通不畅，但仍然可以听到他们对我们的感谢，感受到对我们的信任。走出病房，手臂上有深深的勒痕，口罩压得鼻梁面颊通红，不透气的防护服导致内穿衣湿透。但不论多艰苦，只要穿上这套装备，我便义无反顾、勇往直前。期待摘下口罩，拥抱彼此的那一天。

# 我会在患者身边多停留一会儿

北京大学第一医院　王　芳

2020年2月
27日
星期四

1月24日大年除夕，当接到科里通知，医院要组建援鄂抗疫医疗队时，我毫不犹豫地在科室群里回复“我报名”。跟爱人一说，他全力支持，他是一名军人，深知国家危难之时正是最需要我们的时候。

抗击病毒就像打仗一样，虽然我们手里没有枪，但此时却是这场战役中最英勇的战士。带着家人的支持和领导同事的嘱托，我进入了病房，没想到困难比我想象中要大得多。由于穿着防护服、隔离衣，再佩戴上护目镜，我们的技术操作以及和患者沟通都增加了难度，有时为了更加及时准确地了解患者的感受，我会俯下身、增大音量，在患者身边多停留、认真地倾听和领会。

记得有一次巡视病房，看到一位大爷焦急地跟我边说边比划。由于戴着无创呼吸机，病人声音很小，我不停地询问着，“您是渴了吗？您是心脏不舒服吗？您是憋气吗？”大爷一直摇头，最后我问，“您是头不舒服吗？”我猜对啦！原来是无创呼吸面罩的绷带勒得紧，大爷感到头痛。呼吸面罩如果太松就会漏气，达不到辅助通气的效果，如果太紧会勒得病人不舒服。于是我帮他调整到了舒适的松紧度，大爷高兴地向我竖起了大拇指。

# 千万不要让爸妈知道我去了武汉

北京大学第一医院　郑雪静

2020年2月
27日
星期四

自从医院第一批援鄂队伍出发，我就萌生了想要去武汉抗疫的想法。从科室支援名单确定到我抵达武汉的最前线，家里只有姐姐知道，不敢告诉爸爸妈妈。要说我不怕吗？我当然怕。但是疫情当前，作为一名护士，心中有一种使命感。

每天面对着铺天盖地的前线新闻，了解到武汉医务工作者辛苦的工作状态，作为同行的我发自内心地为他们心疼。这让我去前线支援的信念更加坚定！

决定出发前期，我对唯一知情的姐姐说了这样一段话：03年非典的时候我8岁，17年后新冠肺炎肆虐的今天，我是一名护士。现在前线需要我，我一定会圆满完成任务，保护好自己。我爱你和老爸、老妈！帮我多陪陪爸妈，千万不要让爸妈知道我去了武汉！

# 奶奶对我说，既然做了护士就要承担起责任

北京大学第一医院　崔　俊

2020年2月
27日
星期四

从知道武汉疫情开始，我时刻在关注着疫情动态。当医院要大家做好支援武汉准备、调整班次时，我想着自己没结婚没孩子、父母身体健康，一定要挺身而出，所以果断地报名了。

家里的奶奶很支持，对我说：既然你做了护士就要承担起责任，家里不需要你惦记。奶奶的觉悟非常高！从医院第一批、第二批支援武汉的同事出发，我就在想，希望尽快轮到我出征。我们在1小时内就收拾好了行李做好出发的准备，剪去了长发。医院血液内科骨髓移植患者及家属也纷纷献上祝福，祝愿他们敬爱的主治医生和精心照顾他们的护士平安凯旋。

# 心与心的交流和沟通从未被阻隔

北京大学第一医院　李　伟

2020年2月
27日
星期四

来武汉已经半个多月了，印象最深刻的是2月11日那天上的第2个班，我和高军组长、马靖大夫一起收治的一位74岁高龄的老奶奶觉得憋气，于是我们决定先给老奶奶吸氧。

由于穿着防护装备，用手腕内侧试氧变得不可行，于是我们用一张薄薄的面巾纸试氧，能看到纸巾被微微吹动。试氧后我将老奶奶戴在右耳固定口罩的系带打开，正当我手里拿着吸氧管准备给她戴上时，老奶奶朝右边挥了一下手，我顿了一下，老奶奶又挥了一下手，我明白她是示意让我走开。

等我走开一些她才说："我会吸，来（这儿）前吸过。"老奶奶从鼻孔取下吸氧管，有点慌张地把刚从右耳摘下的口罩系带又赶紧重新挂在耳朵上，还用双手紧捂住戴了口罩的口鼻，头向左边一扭，瞬间我理解了老奶奶是在保护我。

那一刻，我被老奶奶善良的内心和下意识的防护行为深深打动。作为一位高龄患病老人，在自身忍受病痛接受治疗护理的过程中还时刻为我们医护人员着想，真是一位可敬的老人。

口罩在这次疫情中看似增大了人与人之间的物理距离，但心与心之间的交流和沟通却从未被阻隔。医护人员治病救人，保护患者，患者也同样抱有一颗感恩并保护医护人员的心，这种相互的尊重和关爱不就是良好医患关系的体现吗？

# 有我们陪伴，您放心

北京大学人民医院　张　斌

2020年2月
2日
星期日

今天夜班，一位婆婆晚上11点收入院，张柳副主任医师接诊时发现患者心悸、喘憋明显，胸部CT显示双肺多发大面积病变，监测显示呼吸26次/分，血氧饱和度72%。我们给婆婆鼻导管吸氧、面罩吸氧，胸闷、喘憋仍然无法缓解。医生当机立断，决定应用无创呼吸机辅助呼吸治疗。

我们立即准备呼吸机，但是却遇到了与我们医院完全不一样的机器。面对全新的机型、陌生的管路、从未见过的参数设定，我们没有丝毫犹豫和退缩，在王雯老师和王秋老师的指导下，我们用最快速度解决了难题，及时给患者用上了呼吸机治疗。

开始患者不适应呼吸机，甚至有些恐惧，无法有效地与机器配合。我们耐心地教婆婆如何更好地配合呼吸机，并安慰她放松心情，“有我们陪伴着您，您放心，要有信心。”在我们的陪伴和劝说下，婆婆逐渐掌握了方法，能够较好地与机器配合，症状有了明显改善，紧张的情绪也得到了缓解。

不知不觉到了与第二组队员交接班的时候，看着婆婆平静的呼吸，稳定的情绪，我们感到无比欣慰。

# 心心念念，想在战斗中贡献一份力量

北京大学人民医院　聂　艳

2020年2月
10日
星期一

“一日为医，终生为医，在疫情面前，你们不顾个人安危，主动出征，每一个人民人都为你们感到自豪!”这是第一批医疗队员出发后，作为备战人员的我，为他们加油打气时说的话。

十天后，2月7日凌晨，一直心心念念想要在这场对抗疫情的战斗中贡献一份力量的我，终于也加入了北京大学人民医院抗击新型冠状病毒肺炎百人团，跟随姜保国院长出征武汉!

到达武汉，经过紧锣密鼓的培训之后，为了更好地接管病房迅速展开工作，我们被分成了6个工作组。在我们的小团队里，有来自重症医学科第一批驰援武汉的业务尖兵，来自创伤骨科李立老师带领的优秀队伍，还有来自妇科、胸外科经验丰富的各位老师。由于大家来自不同的科室，穿好防护服进入病房前，为了方便工作，老师帮大家在隔离衣上写了名字。

“哦，原来你是聂艳啊!”

“我们是不是到疫情结束才能知道对方长什么样子啊？哈哈!”

队伍里许多人并不是第一次上战场，非典时、援非抗埃博拉时，他们都在前线战斗，这次更是第一时间报名请战!

这样的众志成城、团结一心是深刻在我们民族基因上的，从1998年洪水到2003年非典，再到现在。作为医务工作者，那种特殊的使命感和责任感亦是生长在了灵魂里！越是凶险，越是携手同心、勇往直前!

也许我们每个人能做到的只是一点点，但积水成海，众志成城！那些工作结束后被口罩压出花纹的脸和洗到脱皮的手，如同一颗颗滚烫的心脏，庄重地履行着医者仁心的誓言。轻描淡写间功德无量，面对疫情我们没有更多的言语，只有行动来证明！侠之大者，为国为民！铁肩担道义，人民人始终砥砺前行！

## 穿着防护服，整个人像水洗了一样

北京大学人民医院　黄楠楠

2020年2月
12日
星期三

到武汉第五天，幸好医院帮我们准备了电暖气，让我们这些在北方生活惯了的人，耐得住南方的阴冷。

已经连续工作了6个小时，身体有些疲惫。50张床，50位重症病人。戴着不透气的N95，穿着不透气的防护服，衣服已经汗湿了，整个人像水洗了一样。戴着五层乳胶手套，手都是硬的。给患者打饭、打水、换脏了的床单被罩只是行动不便，困难的是我们最常规的操作——输液和抽血。尽管腰直不起来了、手指僵硬了、视线模糊了，依然要最大程度减轻患者的痛苦，尽可能地一针成功。身体虽累，心里却是满满的。

回想起过年期间，武汉疫情愈演愈烈，看着新闻里那些与我素不相识的战友们奋战在第一线，无人可以替换，不眠不休，心里替他们难过，却也知道无论是谁在那个位置，都会做出一样的选择。在和平年代，医院、病区就是我们的战场，面对这样一场没有硝烟的战争，没有任何一名“士兵”会选择退缩。正如南方医学大学非典医疗团队的请战书里写的那样“若有战，召必回，战必胜”。

2月6日，我接到了报名驰援武汉的通知，说没有牵挂是不可能的。家里有年迈的父母，有还不到四岁的儿子，还有因为我的工作常年辛苦照顾家的老公。但我相信，他们都会支持我，弟妹会照顾好父母，老公会照顾好儿子，儿子会因为有这样的妈妈而感到骄傲。此时国家需要我，武汉需要我，我的同胞们更需要我！因此我义无反顾地报了名，踏上前往武汉的征程。

2月7日，我院第三批医疗队成员在医院集合，整装待发。医院为我们准备了充足的物资和生活用品，尽可能地帮我们想到在武汉可能会遇到的各种问题。大家纷纷从家里赶来为我们送行。我们微不足道的付出得到了大家如此多的认同和关爱，让这个雪后的冬天变得格外温暖。

带着领导的嘱托，带着大家满满的祝福，我们第三批医疗队的兄弟姐妹们一定不辱使命。“黄沙百战穿金甲，不破楼兰终不还”。待到春暖花开时，这里又会是一片春机盎然。

## 一袭白衣　尽己所力

北京大学人民医院　王雪连

2020年2月
12日
星期三

你在感动着别人，这个世界同样会回报你满满的善意。

一早出发去同济医院中法新城院区时还未出现的太阳，在返程的路上正一点点照耀着我们。回想三个小时前在病房的一幕，还是感慨很多。

一场疫情让这个以樱花闻名的城市陷入了危难。2月7日，没想到会以这样的方式来到武汉。工作这些天里，我见到的是一位位被病痛折磨的病人，他们艰难地呼吸着，焦虑的眼神时刻牵动着我和战友们的心。除了治疗以外，我们希望更多地在言语上帮助他们恢复信心和建立战胜疾病的决心。

今天病房里一位阿姨讲，“你们一定要做好防护。谢谢你们来帮助我，我也有女儿，看到你们这样真的很心疼。你们很辛苦，感谢你们。”

我曾经以为，在防护口罩下，患者看不到我给予他们鼓励的笑脸；在层层手套下，感觉不到我想传递给他们的温暖；在防护服下，感受不到我与他们共同战胜疫情的决心。可今天阿姨的一番话，让我们特别感动。真的，我们所有人的努力都变得更有意义。今天我身在武汉，我愿意做武汉人民的儿女，与他们站在一起，攻克难关。

春江水暖鸭先知。今天看到了长江水里几只游着的小鸭子，相信春暖花开近在前方。一袭白衣，尽己所力，为武汉增添温暖与阳光。

## 看到希望

北京大学人民医院　席晓会

2020 年 2 月
13 日
星期四

昨天，我们坐着大巴去医院。路上，我看到家家户户门窗紧闭，或只开一道缝通风。只有星星点点的几家窗前有人戴着口罩往外看。他们看到的是昔日繁华的街道上空无一人，他们看到的是平日里拥堵的马路上只有一辆载着来自北大人民医院的医疗组前往同济医院的大巴。或者说，他们看到的是……希望！生的希望！！有了我们，他们才能有希望打开窗，推开门，走出去，享受阳光，享受生活，享受美好！我们是带给他们希望的一群人！

而我们，我们的希望又在哪儿？我们的希望是企盼疫情赶快过去，我们全体战友一起坐着大巴车返回机场，在登机那一刻，冲着武汉挥挥手，心中默念一句：武汉痊愈了，我的任务完成了，走啦！！

我们的希望是什么？我们的希望是平安回家，看到爸爸妈妈、公公婆婆、爱人孩子那一张张终于可以如释重负的笑脸，说一句：“回来了，快来，吃饭吧！”而当我望向餐桌，原来这一桌子菜都是我的最爱！

我们的希望是什么？我们的希望是回到人民医院，回到科室。同事们关切地说一句：“平安回来就好！”

亲爱的二组战友们，我不想说大家一定要多吃饭多喝水多睡觉，因为我知道很多人没胃口真的吃不下去，因为我知道大家怕上厕所不敢多喝水，因为我知道关上灯满脑子放电影真的睡不着！这种感受，我都知道。所以，我请大家一起听听相声，看看小品，追追平时想看又没时间看的电视剧……无论如何，用自己的方式，让自己平稳过度这最初的不适应阶段，或快或慢，我们都会过去，相信时间的力量！！

我们一定会手牵手一起回家！！！加油！！！

## 没有硝烟的战场，我们同为战士

北京大学人民医院　赵礼婷

2020年2月
13日
星期四

没有硝烟的疫情战场上，我们同为战士，我们有一个统一的方向：逆行。坐在北京飞往武汉的班机上，我的脑海中不禁浮现出17年前与我的战友们共同抗击非典时的场景。

一晃17年过去了，不一样的时间，一样的初心：作为一名党员、作为一名医务工作者，在祖国和人民需要的时候，我有责任、有义务挺身而出。国有难，召必至，战必胜。疫情就是命令，防控就是责任，时间就是生命。使命所在，职责所系，为了人民健康，我们勇往直前。

没有硝烟的疫情战场上，我们同为战士，我们有一个统一的名字：北京大学人民医院援鄂医疗队。奋战在重症隔离病区的我们，一色的白盔白甲，人们赋予我们“白衣天使”的称号，而在疫情面前我们更像是“白衣战士”。在这次出征之前，老公的一段话让我很感动，“你们虽然不是当兵的人，但是在疫情面前，你们就是战士。这个时候国家和人民需要你们，你们冲锋在前。你要做好防护，保护好自己，再去救治更多的人……”

没有硝烟的疫情战场上，我们同为战士，我们配合默契，高效应战。北大人民医院创伤救治中心2017年成立，同年北京大学人民医院纳入北京市应急保障医院，我们必将承担公共卫生事件应急的社会责任。此次援鄂，我们创伤救治中心18名护士共同出征组成一个护理小组。从下飞机到住所，感控防护培训、物资分配、工作调配、病区考察、问题反馈、心理疏导，所有的一切都在院长、书记、护理部主任的组织和安排下紧张而有序地进行着。

由于我们小组的成员来自同一个科室，平日里一同工作，有着超强的默契，我们以最快的速度进入了高效工作状态，组员之间配合默契、互帮互助。作为护理小组的组长，作为曾经参与抗击非典的老队员，我必须镇定和专业，给组里年轻的队员们打气，非典可以战胜，新型冠状病毒肺炎也一定可以战胜。

我的年纪较大，算是组里年轻队员的长辈了，我就像关心自己孩子一样关心组员们的身体。我把她们带来了，就要平平安安地把大家带回去，每天检查组员们的防护是否做好，多一次检查，就能多一分安全。患者也给了我们很多感动，给他们提供专业及时的救治护理，是我们的职责。患者的需要，正是我们护理工作的价值所在。相信在医患的共同努力下，我们定能早日战胜病毒。

没有硝烟的疫情战场，我与我的战友们逆行冲锋。我们带着专业的职业素养和过硬的基本功坚定应战；我们带着家人的牵挂与祝福，坚信这场防疫战非赢不可，坚信我与我的战友们一定能平安凯旋。武汉加油，人民必胜。

# 看到总是冲向我们的背影，我眼睛湿润了

北京大学人民医院　王　毅

2020年2月
15日
星期六

2月15日，我来武汉的第八天。这一天是特殊的，更是感动的。

我在南方第一次感受到了大雪纷飞，天气灰蒙蒙的，风里夹着雨，雨里夹着雪。在这样的天气里，我们再一次出发了。

我和小伙伴进入病房，双人核对后开始抽血。消毒、进针、回血，我的手紧紧地按在针柄处不敢动一丝一毫。而小伙伴要做到轻柔又迅速地送管拔管再送管。我们两个配合紧密，尽可能做到针尖在血管里的位置不移动，这样血流才会更通畅，血标本的质量会更高，化验结果会更准确。10管血终于抽完了，我和小伙伴又出了一身的汗。

抽完血，我们想要帮婆婆多按会儿，而婆婆说："不用不用，自己来自己来。"一边说着，一边按着抽血的位置，再一次给我们一个背影。临走的时候我告诉婆婆要多喝水，旁边的阿姨马上就搭话说"这个不用你们管，我会帮她倒水的"。她说话的时候我也只看见了她的后背。其实我知道，当我进去的时候有一位阿姨还没有来得及喝完水就匆匆地戴上了口罩。全程她们的脸都尽可能地背向我们。这是多么好多么善良的病人呀。

我相信阳光总在风雨后，明天一定是晴天。待到春暖花开时，愿你我早已摘下口罩。

# 做一名护士我无怨无悔

北京大学人民医院　田丽莎

2020年2月
16日
星期日

17年前，我曾以急诊科护士的身份奋战在人民医院非典一号病房，这一次我责无旁贷。

新年伊始，我身在遥远的南极，当听说武汉的疫情，我第一时间向领导报名，马不停蹄地飞回我伟大的祖国。面对电视里那一幕幕惊人的事件，我深刻感受到武汉疫情的严重性和危险性。武汉也像当年的北京，病人需要医护人员的救治，而此刻武汉的医院没有更多的医务人员，患者真的太可怜了。虽然我不是一名党员，但我是中国人，我热爱我的祖国，如果能用自己的绵薄之力奉献祖国我无怨无悔，不能让悲剧重演，不能让亲人们再一次离开。

回北京后，我没有时间回家看望年迈的父母和亲爱的小嘟嘟，立刻收拾行装跟随我们医院第三批援鄂部队赶往前线。在飞机上我想了许多，想起了我当年抗击非典的良师益友，我一定要继承她的旗帜，为了祖国为了人民，哪怕是付出生命我也在所不惜，因为历史不会忘记曾经有这么一群执着和坚定的勇士。

下了飞机，映入眼帘的是漫天漫地的灰蒙，经过长江大桥时，我不禁泪目了，这还是我当年来过的武汉吗？失去了繁华，看不到三镇风光，看不到天下第一楼黄鹤楼，看不到百年名校武汉大学，看不到青山环绕的东湖。多想再去博物馆看一看越王勾践的剑、曾侯乙的编钟，多想漫步在楚河汉街上品尝着美食……今天，我们来了，必将还武汉人民一片往日风光。

到了驻地，我再一次被感动了。酒店工作人员不畏疫情给我们准备了宽敞舒适的房间，院领导们准备了大量补给，后勤人员准备了丰盛美食，还有什么让我不为之奋战的呢?

我们在驻地边培训边等待指示，准备随时进隔离病区。我们小组承担了第一天收病人的任务。那天是最漫长的一晚，从熟悉病区环境，到等待病人，再到接收新病人，从下午四点到凌晨三点，大家都不知疲惫地忙碌工作着。每当看到患者那一张张无助恐惧的面孔，感受到他们对医务人员的期盼，看到他们眼神中透露着的对生命的渴望，我们都强忍着泪水，尽自己最大的力量帮助护理他们。

当得知这些病人均为家庭性发病，没有家属给他们送生活用品，大家纷纷将自己的物资送给他们。不仅要给病人最优质的治疗护理，也要给他们最温馨的人文关怀。

每天穿着数层的衣服、戴着好几层手套，我们每个人都轻度呼吸困难，手指像木偶一样弯曲困难。但我的同事们全部都不畏艰辛，给病人们抽血、输液、打饭、发药。其实最危险的应该是给卧床病人擦拭大便，脏就不用说了，还具有传染性，即使这样，我们也坚持每班必翻身一次清理排泄物。无论身处何处，优质护理都是我们的职责。

患者们，请你们不要害怕疫情，因为我们不怕。请你们放心，我们是经过正规培训的护士。上学四年，工作二十余年，我们都是最专业的护理人员。我们会陪你们一起战斗，直到胜利的那一天。

家人们，请你们不要担心，我们一定会注意防护，一定会平安回来。

领导们，请你们安心，我愿意陪武汉人民度过这段艰难的日子。无论是一个月还是几个月，我愿意坚守在此。谁不想家呢，但看着一个个破碎的家庭，我不忍，也不能退缩，职责所系，无怨无悔。

我相信胜利终将属于人民。武汉人请用你们的坚强不屈告诉整个世界：我们中国人永不言败!

# 武汉，我们再相约！

北京大学人民医院　周　映

2020年2月
16日
星期日

转眼间来到武汉已经一周了，犹记得听闻疫情内心无比沉重，无数白衣战士挺身而出。作为北京大学人民医院一名年轻护士，在国家和医院的号召下，我内心充满热情，我想要帮助患者，帮助他们减轻痛苦，帮助他们获得健康，帮助他们走出噩梦。

起初，我的内心是胆怯的，但真正走到疫情中心，看到这座与以往不一样的城市，再回头看看我的坚强后盾——我的医院我的国家，所有的顾虑都是那么微不足道。我只需尽情发光发热，做那点点燎原的星火就可以了。冬将尽，春可期，我们终将会赢得这场战役。

静静地想想，这是我第一次来武汉，第一次坐飞机。跟北京的同事聊，她们说武汉是最有“意义”的一座城市；跟武汉的同事聊，她们说武汉有好多美景美食，是旅游圣地。我要说，战胜疫情，我会来看看真正的美丽的武汉。

# 经历彻骨寒冬必将昂首迎春

北京大学人民医院　董桂英

2020年2月
17日
星期一

初识武汉，是在2019年秋，时值中国医师协会重症医学医师分会成立10周年。大会主席杜斌教授曾讲：西方一位学者曾说过“或许我们应该合上感染性疾病的教科书了”，如今我们知道，这是医学历史上最著名的错误论断之一。杜教授还说，生活由四种事件改变：爱、音乐和艺术会让你对生活充满更多的激情和热情，但唯有失去才能让我们变得更为强大和勇敢。

而今，2020年春，再入江城，这些话仍言犹在耳。回首过去的50余天，不那么容易；展望未来，或许不再艰难。因为我们看到3万同袍驰援，武汉同道不再孤单，这里是千万医务人员的缩影，山川异域，风月同天。

在江城的10天，我们深深感受到了来自社会各界的关爱，领导、同事、同学、亲人嘘寒问暖，无限挂念，用他们力所能及的力量帮助身在异地的我们。今天欣赏了王天兵院长分享的《CHIME OF THE DAWN BELLS》，让我们一同吟唱并祈愿：

夜走了，天亮了，天空和钟声一同醒来了。樱花在温暖的春风中飞扬。武汉，我们在等你！

我想经历过这样一场彻骨寒冬的生命洗礼，我们必将可以昂扬地站在春天里！未来我们更加深刻理解生命的意义，也更加学会懂得珍惜。

# 武汉战“疫”，人民必胜

北京大学人民医院　刘静娜

2020年2月

17日

星期一

去年夏天，我以一名游客的身份来到武汉，当时就喜欢上这座美丽的城市。这是我第二次踏入武汉这片热土，不同的是，这次我是北大人民医院第三批援鄂医疗队队员，带着光荣的使命和责任而来。

一场突如其来的新冠肺炎，就像一场噩梦，打破了江城往日的喧哗，这个城市变得安静而又凄凉，让人很不习惯。当医院组织报名的那一刻，我毫不犹豫地报名了，国有难，必定全力以赴！

在这场没有硝烟的抗疫战争中，时时刻刻都演绎着不同的感动。

负责后勤的老师们尽自己最大的能力满足队员们的需求，保障我们的衣食住行，各种生活用品及消毒用品一应俱全。当我们从下午工作到后半夜，拖着疲惫的身躯回酒店，刚进酒店大堂就看到后勤老师为我们准备的热腾腾夜宵，感动之情无以附加，只能说胃暖暖的，心情美美的，睡一觉醒来明天又可以继续战斗了。

昨日一场大雪让江城的气温骤降10℃，每位队员都加了衣服，但依然很冷。当我正想方设法寻求外套御寒时，后勤老师又及时送来了羽绒服。还有从一开始给每个房间连夜配备的电暖器，每个房间加的被子，日常生活用品的不断补充，都体现着院领导、后勤老师的细心关怀。

今天是我第四次进入隔离病房。从酒店到达医院隔离病房，我们需要尽快穿好防护服进入病房交班，接替已经连续奋战数小时的战友。穿防护服是一个复杂又精细的工作，一个细节错误就可能导致感染。每一组会安排2或3位队员帮助进入隔离病房的队友穿防护服，其中最重要的是戴好护目镜，要把护目镜周边和我们的防护服口罩的缝隙用胶条粘好，否则特别容易暴露而被病毒感染。这项工作需要没有穿戴防护面具的战友帮着做，粘好后还要反复检查，细微之处尽显队友们的凝聚力。

进入病房，看到日渐康复的患者，心中充满欣慰和自豪。在重症隔离病房中，没有护工也没有家属陪伴，患者的日常饮食、大小便以及护理都需要我们亲力亲为地帮助。这种每天无数次的近身操作，稍有不慎就有被感染的风险，然而战友们从未退缩，始终保持认真负责的心态，以“国家队”的标准尽心尽力地护理好每一位患者。

穿着密不透风的防护服进行护理操作，难度增加了很多，很多平常一个人就能独立完成的操作，这个时候就要两个人甚至更多的战友一起协助完成。这无疑增加了工作量，每一位队员都是衣服湿了干，干了再湿。即使这样，我们的团队没有一位掉队，即使身体不适也只是简单休息片刻便再次进入病房。赵礼婷护士长的一句话道出了每一位护理战友的心声，“既然来了，我们就做好了充分的准备，如果我们不帮助不关爱他们，那么他们还能依靠谁呢？抗击新冠肺炎，我们无怨无悔！”

护理团队的爱心、细心、耐心也换来了患者朋友们的一致好评和理解。今天有位病重的70岁阿姨很亲切地呼唤了我的名字，并夸赞我的名字好听，我转过头微笑回复。由于厚厚的眼罩和防护面屏，她或许看不到，但我们依然能感受到来自对方的温暖。她继续说：“你们辛苦啦，千万保护好自己，不要被传染，离我们远一点，我们都是有孩子的人，非常心疼你们，你们太不容易了。”那一瞬间我感觉自己好像湿润了双眼，很感动，也很欣慰。

当我到另一个病房的时候，一位刚要下地上厕所的老奶奶说，“非常感谢你们，你们太辛苦了，你们这种精神让我太感动了。你们可以不用进来的，上厕所我可以慢慢走过去，不用扶我，这些事情我能自己做，否则你们太容易被感染了。”我再次感觉湿润了双眼，上前搀扶着老人家，瞬间感觉患者都好像我的亲人般温暖，感谢他们的理解与关心。看到他们日渐康复，我们所做的一切都值得！

我深知这场没有硝烟的战争，团队精神才是我们坚持到最后的最大精神支柱！我们有一个对我们无微不至的关怀的集体，我们是一个团结的坚不可摧的团队。武汉加油，中国加油，人民必胜。

# 驰援武汉　有爱随行

北京大学人民医院　乔　琳

2020年2月
17日
星期一

今天是我们驰援武汉的第十天，满满的幸福感与日俱增。我们是一群来自北方的人，从没有在冬天来到过南方，早就听说南方的冬天潮湿阴冷，甚至室外比室内还要暖和。

2月7号我们乘专机从北京来到了武汉。这是我第一次来武汉，传说的阴冷很快就让我们体会个正着，那种湿冷无处不在，双手瑟缩在口袋里也无济于事。我想这样的情况将伴随我很久，但是我们团队的后勤保障能力简直太强大了，8号早上天还没亮，电暖器已经到位，房间暖了，我们的心也定了。

此后，满满的感动无处不在。每次出征时的合照，冬日里的保暖内衣，下班后暖暖的饭菜，新鲜的水果，二月份生日的出征小伙伴们的集体生日蛋糕，情人节的玫瑰花，尤其是下了夜班饥肠辘辘时，那一份份热热的夜宵……在这个冬日里就像一股暖流涌动在我们每一个人的心间。

在疫情肆虐之际，我们在爱的路上会披荆斩棘，用我们所学的知识来捍卫人民的生命，用我们的汗水来浇灌希望之花，希望这场暴风雨尽快结束！

# 虽然危险，但一生不后悔

北京大学人民医院　赵静雯

2020年2月
17日
星期一

2月7号我自愿报名参加驰援武汉的任务。出发前一夜，我几乎没合眼，辗转反侧，心里想了很多。说实话，其实心里最放心不下的还是我刚满五岁的儿子轩轩。临走的当天，五点多我就起床了，当时儿子还在熟睡，我轻轻亲了他的小脸蛋儿。

身为医务工作者，身为白衣天使，在疫情面前，在我的同胞和祖国有难的时刻，我绝对义无反顾，要第一时间冲到疫情的第一线，为国家和武汉同胞尽一点自己的微薄之力。

转眼间，来武汉已经十天了，工作和生活都有条不紊地进行着。前两天跟儿子视频的过程中，小家伙儿拿着老公的手机不断地亲视频里的我。我心里很不是滋味儿，我知道孩子一定是太想我了，他还不会说想妈妈，只会以这种方式来表达。对不起，我亲爱的儿子，妈妈现在做的是一件危险但一生都不会后悔的事情，等你长大以后，妈妈会告诉你。

妈妈希望通过这次驰援武汉新冠肺炎疫情工作，能给你树立一个好的榜样。希望你长大以后，不管遇到什么样的挫折与困难，都能够勇敢与坚强。希望武汉同胞能够顺利战胜疫情，我们早日凯旋。

# 小小医生，大大战场

北京大学人民医院　王光杰

2020年2月
24日
星期一

今天是我们第一批国家医疗队抵鄂第30天，又是二月二“龙抬头”，但最令我们开心的是，今天医疗组难得休息一天。

转瞬间，已经援鄂整整一个月了，有“谁敢横刀立马”的出征，有“执手相看泪眼”的离别；有“春潮带雨晚来急”的病情变化，也有“只争朝夕”的快速插管；有患者病愈出院，“夫妻双双把家还”的暖心喜事，也有“愿得此身长报国，何须生入玉门关”的扼腕叹息。各个细节，历历在目。

从接管同济医院中法新城院区第一间病房开始，到目前院区隔离病房开放床位1000多张，我们见证了这个定点医院改建的整个过程。在多个批次兄弟医疗队的援助下，我们的队伍逐渐强大。奔赴武汉这个疫情最大战场中的，除了有“老骥伏枥”的专家教授，有“年富力强”的中年骨干，还有我们这些“年轻力壮”的青年医师，也是全力以赴救治病人的战士。

我的专业是重症医学，跟随第一批医疗队来到武汉，我已经完全适应了这里的工作节奏。因为以前有较长时间的内科和重症监护病房轮转经验，这里的工作能很快上手。看着一位位患者呼吸道及全身症状日渐好转，咽拭子转阴，CT影像学表现也相应减轻，我由衷为我们团队感到自豪。

新冠肺炎是一种新的疾病，在和它的斗争中也会遇到很多挑战。还记得第一例气管插管，病人是位高龄老人，既往基础疾病较多，来院时呼吸系统及全身症状比较重，很快就上了无创呼吸机，但是氧合一直不理想。经专家组讨论决定，对该病人进行气管插管。但是这和以往普通监护室气管插管不一样，新冠肺炎患者进行有创机械通气时，患者气道与外界相通，操作过程中感染的风险比较高。在专家组朱凤雪主任的带领下，我们认真梳理流程，克服病房条件不足的困难，评估可能的风险点，并做了相应的周密准备。闷热的防护服、紧压的护目镜、好几层橡胶手套，都为操作增加了难度系数。一旦操作时间长，就会增加飞沫扩散交叉感染的风险。麻醉科姜华老师操作娴熟，插管操作一次性顺利完成，整个过程病人生命体征平稳，调整好参数，患者各项指标均有改善。从前期讨论、风险评估、流程梳理到操作完成，整个团队的科学高效给我们住院医师上了深刻的一课，我们也学习到了许多。

在武汉的日子过得很慢。每天两点一线，每两天一个8小时班，提前1个半小时出发去医院，然后换防护服、交班，病房工作结束后再经过同样的流程，1个半小时后回到酒店。为了减少交叉感染风险，所有人只能待在自己的房间里。在房间里大家也都密切关注着互联网上披露的全国各地疫情进展情况，看到大多数省份已经没有新发确诊病例，看到湖北新发确诊病例数逐日走低，我们相信胜利就在前方。

在回酒店的车上，谈到战“疫”结束后的打算，队友陈逸凡说：“下一次春暖花开，我希望还能来这里，回忆在这次突如其来的浩劫面前，我们并肩作战过的日夜。再一次在夜色映照的黄鹤楼下，在樱花盛开的街道中，在巍峨壮丽的长江大桥上欣赏这座城市的美丽。”

短暂的憧憬之后，我们又回到现实的工作中来。我们要在这大大的抗疫战场上坚守自己的阵地，就像高伟波老师评价我们的那样：“‘丈夫未可轻年少’，你们这些年轻医生基本功扎实，临床工作一丝不苟，来到武汉这个大战场，在我们团队中起到了很大的作用，也充分体现了我们北医的水平”。年轻医生更需要在大大战场中淬炼成长，我们一定行！

# 为了他们，所有的付出都值得！

北京大学人民医院　鲁春宁

2020年2月
29日
星期六

下午两点，我负责给病人测量生命体征并记录数据。遇到病人体温异常时，我就先安抚病人然后告诉他物理降温的方法，再通知医生病人情况，刚走了几间病房，就几度因为缺氧喘不上气而停下与病人的对话……

19床，一个24岁的年轻人，测体温39.3℃，平时人发热到这样应该很难受，而当我进行基本信息询问时，他积极主动描述自己发病以来的情况，包括这一过程都服用了什么药以及效果，表现出的强烈求生欲让我不禁有些心疼！

在我做宣教时，他突然想咳嗽，只见他一手拿着杯子另一手准备取下口罩想喝水缓解，可是抬头看到站在他对面的我时，已经放到口罩上的手又收了回去，跟我说，“你先出去吧，你出去了我再喝水”。那一刻，我被感动得竟有点儿眼圈发热，心暖暖的……新冠肺炎是通过呼吸道飞沫和接触传播，医务人员和病人在一起的时间越长风险就越高，更何况是没有戴口罩的病人，他是怕病毒传染到我而忍住咳嗽、忍住不喝水！

都说医护人员是白衣天使，是战士，其实我们也是肉体凡胎，说不害怕是假的。可有许多善良的人等待我们去救治，为了他们，所有的付出是值得的！

# 凝聚友爱的团队才能产生无穷的力量

北京大学人民医院　娄阿芳

2020年2月
29日
星期六

在进病房前的准备工作中，护士长像母亲一样呵护监督我们，从简单的洗手到复杂的防护服穿着，每一个环节都充满了爱意的“唠叨”。看了又看，粘了又粘，经过全神贯注的验收后她才稍稍放下心来。

我们组既有赵老师、乔老师、田老师这三位参加过抗击非典的老前辈，也有关怀备至的杨大哥。在他们的带领下，我很快就进入到工作状态。工作不一会儿里面的衣服就湿透了，脚步也愈加沉重，但我没有丝毫懈怠。

在这两周紧张忙碌的工作中，印象最深的就是一位年逾古稀的老爷爷，他看到我那一刻就急切地问我：“你们是北京大学人民医院的吗？是姜保国院长带队来支援我们的吗？”我点头的同时他却不由自主地哭了起来：“国家没有抛弃我们，还带来这么专业的医疗团队救治我们，我一定要坚强起来战胜病魔！”我鼓励他：“没事，老爷爷，我们一起加油，消灭病毒！早日康复！”

# 护目镜都是雾，我听声音找到你

北京大学第三医院　张文慧

2020年1月
30日
星期四

进入隔离病房，我和同济医院一名工作了3年的护士搭班。她是一位典型的湖北妹子，无论从语言还是动作，都透着“辣妹子”的麻利。由于我的护目镜上早已经布满了雾气和汗水，只能从镜面汇聚水滴后流下的缝隙，才能看到护目镜外面的世界，我们只能通过声音找到彼此。

在休息室等待其他队友时，我听到了一个熟悉的声音。通过声音，我认出来就是刚才一起合作的同济医院队友。

今天上班的路上阳光明媚，照到脸上暖暖的，这让我想起了北医三院的“三米阳光”。“三米阳光”是北医三院护理同仁发起的一个爱心行动，提倡在工作场所中关注、关心、关爱出现在我们三米内的所有人，用护理人的行动，为患者、家属和同事营造温馨的氛围，让所有人都能沐浴在爱的春风里！

来鄂之前，北医三院护理部主任李葆华给护理团队起了个名字——“温暖武汉的第一缕三米阳光”，希望我们能够把北医三院护理人的温暖，带给武汉这个英雄的城市。

# 无论相隔多远，彼此心相通

北京大学第三医院　胡　静

2020 年 1 月
30 日
星期四

今天是我第一次进入隔离病房工作。进去前，团队临时党支部书记袁晓宁帮我检查防护装备，其他队友有的帮我穿鞋套，有的帮我整理背后衣服，有的帮我写名字，有的帮我戴面屏。我进入病房的时间刚好是一个忙碌的高峰期，需要为每一位病人发饭，给有需要的病人打热水，然后为病人测体温，及时把送进来的药物发放到病人手中，并告诉病人使用方法和注意事项，还要让病人复述一遍。这些工作放在普通病房简直太容易了，但在这里却异常艰难。我穿着全套防护装备，呼吸不太顺畅，步伐迟缓。戴着护目镜，视野有限，需要调整好呼吸和脚步，才能完成工作。

和我搭班的是同济医院的护士，虽然我俩只能通过护目镜后面的双眼和身上的名字识别对方，但配合起来非常默契。她问我："哪个医院的?"我回答："北医三院。"她说："辛苦了，这么远来支援我们。"我说："应该的，你们更辛苦。"这是我俩唯一一次工作以外的交流。无论相隔有多远，无论认识与否，彼此的心是相通的。

# 武汉，哪有理由不春暖花开？

北京大学第三医院　袁晓宁

2020年2月
1日
星期六

来武汉已经第7天了，一直不想写也不敢宣泄自己的情绪。现在是凌晨4点，这时的武汉安安静静，清洁区的工作有条不紊，只有电脑运行的声音和空气消毒机的呼呼“喘气”声。旁边是已经第三次患难与共的队长，房间安静下来了，武汉也安静下来了，是时候整理一下心情了。

在接到院方组建应急医疗队之前，我已报名了国家医疗队。正在紧锣密鼓完善院里应急响应流程的时候，接到院里通知。大年初一，一个很特殊的春节，年夜饭还没吃完，爸爸妈妈就唠叨上了："你不是17年前的身体了，不年轻了。你一直气道敏感，整天咳嗽，还偶尔哮喘，就别往上冲了！"我先生可能回忆起我17年前从隔离病房医学观察出来的情景，建议我不去了，还是培养新人吧。17年前，儿子才3岁多，如今已长成一米八五的小伙子，已经读大三了，刚刚结束与美国学校的交换学期，为我带回了辅酶Q10，要营养我的小心脏。听说我要去执行任务，他开始也是反对的，恐怕也是想起了第一次超过一个月的分离吧！

尽管所有的亲人都反对，但是数数科室的同志，最大的已经57岁了，其他人要么孩子太小，要么年资太轻，所以我只在群里发了三个字“我去吧”，就开始收拾行李。

先生默默看着我，不断提醒带这带那，儿子主动收拾厨房，开始包饺子。看着他们有点情绪低落，除了反复叮嘱别告诉远在家乡的老爸老妈之外，还给儿子开玩笑，让他有空练练萨克斯，吹吹《回家》。此前，我早已写过“生前预嘱”，在我人生最后一程不放哀乐，要儿子亲自吹曲《回家》送我。小伙子立刻拒绝了。

大年初二，本是回娘家的日子，我吃完了起脚的饺子（编者注：北方有说法“起脚的饺子，落脚的面”）和初二的面，先生和儿子坚持带着狗狗为我送行。刚刚到办公室，同事们已经到了。总务处、工会和医工处的同事通宵达旦准备了生活物资和个人防护用品，药剂科的同事准备了常用药品，满满当当装满了一个大行李箱和一个大纸箱，更装满了浓浓的爱！

10点30分，一夜之间组建的医疗队员第一次见面。乔杰院长、金昌晓书记做了动员，随后开展了新型冠状病毒诊疗与防控的专项培训。看着一张张年轻的脸庞，接触到曾经在SARS病房和玉树地震中患难与共的葛庆岗队长的眼神，聆听到金书记关于临时党支部书记的任命，结合这次疾病的特点，感到的确压力山大。送行中一次次的拥抱、耳旁的叮咛、美食的诱惑、元宵节的约定……一直回荡在心头。

在机场与国家医疗队集结后直飞武汉。对接医院、改造病房、确认流程、防控培训，一切有条不紊地进行着，一线人员练习得十分认真，一招一式，深度投入。在培训考核的现场，我一度哽咽。一面是压力，更多的是感动。乔院长送行时候，再次强调了感染管理科人手不足，尽快加强。每件事情的发生都是最好的安排，相信这次也一定能推动专业的发展！

1月28日凌晨3点，进入病房正式开始隔离区工作，亲手帮助每个队员穿上层层的隔离服，整理头发，检查装备，调整护目镜的位置。微凉的手触及到年轻微汗的额头，正视着年轻但是坚定的眼神，我对于医学的未来充满信心。

随着一个个队员进入病房，大家的情绪稳定下来了，估计我前几天发给大家的舒缓音乐都不必用了。所有的人都斗志昂扬，每个队员都养成了写日志的习惯。看到一篇篇美文，一张张鼓舞人心的照片，心中无比欣慰。

每一滴水，都有一颗玲珑的心。我们心中的大爱，必将点燃生命的奇迹！

武汉，武汉！有全国人民倾力相助，你哪有理由不春暖花开呢？

# 姝姐上了一个“24小时白连夜班”

北京大学第三医院　李　娜

2020年2月
6日
星期四

昨天还是艳阳高照，今天就是小雨淅淅。春雨沙沙，这是万物复苏的景象，仿佛预示着我们即将战胜这场疫情。

“好雨知时节，当春乃发生。随风潜入夜，润物细无声。”此时，我想到了姝姐——北医三院急诊科李姝医生，那个像春雨一样温润着妹妹们心灵的大姐姐、细心呵护患者的好医生。

姝姐是北医三院第二批援鄂医疗队的队员，到达武汉后，一边进行着自身的感控培训，一边参与危重症新病区的改建工作。同济医院的医疗设备与我院的有很大不同，她专门找来呼吸机的说明书，一边学习一边手把手地教我们，好像是一直在武汉工作的医务人员。

启用新病房第一天，姝姐上了一个“24小时白连夜班”。第一位来诊的是个危重患者，姝姐主动请缨：“来，我收这个病人。”凌晨3点，到了下班的时间，姝姐还在写病历，她说污染区的护士还没换好衣服，等他们出来，我再结束工作，一起离开。而这一等又是1个小时。15点到21点，又轮到北医三院队员们上岗了，她再次主动请缨参加工作，我有些担心她的身体会吃不消，本想劝阻一下，谁知她微微一笑说：“你姝姐有啥不行的！”直到22点30分，姝姐才从隔离病房出来，口罩和眼罩已经压红了鼻梁，衣服早已被汗水浸湿了，可她仍是面带着微笑。说得少做得多，面对大家永远面带微笑。静女其姝，说的就是姝姐吧！

# 武汉的春天正在路上

北京大学第三医院　张丽颖

2020年2月
7日
星期五

昨天，我还在密云欣赏北京的第二场雪，手机响起，命令来了，医院要求迅速集结，奔赴武汉。

我心里忐忑不安，但更多的是一腔热血。告别父母，来到医院与第三批队员们会合。风驰电掣般3个小时，所有的援鄂物资准备完毕，这是我们的“武器”。科室领导和同事一直在鼓励我，同时不忘帮我收拾行囊，让我安心奔赴前线。晚上10点，终于到了分别的时间。同事们不愿放开紧握的手，泪眼婆娑，但是我的眼里满是坚定。

今天上午，我们到达武汉。乔杰院长来接我们，她说：“三院人从来就是召之即来、来之能战、战之能胜！”到达宾馆后，还没来得及整理行囊，立即投入培训。多学一些防护知识，既是对自己负责，也是对病人负责。

我相信，天寒地冻不会长久，武汉的春天正在路上！

# 不畏征程千万里

北京大学第三医院　王军红

2020年2月
8日
星期六

今天是元宵节，来武汉的第14天。昨天，第三批队员跟我们前两批队员顺利会合。

昨天下夜班后，我们搬到了离医院24公里的酒店。虽然通勤时间长了，但想到能和兄弟姐妹们在一起，心里还是说不出的高兴。

第三批队员中，有些人还没有来得及跟家人告别，就背上行囊，拉着行李箱，赶赴这场没有硝烟的战役。

急诊科的田慈没有跟着第二批来，一度非常伤心。昨天下午，她得知自己能够援鄂时，高兴得跳了起来，满腔热血终于可以挥洒了。她说："等女儿长大了以后，一定会为她这个勇敢的妈妈而骄傲。"

还有付源伟医生，他的爱人也是急诊科医生，两个人都报名了，他们的女儿才7个月。他说："作为湖北人，时隔11年重返江城。这里是我曾经学习和生活的地方，有过很多美好的回忆。我一定要为武汉做些事情，我们本来就是一家人。"

还有消化科的陆浩平医生，他说："今天一早就以第三批援鄂医疗队成员的身份，作别北京的寒风冷雪，奔向武汉的救治现场，不畏征程千万里！"

月圆夜，共此时。今年的元宵节有些特别，小汤圆在碗里显得格外欢快。一江春水向东流，希望疫情尽快好转。

今天晚上又要开新病房了。重症医学科的李超是第一批的队员，这一次开新病房她也要去。为了让新来的同事尽快上手，小超忙活了一天。大家都叫他"小超人"。不过，我真为她的身体担心。我俩已经在这里两周了，也算"生死之交"。

以前总是不理解“废寝忘食”是何种境界，现在终于明白了，说的可能就是小超吧。

目送他们离开，我的眼泪在眼眶里打转。回来翻看朋友圈，张莉萍医生写到：“昨天临睡前大宝问我：你上班是去杀病毒吗？我也能帮忙啊。你明天能不能请假休息一天陪我玩？”读到此处，我想起了我的女儿……

## 真希望脱下口罩，相互拥抱

北京大学第三医院　黄　倩

2020年2月
8日
星期六

2月8日，我来武汉第二天。今夜新病房准备收治约50名重症患者。我们坐着大巴去医院。车窗外，高楼林立，冷冷清清。就在我昏沉欲睡的时候，坐在我边上的李娜居然和路边的高楼大厦打起了招呼：“嗨，这边的朋友，你们好吗？那边的朋友，你们好吗？哈哈哈！”听她这么嗨，本来恍惚的我突然忍俊不禁。

那一刻，她一点也不像已经在武汉支援了两周的样子，精力充沛，乐观向上。她的精神状态感染了我，我突然亢奋起来，也学着她和两边的大厦打起了招呼：“嗨，两边的朋友，你们好吗？”是啊，武汉人就住在这一栋栋大厦里面。他们和我们，一边是为了疫情待在家，一边是为了疫情离开家，目的都是为了保护大家。

真希望有一天，我们不用坐在车里，他们不用待在家里，我们都脱下口罩，相互拥抱，相互问候，感受人与人之间的温情！

# 我们是来自北京的"活力苏"

北京大学第三医院　霍天依

2020年2月
9日
星期日

现在是晚上9点，温度是4℃。早上8点出发，上午9点到下午3点的班，下午4点半离开病区，5点半左右回到驻地，洗了将近一个小时的澡，把洗澡前消毒泡好的衣服洗完。晚上7点20分，吃了今天的第二顿饭，收拾好下一次的战斗装备。

一天没有带手机，微信消息提醒已经是"99+"，和组织、家人、爱人、朋友、亲人报个平安，开始了这一天的日记。

因为今天工作接触了病人，所以自觉在房间内做自我隔离。从酒店向外看，武汉很美，让人觉得是个充满生命力的城市。可是，现在它"病了"，需要我们的救护来恢复活力，而我们正是一剂来自北京的"活力苏"（活力苏口服液，中成药名，具有益气补血、滋养肝肾之功效）。

从疫情扩散之时，我就和学中医的男友说："我可能会去一线。"他没有任何迟疑地说："家里放心交给我。"这不由让我想起，当时总有人要给我介绍医生当男朋友，我常开玩笑拒绝说："都在临床，忙得没个头儿，谁来管家？"万万没想到，我最终还是落在了一个中医手里，也没想到还没落稳就解开了谜底：他来管家。

收到援鄂的消息，第一反应是：怎么才能从我妈手里骗回身份证？因为预计2月2日的婚期，受疫情影响改为2月8日，身份证被我妈以结婚登记为缘由进行了强制性的"扣押"，实际是怕我偷偷不告诉她跑来武汉。结果出发的日期订在7号，实在是"好事多磨"。好吧，也只能这么安慰自己。

结果，电话打回家，我妈出奇地平静，说这就和我爸把身份证从家送来。

那天北京下了很大的雪，老两口从顺义开车近一小时到医院给我送身份证。

护士长说："优秀的家属都集中在你家了。"我笑着点点头。爸爸说："我们必须支持她为国家作贡献！"我不敢看他，因为我知道，2月7号，正月十四，是爸爸的生日。这些年，因为工作，错过了父母很多个生日。今年老霍同志54岁，每年我都会给他起不同的昵称，今年我称他"五四青年"，而他从来都只叫我"宝贝大闺女"，从不错过我人生重要的日子。因为过度溺爱我，常被家人和同事嘲笑。我亏欠他太多太多。

临行前，我给爸爸发了祝他生日快乐的微信。起飞前，收到爸爸的回复："为国为民驰援武汉，是送给老爸最好的生日礼物。"我一定是因为眼睛太小存不住眼泪，才会让它们偷偷跑出来吧。爸，等保护好国家和人民，我也会用尽所有力气保护好你和妈妈的！

到武汉后，看到机场里"武汉欢迎您"的标语，才真的感觉上战场了！本来很疲劳，但是到达宾馆，看见乔院长和队员们列队欢迎我们，又温暖又心疼。第一批队员已经坚持两周了，小组长张佳男和我都是2014年入职，是我轮转ICU时认识多年的朋友，她看见我的第一句话是："天依，你们终于来了！"她一直是个精致的女孩，在我的印象里，每天的生活不是瑜伽就是插花，和眼前这个蓬头垢面黑眼圈惊人的女孩判若两人，我一下子红了眼眶。你辛苦了，我们来了，你们可以松口气了！

时间紧迫，刻不容缓。从疫情状况到工作细节，医疗、护理、感控等方方面面的培训接踵而至，穿脱隔离衣更是人人必须考核通过。乔院长反复强调："这一次全国联合抗击疫情，必须做到以下两点：一是军令如山，二是同舟共济。"

我们现在成立新院区，扩大救治范围，危重症治疗需要靠"国家队"来共同承担。患者说的方言我们有时听不懂，但他们可以听懂我们的话。每一句话，每一点关心，患者都能感受到。我们现在就是武汉人民中的一员，舍小家为大家，关键时刻敢打敢冲，每个环节每个人都非常重要……我们必须保卫武汉的同胞，打赢这场战役。

我是院里第二批接受过培训的队员，所以主动申请护理危重病人。和我的搭档李思齐协作，保证所有护理项目共同进退，既能互相帮助，又能互相警示。我们为患者上呼吸机、扎套管针、倒尿，有时还需要搀扶患者如厕。在穿着防护服的低氧环境下，我们好似手脚不够灵活的护理新手，也真正体会到武汉医护的艰辛。未来的日子还有许多硬仗要打，但我们保证到哪儿都不怂！

# 彼此充当对方的眼睛

北京大学第三医院　姚　瑶

2020 年 2 月
9 日
星期日

第一个班在忙碌中结束了。要问感觉，就是热，身体热，内心更热！我和伙伴按照培训步骤最先穿好了防护服，王妈妈（王丽）和少云老师一遍遍帮我们检查，口罩有没有戴好，护目镜是否可以安全防护，就连脚套也是王妈妈亲自蹲下，给我们绑上了防止脱掉的自制皮筋。

进入病房，按照分配组别同前一班次的小伙伴交接。由于是第一次上班，完全摸不着头绪。前一班的同事耐心讲解，不会因为我们导致她们晚下班而显得不耐烦。我们专业5组的医护人员来自不同科室，相互间并不熟知，但是在工作中配合默契，取长补短、相互帮助，顺利完成了本班次的工作内容。在脱防护服时相互叮嘱，彼此充当对方的眼睛，生怕在看不到的地方出现纰漏。

夜深了，坐在回程班车上，仍然可以看到通往医院的道路上还有许多和我们一样的医务人员，他们来自天南海北。面对疫情，我们同舟共济，团结一心！胜利终将属于我们！

# 踏着北京那场瑞雪，我们直奔武汉

北京大学第三医院　曲　雪

2020年2月
10日
星期一

人生中最有意义的事情也许就是来一场说走就走的旅行。2月6日那天，像往常一样下夜班回家，接到紧急通知，将随第三批援鄂医疗队出行，我知道我人生中最重要的“旅行”即将开始……

支援武汉，让这场说走就走的“旅行”变得更加意义非凡。领导同事们的信任，家人朋友们的支持鼓励，让我这次出行心里特别踏实。出行的那晚，望向车窗外，一个个路灯就这样点亮了援鄂出行的路。那晚灯光格外明亮，每一缕光亮似乎融成了一片光明！踏着北京的那场瑞雪，我们直奔武汉！

想不到期待已久的武汉第一次见是以这种方式，到了这里忍不住想给这个城市一个大大的赞。窗外江边景色怡人，夜晚灯光更是让人陶醉。新病区元宵节晚九点正式启动，随第一波班车出发，沿途满是灯火辉煌。万众一心、众志成城、齐心协力、共同抗疫，武汉加油，中国加油！

跟着乔院一起高唱《我和我的祖国》，大家眼眶湿润，这就是武汉的温暖！中国的温暖！

待到疫情结束，真想和同行小伙伴们在江边走走，感受这里的人文风情和美景。相信春暖花开时，这座城市定能绽放出应有的美丽。加油武汉！加油中国！加油每一个人！无论是出征援鄂，还是坚守在岗位上，做好防护，平平安安。

# 武汉的温度："冷"入骨髓，"热"到心窝

北京大学第三医院　林玉晶

2020年2月
10日
星期一

抵达江城已3天，没有机会在武汉的街头走一走，甚至没时间到门口的江边遛一遛。然而，我却深切地感受到了武汉的"温度"："冷"入骨髓，"热"到心窝。

天气湿冷。出发很紧急，来不及准备衣物，同事提醒我羽绒服太单薄了。我匆忙瞥了一眼武汉气温，还行，我可是个耐寒的北方人。然而，从抵达武汉机场到入住酒店，再到病房办公室，一个"冷"字如影随形。因为疫情，该开的空调不能开，该关的窗户不能关，我的本能反应就是：多穿衣服，多喝热水，多吃饭，尽量多睡觉，千万别感冒。

环境清冷。朋友回国时曾感慨，一看到熙熙攘攘的人群，就知道到家了。多温馨的感觉！然而，如今的武汉，且不说天河机场空空荡荡，工作人员寥寥无几，就连街道也空无一人。从酒店向外望去，一派"门前冷落鞍马稀"的景象。我知道，这不是武汉应有的样子。

热情服务。此次国家医疗队搭乘的是国航专机。机长、乘务长暖心的问候，乘务人员热情的服务，临别时一句"等着接你们回家"，瞬间让我暖到心底。入住的酒店，在困难时期倾尽所有，竭力解决医务人员的衣食问题，让我们实在不忍心多提半个要求。当然，三院大家庭更让我们温暖。袁晓宁书记对个人防护反复培训并逐一考核，恍惚间觉得她就是我们的"护身符"；乔院长主动为来不及理发的队员理发，让理过发的队员"后悔不已"；后勤保障人员在短短3天内让大多数队员享用到了电热毯或电暖气，从此跟寒夜说拜拜。类似的事情不胜枚举，一阵阵暖流涌入心田。

热血工作。在迎新会上，乔杰院长要求我们：全体队员要把自己当做战士，做到军令如山、令行禁止，不仅要召之即来，更要来之能战、战之必胜。我们要不辱使命，早日打胜这场疫情防控阻击战，早日回家！

病毒无情人有情。隔离病毒，不隔离爱。人生如逆旅，我亦是行人。待到春暖花开时，我们把家还。

## 叔叔一定把“小怪兽”打跑

北京大学第三医院　白　洁

2020 年 2 月
10 日
星期一

一开始报名的时候，我是犹豫的。儿子9个月，只会“呜呜呜，呀呀呀”，还不曾听到他叫爸爸。疫情期间，妻子和母亲负责照顾孩子，家里的采购是我一个人负责，我离开之后还需要老母亲亲自出马，万一我回不来呢？

但是，如果不来，我肯定会后悔的。2003年，我选择了学医。那一年，非典肆虐。对医生的崇拜和敬仰，让我在高考志愿上填写了北京大学医学部。现在，我走上了我曾经仰望的那些人一样的路。没有和家人商量，我报名参加医院的预备队，并主动要求要来武汉。当我试探性地询问家人是否支持我去武汉时，竟没有人反对。

2月9日凌晨3点，我进入了隔离病房，虽然全副武装，内心仍存恐惧。没有谁不怕死亡，没有人不惧危险，但我们必须鼓足勇气。第二次值班，再次进入病房，第一次时的忐忑减少了几分，病房收治的病人越来越多，工作量也多起来，每一分钟都像在打仗，新的环境，新的医嘱系统，都需要我去努力适应。为了不拖兄弟们的后腿，还得“恶补”一下。

回到酒店，已是凌晨5点30分，饿得有些胃疼。打开行李箱，竟翻出了奥美拉唑，感谢医院的细心准备。打开手机，收到同事的一条微信语音，听到一个稚嫩的声音，是同事3岁的女儿：“白洁叔叔，妈妈说你去打小怪兽啦。你要加油，注意安全。”放心，叔叔一定会加油，把“小怪兽”打跑！

## 连续奋斗6小时，10小时未进食水

北京大学第三医院　高东晗

2020年2月
10日
星期一

凌晨3点，我们七组将第一次进驻病房。虽是凌晨，但毫无倦意。2点出发，3点钟准时穿戴防护服完毕。作为七组的副队长，我主动带着4个小伙伴第一批进入。

刚进病房，脑子一片混乱。不熟悉的环境，一次未见过的病人，让我心里一下没有了底。全部都是未知，但我不敢表露，也不能表现出来，我身后还有4名队员在等我下达任务。迅速捋清病人情况，马上分配组内工作，病区分为前组后组，王朋朋带1人负责前组病情，稳定病人，我带两人负责后组。

刚刚交班完毕，接到通知马上要收治病人，迅速集结队员准备战斗，2小时就收了5名重症病人！忙忙碌碌3小时飞驰而过，夏老师进来接班，我却发现他们只进来3个人，询问后得知，防护用具告急，队员没有防护用品，无法进入病房！我再次主动请战，留下来帮助夏老师完成接下来的3小时战斗。

病人危重，病情瞬息万变。28床患者心衰，需要利尿，但无创氧浓度100%，无法脱机上厕所。与田慈沟通，马上安排给予病人留置尿管。30床患者小无创氧合维持不住，改大无创，备机、连管路、调参数、佩戴、开机……

早上9点，超哥组进来接班时，我的内穿衣湿透，护目镜全是雾水，早已看不清。连续奋斗6小时，10小时未进食水，未上厕所。第一组班的工作以凌晨开始，以天明结束。希望武汉如我的名字中“晗”一样——天将明！

# “院士理发室”的金牌理发师

北京大学第三医院　李　刚

2020年2月
11日
星期二

2月6日下午，接到医务处通知，晚上机场集合，次日一早飞往武汉。

收拾行李时，儿子和女儿跑过来问：“爸爸，你要出差吗?”我低头告诉他们：“爸爸要去武汉打倒病毒!”两个小家伙从年前就开始被“禁足”，在家憋得够呛，每次想出去玩，我就会告诉他们外边有冠状病毒，所以他们早就知道了冠状病毒很可怕，武汉的病毒更严重。儿子突然抱着我的腿说：“我不想让你去武汉，那边病毒太厉害了。”哎呀，真感动，昨天他捣蛋的“坏形象”一下子都没了。我蹲下来，摸着两个小家伙的脸蛋，告诉他们：“爸爸是医生，要治病救人，武汉有很多像你们一样的小朋友被病毒威胁着，医生们要去武汉打败病毒。”女儿虽然还小，但是很懂事地点点头，说：“我让妈妈陪着我。”儿子看到“大势已去”，也拦不住我了，只好说：“爸爸你要加油。”

登上飞机后，我发了一个朋友圈：“北京，等我回来”，给自己鼓鼓劲。不想让父母和亲人们担心，设置为自己可见模式。

到达酒店，乔杰院长早早等着迎接我们，看到她，我们心里有底了。为了降低感染风险，乔杰院长还开了“院士理发室”，负责给大家剪头发。两位“金牌理发师”——“托尼·乔”和“托尼·袁”（袁晓宁）的手艺得到了大家的认可。短暂的欢乐时光，让大家紧张的心情放松了一些。

考虑父母年纪大了，不想让他们担心，所以来武汉一直没有告知。下午爸妈拨打我手机3次，没想好怎么回复，一直没敢接。第二天一早，爸爸发来微信：“爸妈知道了，注意保护自己，你是我们的骄傲，全家给你祈福，盼着你平安回家。”瞬间泪目……

我们在同济医院中法新城院区新开了一个病区，第一批抵达的领导们制订了相应的治疗方案，第一批小伙伴们建立了问诊模板、病历模板、医嘱模板，总结了相关注意事项，提高了工作效率，向开荒者致敬！

## 不想成为英雄，宁愿默默守护

北京大学第三医院　付源伟

2020年2月
12日
星期三

“疫情就是命令，防控就是责任。”这句出征时的口号，至今仍时时徘徊在脑海里。

记得刚接到医务处通知时，我7个月大的女儿正在发烧，同为急诊科医师的爱人非常支持我到一线去。疫情紧急，没有人用任何理由推脱，大家在5小时内就集结起来开赴首都机场，因为我们都有一个共同的名字——“非紧急避难人员”。

初到武汉，疫情比我想象的还要严重。作为湖北孝感人，看到曾经最繁华的江汉路门庭冷落，繁忙的长江轮渡冷冷清清，心中五味杂陈。很多人称我们为“英雄”，但我想说，我们不想成为英雄，宁愿默默无闻保护百姓健康。

在接管病区后，我们收治了第一批新型冠状病毒肺炎患者。在听说我们是从北京来援助武汉的时候，一位阿姨表示了衷心的感谢，并说“北京来的就是不一样”。尽管我们每一个人都穿着厚厚的防护服，根本无法分清我们是谁，但我们有一个共同的名字——医务人员。

来到武汉后，我经常会莫名其妙地眼睛湿润，或许是共情，或许是被激励，或许是因为爱与被爱。

# 开启元气满满的一天

北京大学第三医院　张　蒙

2020 年 2 月
12 日
星期三

今天是我第二次进病房，又是早晨3点到9点的班。1点20分起床、洗漱、换衣服，不到20分钟，一切全部搞定。作为一个女生，这大概算是“糊弄”自己了。

开启元气满满的一天。依旧是层层隔离穿戴，依旧是大家相互鼓劲和加油。进入病房，病人明显比上一次班多了很多，迅速进入工作状态。

一位80多岁的老奶奶，带着氧气管，躺在病床上，说着方言，我努力倾听她想表达的诉求。连说带比划，尽可能明白她的意思，也让老奶奶明白我的意思，尽自己最大的能力满足他的需求。从她偶尔一闪而过的眼神中，可以看得出她对身体康复的渴望，而我们每一名医护人员就是她的希望所在。

看着这些躺在病床上的患者，都拼命努力地活着。谁不想和家人团聚？这种病毒太残忍了，剥夺了多少人活着的权利！无论如何，我们也不能让疫魔得逞，我们要把患者的生命抢夺回来！

我相信没有一个冬天不可逾越，没有一个春天不会来临。我会尽自己最大的力量，还武汉一个樱花烂漫的春天！

# 在逆着人流的方向，有一束光

北京大学第三医院　孟庆阳

2020年2月
13日
星期四

在逆着人流的方向，有一束由万种力量凝聚的光，正在穿越黑暗。很荣幸，我是这束光中的一个粒子。

从接到通知援鄂到现在，一晃已接近一周。今晚和家人视频，爱人说“你不在的这一周，女儿老说想你了”。视频的时候爱人问女儿，是不是想爸爸啦？女儿看着我，反倒有点害羞地低头跑开去玩了，过一会儿又跑到镜头前和我说几句话。在爱人问我“今晚上吃饭了吗”的时候，女儿随着就问我“吃的什么呀？”真不明白，一个2岁4个月的娃儿，为啥会像个小大人一样？来的时候匆忙，顾不上和他们细说，现在每天和家人报平安，就是让他们安心的最好方式。

在我们第三批援鄂医疗队抵达驻地的时候，乔杰院长、沈宁副院长、袁晓宁、葛庆岗等人带着第一、二批的队员在门口迎接。沈宁是呼吸科的专家，她在微信里对我说：“一定注意保暖，好好休息。有什么不舒服随时找我，呼吸科专家随时为你服务。”袁晓宁是感控专家，同时也是临时党支部书记，一项项地考核我们穿脱防护服，连日的劳累让她的声音都嘶哑了。怕武汉太冷我们不适应，她特意给我带来了电热毯，帮我更换了被罩床单并把电热毯铺上。葛队长来看我的时候，说：“兄弟，别怕，不要有心理压力。这种疫情状态下的身体和精神历炼，是平时比不了的。”相信他们会把我们安全带回家，一个也不能少！

愿樱花盛开时，你我可以摘下口罩，自由相见。

# 口罩里的歌声

北京大学第三医院　李　蕊

2020年2月
14日
星期五

昨晚，在酒店的餐厅里，一场生日会打湿了我们的双眼。就像我的主持词写的一样，昨天是个平凡的日子，但又注定是一个不平凡的日子！由于在特殊时期，我们都戴着口罩，分散着坐在各处，参加这场温暖的生日会！

这画面要在平时，可能会显得有些滑稽。可是在非常时期，却只会让人感动。

从1月26日第一批医疗队入驻武汉，到第三批队员成为骨干。整整20天了，这20天看似很短，可是感觉却很漫长。

生日会的主角是16位2月份过生日的战友。我们从大家合唱北医三院院歌开始，每个人都开着手机灯，虽然我们都离得很远，但我们的心很近，整个现场温馨感动。医院宣传中心魏威老师为我们制作的暖场小视频，记录着医疗队一路走来的画面，像电影一样令人刻骨铭心。

寿星的家人、同事们发来祝福视频，满满都是感动。乔杰院长还为大家唱了一首《不忘初心》。我一直告诉自己，不能流眼泪，可是眼泪还是悄悄流下来，弄湿了我的口罩。

我宝贵的口罩啊！因为医疗物资比较紧缺，我们在驻地的口罩都不舍得扔，只要不湿我们都会戴两天！只有经历过苦难的人，才更懂得节约的含义。

这一晚，很多队员都抹着眼泪唱歌。我们137个人拧成一股绳，任凭再锋利的刀也切不断。病毒，放马过来吧，看我们怎么鞭打到你满地找牙！

# 这个节，说点“题”外话

北京大学第三医院　刘慧强

2020年2月
14日
星期五

今天上凌晨3点到上午9点的班，回到酒店11点左右，倒头就睡，一直睡到吃晚饭，醒来后看微信才发现今天是情人节。以前每年今天媳妇都会向我要礼物，我总说我就是最好的礼物。今年没提，视频了一会儿。

不知不觉来了一周了，微信真是个好东西，可以看着孩子吃得香不香，玩得高不高兴。

其实今天的心情不是很好，在我们这组的班上有一位病人去世了，这是一周来我们这个新病房的第一例死亡患者。一位经历肾移植的新型冠状病毒肺炎患者，也是一位我们想留却没有留住的病人，大家轮着心肺复苏仍没有抢救过来，不甘心。之前他一定也经历了种种不易，肾源的获得就很不易，后期的维持应该也不会轻松。这几天他的移植大夫也一直和我们商讨他的治疗，进病房前我还给他发了病人当天的化验。当事情发生在身边的时候可能感触更深，一个生命就这样结束了，我相信他和家人一定也经历了移植成功后的欣喜，也有对未来生活的美好向往。一场大疫情改变了很多人的人生轨迹，也改变了很多家庭。希望病房中的患者都好，都会顺利出院，希望我们整支队伍都平安回家，然后好好过平淡日子。

和奔奔（骨科医生王奔）同学一起采了8例需要复查的鼻拭子，患者们都心情不错，配合操作，可能是想到要出院了。

来的时候以为自己很勇敢，能知难而上；来武汉后看到武汉的同志们更让我佩服，他们看着周围的人染病隔离，还能义无反顾坚守岗位，陪我们一批一批地“开荒”，没当逃兵，这些是让我真正佩服的人，向她们学习。

这会儿武汉的雨可真大，希望一场大雨冲走所有不幸，希望春雨之后就是春天。

# 危重症病房的“第一次”抢救

北京大学第三医院　赵志伶

2020年2月
14日
星期五

我是一个喜欢下雨天的人，尤其是小雨。下雨的时候，可以和爱人一起散步，可以自由呼吸清新的空气，可以欣赏雨中的美景。

可今天，我的心情并没有伴随小雨的到来而变得轻松，因为我第一次经历了在武汉重症病房的抢救。在北医三院危重医学科工作了将近9年，每一次抢救都是和时间赛跑，而这种信念并没有因为身在何处而改变。

一位56岁的肾移植术后患者，此次被诊断为新型冠状病毒肺炎。前两天巡视病房的时候我还和他聊天，嘱咐他注意休息，我们第四小组还和他的肾移植手术医师探讨抗排异药物以及肺炎的治疗方案。今天他的氧饱和度突然下降，我们立即开始抢救。我在床头给氧，郭立军心外按压，患者恢复了自主心率，还能和我语言交流，我俩终于松了一口气，为病人的意识恢复感到高兴！可患者再次出现氧饱和度下降，心率减慢，我们小组又再次组织床旁抢救，刘慧强医生、王奔医生、刘洋护师、程新鸽护师轮替为患者心外按压，张佳男护师在床旁负责给氧，胡静、王思媛和李思齐三位护师在紧急执行我的抢救口头医嘱。抢救在有条不紊地进行，抢救持续将近1个小时，我们心里只有一个信念，我们要把他救活！把他救活！

很抱歉，我们没能留住他……

这在普通监护室看似是一场普通的抢救，可在这里却变得不寻常。穿着防护服戴着口罩的我们在里面巡视病房的时候都会有呼吸困难的症状，抢救的时候更是对体力和耐力的极大考验。任何一名成员都没有考虑到自己是否会被床旁的物品刮破防护服，任何一名成员在心外按压的时候都没有考虑自己的手套是否存在破损，我想这就是北医三院人永不言弃的精神！或许我们还会遇到诸如此类的抢救，但我们依然选择勇往直前。

## 让每一位病人都燃起希望

北京大学第三医院　张瑞涛

2020年2月

14日

星期五

来武汉工作一周了，病床满床，医疗护理工作有序开展，医疗队开足马力救治病患，努力工作能让我们在这座陌生的城市过得更踏实。临行前，怕父母担心，来武汉的消息只告诉了爱人一人，虽然电话那头充满了担忧和焦虑，但她还是坚定地支持我，就像我报名参加医疗队时一样，她说她知道我一定会报名。临行前那一夜，她应该彻夜未眠吧。

2个小时的航程，怀着热血和忐忑，在机组暖心的祝福和鼓励中，我们踏上了武汉的土地，机场空旷、道路车辆稀疏，繁荣的城市景象被安静的空气替代。来到酒店，战斗的气息越来越浓，快速地分配房间、物资后，进行入驻病房前的培训，洗手、正确佩戴口罩、穿脱隔离衣，负责感控的袁晓宁老师一个细节一个细节地把关，想想到目前为止还从没在穿衣服、脱衣服上费这么多心思，但是自我防护是我们手里去和病毒斗争的第一件武器，必须百分之二百地做到位。动员会上，乔杰院长说“军令如山、同舟共济”，凝重又充满期待。我们此行带着使命，希望每一个人的力量能融汇到一起，抗击肆虐的病毒。

正月十五，农历元宵节，大巴车从江岸区一路驶往同济医院中法新城院区，路边的霓虹闪烁着“武汉加油”“中国加油”，乔杰院长带着大家唱起《我和我的祖国》，那一刻有点泪目。大家喜欢用“逆行”形容我们这些支援武汉的医疗队员，但是武汉的千千万万同道和百姓，他们别无选择，唯有坚持，咬牙坚持、死命坚持，但你们从不孤单。晚上九点半，新病区开始收治病人，穿着隔离衣从清洁区、缓冲间推开一扇扇门进入病房，病人多、病情重，但是有第一、二批老队员带领病房工作。新型冠状病毒用病人窘迫的面容、40多次的呼吸频率、低到百分之七八十的血氧饱和度、CT上白花花的肺告诉我们它有多嚣张，我们必须用自信、专业和关怀让每一位病人燃起希望，去救治数字背后活生生的病患。鼻导管吸氧、经鼻高流量吸氧、无创呼吸机、气管插管……几天来治疗逐步升级，大部分病人的病情趋于稳定，但还是有病人没能挺过来。在大众的印象中，医护应该见惯生死不为所动，但其实更多时候我们会更动情，离世的生命背后有我们的努力、坚持，性命相托，分量太重，怎敢懈怠、怎不动情。

作为来武汉工作的医疗队成员，我们只是这场抗疫大战的一颗螺丝钉。武汉的同道们已经连续奋战两个月，他们的压力、疲劳难以想象。熟悉病区环境时，偶然瞥到几个护士妹妹像打仗一样一间病房一间病房地摆床、铺被，全然不顾疲惫，媒体报道的面部口罩的压痕、脱隔离衣后湿透的衣服只不过是她们的日常。昼夜颠倒的班车司机、马路上执勤的警察和公务人员、保持城市整洁的环卫工人、听从政府号召在家里不出门的普通人……病毒可能无处不在，所以每个人都是主角，武汉、湖北、全国每一个人都处在抗疫的最前线，我们努力一起做到最棒。

爱人发来视频，宝宝会自己翻身啦，两条胖乎乎的小腿使劲地蹬啊蹬，翻过来还脸带萌笑。突然感觉努力、蓬勃向上已经刻在了我们的基因里，我们自己就是希望的本体。不管是医护还是病患，不管现在在社会的什么岗位，我们每一个人都能通过努力给自己和他人带去希望，虽然付出代价但定会胜利，明天一定会更好。

# 最好的生日礼物就是患者出院

北京大学第三医院　潘维伟

2020 年 2 月
18 日
星期二

2月18日，我38岁生日，来武汉第11天。

在同济医院中法新城院区，我们所在的病房是新冠肺炎危重症病房，收治危重症患者50人，其中气管插管机械通气2人，无创通气4人，绝大多数都需要吸氧。

每次上班，都是体力、精力的巨大挑战。穿着隔离服，戴着护目镜，干活颇费力气。每一位病人都需要安慰，危重症病人都要密切观察生命体征，病情稍有变化就需要紧急治疗。

在污染病区，没有一刻闲下来。50位病人的治疗措施分秒必争。虽然特别累，但是当看到病人渴望的眼神和对我们信任的神情，立刻浑身充满力量。

有一位患者令我印象深刻。他是一位80岁的老爷爷，是我收的第一位病人。刚入院时，患者发烧、咳嗽、呼吸困难。我了解到，他的老伴在这次疫情中不幸去世，她的女儿也打电话和我聊了许久，让我多关心老人。每次只要我有时间，都会和老爷子聊一聊。经过精心治疗，老爷爷的体温正常了，咳嗽和呼吸困难明显好转，我真是发自内心地高兴。

每过一个生日，就意味着我又长一岁，应该变得更自信、更成熟。对我来说，最好的生日礼物就是患者出院。真心希望疫情早日过去，武汉还是那个樱花缤纷的武汉。

# 我不能让眼泪落下，护目镜会花

北京大学第三医院　王立强

2020年2月
18日
星期二

来武汉的第12天。今天如往常一样，我们大家一起乘坐班车前往医院，在途中就听说37床病人病情不好，正在抢救，内心感到很不安。第一批同事们整理好自己的装备陆续走进了隔离病房，交完班出来的同事们告诉我病人已经去世了，正在做终末处理。内心感到非常惋惜。患者临走插着气管插管，靠呼吸机维持呼吸，靠升压药稳定血压，通过胃管鼻饲进行肠内营养支持……愿天堂没有病痛！

三个小时后我穿戴好防护用品进入隔离病房，与同事交接完毕后，想用“小黑”（隔离病区的一部公用手机）查一下终末消毒的流程时，我看到了一条短信。信息来自37床去世病人的儿子，他说他的父亲是一名军人，一生性格顽强钢硬，没想到会被无情的病毒打倒，这个时候作为子女不能守在父亲身边，不能尽最后的孝道很痛心，他希望我们在他父亲临终的时候替他向父亲说：“我不孝，没能陪在您身边，我会照顾好家里人，来生还做您的儿子。”

看到这里我流泪了，但是我不能让眼泪落下，因为护目镜会花。躺在病床上的病人还等着我看护。

武汉真的很美很美，愿黎明的那道光会越过黑暗，冲破疫情笼罩的阴霾，还武汉一片盛世！加油兄弟姐妹们，加油武汉，加油中国！

# 谢谢你们对我们无条件的信任

北京大学第三医院　张雪倩

2020年2月

19日

星期三

转眼之间来武汉已经10多天了，时间过得真快。犹记得2月6号下午那天，北京的雪很大，已经返京一个星期在家隔离的我，实在是没有口粮了，决定去小区外面的小店囤点货。走在路上，突然接到了科里的电话，接完电话，我的心砰砰砰地跳，久久不能平静——我真的要去武汉了！

好友在武汉上过大学，不止一次让我来武汉，只是没想到第一次的武汉之行，竟是以这种方式。我来不及紧张，甚至来不及跟住在一个楼层的好友道别，简单地收拾了一下就出发了。由于疫情防控需要，小区只开了一个门，到门口路很远，雪很大，但我的脚步从未如此坚定过。

收拾行囊，准备出发。科里老师们给我们准备了物资，鼓鼓囊囊的几大包，沉甸甸的都是爱。我将带着老师们的期望，带着他们的嘱托，前往武汉，和我的前辈老师们一起战斗。

武汉，我来了，我们来了！飞机落地那一刻，我才真切地感受到，我真的来武汉了。为打赢这场“战役”，我们将在这片土地上留下我们的足迹，这一段经历也将给我们的人生添上浓墨重彩的一笔。

到达驻地之后，我们开始了紧张的培训，乔杰院长给我们加油打气，袁妈妈（医疗队临时党总支书记袁晓宁）手把手教我们穿脱防护服，第一批老队员给我们抠细节，讲注意事项，一个一个地指出我们的问题。这些指导都是为了安全，更是为了让自己变成一把利刃与敌人抗衡，为了从死神手里把病人夺回来。

第一次进病房，既紧张又忐忑。我不停地给自己打气，队员也在鼓励我。直到进入病房，看到病人，熟悉的感觉又回来了，就像回到了之前在病房工作时候的状态，彻底放松了，干起活儿来都顺畅了很多。病人的感谢更加坚定了我的决心。

日子一天天过去，我也渐渐适应了在这里的工作和生活，我们的任务也越来越艰巨。

50张床位已全部收满，患者中有气管插管的，有用无创呼吸机的，有需要用药物来维持血压的，一个班下来神经高度紧张，不敢有一刻放松。每次交完班走出病区，最幸福的事情就是在车上踏实睡个觉，那一刻才能完全放松下来。到达驻地，洗完澡后，再来一碗吃的，瞬间幸福感爆棚。

一次上班进病区之前，同济医院的老师给了我们一包物品，要交给里面的一位患者。无意中，我听到两位老师在用方言交谈，她们语速很快，但还是有几个词汇钻进了我的耳朵，“本院”“家属”，我才意识到，原来医院的病人里还有他们最亲近的同事和家人。我无法想像，他们是怀着怎样的心情在上班。

在我们来之前，最早参加战斗的武汉医务人员在承受精神和身体双重压力下，硬撑着工作了很久。他们也是父母，是孩子，他们也会难过，可是他们是白衣战士，必须坚强。唯有全身心投入工作，才能救队友、救家人、救患者。

来武汉时，我可能是科里老师最担心的一个，年龄小，来医院时间短，对科室才刚刚熟悉，平时也不太爱说话。在这里我想说，请老师们放心，我们北医三院这个大家庭很暖，我受到了很多照顾，更重要的是有老师们在后方支持，我们不会有顾虑。

感谢同济医院的老师。我们来了之后，为我们备上了电暖气；刚来时我们不熟悉系统，一遍一遍地教我们；物资不够了，只要我们提出来，老师们打遍电话，尽全力给我们找。我们之所以能在这里顺利展开工作，这里的老师们真的付出了太多。总能听见他们说谢谢我们，其实是要谢谢你们，谢谢你们对我们无条件的信任和支持，谢谢你们为我们做好了各项保障工作，很荣幸能与你们并肩作战。

今天是个好日子，我们病区的第一例患者顺利治愈出院，这不仅给患者带去了希望，同时也给了我们莫大的鼓舞和信心，看到这个结果，我们所做的一切都是值得的。请给我们一些时间，给武汉一些时间，只需要再等等，大家熟悉的城市就会回来了！

# 不给同事遗漏任何隐患

北京大学第三医院　张睦毅

2020年2月
19日
星期三

不知不觉间，来武汉已经一个多星期了。这一周里，我们克服了气候、工作环境、防护装备、沟通交流等多方面客观因素造成的障碍，现在已经可以流畅且熟练地在病房开展护理工作了。

在这里，我特别想感谢一下同济医院中法新城院区B11西区所有护理同仁们：无论是同济医院本部的老师，还是我们北医三院的护理同仁，感谢你们无私、真诚且慎独的工作精神，让我从未感受到孤独！

三个小时的班次充实而紧张，除了日常护理工作外，每天要进行至少8次床旁交接班。患者的病情越重，交接班的过程就会越长、越细致。令我感动的是，从来没有任何一位老师为了提早出污染区而将交接班过程简化。大家宁愿在污染区待上四个小时或者更长时间，只为将病人的体征、治疗、护理，甚至是生活习惯交接清楚，为的就是尽量不给下个班次的同事遗漏任何隐患。

同济医院本部的老师们也是一样，小到垃圾的处理、大到病人的医嘱，事无巨细都和我们沟通好，在我们进行护理操作时还和我们沟通操作技巧、节力窍门等等。就是这样一群可爱的人，互相熟悉着彼此的工作习惯、爱护着彼此的身心健康、拉着彼此的手一齐守护着武汉这颗江上明珠！

# 我把她当成自己的奶奶

北京大学第三医院　崔　男

2020 年 2 月
22 日
星期六

今天上夜班，床旁交班时得知，33床88岁高龄的奶奶情绪不稳定，总是摘下呼吸面罩。医生给她用了镇静剂，所以这会儿睡得很安静。我们压低声音交班，小心翼翼地检查着奶奶身上的各项仪器，生怕把奶奶吵醒。

巡视病房时，我们发现奶奶的套管针走得不太通畅，考虑到还要输“卡文”这种大分子液体，怕奶奶原来的套管针会渗液。为了避免发生静脉炎，我们决定给奶奶再次进行套管针穿刺。奶奶的血管条件不是很好，加上我们戴着防护手套，静脉穿刺这项基本操作现在成了一种挑战。每每穿刺完，我们都是汗流浃背。在操作过程中，奶奶醒了，喊疼。我把手伸过去，她紧紧抓住了。我安慰她：“我们都在，抓紧我的手，一会就好了”。穿刺成功后，奶奶依旧握着我的手，情绪渐渐平稳了很多，慢慢入睡了。

看着她安详的脸，我想起了我去世多年的奶奶，我从小在奶奶的陪伴中长大，她是我最亲最敬的人。今天，我忍住了泪水，我把她当成自己的奶奶！

# 看到北京的大夫，顿时有了信心

北京大学第三医院　程　秦

2020年2月
22日
星期六

今天是武汉“封城”的第30天，我们医疗队来武汉的第28天。我们主要负责收治重症和危重症新冠肺炎患者。截至目前，累计参与3个病区的组建，收治病人约140例。

记得第一天走进病房，就有病人说：“看到北京的大夫，顿时有了信心。”这不仅是对我们的信任，更让我们明确了身上的责任。一名开始需要无创呼吸机的患者，在我们的鼓励下逐渐脱机，回到面罩吸氧。还有一位血色素仅3克、心梗、休克的重症患者，在入院一天内两次心搏骤停。我们想尽办法给予治疗，只是想把病人从死神手中拉回来。新开病区时24小时内收治30名患者，现在病区黑板上住院总人数在逐渐下降。我相信，病人一定会越来越少。

还记得刚来武汉时，有天晚上推开窗户，听到附近小区许多人在喊“武汉加油”。武汉虽然饱受痛苦，但这座城市却蕴含着勃勃生机。春花已开，未来可期！

# 患者的话语，坚持下去的动力

北京大学第三医院　马　骏

2020年2月

26日

星期三

昨晚我值夜班。最重的还是那名入院时血红蛋白低的患者。患者一共用了5个微量泵输注各种治疗药物，我们还要不断地为他吸痰，否则就会出现血氧饱和度下降；同时也要定期做血气检查，大夫可以根据血气检查结果调整呼吸机参数及治疗用药。我的岗位主要是主班岗，同时也要配合同事做危重患者的护理。

有一间病房住着一对老年夫妻，老大爷的病情较重，大妈的病情较轻，她本来是可以转到轻症病房的，但是大妈为了照顾自己的老伴，坚持留在了他的身边。在我去询问老大爷的进食情况时，大妈对我说："真的很感谢你们北京医务人员的支援，你们对我们每一位患者都很认真负责，真的是和电视新闻里说的一样。等我们俩身体康复以后，一定要去北京看你们啊！"

我对大妈说："您二老一定会健康出院的，北京欢迎二老来玩儿啊！"其实我们每天穿着防护服、隔离衣，戴着层层口罩上班挺难受的，有时候坐在椅子上都会一直出虚汗，下班后头总是沉沉的，但正是有这些病人的话语，我们能够坚持下去，在每个岗位上尽职尽责地完成自己的任务。

病人需要我们的鼓励，我们也需要病人的鼓励。让我们彼此支持关怀，一起奋力战胜病魔吧。

# 真希望再多做些，回报您的善良与爱

北京大学第三医院　叶红菊

2020年2月
27日
星期四

今天，病房来了一位既往有过脑梗病史的老爷爷，遗留右侧肢体活动障碍、言语不清。

走到这位爷爷床边，想了解一下爷爷的肌力如何，让他握了握我的手，力量还好，继续让他做平移、上抬。我高兴地看到，他动作虽然缓慢但可以自主活动，说明他的肌力尚可。就在我示意让他收回右手时，他突然用健康的左手作支撑，提起颤抖着的右手，双手合十在空中摇晃，望着我泪流不止。我赶忙接过他的手，帮他用纸巾拭去脸上的泪水，问他是不是有什么不舒服。爷爷特别费力地吐出来两个字：谢谢。同病室的其他患者连忙解释说："他是在给你作揖，在感谢你，感谢你们！"我握着爷爷的手，一边帮他擦眼泪，一边安慰他。其实，我的眼泪早已在眼眶里打转了，只是强忍着不让它们流下来，因为一旦眼泪掉下来，我就没法正常工作了。

随后，到了鼻饲时间，给爷爷从胃管喂完营养液和水后，注射器前端的水蹭到了我的手套上，爷爷立刻抽了张纸巾，给我擦手，我知道他一定担心我的手会被污染。我的心头又是一酸，赶忙握着他的手，说了声"谢谢，加油"后快速转身离开病房。我知道自己真的不能再多待一秒，否则一定会眼泪决堤。真希望为您再多做些，以回报您的善良与爱。我一定会更加努力，精心细致地护理，帮助您和更多的患者早日康复。我也会用最虔诚的祈祷，祝你们早日出院！

# 疫情面前只有一个身份

北京大学国际医院　兰　爽

2020 年 2 月
**8** 日
星期六

群里王旭老师又喊话了：手消（毒）要做够唱两遍生日歌的时间！手消要做够唱两遍生日歌的时间！手消要做够唱两遍生日歌的时间！

农历正月十五，医疗队的工作任务从划分区域练习开始。

11点左右，接我们去鄂州市中心医院的车出发了，路上司机说他们的交通全部停运，出租和公交被指定给不同的医院和医疗队，市中心医院是本市最大的医院，也是目前主要负责收治新型冠状病毒肺炎患者的医院。

进门路过的第一栋楼是收治确诊患者的病区。接下来的日子，这里就是我们战斗的地方：新型冠状病毒肺炎患者RICU（呼吸重症监护病房）。院长向我们简单介绍了病区床位划分以及病人目前的状况，6名不同科室的老师负责进入RICU了解情况及工作制度。

“发热病区”这几个字仿佛带了特效一般格外醒目，“医务人员通道”也似乎有着魔力让自己直接对号入座。

病区里没有保洁、没有护工、没有物流人员，只有医生、护士和患者，从患者的日常生活，翻身、拍背、喂饭、擦洗，到环境卫生、垃圾处理、用物更换、清洗，再到药物配制、仪器操作、症状评估处理都是医务人员来完成。虽然此前护士长也反复强调，做好心理准备，等待我们的是一场硬仗，但真正面临医院的现状时，还是有些震撼，做好防护，绝对不能倒下！

23点35分，总结及培训结束，窗外有片云，看不到月亮。爸爸、妈妈、亲人、朋友、同事们，元宵节快乐！愿这场疫情早点结束。

面对疫情，有这样一群和死神赛跑的人，他们是父母、是妻子、是丈夫、是子女……但是在疫情面前，他们只有一个身份——白衣战士。

## 但愿人长久，千里共婵娟

北京大学国际医院　付雪莹

2020年2月
13日
星期四

走出医院，已接近凌晨，月亮很圆也很亮，却照耀着无数不能团聚的家庭……今天有位患者情况不太好，给了很高的呼吸机支持条件，氧合仍不能维持，其他脏器功能也有恶化趋势，调整完呼吸机，开完医嘱，再一次电话向家属交代了病情。家属恳求能否探视一次，哪怕是冒被感染的风险。不是不懂得亲情，只是因为隔离是控制传染源的重要途径，我们必须铁面无私。放下电话，恢复忙碌……这里还有许许多多不能与家人团聚的人，唯有倾尽全力，才能博得让他们从监护室平稳出去的希望。

每天回到住处，不管多疲惫都必须彻底清洗自己、消毒衣物。只有这样，才能更好地迎接下一场战役。等衣服烘干的时间开始一条条翻阅未读的信息，又收到了远方的问候。家人通过信息和电话询问我的近况，叮嘱我注意安全，我不敢说太多话，担心一不小心暴露了自己。

# 不害怕被传染是假的

北京大学国际医院　郭　淼

2020年2月

23日

星期日

进入湖北鄂州第17天。昨天还真是有点害怕，头痛、周身乏力，打了两个喷嚏，食欲减退，测了体温36.8，赶紧和领队打卡汇报，领队安慰我："你防护做得好，工作严格按照规定进行，不会被传染上。别紧张，好好休息，再观察！"

我坚定地点头，没有和家人视频，把手机放到够不到的桌子上，喝了一杯稍烫的水，早早睡下。今天满血复活！

交接完工作，脱了防护用品已经2点多了。班车上找个人少的位置，打开窗户，仰在椅子上，闭上眼睛感受这午后的暖阳，似乎整个世界都是明媚的，一天的疲劳烟消云散！

所坐的班车其实就是调配的大公交，车牌号码特别牛（188的），停在医院门口很拉风。明天要和它合个影，留个纪念！

说不怕传染是假的。我也有家人，有生活，有还未完成的人生！

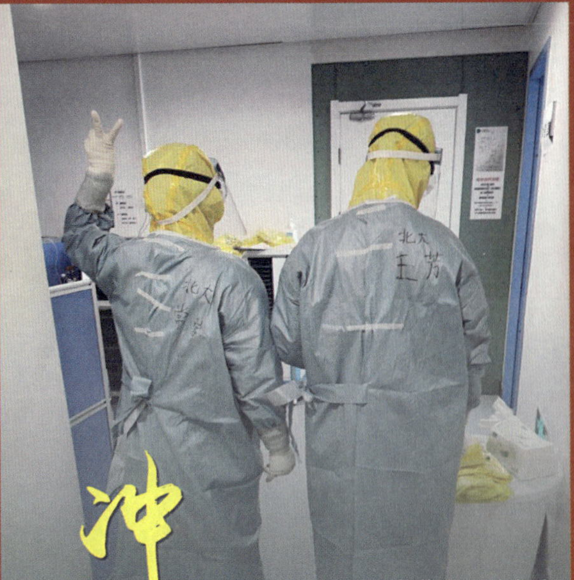

## 冲锋

1月29日早8点，北京大学第一医院重症医学科的护士常学（左）和王芳（右）穿着防护服和隔离衣，即将步入华中科技大学同济医院中法新城院区的重症隔离病房。她们即将身着这笨重又憋闷的防护装备，连续工作近9个小时，不吃不喝！

北京大学 医学部

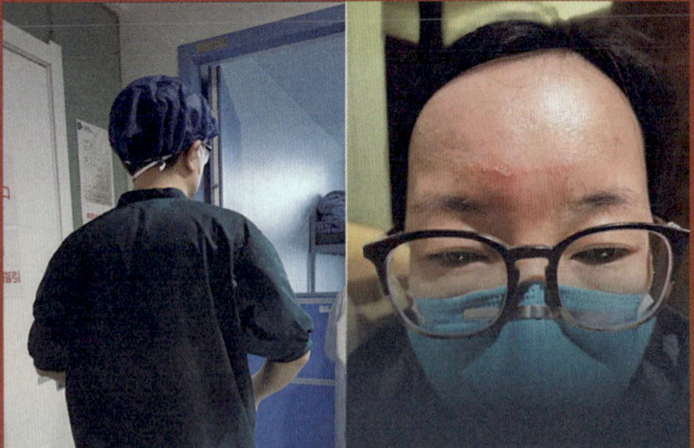

## 印记

脱下长时间穿戴的层层叠叠的防护装备后，他们的样子实在令人心疼。在寒冷季节湿透衣背；脸上压痕久久难以消退，甚至额头都被压出脓疱。但是，乐观的他们却将其称之为“天使印记”。

左图为北大医院呼吸和危重症医学科医生王玺，右图为人民医院重症医学科护士柳红英。

北京大学 医学部

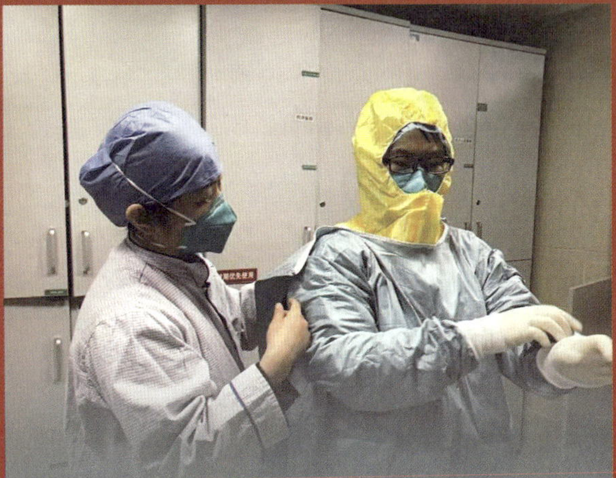

## 防控

1月29日凌晨2点，北京大学第三医院感防控专家袁晓宁正在全程督导防控。每一粒扣子，每一个护目镜，都要逐一检查，不放过任何细节。他们必须照顾好病人，也必须要照顾好自己，一个都不能少。

北京大学 医学部

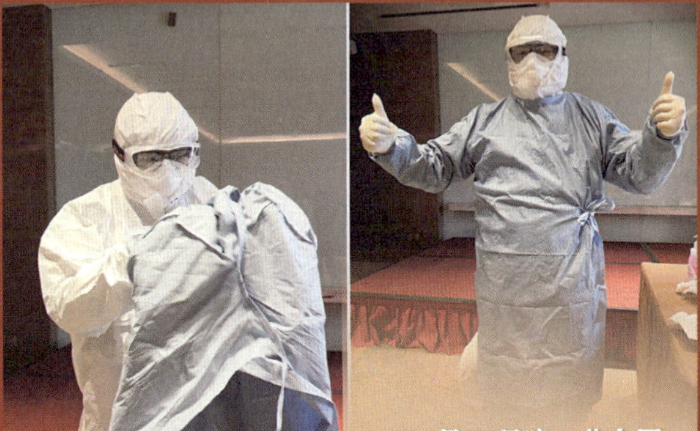

## 演练

1月27日晚，北大医院重症医学科宋彦龙大夫为队友们做防护服穿戴演示培训。

穿防护服需要13个步骤，脱防护服需要17个步骤，其中“手消”步骤超过10次。队员们一丝不苟、反复演练。

他们进入病房后就不能穿脱防护服。很多队员要连续奋战一整天，不能吃饭喝水。

北京大学 医学部

# 4 后方·守护

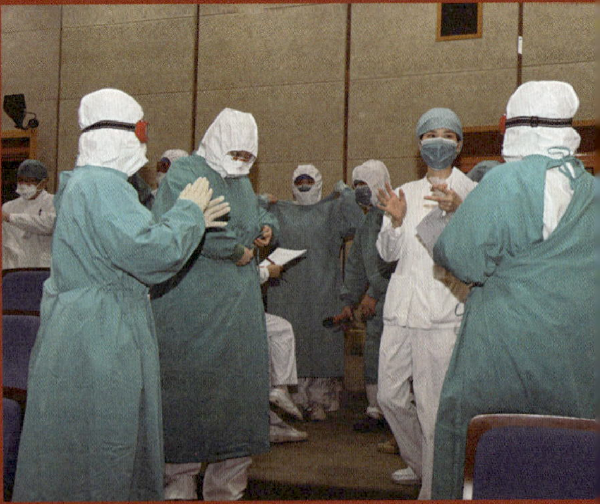

心 担使命 筑牢人民健
天津市疾病预防控制中

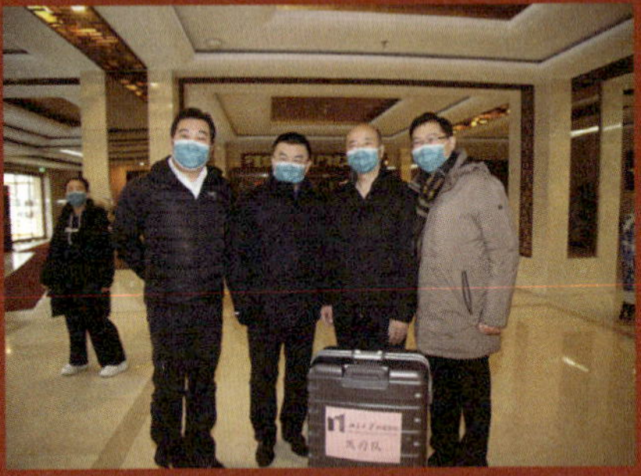

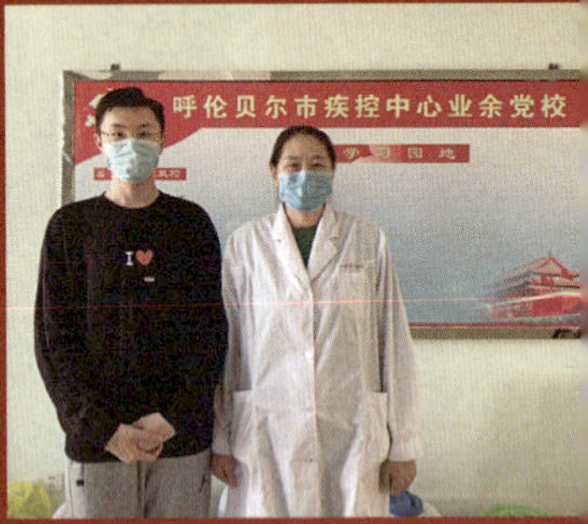
呼伦贝尔市疾控中心业余党校

北京大学人民医院
医疗应急物资

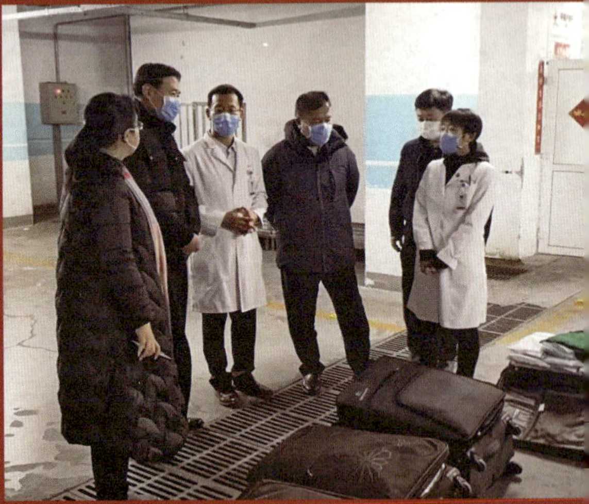

CDC
中国疾病预防控制中心

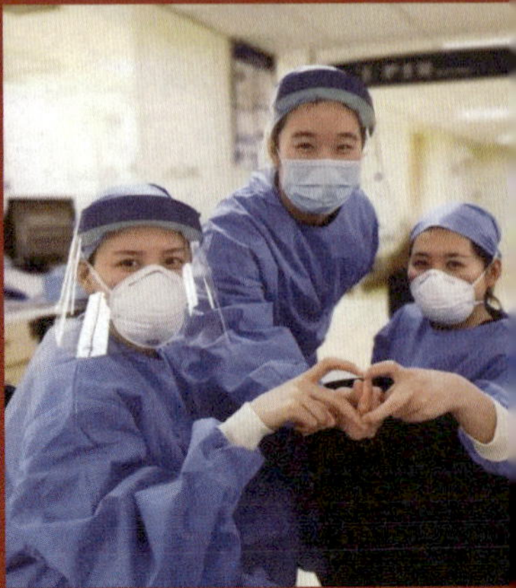

这场没有硝烟的战“疫”中
没有人是旁观者

我们每一个北大医学人
都在自己的岗位上
默默地奉献着自己的力量
共同守护着一方的平安
成为前线战友们最坚强的后盾

也许我们不知道你们都是谁
但是我们知道你们是为了谁

# 美丽的北医校园，有他们在守护！

北京大学医学部党委宣传部　韩　娜

目前，新型冠状病毒肺炎疫情的防控工作形式依然严峻，全国上下高度重视，北京市已启动突发公共卫生事件一级响应机制。

1月26日，北京大学发布《关于推迟2020年春季学期开学时间的通知》，提醒全体同学务必不要提前返校。早在1月22日，医学部学工队伍、保卫处、总务处、后勤党委等多部门的教职员工就陆续结束休假，提前返回工作岗位，投入到校园疫情的防控工作中。

“疫情就是命令，防控就是责任”。为打赢这场疫情阻击战、遏制疫情扩散，全力做好各项医疗、安保、后勤保障等工作，他们放弃休息坚守一线，默默为守护校园一方平安贡献着自己的一份力量，同时也展现了北大医学人的使命与担当。

## 快速建立校内医学观察站

为加强新型冠状病毒肺炎的防控工作，守护全校师生员工身体健康和生命安全，后勤党委第一时间安排部署一系列校园疫情防控工作。

1月23日，医学部初步计划在校内设置医学观察区域，对近期返京学生进行暂时性隔离观察，全力保障医学部师生平安健康。当天上午，房地产管理中心与校园管理中心并肩作战，对医学部观察区域进行选址、实地考察，最终选址为博士苑楼（原赢家酒店）。

博士苑楼始建于1987年，一直作为学校对外住宿、餐饮接待使用。2019年3月酒店项目合作到期后，该楼一直处于封闭状态。

当天下午1点，房地产管理中心协同物业、保洁人员到达现场，恢复1至4层供电，对博士苑楼进行维修、清扫工作，确保博士苑楼作为医学观察区域的安全与卫生。

由于此前该楼一直处于封闭状态，楼内尚未提供水源，工作人员克服严寒天气的影响，从附近公共卫生学院用水桶拎水进行保洁作业。最终历经8小时，完成公共区域及部分客房清洁工作。

为应对未来疫情防控工作可能出现的各类情况，经过相关测算，博士苑楼作为计划中的隔离区域仍需准备大量客房。1月24日，大年三十，本应是阖家团圆的时刻，但是校园疫情防控工作刻不容缓。当天一早，房地产管理中心、校园管理中心协同保洁公司紧急调动了学校内全部保洁力量投入到客房保洁清理工作中，加班加点对房屋进行清扫。在全体工作人员的不懈努力下，于当天夜里完成赢家酒店4层54间客房的清理工作，确保房屋随时可以入住。

1月25日，房地产管理中心多次联合物业及保洁对房间内设备进行检查、维修，并再次对房间进行清洁工作，实现配套设施正常使用，确保医学观察站住宿条件符合标准。

1月26日，北京大学党委副书记、医学部党委书记刘玉村，医学部党委副书记徐善东先后前往医学观察站实地考察指导工作，听取了后勤同志对于医学观察站相关准备工作情况的汇报。

1月27日，后勤召开了博士苑启用筹备专题会，会上为房地产管理中心、校园管理中心及校医院等多个部门部署医学观察站启动后相关工作。当天下午，医管处的老师为进驻观察区的相关工作人员进行了防疫知识培训。

为应对后期可能发生的疫情突发情况，总务处、后勤党委当即决定，开通博士苑楼五层、六层房间，防患于未然。房地产管理中心立即协调开通水电、提供被褥、保洁等相关保障措施，并于当晚完成了博士苑楼五层、六层56间房间的入住保障。

经过几天的紧张筹备，观察站于1月27日正式投入使用，为从外地提前返校的学生提供了医学观察住宿。

医学观察站启用后，北京大学常务副校长、医学部主任詹启敏，北京大学党委副书记、医学部党委书记刘玉村，医学部副主任王维民、肖渊，医学部党委副书记徐善东前往医学观察站实地考察指导工作，并亲切看望慰问了坚守在工作岗位上的教职员工，详细询问了已入住观察站学生的情况，观察站的住宿条件和配套设施，同时仔细叮嘱教职员工务必要在做好工作的同时加强自身防护，以科学的精神开展防控工作。

## 坚决筑牢疫情防控第一道防线

保卫处根据北京大学疫情防控专项工作视频会议指示要求和医学部统一部署，

着眼“疫情就是命令、防控就是责任”的工作要求，确立了“严防严控、群防群控、联防联控”的工作思路，多措并举，着力筑牢疫情防控的校园第一道防线。

1月24日，保卫处成立了新型冠状病毒肺炎疫情防控工作小组，明确职责分工，按照“盯住人、把住口、守住门、控住面”的指导思想，研究制定了《北京大学医学部关于疫情期间加强校园管控的规定》。对部分校门进行了封闭，明确了加强个人防护、体温测量、查证验证、入校登记、停止校外人员车辆预约入校等具体要求，并及时通过微信平台发布通知，广泛宣传。

疫情防控期间，杜绝无关人员、车辆入校，入校人员、车辆逐人逐车检测体温；摸排在京、在校安保人员情况，并要求坚守岗位、不得离校。为有效应对突发事件，制定了《北京大学医学部保卫处新冠病毒感染的肺炎疫情防控工作预案》，建立了党员带头、分区负责、把关扼要、加强值班、严防严控的工作机制。落实区域防控、两级值守，防控小组组长在岗值守，防控小组副组长和小组成员每日一人在校区在岗值守，一人在家属区在岗值守；重点关注各门卫和重点区域稳控情况，及时应对、处置突发事件。

疫情防控工作中，为更好地服务师生，保安人员不畏严寒、不辞辛苦，积极动脑筋、想办法，集思广益。为解决室外体温测量数据不准的问题，采取普通体温计和测量仪器数据对比的方法，通过调整测量身体不同部位得出数据误差，最终得出测量手腕以上十厘米部位误差较小的结论，提高了测量的准确度；为了解决测量体温须接触肌肤、容易造成传播感染的问题，配发了酒精消毒片，为被检人员擦拭消毒；为解决快递人员入校问题，在对快递人员进行体温测试、检查登记的基础上，分别在校北门、社区设置了投放区，有效阻断了快递人员入楼、入室，既加强了防控又方便了师生居民。注重外控与内防相结合，组织保安队员学习疫情防护知识，对正确佩戴口罩、洗手、体温测量以及使用文明用语等内容进行培训，明确了减少外出、避免聚集、合理饮食、充足睡眠、房间通风消毒、零报告制度等管理和生活要求，确保了保安队伍能够更好地为师生居民服务。

牢固树立联防联控的“一盘棋”意识，积极配合学生工作部、总务处、居委会等部门开展防控工作。安排保卫干部专人配合学生工作部、校医院等部门，做好返校学生进校联络、护送工作；安排保安队员进驻隔离观察区协助管理和隔离观察学生的一日三餐运送保障工作；与居委会工作人员一起上门执勤、入户调查、巡逻检查；确保了防控工作有序运转。

1月30日，医学部领导詹启敏、刘玉村、宝海荣、徐善东等先后来到监控中心、学生公寓、校园西门、北门视察疫情防控工作情况，并对保卫干部和保安员的辛勤付出表示感谢。

## 保障物资　全体动员　不留死角

疫情初始，后勤就紧急部署各项防控工作，其中重点是一线与师生接触密度高的岗位的人员防控及疫情防控物资采购。后勤要求各宿舍楼、教学楼、餐饮部门等一线人员都正确佩戴口罩，并要求各部门紧急购买测温枪，对进楼师生进行体温检测。1月25日，房地产管理中心为各个学生公寓楼紧急配备体温计，一旦发现外地返校学生发生发热、咳嗽等情况立即启动隔离程序，同时进行上报。

为保障后勤职工安全，总务处连夜为一线职工抢购3000副口罩，基础医学院和药学院相关老师也为后勤一线老师提供了2000余副口罩，并将口罩派发给各宿管、楼长、保洁以及各个部门服务一线的后勤职工。

1月28日北京大学防控疫情视频会之后，后勤马上召开专项会进行了落实和部署。当日傍晚，基于博士苑楼作为医学观察区已运行，服务保障人员急缺，后勤面向全体职工发出了志愿者招募倡议书，当晚教室管理服务中心就有职工报名，体现了北大医学人面对困难守土有责、守土担责、守土尽责，敢打硬仗、勇于亮剑的风貌。

同时，后勤通过各种形式，全面开展预防新型冠状病毒肺炎的宣教工作。面向全体职工发出《致医学部后勤全体职工的一封信》和《新型冠状病毒感染的肺炎防控指南（医学部后勤）》，继续加大疫情防控宣教工作，振信心、提要求，全员动员、联防联控、群防群治。

此外，后勤要求各部门加强对公共区域的全面清洁消毒，成立了疫情工作小组，完善疫情上报制度，为隔离人员送餐、为留观同学全程服务等。

春节期间，部分餐饮单位仍然保障供餐。饮食管理部门在食堂各处张贴了防护建议，并利用电子滚动屏宣传防护知识。各餐饮单位工作人员也对食堂各处进行清洁消毒，为师生提供安全、清洁的就餐环境。

1月30日，医学部领导一行来到宿舍楼调研返校学生情况及学生宿舍的防疫措施。并前往跃进厅学生食堂了解每日学生就餐人数及食堂返京职工人数等情况。“食堂是防疫工作的重点单位，一定要做好返京员工的健康筛查工作和食堂环境卫生消毒工作。”詹启敏、刘玉村反复强调。

自1月23日起，医学部部医院职工在校内医学观察站24小时值守，为在观察区暂住的学生提供最及时的服务。部医院职工还录制了抖音视频，教大家如何正确洗手。

教室管理服务中心也落实公共区域防疫工作。加强对教学楼的管理，定期对教学楼进行清洁消毒，所有进入教学楼人员需提供有效证件，接受体温检测。

根据疫情防控需要，车队也组织司机师傅对学校车辆进行清洗和消毒，并在车辆明显位置张贴宣传提醒。

## 关心你的身体，更关注你的心理

1月24日，学工部制定了《学生口应对新冠肺炎工作方案》，成立了专项工作小组，就新型冠状病毒肺炎（新冠肺炎）的应对工作进行整体设计和具体部署，要求医学部所有学生工作老师取消休假，回京随时待命。

为落实教育部和大学延期开学的通知要求，学工部与各学院学工队伍联动，一方面，将学校政策一对一告知全体学生；另一方面，积极劝阻希望返校的学生，严格落实不返校政策。结合临床医学专业、口腔医学专业特点，按照医学部制定的《北京大学医学部关于推迟2020年春季学期开学时间的补充通知》要求，各医院迅速制定具体实施方案并安排临床、口腔专业学生的返校工作和临床工作。在继续做好每日摸排工作的基础上，各医院学工团队一方面按照医院方案，安排好每一位同学的返校、住宿和临床工作，另一方面加强与学工部联动，及时上报新增数据，并妥善处理每一个学生诉求。

1月27日，学工部组织学工队伍老师入驻医学部集中隔离点，在一线开展工作。

1月29日，学工部面向医学部师生开设应对新冠肺炎心理援助热线，首批接线志愿者全部是学工部工作人员和各学院辅导员。各学院辅导员与学生采取多种形式进行日常沟通，关注在家学生的情绪变化，保证掌握每个学生的目前状况，结合各专业特色，关注重点学生，保证信息畅通，做到及时解决学生困难。

此外，学工部持续开展有温度有导向的思政教育工作，收集各专业同学们对疫情一线老师的祝福。1个小时内收集到百余条，利用微信平台进行宣传。

为丰富同学们“宅在家”的假期生活，老师们想方设法开展丰富多彩的线上活动：基础医学院设立了线上自习室，由教师志愿者在微信群里引导大家居家学习；药学院组织开展关于“学习科研、防疫科普、祝福武汉、假期见闻分享、运动健身、经典悦读、影视观评”等系列线上主题活动；公共卫生学院在微信公众号上推出“读书聊天室”活动，邀请同学们一起阅读经典、分享感受；护理学院开展“护理+X”慕课学习，劳动育人等活动；医学人文学院推出“为疫情防控加油”系列电影/纪录片观后感征集活动；医学部学生会发起了主题为“由你赋曲，唱响疫站”的线上音乐创作大赛，并号召大家普及科学的预防知识……

在前方，有向着疫情逆行冲锋的北大医学人，他们义无反顾地奔赴疫情中心湖北武汉参加这场没有硝烟的战斗；在后方，有北大医学的教职员工们不畏辛苦、奋勇当先，在校园内共同构筑了疫情防控的严密防线，为全校师生的平安保驾护航。

让我们向这些守护者们说一声
“谢谢你们！你们辛苦了！”
我知道你们是谁
也知道你们是为了谁
愿与你们一起携起手来
共同迎接春天的到来

素材源自北京大学医学部总务处、后勤党委、学工部、保卫处

# 疫情中的北大医学生，学着师长的模样，救死扶伤

北京大学医学部党委宣传部　陈　平

新型冠状病毒仍在威胁着人民健康
奋战在湖北的427名北大白衣战士
不畏艰险，执着维护医术的圣洁与荣誉
救死扶伤，生动演绎北医的厚道与担当
他们的一举一动
他们的一言一行
无时无刻不在影响着北大的医学生

教育就是一棵树去摇动另一棵树
一个灵魂去启迪另一个灵魂
医学生的培养更是如此
少不了门诊病房的耳濡目染
离不开前辈师长的身教言传
尤其在与死神赛跑、与病魔抗争的紧要关头
更是涵养仁心仁术的生动教材
也是磨砺精神品质的宝贵契机

在全民阻击疫情的当下
一批春节值班遭遇疫情坚守至今的临床医学生
也以各自的方式参与这场没有硝烟的战争
或主动请缨希望跟随老师直接投入战斗
或发挥专业特长7×24小时为群众在线答疑解惑
或积极协助医院临床工作正常有序开展

……

他们在行动中感受榜样的力量

他们在抗疫中浸润厚道与担当

## 不在前线进攻，始终在线助攻

在北京大学第一医院感染疾病科，有26名研究生。平日里，他们在老师带领下严格规范地进行着传染病相关的临床与科研训练，是感染疾病领域一支重要的新生力量。面对突如其来的新冠肺炎疫情，作为临床医学生的他们尚不能直接进入防控一线。但是，他们依然积极请战，希望能跟随老师投入抗疫战斗当中；身处全国各地的研究生们纷纷报名参与“北京市新型冠状病毒感染肺炎在线医生咨询平台”的工作。经过专门的培训和选拔，梁荣月、姚甜甜、程然、程浩、韩一凡、樊亚楠和朱文艳7名研究生和老师一起登录平台，7×24小时持续不间断地为广大市民提供咨询服务。面对百姓排山倒海般的问题，他们耐心细致、有条不紊地给予精准专业的答疑解惑，也在努力用爱心引导和安抚群众。

在参与在线咨询前，他们认真学习新型冠状病毒肺炎防控资料，与同学、老师沟通疑点、难点；在咨询过程中面临疑问也及时向老师请教沟通。他们全天候“在线”抗疫，不仅及时有效地满足了人民群众的健康需求，也是防控一线老师们工作的最好“助攻”。对他们来说，这也是一次绝好的学习、提高的宝贵契机。

## 以吾所学，尽吾所能，不负韶华

许庭珉是北京大学人民医院2012级八年制临床博士生，2020正是他的毕业之年。近期，他必须全力推进毕业课题，希望赶上原计划2月底的论文盲审。2月6日，他所在科室多位老师参加了第三批援鄂医疗队“百人团”，火速增援武汉。为了保障老师们支援武汉后科室还能正常运转，他立即放下毕业课题赶到医院完成交接班任务。

许庭珉在急诊值班的片刻间隙，通过朋友圈看到老师们当晚就已整装待发。而这样的故事，他几乎每天都能在临床一线看到听到。“江河众志，英姿飒飒，长缨赴戎机”，或许这正是北大医者的家国情怀。许庭珉认为，作为医学生，作为规范化培训的住院医师，虽然无法像老师前辈、师兄师姐那样奔赴前线支援战场，但是作为后备力量也应该有自己的选择和坚守，尽吾所能、用吾所学、佑吾所及，才能让逆行者不孤独，也让自己不负青春韶华。

周心宇是北京大学人民医院2013级八年制学生，也是产科住院医师。虽然疫情严峻，产科却是为数不多工作进度不会减缓的科室。周心宇从春节期间就开始坚守临床岗位，在上级医师指导下完成病人接诊、剖宫产一助、病历整理等各项工作。在临床岗位上学习医学知识技能的同时，也在前辈师长的言传身教中提高医学道德修养。

## 2003—2020，懵懂少年变为白衣天使

倪佳俊是北京大学第三医院2019级临床医学硕士生。他说："2003年非典，我上小学，只能躲在家中看电视里的白衣天使冲在疫情一线；2020年，我已经成长为一名准医生，不该还躲在家里看师长们冲锋陷阵，而应该拿起武器与他们并肩作战。"

每次走进医院，穿上白大褂，忙乱的心情立马平静下来。他说："也许这就是背在身上的责任和刻在白大褂上的信仰给我的勇气吧！""哪有什么白衣天使，不过是一群孩子换了一身衣服，学着前辈的样子，治病救人，和死神抢人罢了……"，抗疫期间，这句广为流传的话，深深打动着倪佳俊。

张灵珂是北京大学第三医院2017级血液科临床医学硕士生。今年1月，她要在最寒冷的冬天值守急诊内科。虽然她早已做好焦头烂额的心理准备，但是春节前来势汹汹的病毒开始袭击北京，紧张的氛围仍然超出了她的预期。每次值班步入诊室之前，她的确会有一些害怕和担忧，但开始工作后便只有一个想法：认真工作，履行职责。

张灵珂说："2003年，我上小学三年级，那时的我可能从来没有想过，终有一天我也会像前辈一样战斗在临床一线。"每次下班摘下口罩，鼻梁上的皮肤被磨破，脸上和脖子上的勒痕让她感觉自己更像一个战士。那一刻，又找到了学医的初心和情怀。

翟樯榕是北京大学第三医院急诊科2019级临床医学博士生。2020年已是她在北医三院的第四个年头。今年春节，与往年相同的是，她需要在急诊科值班；与往年不同的是，新冠肺炎疫情打乱了所有人的节奏。平日里手把手指导她的老师们很多都奔赴援鄂战场了，后方更需要他们做好繁忙的日常工作。随着人员抽调增多，值守医生们原本的休息被夜班、加班替代。急诊科病种复杂、合并症多，病情瞬息万

变，但翟樯榕和小伙伴们毫无怨言，始终坚守岗位。

面对疫情，翟樯榕说："最大的感悟就是，无论外界环境怎么变，作为一名医生，坚守自己的阵地、坚持工作的原则，始终不能变。"

## 羽翼虽未丰满，热血早已满腔

高弘烨是北京大学肿瘤医院2019级博士生。她密切关注武汉疫情，关注着北医师长在前线的感人事迹，按捺不住内心涌动的想法，给教育处老师发送短信主动请缨："老师，我想问一下，学生能不能申请去武汉当志愿者？我特别特别想去，干什么都行，能去帮忙就行！"

"非常理解你的心情，也能感受到你的满腔热血，但武汉的救治前线很危险，你们羽翼尚未丰满，现在更重要的是保护好自己。"老师感动地回复到。

"要是万一有机会可以去，老师能不能告诉我？我是真的特别想去，看着武汉太揪心了！"

……

虽羽翼尚未丰满，但稚嫩身躯就如此敢于担当，令人感动钦佩。有此仁心厚德，相信她将来一定是位好医生！

一位奋战在抗疫前线的白衣战士
说了一段令无数人泪目的话
"哪有什么白衣天使
不过是一群孩子换了一身衣服
学着前辈的样子治病救人
和死神抢人罢了"

北大的医学生也是这样一群孩子
他们正学着师长的模样努力救死扶伤
他们正浸润北医的精神奋力学习成长

素材源自北京大学医学部学工部、北京大学研究生院医学部分院、北京大学第一医院、北京大学人民医院、北京大学第三医院、北京大学肿瘤医院

# 疫情中的北大医学生：聚是一团火，散是满天星

北京大学医学部党委宣传部　陈　平

此时此刻
北大医学427名援鄂抗疫国家医疗队的白衣战士们
依然坚守在湖北前线
英勇奋战、救死扶伤
他们用行动书写北大医学人大爱无疆的崇高医者精神
此时此刻
原计划相聚在校园浸润医学知识的北大医学生
却因疫情阻隔分散在四面八方
但是他们时刻不忘厚道与担当
积极投身家乡的人民抗疫战争
或发挥专业特长变身科普达人
或戴上红袖章成为社区志愿者
或与同为医者的父母并肩奋战
或献出热血支援前线治病救人
……
他们的肩膀虽然稚嫩却已敢于担当重任
他们的举动虽然平凡却已尽显医者仁心
他们将凝聚北医人的精神带到祖国各地
努力变身为一颗颗驱散阴霾的闪耀新星

## 国是千万家，有国才有家

抗击新冠肺炎疫情是一场看不见硝烟的人民战争，每个人都是抗疫战士，没有人可以独善其身，作为北大的医学生对此更有体会。无论家乡是在繁华的都市，还

是在遥远的乡村，许多北大医学生都积极成为守卫家乡的抗疫战士。

家乡在安徽的苏浩然是基础医学院2019级医学检验技术专业的本科生，疫情期间度过了18岁生日。为抗击疫情，苏浩然所在县城采取小区封闭管理措施，并广泛招募小区防疫志愿者。苏浩然看到通知后立即决定报名。虽有家人反对，但投身基层防疫的党员父亲却鼓励说："你18岁了，是成年人了，应该有自己的责任和担当；作为北大的医学生，更应该主动发挥专业特长，做力所能及的事情，这也是青年人的使命。"

在为家乡群众做一点贡献的同时，苏浩然还亲身见证了许多不计回报、尽己所能维护一方平安的基层干部，他们平凡的事迹在疫情下变得触人心弦；党员干部们将"为人民服务"的宗旨变为造福群众的实际行动，更加坚定了他加入中国共产党的决心。苏浩然说："这段经历是我最珍贵、最难忘的'成人礼'"。

基础医学院2018级药理学系直博生熊梦瑶的家乡在河南邓州，与湖北接壤，因此防控压力不小。她有不少同学已在医院工作，奋战在抗击疫情岗位上。随着疫情变得严峻，家乡防控人手严重不足，急需志愿者，于是她毅然加入市中医院疫情防控一线队伍，每天在邓州新野高速收费站工作，负责入市人员体温测量和行程登记。面对繁琐的检查程序，很多人难掩内心焦躁，也有不少被劝返的人情绪激动，熊梦瑶和工作人员一起不厌其烦地解释沟通，用耐心的劝导、亲切的乡音抚慰着群众紧张的情绪。

为什么要在"别人觉得出门都有危险"的时候说服家人参加基层防控？熊梦瑶说："疫情防控，人人有责。作为北大学子，更是如此。"

药学院2015级长学制的王柏裕家乡在河南栾川，位于秦岭余脉的山区。看到疫情形势日趋紧张，王柏裕主动联系村委会和基层党小组成员，加入社区疫情防控值班队伍。他每天负责对本社区人员进行出入登记和体温测量，拦截劝返外来人员。王柏裕时常拿着喇叭广播病毒常识和预防措施，安抚乡亲的恐慌情绪；他还背上消毒喷雾器，为社区定期消毒。虽然有时候要值班到深夜才能回家吃饭，但是他说："我是个大小伙儿，在这样的时刻能对防控疫情出些力，吃点苦算不了什么，和一线医务人员相比，真是微不足道。"

公共卫生学院预防医学专业2018级宋树摇的家乡在贵州毕节。她参与了纳雍县的大学生联合会抗疫志愿活动，跟随社区工作者进行防疫宣传。宋树摇将在北大学到的公共卫生知识，巧妙融入家乡群众的话语风格，用方言编成脍炙人口的防疫口诀，还亲自拿着小喇叭在村里巡逻广播防疫知识，收到了良好的宣传效果和群众反响。“公行天下，卫成健康”，尚未走出校门的宋树摇就开始将北大公卫人的精神追求变为脚踏实地的行动举措。

家住北京的吴晓白菊是护理学院2016级本科生。首都北京的病毒输入压力极大，家庭聚集性病例时有发生，作为社区防疫志愿者的她严格把关每一位进入小区居民的体温，细致地记录回京人员详细信息，密切跟踪返京人员身体状况。她说：“看到身边很多带教老师、学长、学姐都冲向了抗疫前线，我除了感动和钦佩，也要努力发挥专业所学保护一方家园。”

## 长大后，我就成了你

求医之路漫长而又艰辛，需要深思熟虑方能笃定心志。在北大，有些同学是因为父母和家庭的耳濡目染，从小立志学医，立志到北大学医。这样的医学生，父母也是他们的学业导师和职业楷模，成为他们从小就想成为的人。疫情之下，医者父母的言传身教同样令人感动。

黄雨佳是药学院2017级化学生物学系的直博生，她的家乡就在疫情严峻的湖北松滋。寒假回家，疫情蔓延，黄雨佳心急如焚，而她的父亲正是市人民医院感染科的医生，日夜奋战在第一线。2020年大年初一，前线吃紧，黄雨佳主动请缨，征得父母同意后，穿上防护服、戴好口罩，走进人民医院感染科，和父亲黄胜并肩抗击新冠肺炎。黄雨佳每天紧张有序地归档整理各种病例资料，及时向医院及市里上报相关信息，尽心尽力地协助其他医护人员做力所能及的事情。每天工作结束后，她和爸爸一起住在医护人员隔离区，以免影响其他家人。

被问到还是学生就勇敢冲向疫情前线会感到害怕吗，黄雨佳说：“父母都是医务工作者，能和爸妈站在一起，就是家，就是温馨港湾。有北大医学的知识储备，还有那么多逆行者榜样，所以我并不怎么害怕。”

公共卫生学院预防医学专业2018级本科生太皓来自内蒙古呼伦贝尔，是一名20岁的达斡尔族小伙儿。打小太皓就记得妈妈每年都会“消失”几次，因为妈妈在疾病预防与控制中心工作，每次“消失”就是要去牧区、农区和林区调查接种情况，为农牧民开展科学预防和接种宣传普及。太皓的姥爷50年代便工作在陈巴尔虎旗防疫站，所以他自幼对预防医学有着特殊的情感，高考时坚定选择北京大学公共卫生学院，因为他想成为妈妈和姥爷那样的人。

今年寒假，新冠肺炎疫情让太皓的妈妈来不及欢度春节，大年初二便紧急返回工作岗位，24小时不眠不休地接听肺炎疫情热线电话。看到妈妈如此辛苦，太皓向妈妈提出到疾控中心帮忙的愿望，但妈妈担心安全，没有同意。随着疫情日渐严峻，疾控中心很多工作人员连续多日不眠不休，妈妈才答应了太皓的请求。

作为大二的学生，太皓还只是刚入门的公卫人。但是他边学边干，不怕吃苦不怕累，哪里有需要，哪里就有他的身影。从整理归纳文件到录入送检信息，再到后来参与撰写报告，太皓参与的工作越来越多，越来越专业。2月17日，北京大学启动本科生线上教学，太皓不能全天工作，于是他白天上完网课，晚上继续去帮忙，有时甚至要忙到深夜12点。虽然很辛苦，但是太皓说："与妈妈和疾控中心的老师们一起奋战，我看到了忘我与无私；作为一名北大公卫人，我要继续努力学习，将来也要像他们一样，为祖国的防疫事业而奉献！"

## 北医青年，求真力行

药学院2018级硕士生吴一波是一位科普达人，长期致力于健康传播的研究与实践。面对新冠肺炎疫情暴发以来多种假科普和谣言四起的局面，吴一波基于自身专业知识，申请中国科普作家协会"抗击新型冠状病毒疫情"项目，积极创新科普形式，策划并参与制作微视频《关于疫苗，你应该知道这些……》，从药学专业的角度生动形象、通俗易懂地解答公众关心的问题，各平台累计播放量达103万次。他还参编《人与自然——画说新型冠状病毒》和《疫情来临时：新型冠状病毒肺炎居家防护指南》。同时他还针对公众关于疫情的认知情况开展调查研究，为科学认识公众知识需求和科普实践提供了有益参考。中国科普作家协会秘书长陈玲研究员对吴一波高度赞赏："一波在关键时刻，及时、主动地发出科学、专业的声音，体现了有专业素养的新时代青年人的担当。"

## 这是心的呼唤，这是爱的奉献

春节期间遭遇疫情，繁华的北京街头变得异常冷清，献血量随之断崖式下跌，医疗血液保障面临重大挑战。作为医学生，更加明白血液对于治病救人的极端重要性，所以护理学院在京25名同学和口腔医院17名留京同学积极参加北京市无偿献血。医学生虽不能像临床老师和前辈那样奋战一线，但也可以献出宝贵的热血拯救生命，为抗击疫情全心助攻。2016级口腔医学本科生王琰琳说："作为一名医学生，看到一线医生们都在努力，而自己却做不了什么，希望通过这样的方式，为抗击疫情尽绵薄之力。”

除人类之病痛
助健康之完美
这是每一位医学生踏入医学殿堂时的铮铮誓言
无论是忙碌于门诊病房
还是探索于知识的海洋
又或是行走在社区街巷
时时都要践行北医人的厚道担当
处处都是捍卫人民健康的主战场

素材源自北京大学医学部学工部、北京大学基础医学院、北京大学药学院、北京大学公共卫生学院、北京大学护理学院、北京大学口腔医院

# 抗疫情你以性命相托，守安康我必全力以赴

北京大学医学部党委宣传部　韩　娜

“医学生”
因为比普通的学生多了一个“医”字
而成为一群特殊的学生群体
在这个高校延迟返校的特殊时刻
临床专业的高年级医学生们
却正在陆续返回自己的工作岗位
虽然这些医学生们没有在抗击新冠肺炎疫情的第一线
但是他们仍自愿坚守在医院这个“高危”的工作环境中
继续着自己“平凡”的工作
作为他们永远坚强的后盾
北大医学的后勤人员们
也用自己“平凡”的工作
默默守护着他们的健康和平安

医学部城内学生宿舍位于西城区草岚子胡同8号，宿舍区建筑面积10586.02平方米，有南楼和北楼两栋楼，可容纳660名学生同时入住，主要居住的是八年制进入北大医院、人民医院、肿瘤医院的临床型学生及科研型学生，被同学们亲切地称为“草岚子”。

根据学校规定，草岚子宿舍区的学生因涉及医院一线的医疗支援，符合规定的八年制临床型医学生可以在医院需要的情况下，以自愿为基础安排返回医院上班，要求这些学生在做好医护工作的同时一定做好自我防护，另一方面也给城内宿管老师们构筑疫情防控安全网提出了更多的考验。

城内学生宿舍管理办公室的老师们在医学部和后勤党政班子的领导下，第一时间研判形势部署工作，有序组织物业、安保、餐饮员工投入到疫情防控工作中，保障宿舍区

的安全稳定，为战斗在一线的高年级临床型医学生们做好坚实的服务保障和支撑。

## 制定疫情防控方案，强化工作协同

城内学生宿舍管理办公室牵头制定了《城内学生宿舍区疫情控制管理方案》，有序组织物业、安保、餐饮员工投入到疫情防控中，责任到人、落实到岗。同时，加强与医院教育处老师的沟通，协同学校、医院做好学生的动态管理和服务。

1月31日，北大第一医院党委张静副书记、李海潮副院长、教育处王颖处长、于岩岩副处长（学生党总支书记）到城内学生宿舍了解疫情防控举措，嘱咐城内办一定要严抓疫情防控工作，做好学生的衣食住行等后勤保障工作，守住安全防线。

2月7日，总务处副处长盛路到城内学生宿舍检查疫情防控工作，要求宿舍区安保、物业、食堂各部门高度重视、科学防控，确保各项工作万无一失，尤其是重点加强公共区域消毒、进出人员的体温监测等工作。

2月10日，总务处副处长吴至翔到城内学生宿舍了解具体的防控工作。吴至翔先后到学生食堂、宿舍楼电梯间、公共区域查看具体的疫情防控措施落实情况，并指出要进一步加强疫情防控和安全防范工作，消毒卫生要落实到人，尤其要加强员工培训注意酒精、84消毒液的安全使用，把防疫工作抓细抓实，保障疫情防控工作扎实有效开展，切实把疫情防控网扎紧扎牢。

## 加强防控宣传，确保物资供应

在宿舍区大门外、楼内入口、餐厅入口各处张贴进入宿舍区通知，利用电子屏滚动播放防控疫情资讯、疫情防范要点，提醒宿舍区员工及学生勤洗手、戴口罩、做好通风消毒卫生保洁工作。提前向总务处报备防控物资的需求，做好物资领取管理分发工作，在厉行节俭的基础上确保一线员工防控物资充足。

## 实行全封闭管理，筑起安全隔离线

疫情一天未减，大家的思想防线就一天不能松懈。严控出入，将疫情隔离在宿舍区外，已成为每位员工心中的最强信念。

对自行车坡道实施临时封闭，南北楼增设专门人员对楼内的每一名人员登记测温，确保进入楼内的人员无遗漏，保障每一名人员都体温正常，从人流上最大程度切断可能的传播渠道。物业、保安对返京学生及员工做好记录、详细了解返京人员各项信息，动态登记更新人员信息表，每日向上级汇报，发现情况及时对可疑人员采取措施进行医学观察。

疫情发生以来，宿舍区全体员工24小时轮岗，坚持每日确保体温正常后佩戴口罩上岗。宿舍区实行全封闭管理，出入宿舍区须持校园卡；进入人员（含车辆驾乘人员）需配合保安进行体温检测和登记，体温正常方可通行；暂停临时车辆、快递进入。

登记、核实，测体温，一遍遍亲和的询问背后，显现出高度的责任感。100%防疫管控时刻守护，只为宿舍区安心每一刻。

## 做好净化卫士，全面消毒，悉心只为安心

为宿舍区学生们的健康生活，一个个“净化卫士”积极参与到疫情防控行动中，用行动让学生投入到安心的工作学习生活之中。

防疫期间，宿舍区加强环境治理，开展保洁员工培训，对卫生工作提出明确要求，加强工作检查和考核。宿舍区每日全面消毒，使用酒精、消毒液，对前厅、电梯间、公共设施、公共通道、自习室、餐厅等进行无死角覆盖，对把手、扶手、电梯开关、按键等人群高频接触位置加大消毒频次。同时，确保垃圾及时清运，每日使用过的防疫物料统一回收处理，杜绝污染隐患。

我们希望在这里，学生们走出的每一步都是放心，在宿舍区的每一角落都是安心。

## 引领“食尚”生活，筑牢“舌尖防线”

食堂从2月2日起正常开放，确保疫情防控期间加工人员体温监测正常、食品供应安全，加大餐厅消毒频次、控制就餐人员距离，筑牢就餐人员第一道防线，克服人手短缺的困难，尽力为学生提供安全可口、营养均衡的餐饮服务。2月8日元宵节当天，食堂还为学生准备了免费的元宵。

疫情防控期间，对每一名上岗员工进行体温检查，并且佩戴口罩进行操作，勤洗手、保持个人清洁卫生，同时对于进入餐厅的就餐者要求佩戴口罩，不佩戴口罩人员禁止入内。

要求餐厅加强餐饮具及工用具的清洗消毒，保持操作间清洁干燥，同时，每天

开展不少于3次的环境消杀，后厨使用的器具、设备等使用结束后进行统一紫外线消毒。前台的刷卡机、玻璃防护罩具、保温菜台、食品夹及售卖器具（包含餐盘和托盘）等进行每日消毒。在食堂就餐桌椅区域、公共洗手池、餐盘回收区域等用餐人员接触的地方，加大清洁和消毒频次。就餐区域尽量加大座位间隔，降低食堂内人员聚集密度；售卖区域粘贴保鲜膜，防止购买菜品人员与菜品有飞沫接触，菜品严禁裸露在保鲜膜以外，包括免费的调料和免费汤等，都做好相对应防护保障，以免交叉污染。后厨每日的厨余垃圾分类，同时做到每餐及时进行清理，不得将餐厨垃圾滞留在厨房。厨房及操作间每日在操作结束后，认真做好室内环境卫生清理工作，确保后厨室内卫生达标。

采购人员严格执行索票索证和记录工作，供货源头选择有合法资质的供货商采购原料。生食、熟食操作人员加工之前必须洗手，严格执行烹饪食品的温度和时间标准。

通过严格培训对病毒的科学认知与预防举措，所有在岗员工在保护自己的同时，全力筑牢草岚子安全防护墙。24小时轮岗坚守，守住学生每一步的安心出入，为北大医学平安校园保驾护航。

疫情虽然让人们在空间上保持距离
但却在心灵上贴得更近
在这场严峻的斗争中
哪里有疫情、哪里困难多
哪里就有感人瞬间、执着坚守
后勤部门的最美守护者用他们的实际行动
守护起另一群最美逆行者的安全防线
在他们的心中初心如磐、使命在肩
他们信念坚定、全力以赴
坚决打赢这场疫情防控阻击战
其实
我们每个人
做好自己的本职工作
就是这个时代的英雄

素材源自北京大学医学部总务处

# “斤斤计较”，守护北大医学的第一道防线

北京大学医学部保卫处

今年的春节，伴随着新冠肺炎疫情的暴发，显得特别与众不同。坐标学院路38号，有这样一群人，他们朴实无华、默默无闻地守护着北京大学医学部的第一道防线，他们扛起了抵御病毒向校园侵袭的重任，他们坚守岗位，诠释了北大医学保卫人捍卫师生员工生命安全的初心。

疫情就是命令，防控就是责任。人少了、车少了，保安队员一个都没少。英波是西门门岗班长，寒风中，戴着口罩、手持体温计，一句句“请您出示证件”“请您配合我们测一下体温”“请您登记信息”，记录着他们的坚守。

今年是英波在校度过的第十个春节。大年二十九，新冠肺炎疫情开始蔓延，保卫处紧急采购了一些口罩和手持式体温计，并配发到各个门岗。英波叮嘱每一名队员戴上口罩上岗，逐人检测体温。

为了防止新冠肺炎疫情在校园蔓延，1月27日，学校各校门在原有管控措施下继续收紧。持证机动车入校需要检测驾驶员体温，外来人员、车辆禁止入校。“师生、家属等行人入校很配合，因为平时也严格查证；遇到机动车入校的情况，给驾驶员测量体温时需要解释一下，大家也非常配合。”英波说，“最近几天车流量、人流量整体少了很多。”虽然人少了，车少了，但是平时随和、话不多的英波也学会了“斤斤计较”，逢人必查，遇车必检，查体温绝不糊弄。门岗上五十多名保安员也跟着英波学会了“斤斤计较”，认真核对证件，耐心劝离校外人员，筑牢了北医的第一道防线。

冬季多风，室内外温差较大。为了得到准确的测量数值，英波和大家一起对比了水银体温计和手持体温计的测量数据，通过调整测量身体部位减小数据误差，最终发现测量手腕以上十厘米部位误差较小，提高了测量的准确度。“为了在守护师生安全同时做好服务，我们特别注意细节，比如测量体温时，与被测人保持一定距离，测量后，立即用酒精棉片擦拭，及时消毒。”英波说。

门岗是北大医学部的第一道防线，除了坚守，还需要联动。在实际工作中，保

卫处和学工部、宿管部门建立了联动机制。英波负责返校学生的核实上报，“各个门岗遇到返校学生，我都要第一时间赶到现场，逐一核实。如果在准予返校名单内，量体温、登记后可以放行；如果没有在名单内，就需要请学生等待一下，把学生相关信息上报后，学工部允许后才能放行。”

“虽然没有回家过年又赶上疫情防控，但是在学校感受到了校领导、师生们满满的关心，我们门岗的队员也都有满满的坚守岗位的责任感和信心。”英波说，“我们一定守好学校的门，把疫情拒之门外！”

# “公行天下，卫戍健康”

## ——抗疫“战争”中的公卫身影

北京大学公共卫生学院　刘　杰

近期，新型冠状病毒肺炎疫情形势严峻，牵动每个国人的心。从中央到地方都在积极动员、全面部署，社会各界齐心协力、众志成城，力求早日打赢这场疫情防控阻击战。北京大学及医学部对于疫情防控亦做出严密部署安排。面对此重大公共卫生事件，北大公卫人深感责无旁贷，广大师生、党员干部有力地行动起来，发挥专业优势，投身疫情防控一线，切实担负起公卫人的使命与责任！

### 在国家层面疫情防控中发挥智库作用，参与疫情预测研判

疫情就是命令，防控就是责任。学院发布2020年院发1号文件《关于号召学院师生积极参与疫情防控及报送疫情防控相关参与的通知》，号召党员干部率先垂范、迎难而上，号召系所、师生积极行动起来，在服从政府疫情防控部署和做好个人防护的基础上，积极地投身到疫情防控阻击战中去，在全球卫生、疫情分析、科学研究、专家咨询、科普宣教、知识传播等方面作出我们应有的贡献！

流行病与卫生统计学系李立明教授担任中华预防医学会新型冠状病毒肺炎防控专家组组长，负责疫情研判和防控技术支撑、咨询等工作。孟庆跃教授、刘民教授、刘珏副研究员被国家卫生健康委员会（卫健委）聘为“新型冠状病毒肺炎专家组”成员，刘珏副研究员常驻国家卫健委协助疫情数据处理工作。

学院多篇疫情防控相关政策建议经北京大学医学部上报国家疫情决策部门。李立明教授、孟庆跃教授、郝卫东教授、詹思延教授等联合撰写完成《新冠肺炎疫情防控政策建议》。劳动卫生与环境卫生学系郭新彪教授、邓芙蓉教授撰写完成《我国城市公共卫生环境存在的问题、隐患及对策建议》。流行病与卫生统计学系刘珏副研究员撰写完成《关于北京疫情防控形势研判、风险点分析及对策建议》。卫生检验学系崔富强研究员、卢庆彬老师撰写完成《疫情防控工作中潜在风险点分析及

对策建议》。

流行病与卫生统计学系詹思延教授为新华社提供专家咨询；参加科技部“基于大数据开展新型肺炎疫情预测与分析工作方案”会议，助力疫情发展趋势预测、分析、研判常态化工作机制探索；对接中国工程院“高度重视城市公共卫生储备及灾难医疗应急备灾体系缺失”课题，为参考决策提供专家咨询服务。儿童青少年卫生研究所马军教授、马迎华教授、宋逸副教授等按照教育部委托制定《大中小学及托幼机构新型冠状病毒感染的肺炎防控指南》。

卫生政策与管理系吴明教授、崔涛副研究员等撰写报送统战部、九三社中央、九三社市委、北京大学等机关单位疫情防控相关文章7篇。王志锋教授、杨健老师参加国家卫健委疫情控制应急预案研讨论证，就当前卫生应急体系经验和优势、短板和不足、改进意见和建议提交卫生应急体系和能力报告。营养与食品卫生学系马冠生教授为国家市场监督管理总局提供“关于疫情防控期间的饮食消费提示”的建议，参与国家卫健委“为公众、一线工作者和患者制定的合理膳食指导”项目。

## 在国家和地方疫情防控一线志愿服务，助力疫情分析防控

为支援国家疾病预防控制中心（疾控中心）疫情数据统计和分析工作，自1月26日至今，流行病与卫生统计学系王洪源、庞元捷2名教师以及11名研究生昼夜不歇地持续奋战在分析全国疫情工作一线。李立明教授、余灿清副教授等师生线上远程支援志愿者工作。医学部党委徐善东副书记、学院孟庆跃院长、学院党委郝卫东书记先后前往慰问。

流行病与卫生统计学系詹思延教授、曹卫华教授参加海淀区卫健委疫情相关会议，提供专家咨询。流行病与卫生统计学本科生刘奇琛协助北京市疫情防控重点任务落实情况督办、对外电话接听。15级长学制学生张佳玮自1月30日起在北京市疾控中心协助做好疫情相关文献查找、翻译等工作。博士生符刚在天津市加入留观安置点督导组，参与北辰、武清和南开3个留观安置点督导和技术指导，对病例、疑似或密接进行现场流行病学调查，发现并控制传染源。

流行病与卫生统计学硕士生杨君婷更是作为志愿者参与到贵州松桃苗族自治县这个“苗乡”的抗疫一线。人民网贵州频道记者2月1日问她：“现在全国新型冠状病毒肺炎人数还在持续上升，而且还未研制出特效的治疗药物，这时候应是比较危险的时候，许多人都待在家里，你为什么想着来报名抗疫志愿者？”她回答道：“一

方面因为我是北京大学医学部流行病与卫生统计学专业二年级研究生，报名抗疫志愿者和我的专业对口，能帮上忙。另一方面我是一名共产党员，看到全国受疫情影响，每个人都在努力抗击疫情，许多人整个春节都在岗位上，作为共产党员更应该到抗疫一线去，有一份光就要发一份热，为抗疫贡献出自己的一份力量，所以我大年初二就到官方的抗疫志愿者招募渠道报了名。”

## 参与世界卫生组织重大会议议题讨论，维护中国利益立场

全球卫生学系郑志杰教授、刘培龙教授、郭岩教授、黄旸木副研究员、尹慧老师、金音子老师等在世界卫生大会及世卫组织执委会上，参与每个议题的讨论发言，为使团和国内提供第一手的信息，为中国代表团表达并维护中国立场提供咨询建议。刘培龙教授和谢铮教授对相关概念的定义、标准及影响等进行解读，为民众客观、科学、理性认识世卫组织决定提供支持。

## 聚焦疫情趋势、治疗药物、心理干预等，积极展开科研攻关

生物统计系主任周晓华教授带领本系师生积极科研攻关，完成对武汉市新型冠状病毒潜在感染人数的估计［An Estimation of the Total Number of Cases of NCIP（2019-nCoV）］，对潜在感染人数、疫情发展趋势做出正确预估，获国家疾控官方杂志《China CDC Weekly》接受发表。目前正在申请国家自然科学基金委“新型冠状病毒（2019-nCoV）溯源、致病及防治的基础研究”等应急科研专项。

流行病与卫生统计学系詹思延教授、孙凤副教授、王胜锋老师同武汉大学中南医院合作，开展针对新冠病毒药物治疗的真实世界研究。孙凤副教授展开针对疫情的自主研究——β-冠状病毒引起的呼吸道疾病的患者治疗效果和安全性循证评价，寻找可能有效且相对安全的治疗药物。

营养与食品卫生学系张玉梅教授与生物科技公司合作开发抗击新型冠状病毒疫情的新技术——快速检测疑似病例的方法及产品，力求将改进型样本保存液与检测试剂联合，保障不同环境条件下样本采集的稳定性，实现快速检测。

卫生政策与管理系郭静老师通过在线调查的方式，与多家单位的研究人员联合开展了“新型冠状病毒疫情社会心理调查”，并帮助李宁公司在线开展员工危机心理筛查以及帮助北京市十一所中学在线开展中学生危机心理筛查等服务。

## 利用专业优势投身科普宣教、知识传播，开展疫情防控宣传

流行病与卫生统计学吕筠教授、余灿清副教授、侯星朵同学等撰写《疫情当前，公共场所从业人员如何应对?》，发表于中华流行病学微平台。余灿清副教授等撰写《疫情高发期这份预防攻略一定收好》等发表于《健康报》。

营养与食品卫生学系马冠生教授在新媒体平台发表抗击新型冠状病毒肺炎的科普文章3篇。许雅君教授录制儿童绘本视频《2020，这个春节发生了什么》，给儿童讲解新型冠状病毒肺炎的来龙去脉、如何做到隔离防护以及心理安慰。张召锋副教授撰写《预防新型冠状病毒感染，提高免疫力该如何吃》文章。

社会医学与健康教育系钮文异教授编写抗击新型冠状病毒的“三大纪律八项注意”和“社会动员，共克敌顽”科普知识登载在九三北京市委网站；为多位心理专家撰写应对疫情心理问题科普问答文章等，已提交出版。劳动卫生与环境卫生学系黄薇研究员接受《健康报》采访、联合撰写《口罩=安全? 专家指出：不能正确佩戴口罩，反倒增加健康风险》，发表于《大众健康》杂志上。卫生政策与管理系周子君老师接受央视、央广新闻和环球时报采访，科普新型冠状病毒肺炎防控相关问题。

2016级预防医学本科生韩沛恩同学参与2019-nCoV疫情地图的制作；作为北京大学健康传播协会会长组织推出疫情知识科普特别专题，发文阅读量20万余人次。2016级预防医学本科生陈林一、程昊哲两位同学加入公众号“PKU健康传播”编撰小组，协助《“病死率”15%?“感染率”83%? 别怕！一文帮你搞清数字疑云》一文成型。2018级预防医学本科生余勇同学通过录制喊话视频，在会泽县融媒体上、会泽电视台播放，呼吁全县16万学弟学妹携起手来，共抗疫情。

## 构建立体化院级疫情防控体系，共筑校园抗击疫情防线

按照北京大学及医学部总体部署，学院于1月24日第一时间成立以郝卫东书记和孟庆跃院长为组长的院级疫情防控工作组，指定任涛副院长作为防控工作具体负责人，党院办主任作为联系人，对接疫情防控各项工作落实。在系所层面，由系所主任/副主任牵头，指定专人负责本系所疫情任务。由此，建立起从学院到系所覆盖全体教职员工的疫情防控工作队伍，每日对全院教职员工进行安全风险提示和健康状态筛查，按时、保质、保量上报相关疫情防控相关信息，确保各项疫情防控数据及时高效上报，以便上级单位持续掌握学院疫情最新真实情况，服务疫情防控大局。

针对寒假及疫情期间的教学科研安排，学院统筹协调做好各项工作部署。学院党委郝卫东书记向全体教师传达延期开学方案，并请导师与学生做好沟通安抚工作。学院王志锋副院长牵头做好延期开学期间的线上教学安排，并面向全球卫生国际硕士班非洲学员传达延期开学方案。

学院党委张景怡副书记牵头带领学生工作队伍，每日及时更新汇总上报全体学生身体状况、是否居家等最新数据，逐一严格落实学校要求，通过多种渠道将延期开学方案“一对一”告知学生，密切关注全体学生，特别是身处疫区、家庭经济困难、学业困难等学生的身心状况，特别给予在武汉且亲属患病的同学妥善帮助；组织丰富多彩的学生线上寒假活动，包括口罩绘画比赛、读书会、练字坊等；本科生们通过留言、绘画、书法、视频、刺绣等形式向战斗在防疫一线的实习基地老师送上敬意和祝福，组织小课堂辅导他们的孩子，温暖了疫情防控一线同志们的心。截至目前，在全体辅导员、班主任、导师反复强调纪律、安抚劝说和全力帮助下，所有学生严格遵守学校规定，未有一名学生提前返校。

越是艰险越向前！此次疫情中，北大公卫人敢于担当、善于作为、勇于奉献，党员干部率先垂范、冲锋在前，以切实行动践行初心使命。北大医学截至目前已派出427名医护管理人员远赴援鄂抗疫一线。在全国各地各行各业，我们都能看到抗击疫情的人性光辉在璀璨地闪耀着。我们坚信，通过这千千万万党员干部、人民群众众志成城、万众一心的努力，定能早日打赢这场抗疫阻击战！

北大公卫人，时刻准备着！

# 公卫人走到哪里，就把预防医学带到哪里

## ——北大公卫在行动·本科生抗疫纪实

北京大学公共卫生学院

2020年1月20日，国务院将新型冠状病毒肺炎纳入法定传染病。两天后，湖北省启动突发公共卫生事件二级应急响应机制；三天后，武汉封城。疫情的紧张牵动着全国人民的心，而此时北京大学公共卫生学院的本科生们也已经全体离校，分散在全国各地。“公行天下，卫戍健康”早已成为了铭记在北大公卫学子心中的信仰，疫情之下，同学们纷纷以各种形式参与到抗疫前线，下面就来看看几位本科生代表的抗疫故事。

### 做疫情科普和科学防疫的践行者和宣传者

预防医学2018级1班的马一迪，1月19日结束了寒假实习返回了甘肃老家。“1月21日全国确诊309例新型冠状病毒肺炎时，我意识到了本次疫情的严重性，而此时我身边的很多亲属朋友还对于疫情完全没有了解。”这让马一迪很着急。他利用朋友圈高密度地转载有关新冠肺炎的相关报道和专家解读，提高身边人的重视程度。此外，他从身边人着手做好疫情防范的宣传，指导大家科学防护。春节期间，他劝阻家人改变了延续几代人的除夕当天挨家挨户磕头拜年的风俗，让大家欣然接受各自在家网络拜年，从我做起为防疫作贡献。跟马一迪一样，每天游说亲朋好友的北大公卫本科生还有很多很多。

### “我是北京大学公共卫生学院的学生，请让我来”

随着疫情的进一步扩散，全国各地确诊人数不断攀升，伴随着新闻媒体的连续报道以及各地社区、疾控工作人员紧密的宣传，老百姓大多接受了减少出行、安心在家隔离的理念。但是，此时很多北大公卫学子却成为了最基层的逆行者，他们说

服父母走出家门，在社区、疾控中心、检查站都有他们活跃的身影。

在党中央的坚强领导下，全国各地的党员和基层工作人员全部结束了休假，投入到与疫情奋战的第一线。此时，虽然很多北大公卫本科生还没有系统地学习预防医学专业知识，但作为北大公卫人，同学们纷纷请缨参与到家乡的防控工作中。预防2017级1班的魏婷婷在福建省仙游县玉井社区对进出人员进行体温检测、办理临时出入证和人员进出登记。预防2018级2班的龙超在贵州省黔西南布依族苗族自治州挨家挨户登记并做防疫知识普及。预防2017级2班的闫温馨在黑龙江帮助绥棱林业局有限公司3个通往林场的检查站进行过往人员汇总上报工作。预防2018级1班的宋树摇参与贵州省毕节市纳雍县大学生联合会的活动，跟随社区工作者进行防疫宣传，利用公卫知识结合群众语言，用方言编写了脍炙人口的防疫口诀。预防2018级1班的余勇联合其他当地的大学生，录制了防疫宣传视频，视频在当地融媒体和电视台播放，呼吁全县16万青少年共抗疫情。

由于各地志愿者招募政策的限制，很多本科低年级同学无法参与一线防疫，但他们也在以各种形式贡献自己的力量，预防2017级2班林书剑、陈媛远和2018级的连昕瑶就一起参加了北医福建校友会组织的物资捐赠活动。

## “预防医学广阔天地，大有作为”

北京大学公共卫生学院还有很多同学，在自己熟悉的领域，通过自己的特长、爱好和影响力参与新冠肺炎抗疫。预防2016级2班的侯星朵是医学部著名的手绘达人，“当时在家里看着在一线救人和分析数据的学长学姐和老师们感觉很钦佩，甚至遗憾自己晚生了两年。当公共卫生学院流行病与卫生统计学系的余灿清老师联系我，希望我可以利用绘画特长参与疫情科普宣传时，我毫不犹豫地答应了，非常开心可以为抗疫做一些自己的贡献。”

预防医学2016级1班的韩佩恩是北京大学健康传播协会的会长，一直致力于向公众宣传和普及医学知识。此次疫情期间，他参与了2019-nCoV疫情地图的制作和科普文章的组织撰写。最令他难忘的是他发起的高中校友医疗物资捐赠活动。捐赠医疗物资并没有公众想象中那么容易，从最初的建立架构，到联系货源，再到疏通渠道，然后是组织募捐，最后才能将一批批紧要的物资送到医护人员的手中。其中的艰辛暂且不谈，对于募捐的“程序正义”的坚持最令韩沛恩自豪。本次疫情中公众募捐活动很多，为了节省精力与时间，大部分组织选择了直接公布收款二维码。

这样做虽然节省时间，但是却忽略了“依法办事”这一最基本的原则。在查阅了《慈善法》等相关法律后，韩沛恩坚持按照上面的要求寻找民政局立项的基金会作为挂靠，公开募捐结果和报销流程，定时账目公开接受监督。虽然这样做给整个流程带来了更多的手续，但是却让每一名成员在行事的时候有条例可依，避免了寻租空间的产生。

这个寒假是预防2015级1班张佳伟作为预防医学本科生的最后一个假期了，突如其来的疫情“延长”了她的本科生身份，却也让她有幸作为北京市疾病预防与控制中心的志愿者到一线参与防疫工作。深入北京市疾控中心之后，张佳伟了解到疾控中心一线工作人员工作的艰辛和繁重。张佳伟所在的组主要负责指引书写，列出每种可能的情景，并结合专业知识让公众读懂并了解不同场景、不同人群的防护要点。撰写工作中的每一句话都要做到严谨、有证可依，需要充足的专业知识支撑。而每天的工作也都要随着疫情的发展变化而有针对性地调整。每天紧张忙碌的工作，让张佳伟连一张工作照片都没有留下，“在那儿的工作让我觉得离疫情防护更近，特别想说的就是，疾控人，公卫人，真的辛苦了”！

“我现在还清晰地记得，之前参加学院活动的时候，公共卫生学院党委副书记张景怡老师说过，‘公卫人走到哪里，就把预防医学带到哪里’，我要对得起自己北大公卫人的身份！”余勇这样对班主任说。相信，这也正是北京大学公共卫生学院400余名本科学子共同的心声！重大疫情之下，国家危难之际，人民痛苦之中，有能力为国家和人民作出自己的贡献，是北大公卫人的骄傲和荣耀。防疫之路上，北大公卫人一直在努力，相信不久的将来必将迎来胜利的曙光！相信不久的将来，新一代北大公卫人必将铸就中国预防医学更加绚烂的辉煌！

# 久违的课堂　别样的相聚

## ——北京大学基础医学院PBL空中课堂

北京大学基础医学院

庚子新春，新型冠状病毒肆虐，疫情席卷全国。遏制病毒扩散、护佑人民健康、全民抗击疫情，成为庚子鼠年每一个中国人共同的使命。教育部、北京大学和医学部紧急部署，“停课不停学、停课不停教”“标准不降低、学习不停顿”，最大限度保障教学工作的整体运转。

在疫情肆虐的特殊时期，PBL（Problem based learning）——基于问题的小组讨论式学习，涉及基础医学院360余名学生、120余名教师，是否如期开课？应该如何开展？上课效果如何保证？以下我们一起来了解基础医学院制订的一系列举措、实施情况及效果吧。

### 早思考，制定预案

经过沟通，1月31日，PBL中心主任、基础医学院教学副院长王韵教授积极部署，作为学院教学工作的重要组成部分，第三学年临床和基础医学学生重要的学习形式，PBL要如期开展！

PBL是以学生为中心、以案例为载体的小组讨论式学习，常规情况下，每12~14名同学和1位指导教师，在PBL专用教室中，通过3次讨论课，就案例学习材料进行研读、分析、讨论、确定学习目标、分享学习内容及反思学习过程。讨论课上及课后，学生自行或者通过合作形式查阅文献，整理学习笔记，归纳总结，凝练和提升。每个案例讨论结束后，还配有一次专题讲座，邀请该领域的专家介绍最新的研究进展，并就同学们讨论过程中出现的难点和疑点进行反馈。案例结束后，指导教师和学生通过专用网站进行教学评估和反馈。

为了尽可能还原真实的PBL场景，结合PBL特点，即小组（约15人）、实时交流和多向反馈（师与生、生与生）等特点，PBL中心多方探索，制定了“线上PBL实施方案”，即“视频会议进行课堂讨论+微信群辅助和加强沟通+PBL网站作业提交与批阅+PBL网站进行教学评估”。根据此方案，学院365名学生、28个小组的PBL课程，通过以下具体措施来实现：

1. 指导教师的教学活动，如案例培训（集体备课）和案例总结等，通过视频会议系统完成；

2. 教师与学生的讨论课，通过视频会议系统进行，同时加强微信群的沟通和交流；

3. 学生上传和教师批阅作业以及案例教学评估，仍然通过学院PBL专用网站进行；

4. 案例专题讲座，通过视频会议系统直播形式完成。

2月4日，基础医学院向医学部教育处正式汇报了此方案，获得批准。

## 全方位师生动员

学生和指导教师是PBL中的两大主体，是PBL学习效果的直接影响因素。提前了解学生在线学习的意愿与学习条件，有利于更好地组织教学，使学生和教师更快地适应新的学习模式。

学生的调研相当于第一轮的动员，79%的同学完成了反馈。通过调研了解到，约97%的同学具备电脑，可以查阅文献，完成作业，能够在上课时间参加在线讨论；约84%的同学可通过wifi在线学习。针对学生关注的问题，如在线讨论网速是否流畅、掉线卡顿是否影响对自己的评价、文献查询困难是否有补充学习资料等，PBL中心逐一进行了解答，随后发布本学期PBL课表，启动了第二轮的动员。

第三轮的动员以视频会议软件的使用指南为切入点，进一步明确了PBL的实施方案，同时PBL中心为每个讨论小组建立了微信群，帮助同学和指导教师相互熟悉，营造良好的沟通氛围。部分小组的指导教师主动组织小组同学进行软件测试活动，不仅拉近了师生距离，测试效果也为大规模实施PBL线上讨论提供了借鉴。

2月17日，开学的第一个工作日，召开了指导教师案例培训会，正式拉开线上PBL的序幕。

教师们面对新的线上PBL模式，摩拳擦掌之余也忐忑不安，线上PBL应当如何有效地组织讨论？学生是否能够积极参与？如何帮助不善发言的学生？线上讨论环境下，教师如何发挥引导作用？培训会上，PBL中心主任、教学副院长王韵教授介绍了本学期学院本科生教学的总体安排，以及PBL调整后的教学形式，教师们温习了案例的相关知识、实际操作并熟悉了软件功能，也就新模式下可能遇到的问题进行了充分的交流。

## 大范围运行平稳

2月24日下午1点，随着28个视频会议室逐步开放，365名同学陆续进入相应的空中学习小组，一个个熟悉的名字，一声声热情的问候，满屏的笑脸，久违的课堂，期待的相聚。

暖场环节，大家最常用的开场白是“我是临床某班的某某某，我的坐标是重庆/海南三亚/吉林长春/湖北荆州……，我们这里还好，确诊人数将近……”。来自全国26个省、144个城市的同学们，热烈地交流着疫情下各自的生活情况。当小组里有湖北的同学时，其他同学更是不约而同地表达着对他/她的关切。很多同学都说，这是一个多月来，第一次通过这样一种方式看见同学们的面孔，感到分外亲切……

热烈的暖场过后，各小组分发第一幕学习材料。本案例是一个孤独症主题的故事，讲述了一对双胞胎兄弟以及他们父母，17年艰难的生活经历，渐渐适应又对未来充满无助。同学们慢慢进入学习状态，学生主席张弛有度，记录员聚精会神，同学们发言踊跃，指导教师细心观察，时不时地进行提问和点评……

下课后，PBL中心对第一次线上讨论的效果进行了简单的匿名问卷调查。

同学们也为今后能够更好地开展线上学习提出了宝贵的意见，比如，还需要继续解决部分同学网络卡顿的问题，要继续改进更适合线上视频形式的交流，让沟通能够更加便利和畅通等。相信通过师生们的共同努力，PBL的空中课堂会越办越好。

## 迅速反馈，促进提升

2月25日，第一次线上PBL后，在同学们已经有了亲身体验后，PBL导论课（对学生实施全程指导和培训）使用腾讯视频会议系统在线实时跟进指导学生。

导论课上，PBL中心主任王韵教授不仅回顾了PBL的理念及强调了大健康背景和“医学+X”这种新的医学模式下PBL开展的必要性，反思了基于基础医学阶段第一学年的入门案例和第二学年的正式案例实施过程可能存在的问题，并分享了本学期PBL学习效果进一步的提升方法和技巧，同时将同学们第一次线上PBL讨论的感受、意见和建议及时进行了反馈和分享，对同学们关注的问题，如更有效地使用软件的功能、加强各小组学习成果分享、加强微信群沟通及进一步提高指导教师参与度等，也进行了细致而全面的解答。PBL中心同时将学生的反馈向指导教师进行了转达，帮助线上PBL不断改进和提升。充分发挥了形成性评价的重要性。

与此同时，PBL中心启动了第二个案例的案例培训（集体备课），为下一个案例在线学习的顺利开展做好准备。

疫情肆虐下，传统课堂被空中课堂替代，在线PBL作为一种新型的依托于互联网强大优势的小组讨论模式，因其易于组织、不受教学环境限制，小组同学可通过实时的聊天板块、举手发言、共享屏幕等多种促进互动讨论的形式，可以作为一种更为常态化的学习模式与线下PBL互为补充。未来，线上线下混合式PBL学习模式值得进一步探索和推广。

# 从北大医学“一线教师”到“网络主播”大变身

北京大学医学部党委宣传部　韩　娜

随着本学期课程的按时开展，医学部的教师们也走上了“被迫在线营业”的道路，来一起窥探一下这些新晋“主播”们背后的秘密吧！

## 老师化身为最勤奋的学生

公共卫生学院毒理学系开设的本科生课程“毒理学基础”如期上线。课程利用学习通平台，采用录播教学与线下答疑相结合的教学方式，主要讲授了毒理学的基本原理与知识、研究方法与安全性评价，以及学科发展等内容。

与传统的课堂授课不同，线上教学更加依赖网络教学平台，也向授课老师提出了全新的挑战——如何录制课程？如何通过网络教学平台管理教学？为确保线上教学顺利开展，此刻老师们变成最勤奋的学生，努力学习掌握课程录制技巧、熟悉平台操作、学习不同软件的使用，这期间遇到各种挫折，重录更是家常便饭。但是所有的老师都努力克服困难，按时完成每一章的课程录制。开课前组织课程试播，分段压缩上传长视频避免服务器过载，积极探索多样化的线上授课工具，同时采取“课前签到”“后台听课”“线下答疑”“记录听课台账”等多种方式，弥补线上授课的不足，保证教学质量。

“医学微生物学”是一门介绍与传染病有关的微生物的生物学性状、致病性和免疫性以及诊断和防治等知识的医学基础课程。新冠病毒肺炎疫情的出现，更使得课程备受学生关注。

为了保障线上教学的顺利进行，教学副主任彭宜红老师组织召开了两次任课老师备课会，开课前反复研讨、制定了详尽的线上教学方案，并做好充分准备；教学秘书何晓燕老师带领赖鑫源、张婧、顾志强、王林和曾婉嘉5位可爱的研究生助教，承担了大量的幕后工作，常常从早上7点多到晚上10点多，网上还能看到他们的“踪影”。杨恩策老师积极献计献策，帮助老师们解决课程资源上传的问题；后续上课的老师们，也一边听课观摩一边认真做着线上教学的准备工作。

## 学生，一个都不能少

当药学院化学生物学系张志丽老师接到线上授课的通知时，迅速把现状在脑子里过了一遍。她跟孙崎老师一起讲授有机化学的医学留学生班有50多人，分布在近二十个国家，现在学生情况一片空白，他们有网络吗？手机有信号吗？知道怎么上课吗？

韩国学生和日本学生问题不大，网络好而且随时可以求助；约十多位来自东南亚的同学，如尼泊尔、阿富汗、柬埔寨、缅甸、泰国，大部分地区网络也还能满足。另外，汉语基础和相近的文化习俗也使他们学习能力更强一些。

张志丽最担心的是来自非洲博茨瓦纳和赞比亚、南美洲委内瑞拉、北美洲圣卢西亚，以及大洋洲巴布亚新几内亚的十几位同学。从历年经验来看，这些同学大部分熟练使用汉语困难很大，按照使用指南也一定有人找不到超星平台和班级公邮里的讲课视频资料；更何况有的家庭中没有网络，再加上大约六到十二小时不等的时差……

指导留学生开课前获得讲课视频和教材资料就成为张志丽开展线上教学战“疫”的第一枪，就从巴布亚新几内亚的奥吉瑞同学说起，盯住他把学习资料下载保存就是一场硬仗。

奥吉瑞说，他可以收邮箱，但是反复尝试将近二十分钟却总是收不到，于是张志丽让他从163公邮中下载——先把网址发给奥吉瑞，他打开后截屏发照片，然后张志丽在照片上画红箭头“点这里”再发回去，比如“密码登录在这里”“免费邮”“点此进行验证”等等。终于照片显示能打开发件箱，奥吉瑞也很高兴。

由于视频文件是压缩后发送的，奥吉瑞总是解压不成功。从语言上看，奥吉瑞有些着急不想继续了，张志丽马上鼓励他再试试，别怕麻烦！张志丽突然想到，直接把录音的PPT文件发过去，这个文件小，不用压缩。万幸，奥吉瑞的PPT版本够高，可以播放。等把所有的语音PPT放在发件箱，张志丽才松了一口气，等待着奥吉瑞胜利的好消息。然而过了很久，张志丽才收到一个英文回复，大意说在奥吉瑞的国家，网费太贵了，他要重新找地儿再登录。

张志丽顿时特别歉疚，以前以为学生语言不好可以帮他，网速不够也能慢慢下载，完全没有想过学生的费用问题和显示条缓慢移动时学生的心理压力。最后确定奥吉瑞获得全部学习资料已经是在几个小时之后了。

张志丽说：“大家常说贫穷限制了我们的想象，看来富足也限制了我们的想象，我们觉得理所应该的日常，却不知他们已用尽全力！平时我们总是会关注能力强学习好的同学，却很难对暂时落后的孩子感同身受。两千多年前孔子提出的‘有教无类’，也是把了解和感知不同的学生放在了首位，这次特殊时期的线上教学体验才使我深深领悟！”

日前，为了帮助同学们顺利地上网课，北京大学已经为经济困难的学生补贴每人300元的网课流量费。

## 抓住机遇，完善已有在线课程

“流行病学”是公共卫生学院的骨干学科，也是预防医学专业本科阶段的必修课程。该课程为国家精品课程，授课团队为流行病与卫生统计学系教师。新型冠状病毒肺炎疫情使得“流行病学”成为家喻户晓的学科，预防医学专业的学生也对课程充满了期待。

公共卫生学院流行病学系教学团队早在2013年开始组织建设“流行病学”慕课课程“流行病学基础”，于2014年9月在中国大学慕课平台上线。该慕课共两个部分，均被评为国家精品在线课程，在线注册学生已超7万，授课团队包括李立明、胡永华、詹思延等资深教授和中青年教学骨干。经过系内讨论，决定在特殊时期采用本系制作的慕课进行本科生教学，利用中国大学慕课的互动区域进行师生交流。

助教团队负责维护在线课程资源，为方便学生学习，在约定的固定时间为学院学生进行在线答疑。师生互动热烈，虽然隔着屏幕，依然能感受到学生们热切的求知欲望。在讨论区中，不仅助教负责回复，在线学习的同学之间也会互帮互助，主动解答同伴们的问题。

特殊时期使得电子化教学成为教师基本功之一，也为团队全方位提升教学能力、完善网络课程建设提供了机遇。

“护理研究”是护理学专业本科生必修课，主要介绍护理研究的基本步骤与方法，使学生具备评判性地阅读专业文献和在指导下初步进行护理研究的能力，为毕业论文打下基础。课程理论与实践相结合，需通过实例剖析和反复练习，才能把握要点。课程除案例讲解外，辅以小组案例学习、研究计划书撰写与互评、论文评阅等学习方式。线上教学期间，结合“护理研究方法”在线课程，补录PPT音频；针对各学习单元，布置讨论题目、论文实例、案例学习提示问题等，引导学生学以致用；各单元发布明确的学习任务，并通过瞩目会议实时讨论与答疑。

学生们反映“尽管遭遇教育‘双十一’的网络拥堵，但开启了研究选题的灵感”“课程讨论促使对之前研究的反思，发现了未曾发现的问题，实用性很强”；认识到“研究需要严谨的思维、踏实的工作，大胆假设，小心检验”。线上教学即使因网络拥堵问题不断，却第一次通过学习平台和瞩目会议，将师生距离拉得更近。在讨论区，看到了每名学生对内容的认真反思、对个人观点的充分表述；也真正使研究生助教由“学生”变身为“老师”。更为可喜的是，学生能抓住当前突发事件，针对疫情防控提出选题思路。特殊时期虽遭遇特殊问题，但敬业的教师、智慧的助教、包容的学生，无不用自己的实际行动展现着共克时艰的民族大义和北大医学人的责任与担当。

“内科护理学2”是护理学专业本科生最重要的必修课程之一，主要包括神经系统疾病病人的护理、传染病病人的护理、护理药理三部分内容。内科护理学教研组一直在探索PBL、情境模拟等多种教学手段，取得了很好的教学效果。为了适应互联网时代学生学习的需求，教学团队也在思考如何通过在线教学，使师生互动更充分、学习效率更高。2019年，“神经系统疾病病人的护理”获得了医学部教育处和护理学院的在线课程建设立项资助，邀请北京大学第三医院神经科张英爽主任团队、北京大学国际医院神经科刘献增主任团队、康复科徐峰副主任团队，共同完成了这门课程的建设工作，并于2019年12月12日在中国大学慕课成功上线。

内科护理学教研组通过多次集体备课，确定了当前可行的教学方法。以“神经系统疾病病人的护理”内容为例，以前期建设好的中国大学慕课课程为主要教学平台，配合使用超星学习通平台和微信群。中国大学慕课与本科生的教学进度完全一致，主要发布教学视频、课件、疾病指南及专家共识、重要参考文献、单元测验、单元作业及结课考试等内容。考虑到学生对平台使用的倾向性不同，以及网络速度差异大，教师将所有的课程相关资料同步发布在学习通平台和学生微信群里，以保证每个同学都能按时获取到学习资源。

疫情来得突然，很多同学寒假没有带教材回家，教师及时将北京大学医学出版社和人民卫生出版社的相关教材资源分享给学生。为了激发学生们对这门难度较大的课程的学习兴趣，还在课堂讨论区设置了不同主题，比如“对神经系统疾病的印象”“新冠肺炎疫情期间脑血管病的救治”“国际罕见病日——神经系统罕见病”等，同学们参与非常踊跃，有很多高质量的、能体现学生独立思考能力的发言内容。往年在课堂进行的PBL讨论，现在灵活采用了在线会议功能。学生们课前准备充分，课上秩序井然、讨论热烈，完全消除了教师在课前的担忧。

## 翻转课堂，激发学生积极性

“医学寄生虫学”以生物形态为基础，讲述不同寄生虫对人体的感染方式、致病机制、危害及如何进行诊断和防治。课程每部分内容均以“形态”开始，尤其在讲授某些机制、诊断及与大众生活密切相关的防控时，图片和动画比语言、文字更能给学生直观的感受。特别是一些视频资料，由于视频文件格式、大小、播放软件等方面的限制，在给同学的课件中，这些资料大多不能播放，而线上教学则可以反复播放、重复观看，因此线上课程给学生提供了大量的图片和动画，突出课程特色，这对于提升线上教学效果发挥了重要作用。

提出问题，并即时了解学生的学习问题，在线上实时进行答疑和互动，这是教学团队空中翻转课堂的模式。这种模式使教师在制作视频课件时提前考虑学生可能出现的问题，因此准备的内容往往会比课堂授课的内容更丰富和全面，同时教师还需要随时了解学生的学习状况、普遍存在的问题意见和建议，通过学习通平台和微信与学生交流，收集反馈信息、调整教学，促进了师生的交流和互动，使师生之间的联系比原来更加密切。

线上教学也改变了以往的教学组织模式，团队合作成为线上教学顺利实施的重要保障。前期已经完成视频课件制作的教师提供“技术支持”，与其他教师互动分享经验、教训，共同推进和保障线上教学顺利运行。

除利用视频课件讲授相关课程知识外，线上答疑这个环节必不可少。学生课前学习、课上答疑，开放答疑时间，学生可随时通过学习通平台及微信群提问，教师解答，这也给教学增加了很多工作量。所以，要做好线上教学，每位授课教师除了“硬核”的设备、熟练的线上教学技术以外，还需要一个强大的“后援团”：暂时没课的教师、研究生助教都在共同维护课程的正常运行，一人线上答疑，全员助教成为线上教学特殊的一道风景。

医学人文学院医学语言文化系李俊老师主讲的医学方向口译课教授全球健康、医学教育等主题讲话的交传和视译技能。在网课授课中，为了突破实践点评难、互动差及教与学负担重等难点，李俊设计了五步教学法。

第一步：课前发放讲话文稿、视频等资料。学生朗读、视译文稿，做录像讲话的交传，并录音。

第二步：授课时，用学习通“讨论”辅以微信语音问答；教师示范借助电子资源结合上下文理解原文；重要讨论问题加精置顶。

第三步：由各发起讨论者整理讨论结果，交助教汇总。教师审校后上传平台。

第四步：学生互评作业，教师打分并随机精阅。其间，学生自查修改科大讯飞语音转写译文稿，存疑之处，教师回答。

第五步：教师批阅学生自查稿后上传平台。

公布成绩权重设置及使用平台活跃度作平时成绩参考，鼓励学生参与学习。在讨论中，启发学生反复思考、对话；点评时，关注学生的优点与进步。

## 在线授课小技巧

在上传至系统之前，我试听一下，这一听不要紧，“啊、啊、啊”，五分钟的内容里，居然会有10个“啊”，果断重录。仔细分析出现“啊”的原因，每次一说英语就心虚，着急忙慌的时候，思维一停顿，就会出现“啊”这个口头禅。原来所有不自信和焦虑，都以某种形式出现在了声音里。仔细比对，自信的时候，与讲的内容产生共鸣的时候，心情好的时候，传递出来的声音就好听。我总结了如下小窍门：每张幻灯片，说话不要超过三句。需要用九句话讲清楚的时候，就把幻灯片复制三遍。讲稿要写，但不能念，一念容易快，与正常的思维速度不一样。

——药学院药理学系　卞希玲

速课、EV录课、PPT加旁白，几种尝试之后，发现PPT加旁白效果最好，操作也最简便。2019版PPT界面真的很友好，操作也更加流畅，关键是它还有实时的摄像头，可以把讲者的视频和课件合二为一，让听者不那么枯燥了。尝试了几张片子后，我发现自己的小动作还是有点多，为了不让学生分心，我果断地切掉了视频。为了教学效果，现在我已经设备齐全，不只是一个笔记本孤军奋战了，还有手写板、麦克风，可谓专业水平啦。在录课和平台管理中我有了一些经验，经常还会在300多人的大群里“指点迷津”，让更多的老师少走弯路。

——药学院药剂学系　谢　英

所谓“教无定法”。非常时期，采用“线上教学”的变通之法。回归正轨，将更能体悟“线下教学”的情境之妙。两相结合，博采众长，方显“教学有法”。

刘勰说：“操千曲而后晓声,观千剑而后识器”。首次尝试“线上教学”之后的反思，是为了今后无论是“线上”还是“线下”的教学之路，都能够砥砺前行。因为，只有亲历“实战操作”的得与失，方能体会“纸上谈兵”的深与浅。

来源：北京大学医学部微信公众号

素材源自基础医学院、药学院、公共卫生学院、护理学院、医学人文学院

# 线上线下等效同质　齐心协力共克时艰

## ——北大医学研究生远程教学工作顺利开展

北京大学医学部研究生院　医学继续教育学院

为贯彻落实习近平总书记关于坚决打赢疫情防控阻击战的重要指示精神，针对新型冠状病毒肺炎疫情对医学部研究生正常开学和课堂教学造成的影响，根据教育部和北京市的部署，遵照《北京大学2020年春季学期疫情防控期间教学实施方案》工作要求，北大医学研究生远程教学工作顺利开展。

### 在线课程建设分批推进，保证线上线下教学等效同质

2月17日，2020春季学期北大医学研究生远程教学工作正式开启，通过提供多种网络教学平台和系统平台服务支持，采取多种措施确保在线学习与线下课堂教学同质等效，做到“标准不降低、学习不停顿、研究不中断”。

结合医学研究生课程教学的特点，研究生院医学部分院迅速对疫情期间的教学工作做出了相关安排。北大医学研究生线上教学资源根据开课时间，以4周为单位分批逐步建设，2020年春季学期1～4周，医学部研究生课程除15门必须面授的临床技能课程、实验技术课程外，共开设线上教学研究生课程163门，包括录播122门，研讨12门，慕课1门以及视频会议、微信群等其他形式28门。截至目前，1～2周开课的150门课程，均做到在线学习与课堂学习在教学安排和学习节奏上保持一致，最大限度保证研究生课程学习的效果与质量。

### 以北大医学研究生在线学习平台为主，多方位助力在线教学

为保证2月17日按照原定课表如期开课，研究生院医学部分院与医学继续教育学院密切协同合作，经过紧锣密鼓的筹备工作，在有限的时间内优质高效地完成在线学习平台搭建、用户数据信息的导入、选课数据关联等大量基础性工作，形成了

专门服务于北大医学研究生的线上教学平台。

为使更多老师快速学会使用北大医学研究生在线学习平台，医学继续教育学院联合研究生院医学部分院通过录制平台操作演示视频，编写平台使用手册、视频录制指导手册、课程考核指南等方式，对在线学习平台的使用进行详细的讲解和示范。通过技术支持微信群、QQ群的形式，实时为教师在平台使用过程中的任何问题答疑解惑，提供一对一的技术支持。并通过助教辅助、学院帮扶等方式，帮助授课老师解决困难，保证在线课程如期顺利上线。

正式开课前，研究生院医学部分院对所有1～4周开课课程的准备情况逐一摸底，对开课过程中遇到困难的授课教师及时沟通并协调提供技术支持；在延期开学期间，对开设的直播课程进行随堂听课，及时发现并解决线上教学过程中的问题。为了解教师对开展在线教学的感受，开展了线上教学满意度调查，教师对使用在线学习平台开展网络教学的整体满意度为100%。

面对疫情这一特殊时期，全体授课教师克服一切困难建设在线课程。药学院药理学系教师卞希玲在接到建设网络课堂的任务后，虽然感觉到时间紧、任务重，面对心里完全没底的在线教学，依然心系学生、忠于职守。在有限的时间内，从新手开始“上路”，学习平台操作、学习PPT录课，向其他有经验的老师“取经”，克服软硬件困难，请家人当观众帮助改进，尽最大努力确保开好网络课堂，让学生在线学习效果不打折扣、网络答疑照常互动。

医学人文学院医学语言文化系教师魏继红表示，使用在线学习平台进行教学设计，操作简单便捷易上手，功能丰富，能够满足各类教学活动需求。第一次课程结束后，她说平台运行稳定，顺利完成了第一次线上教学，教研室的老师们各显神通，以北大医学研究生在线学习平台为主进行录播教学和在线答疑的同时，还通过微信、QQ群、腾讯视频会议等辅助手段提升教学互动的效果。

## 发挥专业优势，结合疫情更新课程内容

疫情当前，在研究生院和医学继续教育学院的组织下，各学院发挥专业优势，开设了与抗击疫情相关的课程内容供研究生学习。例如，北京大学第六医院开设“突发事件心理危机干预”，首讲是由北京大学第六医院主任医师马弘主讲“2020新冠肺炎，你我都是心理治疗师”专题讲座。从危机管理的视角出发，介绍灾难心理社会支持与平时心理咨询、中国灾后心理社会支持与心理危机干预、联合国紧急

事件心理社会支持以及针对疫情的相关建议。

基础医学院教授彭宜红在“医学研究中的学术规范、安全防护与相关法规”课程中，根据当下疫情，新开发了“认识2019新型冠状病毒”“柯赫假说——确定传染病病原学的科学方法”“引起新冠肺炎疫情的元凶是谁?”“SARS-CoV-2是谁? ”四个模块，从病原微生物的角度帮助学生们更加全面地了解“2019-nCoV”。上述课程即将在中国医药学研究生在线教育平台上线，供全国医学生共享北大医学的精品课程资源。

## 多种方式提供支持，确保研究生参与在线学习

2月17日上午8时起，春季学期北大医学研究生远程教学工作正式启动，截至3月1日18时，共有1669名研究生38424人次通过北大医学研究生在线学习平台参与学习活动。

为确保每一位选课研究生都能顺利进行在线学习，通过研究生教育管理系统通知发布、电话咨询、邮箱咨询等多种方式提供服务支持，帮助研究生解决在线学习过程中遇到的问题。同时，配合授课教师、开课单位，根据在线教学平台运行状况的实时监测结果，及时发现并梳理研究生未按时登录学习的异常情况，并针对每位学生的具体情况与授课教师和学生所在院系沟通并制定一对一的解决方案。

为了解学生参与在线学习的感受，通过在线学习平台进行了研究生满意度调查，在回收的244份问卷中，学生对使用在线学习平台进行网络学习的整体满意度为97.1%。

学生们认为，“这种形式很好，方便临床学生课余学习。以后可以酌情继续开展”“希望更多课程加入”“在特殊时期，很喜欢线上授课的方式，方便随时回顾课堂内容，还可以随时在线记录课堂笔记”。

2020年春季学期北大医学研究生在线教学工作，通过确保每位授课教师的在线教学培训有保障、每门在线课程准备有保障、助教对课程支持有保障、每门在线课程建设情况有保障、每名学生在线学习参与有保障五大方面的具体措施，确保了疫情期间1～2周远程教学工作的顺利开展。

师生将本次特殊时期开展的在线教学工作作为今后进行教学改革的积极探索和尝试，在保证做到疫情防控期间“标准不降低、学习不停顿、研究不中断”的基础上，探索利用现代化网络技术更好地开展教育教学工作。研究生院、医学继续教育学院也将会在加强管理与服务力度上继续努力。

# 面对疫情，我们的未来更加坚定！

北京大学医学部学工部

新冠肺炎疫情发生后，许多人的学习生活工作节奏被打乱，
而这些人中，毕业生所受影响可能更大。
因为不能如期返校，
原计划的实验怎么办？
论文还能不能顺利完成？
找工作会不会受到影响？

医学部学生工作部的老师们告诉大家：
特殊时期，
学校有四条锦囊以保证毕业生的就业工作，
一起来看看吧！

疫情发生后，医学部学生工作部充分了解毕业生需求，迅速组织就业指导中心和各学院就业工作小组形成应对疫情方案，围绕更高质量和更充分就业的目标，开拓创新，充分发挥网络资源优势，挖掘“互联网+就业”新模式的潜能，确保就业工作不断线，切实提高就业服务质量，通过开展多样化的线上服务保证就业服务工作的顺利开展。

## 锦囊一：特殊时期的特别服务

越是特殊时期，越是要保障正常工作的开展。面对湖北疫情严重、武汉暂时封城的特殊情况，医学部就业指导中心迅速做出反应，通过公众号在除夕当天发出温馨提示，告知学生因特殊情况不能办理手续等，请与中心联系协助。充分发挥各学院工作动力，第一时间了解湖北籍毕业生近况，针对疫情特殊情况，关注毕业生心理及需求，及时提供帮助。

随着疫情的进一步发展，结合北京大学总体工作部署以及就业工作的特点，2月5日就业指导中心推出《共战“疫”情，共赢未来，我们在一起——致同学们的一封信》，从学校总体毕业工作安排、就业联动机制、线上求职、手续办理、在线其他服务等多个角度为毕业生介绍情况、提供服务、坚定信心。2月20日、21日，在与北大本部沟通并调研部分同学需求的基础上，就业指导中心又进一步细化推出《疫情期间就业手续攻略》，明确了应届生和往届生办理各类手续的具体流程，全面做到在不返校的情况下各类手续办理不停歇。

从春节开始，就业指导中心与各学院通过电话、微信、微信群、公众号留言、电子邮件等多种渠道与同学保持畅通沟通，从为83届毕业生补办就业材料到为湖北当地往届生办理改派手续，从沟通劝阻毕业生返京参加非必要的面试到通过快递为应届生邮寄材料等，老师们通过细致入微的工作不仅做到工作不耽搁，也在这个特殊的时期温暖着每一名北医同学的心。

## 锦囊二：特殊时期的教育引领

春节前的多起伤医事件引起了社会以及医学生的广泛重视和讨论，而疫情的突然到来又把医护人员推到了这场没有硝烟的战争的第一线，得到了广大人民群众的一致认可。这正是树立医学生正确价值观、建立社会对医疗卫生职业正确认识的关键时间点。

从疫情开始至今，就业指导中心原创和转发了《“战‘疫’”记——朋友圈里的北医人故事》《一封家书——致雪域高原工作的校友们》《纸短情长，与子同袍——向奋战在湖北抗疫一线的北医毕业生致敬！》等18篇反映北医师生共同抗击疫情、致敬抗疫一线医护人员的推送内容，北大医院、人民医院、北医三院、公共卫生学院、护理学院等也纷纷推出在抗疫一线和前线的毕业生的感人故事事迹。

一个个身着防护服的师哥师姐身影愈发高大，一句句湖北毕业生对母校的感谢和以实际行动对抗疫情取得胜利的话语犹在耳边，这些都充分体现了学校对毕业生同学的关注与支持，也希望以此引导激励广大北医学子投身祖国医疗健康事业，坚定职业发展的信心。

2月21日，中共中央总书记、国家主席、中央军委主席习近平给正在北京大学首钢医院实习的西藏大学医学院学生回信。在信中，总书记肯定了他们献身西藏医疗卫生事业的志向，勉励他们练就过硬本领、服务基层人民，同时高度赞扬了在这次新冠肺炎疫情防控斗争中，广大医务工作者冲锋在前、英勇奋战、救死扶伤的崇高精神。医学部毕业生在学工系统、共青团系统、各学院、各医院的组织下，通过多种形式深入学习回信精神，热烈讨论“响应国家号召，到祖国最需要的地方去，服务西部、扎根基层”的职业选择。

## 锦囊三：特殊时期的创新模式

“医职为你”一直是就业指导中心的特色系列服务，在这个特殊时期，中心希望通过线上方式将特色进行到底。就业指导中心通过语音或者视频方式继续开展一对一VIP职业辅导咨询，由就业指导专职老师以及职业人力资源管理师负责，近期已为十余名各级同学提供了服务，从就业方向、入职后个人发展、应聘技巧、选调方向、工作心理调整等多种角度提供切实可行的提示与建议，同学反馈效果良好。

为了辅助指导毕业生的职业规划，就业指导中心也开展了三期“医职为你·空中沙龙”活动。虽然可能相隔千里，但中心邀请了与同学们最亲切的老师和校友同大家交流，内容涵盖CRO行业、高校教师职业发展和医院管理等。直播讲座和线上互动的模式让同学们足不出户即可了解行业情况，虽然没有了现场的掌声，但线上一句句感谢的话语此时也显得尤为温暖。

2月底，就业指导中心联合专业公司为毕业生特别定制了在线职业评测系统，通过专业化评估测试系统协助同学们掌握个人职业测评、职业生涯规划的基本理论与方法。同时针对中低年级的职业生涯规划选修课也如期线上开课。课程也希望通过互动、测评、讲座等形式为同学将来的职业发展提供一些切实可行的指导方法。

3月初，就业指导中心还推出线上访谈栏目，邀请不同类型的职业发展导师为同学们解读春招动态、线上面试技巧、求职心理疏导等内容，用新颖温馨的方式为同学们提供更贴心的答疑解惑。

## 锦囊四：特殊时期的协同工作

医学部就业指导中心与市教委就业管理部门、本部就业中心、各学院就业工作小组保持联动。为充分锻炼同学，在保障同学正常教学任务的前提下，在中心老师的指导下学生助理团也在数据整理、问卷调研、活动实施、推送编辑等方面发挥了良好的协同工作作用，特别是寒假至今“北医就业”微信公众号等平台已陆续推送给毕业生同学就业招聘信息50余篇，阅读量2.6万人次。

在这次疫情期间，就业指导中心通过短信直接沟通已毕业学生近200余人，含湖北地区就业学生、西藏地区就业学生、选调生等特殊群体，表达了母校对外地学子的惦念，而所有短信发放工作都是由学生助理完成的。他们在整理回复的过程中，不断被学校和师兄师姐感动。“子非一人行，千里常相伴”，他们说，这种经历更让自己感受到了身上的责任，今后我们也要学习师兄师姐，不论在哪里都要为祖国卫生健康事业作贡献，因为我们也要把北大医学人的精神延续。这种师生协同、校园协同、校内与校外协同，共同织就了一个毕业生成长的支撑网，让更多学生坚定了自己的专业信念。

随着教育部返校和毕业生新要求的提出，医学部学工部会继续加大就业指导中心对学生的引导工作，召开全校就业工作促进会，部署好下一步工作，引导毕业生到祖国最需要的地方去，同时做好行业梳理，提升就业质量，为学生发展提供最坚实的保障。

就业工作本身就是学校教育最终的检验标准之一，在重大事件中，毕业生的就业去向也是检验我们职业素养和专业教育成功的重要标志。一直以来学校领导也非常重视毕业生工作，多次询问和关心毕业生的需求，通过就业指导中心也向广大校友们给予了慰问。

疫情是对广大医疗战线工作人员的一场全方位的考验，也是对学校各项工作的一项全面检验，就业指导中心和各学院就业工作小组也希望用温暖的心、切实的行动等待广大毕业生能够尽早返校、精诚合作、共克时艰，静待春暖花开！

# 北大医学统战成员发挥专业优势奋战抗疫一线

北京大学医学部党委统战部　王军为　杨丽丽

新冠肺炎防控“战役”打响以来，习近平总书记多次就疫情防控作出重要指示，强调生命重于泰山，疫情就是命令，防控就是责任。从中央到地方积极动员、全面部署，社会各界齐心协力、众志成城，力求早日打赢这场疫情防控阻击战。面对新冠肺炎的严峻形势，北大医学部统一战线积极行动起来，发挥专业优势，以实际行动为防控疫情作贡献，充分展现统战人的责任与担当。

## 冲锋陷阵，奋战抗疫一线

统战人士积极参加驰援武汉医疗队。

1月26日，大年初二农工党党员、第三医院危重医学科副主任葛庆岗作为北京大学第三医院应急医疗队队长与兄弟医院医护人员共同组成国家医疗队驰援武汉。

2月7日，李海潮（北大医院副院长、无党派人士）、王天兵（人民医院副院长、九三学社社员）、王泠（人民医院护理部主任、民盟盟员）、朱凤雪（人民医院重症医学科副主任、九三学社社员）、曹照龙（人民医院呼吸科主任医师、农工党党员）、高伟波（人民医院急诊科副主任医师、九三学社社员）、程渊（北大医院呼吸和危重症医学科、民建会员）7位统战人士作为北大医学派出的第四批（300多名）白衣战士，再次出征湖北。

2月9日，民盟盟员、北京大学肿瘤医院重症医学科主任王宏志赴北京佑安医院新型冠状病毒防控第一线进行支援。

人民医院护理部主任王泠说：“我义无反顾地带着第一批队员进入隔离病区，看着一个个患者进入病房，听着一声声感激的话语，感受着患者如释重负的心情，我们再苦再累都是值得的。作为护理工作的总指挥，我有义务保护好她们的安全，更有义务和她们一起为患者提供高效的救治和优质的护理。作为民盟盟员，我也始终不忘中国民主同盟是中国共产党领导的爱国统一战线的组成部分，具有为推进中国特色社会主义经济建设、政治建设、文化建设和社会建设服务的历史使命，在祖国和人民最需要的时候，应该挺身而出。”

他们直面危险，夜以继日奋战在抗击疫情第一线，用行动诠释着“健康所系，性命相托”的高尚职业道德，在抗疫前线展现统战成员的使命担当。

## 认真履职，积极建言献策

疫情来袭，统战人士发挥北医人在医学方面的智库平台优势，就疫情防控应对提出建议。

统战人士王广发、马弘、刘民、孟庆跃等被聘为全国新型冠状病毒感染肺炎专家组成员，在国家层面发挥智库作用，参与疫情预测判断。

九三社员王贵强作为国家级医疗专家，受国家卫健委调派，赴安徽等地指导危重患者的救治工作，并参与新冠肺炎诊疗方案的修订工作，代表专家组参加国务院联防联控机制新闻发布会。

各民主党派和侨联组织统战人士深入剖析全国及北京市的疫情防控形势，从疫情趋势、舆情应对、治疗药物、民生保障、社会稳定等方面的内容建言献策，吴明、顾晋、阙呈立、李海丽等撰写了《关于加强统筹协调、防控疫情必须全国一盘棋的建议》《关于拓宽供应渠道，发挥市场机制，强化纪检监察作用，有效解决医用防护物资紧缺的紧急建议》《关于在抗击疫情中采用远程影像诊断、减轻影像人才短缺压力的建议》《关于非常时期发生的扰医伤医事件从严从重从快处理的建议》等。

1月22日至今，北大医学部8个民主党派和侨联50多名成员共撰写建议112条，这些建议不仅有面对疫情防控的具体对策，为阻断疫情蔓延贡献具有科学价值的“一手经验”，同时也有面向疫情长远影响和国家公共卫生体系建设的深度思考，统战部整理并上报给中央统战部、市委统战部、市侨办，供中央及各部门决策提供参考。

## 利用专业优势，投身科普宣教

统战人士在遵守政府疫情防控部署和做好个人防护的基础上，充分利用各种媒体积极投身疫情分析、专家咨询、科普宣教、知识传播等，就备受广大民众关注的问题进行专业的指导。

民盟盟员、第六医院马弘教授主编《应对新型冠状病毒肺炎疫情社区服务心理支持技巧50问》一书，助力各地基层工作人员、广大志愿者团队向社区提供心理社会服务，并积极参加网上援鄂咨询服务。

九三社员、公卫学院钮文异教授利用专业知识创作“三大纪律八项注意”和“社会动员 共克敌顽”及多首针对各种人群的防控疫情的健康科普段子，在《健康报》上刊登。还作为《漫画新型冠状病毒感染肺炎的心理防护——戴好“心理防护罩”》《新冠肺炎防控期间营养膳食指导》等书的顾问或者审稿专家进行指导创作。

九三社员、公卫学院马冠生教授在新媒体平台《马上营养》发表6篇抗击新冠肺炎的科普文章。

九三社员、公卫学院黄薇研究员接受记者采访，受访文章《口罩=安全？专家指出：不能正确佩戴口罩，反倒增加健康风险》发表于《大众健康》杂志上。

农工党党员、人民医院急诊科主任朱继红2月9日做客中央电视台《今日关注》，指出“决战武汉，关键一疫，应收尽收，刻不容缓”。

九三社员、第一医院呼吸科副主任阙呈立教授2月13日做客科教频道，介绍“预防新型冠状病毒——我们可以做什么”。

归侨、第六医院院长陆林教授在中国健康教育中心制作的新冠肺炎防控心理健康视频中解答心理问题，教大家应对疫情带来的焦虑与恐慌。

九三社员、第六医院姚贵忠教授接受新华社记者采访，提出抗疫心态“五感”，即安全感、知足感、归属感、希望感、价值感，帮助人们应对特殊时期可能存在的心理波动。

民盟盟员、第六医院副主任医师黄薛冰积极参加北大六院心理应急医疗队，通过“健康卫士能量加油站”系列活动助力抗击疫情一线医务人员。

顾晋、卫燕等很多医生通过微博、网站等形式积极为患者提供义诊服务。

致公党员、归侨姜婷通过《我不知道你是谁，但我知道你为谁》画作表达对一线抗击新冠肺炎医务工作者的敬意，九三社员杨锐创作了诗歌《难忘希波克拉底誓言》。

林剑浩、姜婷、屠鹏飞、黄薇、张卫光、伊鸣、郑瑞茂等几十名统战人士通过党派组织或者学校为抗击疫情伸出援助之手，积极捐款捐物，支持疫区抗击疫情。

越是艰险越向前！此次疫情中，北大医学部统战人士不忘合作初心，以切实行动与党携手前进。我们坚信，通过千千万万党员干部、统战人士、人民群众的努力，定能早日打赢新冠肺炎抗疫阻击战！

# 奋勇抗疫的北医人，校友们为你们加油！

北京大学医学部校友工作办公室

2020年，注定是不平凡的一年。新冠肺炎疫情暴发，北大医学责无旁贷地担负起了国家和人民给予的责任和期盼，学校先后派出4批共400余人的医疗队驰援武汉，在京附属医院全力参与首都防疫保卫战，各单位师生员工积极参与流行病调查、科研攻关等任务。

家国情怀一直以来是北医人的光荣传统，社会责任从来就是北医人的使命担当。祖国的疫情和抗疫工作时时刻刻牵动着国内各地以及远在海外的北医校友的心。各方校友自发动员以各种形式支持和声援母校的防疫工作，他们跨时区跨地域沟通协作，无私奉献，众志成城。所有的爱心与行动只为正在奋勇抗疫的北医人多一份保障，唯愿疫情早日消散、北医安康、山河无恙、祖国平安。

前线战“疫”是刻骨铭心的，后方保障工作也不乏感人故事。筹集善款、采购物资、清关免税、物流运输等各个环节都需克服重重困难，在境内外校友和学校齐心协力与各方通力合作下，争分夺秒将合规合标的应急医用物资第一时间送到援鄂医疗队和各附属医院的手中。

涓涓细水，汇成江河，来自全球各地校友的捐赠物资一直在路上，持续坚定地支持北医人奋勇抗疫。

截至3月2日，学校已接收校友捐助资金317万人民币和4.6万美元；捐赠应急医疗物资主要包括口罩约40000个、防护服约3200套、隔离衣500套、护目镜800多个、手套53200只、消毒液250桶、免洗手消毒液2200瓶、仪器设备20台、价值约人民币35万元的生活保障用品以及其他物资等。

2月25日，学校接收林剑浩老师捐资捐物、接收王冬梅老师捐赠物资；2月24日，校友企业唐派集团有限公司捐赠物资抵达学校；2月20日，学校接收校友企业美中宜和医疗集团捐赠物资、北医北美86级及纽约等地校友的捐赠物资；2月19日，北京大学休斯顿校友会第三批捐赠物资抵达学校；2月18日，学校接收校友企业北京迈迪顶峰医疗科技有限公司捐赠物资，香港北医校友会、澳门北医校友会和澳门北大校友会共同筹集捐赠的首批抗疫应急医用物资抵达学校；2月17日，校友企业华纳创新（北京）科技有限公司捐赠物资陆续抵达学校及各附属医院；2月16日，校友企业常州华利达服装集团有限公司捐赠物资陆续抵达援鄂医疗队；2月15日，学校接收刘亚南校友捐赠物资；2月14日，学校接收新加坡北京大学校友会捐赠物资；2月13日，山东北京大学校友会校友捐赠物资陆续抵达学校；2月12日，学校接收杨学智校友捐赠物资，校友企业北京好孕妈妈教育咨询有限公司捐赠物资抵达学校，姜婷老师捐资支持北医防疫工作；2月8日，张抗校友捐资支持北医防疫工作；2月4日，学校接收北京大学休斯顿校友会第一、二批捐赠物资；2月2日，北大校友平台i1898捐赠物资抵达学校；2月初，北京大学企业家俱乐部发起“北京大学企业家俱乐部白衣天使守护基金”，支持防疫救灾并在未来持续支持北京大学下属医疗体系乃至全国医疗体系的医护人员恪尽职守、见义勇为。

此外，还有来自美国旧金山校友、德国北京大学校友会、校友企业北京赛德阳光医院管理集团有限公司、校友企业北京华兴长泰物联网技术研究院有限公司、加拿大校友、美国洛杉矶校友等的捐赠物资在物流中，美国大华府地区等地校友捐款在汇款，校友企业sese摄影和当时摄影等提供的福利适时启动。

北医全体师生员工真挚地感谢校友们，亲情永驻心间。

# 心系疫情展所长　夕阳余晖别样红

## ——北大医学离退休老同志助力抗击疫情

北京大学医学部离退休工作处

新型冠状病毒肺炎疫情牵动着每一位医学部离退休老同志的心。疫情发生以来，离退休工作处向医学部全体离退休教职工发出了做好自我防护、全民战“疫”工作动员，并鼓励老同志们充分发挥优势作用，力所能及地通过不同形式助力打赢疫情防控阻击战。

### 身在后方，心系前线

很多离退休老同志虽然不能去武汉疫区为病人服务，但是大家身在后方、心系前线，时刻关注着疫情的消息，做好自己力所能及的工作。

有的老同志在自己熟知的领域内，发布相关的防控知识、药理知识、心理健康知识等，利用专业知识为疫情防控工作作出贡献。医学人文学院胡佩诚教授发挥自身专业优势，专门录制了“疫情之下的心理健康”系列微课，向大家讲授如何判断心理健康、情绪调节的秘诀、负面心理纠正法、疫情压力对抗法等知识，科学引导大家面对疫情减少焦虑、调节好情绪。北京大学人民医院退休主管护师岳兰发挥自己的专业特长，以志愿者的身份参与西城区卫健委组织的流行病学的调查和指导。有的老同志用自己的创作致敬英雄，表达对疫情防控工作的支持。北京大学人民医院退休主管护师梁继红创作诗朗诵《等你平安归来》，致敬白衣战士；北京大学口腔医院退休职工王若石写下毛泽东的诗词《送瘟神》，期待疫情早日结束。有的老同志主动向支部书记请缨，有需要冲锋陷阵的地方，一定首先报名，时刻准备着听从党的召唤，义无反顾。

### 众人拾柴火焰高，点滴爱心汇成流

2月27日，《北京大学医学部关于组织党员自愿捐款支持新冠肺炎疫情防控工作的通知》下发至各单位，各支部通过微信群迅速传达到每一位党员。

非常时期各党支部要求大家采取多种捐款方式，避免聚集，但对于离退休群体来说确实存在困难。有相当一部分老同志没有微信或不会转账，但是离退休老同志们捐款的热情没有消减，他们或委托儿女加入支部微信群，线上捐款，或委托他人先行垫付。不到5天的时间，1680名离退休老同志完成捐款，捐款总额207587元。

此次捐款中，虽然各支部反复提示老同志们要量力而行，但大家都希望多捐一点，为抗击疫情贡献力量。北京大学人民医院一位湖北籍退休老师执意要捐一千元，“我是湖北人，我对家乡有很深的感情。这次家乡的疫情让我心急如焚，我今年八十六岁了，不能直接去湖北武汉支援，我做不了别的，但我一定要多捐点钱支持那里的人民战胜这场疫情!”

北大医院一位离休干部虽然不是党员，但听说党员在捐款时，她再三要求捐出两千元，第一次被支部退回，让她量力而行，但她坚决拒绝：“捐出去的钱怎么能退呢？这是我的心意，支持抗疫不能分党员群众!”

还有一些老同志已经无自理能力，当家属们听说捐款后，马上加微信，替老人们捐款。他们说：“如果老人清醒，一定是要捐款的，我们替他们完成心愿。”很多在外地、在国外的离退休老师们听说组织捐款后，也第一时间向党支部提交了捐款，表达了他们对抗疫的支持。还有很多老同志直接到慈善单位去捐款，据统计，有20余名老同志通过校外机构捐款共2.6万余元。

“在疫情面前应该携手捍卫人民的健康，共同保护我们的家园”“国家有难、义不容辞”“众志成城、歼灭疫情”“向奋战在一线的医务人员致敬”“盼望他们早日平安回家”等话语是捐款时出现最多的，这并不是什么豪言壮语，但代表了老同志们的心声。

## 配合防疫工作，共护校园安全

新型冠状病毒肺炎疫情暴发以后，考虑到离退休老同志年事已高、免疫力较低，属于易感人群，离退休工作处第一时间关闭离退休教职工活动中心，防止人员聚集，同时通过《致医学部全体离退休教职工的一封信》告知所有离退休老同志们做好自我防护，科学正确对待疫情，通过各单位离退休工作办公室做好离退休老同志所在地排查工作，电话逐一联系离休老同志，关心他们的身体情况。

2月29日，随着疫情发展，学校进一步加强疫情防控期间教学区、家属区管理，家属区居住人员原则上不允许进入校园。因很多老同志有去学校食堂买饭和去学校操场锻炼的需求，该通知发布后，离退休工作处联合各单位离退休工作办公室做好离退休老同志的解释安抚工作。对于以上工作，老同志们纷纷表示理解，“在这特殊时期，多少医生、警察奋斗在一线，用生命守护着我们。我们作为平凡的离退休普通人，或许能做的不多，但至少不应该为他们添乱，增加他们的负担。”“特殊时期，支持学校的做法。待在家里，为学校、为国家防疫作贡献。”

“感人心者，莫先乎情”。在这场面对疫情的战争中，离退休老同志们在做好自我防护的同时，通过积极配合学校防疫工作、创作抗疫作品、发挥个人专业知识、为抗疫活动捐款等多种形式积极参加到抗疫工作中来，用实际行动诠释着北医人的“厚道”精神，发挥着抗疫的示范表率作用。离退休工作处将继续做好各项防控工作，用心、用情为老同志做好服务，守护离退休老同志们的健康，全力以赴，坚决打赢疫情防控阻击战！

# 你在前方奋勇冲锋，我在后方驻守阵地

北京大学第一医院

千里之外，武汉前线
医护团队正在与疫情英勇抗战
老皇城内，二层小楼
在后方北大医院的发热门诊
医生护士同样日夜守护
为患者打造应对新冠肺炎的“暖心防线”

2020年初，新冠肺炎疫情暴发，对于拥有2000多万人口的首都北京来说，这无疑是一个巨大挑战。为做好疫情防控工作，作为“国家队”的北大医院责无旁贷，发热门诊迅速“升级”，承担起守卫北京乃至全国平安健康的职责。近一个月以来，经过升级改造后的发热门诊具备了接诊发热患者、排查新冠肺炎的能力。这里的防线更严密，清洁区、半污染区、污染区科学划分；在诊室旁边就有自助挂号机，可减少等待时间，降低交叉感染风险；医生在开具诊断证明的同时，还将挂号单变为“暖心贴”，写上诊断结果和祝福语；发热门诊还设有实验室，能够第一时间独立检测疑似病例样本。

## 是医患，也是面对面交流的笔友

隔离衣、防护服、N95口罩、护目镜……医护人员们全副武装，但同时也带来了呼吸不畅、视线模糊，甚至连说话声音都打了折扣。医护人员的重重防护，以及发热患者的身体虚弱，在病情交流时难免出现障碍。贴心的医生们想到了一个暖心的举动，将挂号条变成便利贴，将疾病诊断、注意事项都写在便利贴上，正逢春季期间，再给患者添上几句祝福语。就这样，他们和患者变成了面对面交流的笔友。

挂号条第一次发挥妙用，是在大年初二。那天下午六七点钟，一位62岁的老太太来到发热门诊。她老伴儿年前从湖南进京，火车中途停靠武汉，有乘客上车。老伴儿没事儿，但老太太发烧39℃多，咳嗽厉害，肺部还有一些损害的表现。老太太被按照疑似病例报上去，最后核酸检测结果显示不是新冠肺炎感染。看到结果，医生长吁一口气，她给老太太开完药，拿过一张挂号单，写到："您不是新型冠状病毒肺炎，您放心。要记得吃上我们开的药，好好休息，多喝点水。"

老人看了又看，把"暖心贴"折起放好，连连道谢。

## 是姐妹，也是全能护理人

发热门诊正式启用后，护理人员承担着重要的工作。但显然，发热门诊的护理工作和平常的护理工作是有区别的：三层防护的束缚感、N95口罩的勒痕、护目镜的水雾、双层橡胶手套感知窄细血管的迟钝感……不过这些问题在齐心协力又聪明伶俐的北大医院护理人面前，总是会败下阵来。这里的护理团队中，有曾经战斗在抗击非典一线的人员，有各类病毒防护经验丰富的骨干护士，还有虚心学习、越战越勇的年轻护士。他们就像姐妹一样同心协力，共同坚守。

在发热门诊中，经常能看到护理姐妹们一起讨论的场景，这是知识和经验的传递，也是爱与奉献的传承。在家也身着外衣以适应束缚感；各类敷料的筛选和应用为了减轻勒痕；去雾剂的使用有效缓解护目镜水雾的产生；休息后继续坚持使用双层手套练习各项护理操作，使得迟钝感渐渐消失……他们一个个都是全能护理人。

疫情防控升级的一个月，北大医院发热门诊共接诊发热患者1051例，检测后排除疑似新冠肺炎43例。除此以外，发热门诊医护人员还在电话中为老百姓答疑解惑，迄今为止共约百余次，有效缓解了社会大众对于疫情的紧张和不安。

往年的这一个月本是热闹的春节，而今年却是全民打响的疫情防卫战。无论是前线还是后方，他们都在日夜坚守，只为还城市人间烟火、车水马龙。疫情还在继续，发热门诊的医护人员们隔空喊话武汉前线的兄弟姐妹，"注意防护，保重身体。你们在前方奋勇冲锋，我们在后方驻守阵地，这场硬仗，我们共同来打！"

# 这场战“疫”中，没有人是旁观者

## ——同舟共济　精准防控　北京大学人民医院在行动

北京大学人民医院

2020年初，新型冠状病毒肺炎疫情牵动人心。疫情就是警情、防控就是责任，在这场没有硝烟的战争中，北京大学人民医院广大医护人员始终坚守并全力奋战在防控、抗击疫情的第一线。

在做好一线防控工作的同时，全院各部门通力配合，高度重视防控与保障服务工作，始终坚定信心、同舟共济、科学防治、精准施策。

### 迅速响应　全面部署

此次新型冠状病毒肺炎疫情发生以来，医院迅速响应，始终把疫情防控工作作为当前最重要的工作来抓。

全面防控

医院第一时间成立应急防控领导小组；组建应急防控工作小组、应急防控实施小组、会诊专家组、应急物资储备工作组、消毒工作组、后勤保障组等各类工作组，对院内疫情进行24小时严密监控，有序开展各项防控工作。

对加强疫情防控作出全面部署，全院上下积极行动，各科室、处室各司其职，防控工作稳步推进。

全员培训

同时，医院第一时间制订出台《呼吸道传染病应急预案》《新型冠状病毒感染的肺炎感染预防和控制制度》等，并开展全员全方位培训。

从临床医护人员、窗口服务人员、诊断辅助科室技术人员，到保洁员、司梯员、配送员、洗衣员都要经过严格培训，并分别进行分级防护指导，从新型冠状病毒肺炎的识别、临床表现、防护到上报流程都要做到熟练掌握，严格执行，确保防控措施落到实处。

## 坚守一线　众志成城

疫情发生后，全院医护人员取消行程、中断休假，放弃与家人团聚的机会，坚守在抗击疫情的第一线。

### 甄别排查

1月19日，北京大学人民医院遭遇首例新型冠状病毒肺炎疑似病例。

门诊医护人员沉着冷静、审慎严谨，仔细甄别排查，及时规范上报，医院应急措施快速到位，避免了由于漏诊造成流动性传播的可能，最大限度降低了疫情防控风险。同时医院医护人员防护全面升级，加大防控工作力度，最大限度保障医护人员及非感染患者安全。

### 全院支援

疫情发生后，感染科发热门诊成为医院疫情防控前沿阵地。全院一盘棋，各科齐心协力，由发热门诊、呼吸内科、重症医学科等科室高年资专家组建“应急医疗队”，每天一人支援发热门诊，随时响应院内会诊，极大缓解了感染科压力。

### 应急改建

为最大程度保障医患安全，规范传染病隔离救治，医院克服空间、硬件、防控等诸多困难，将制剂楼一层改造成为应急隔离病房。

药剂科、病理科等科室着眼大局，以最快速度腾出空间。总务处严格按照隔离要求布置，仅用5个小时就顺利接受验收投入使用。充分体现人民医院人在疫情面前的无私奉献与快速反应。

### 清洁消毒

同时医院高度重视环境清洁与消毒，在医院感染管理办公室的指导下进行规范消毒，严格执行特殊区域、普通区域、空气消毒、物体表面擦拭以及污染物处理等工作流程以及消毒液配比及使用标准，门把手、门帘、公区扶手、电梯扶手及电梯按键等经常触摸部位每天擦拭消毒。

全员排查

医院注重减少人员流动，降低感染风险，加强医院各类入口人员体温检测，强化疫情防控；加强全员出行排查，每日关注工作人员身体状况。

试点检测

同时为了进一步缩短疑似病例排查时间，医院主动请缨承担北京市定点新型冠状病毒肺炎检测试点工作。

在护理部、肝病研究所等多部门的配合下，取样、交接等环节十分顺畅，大大节省了获得结果的时间。这样既为患者争取了时间，也减少了等待过程中院内的感染概率。

驰援前线

医院第一时间响应国家号召，于1月26日、2月1日组建两批由重症、呼吸、急诊、感控等医护管理专家组成的国家医疗队，由党委书记亲自挂帅出征驰援武汉。

2月3日中午，包括监护仪、输液泵在内的医疗设备，带着北京大学人民医院“一方有难、八方支援”的深情厚谊，紧急发往武汉，用于增援多家医院重症救治病区建设，全力进行肺炎救治。

医疗队作为“国家队”的“尖刀班”首批进驻病房，奋勇投身到武汉疫情重症患者的救治中。

北京大学三家附属医院医疗队积极响应国家卫健委关于加强重症救治力量要求，成立了以北京大学人民医院重症医学科主任安友仲为组长的专家组等各项专业组，在分级检伤、规范标准、优化流程、开展培训、统筹物资等方面通力合作，联合河南医疗队共同开辟新院区，全力保障开诊和重症患者救治。

## 服务保障　保驾护航

疫情防控工作的后勤保障看似简单，其实需要细心与耐心，每一个环节都离不开工作人员的辛劳。从制定详细周密的应急预案，到层层落实责任，切实抓好各项防控措施的落地，医院运营处、总务处、保卫处等行政职能部门以临床工作需要为己任，充分调动人员力量服务临床一线和前线医疗队工作，为全力做好防疫工作保驾护航。

物资筹备

兵马未动粮草先行。面对疫情阻击战，充分的物资及服务保障是基础。面对春节假期供应厂商休息的特殊情况，医院运营处工作人员不停奔走在厂家和供应商之间调配，储备医院春节期间正常运行所需的物资。

大年初一接到医院医疗队即将出征的紧急通知，需要准备20人一到两周的医用防护物资。由于新型冠状病毒肺炎的特殊性，很多进驻隔离病房必需的防护物资不在平时医院储备范围之内。运营处几位工作人员兵分几路奔走于各个库房，在京同事一呼百应，一起回到医院来帮助盘点整理打包。到大年初二凌晨，医疗队所需40箱物资储备完成。

医院尽全力为队员们准备生活用品，只要是能想到的，从防护到生活用品、充饥的食物，甚至连女同志必需的卫生用品都一一备全。

供应科工作人员积极组织货源、核对物品、封箱打包、点数搬运，生怕遗漏些什么或者准备得不全面，让前方医护人员感到生活上的不便。

餐饮保障

职工食堂想尽办法采购安全多样的食材，为一线医护人员制作可口营养餐。疫情期间推出15元、20元、25元不等的套餐，实现“拎包就走”，减少交叉感染的可能。

温暖职工

医院工会为全体职工发放了口罩、洗手皂等防护用品，为前线医护人员发放了生活慰问品，并送货到家，将温暖送到每一位职工心坎里。

提前应对

春节假期结束，随着返京高峰的到来，北京也将迎来更加严峻的防控形势。

医院部署了假期结束后的医疗工作安排和人员全员管理，准备了应对疫情的医疗防护物资，落实了全员体温检测和后勤保障工作。医院防控措施流程清晰，保障措施安全有效，应急预案明确可行。

全体员工始终严格遵守疫情防控要求，按照医院的统一部署，科学有效地完成各项医疗和防疫工作。党支部和全体共产党员发挥先锋模范作用，坚决服从组织安排，敢于奋斗，勇于奉献，关键时刻迎难而上，凝聚起众志成城抗击疫情的磅礴力量，为坚决打赢疫情防控阻击战提供了根本政治保证。

在党中央的坚强领导下，在全社会的共同努力下，北京大学人民医院将与全体医务工作者一起，认真贯彻习近平总书记重要指示批示精神，落实李克强总理重要批示要求，认真部署，积极应对，坚定信心、同舟共济、科学防治、精准施策。

让我们共同打赢这场疫情防控阻击战，为确保首都市民健康，为武汉疫情重症患者的救治作出积极的贡献！

# 有三院做后盾，我们一定能完成任务！

## ——北京大学第三医院抗击新型冠状病毒肺炎纪实

北京大学第三医院　仰东萍　郭婧博

春节是阖家团圆之时。然而，从武汉到神州大地，新型冠状病毒肺炎疫情使全国都面临着严峻的挑战。北京大学第三医院（北医三院）迅速响应，全院上下积极行动。在这场没有硝烟的战争中，我们万众一心，全力战“疫”。

乔杰院长强调，战略上藐视，战术上必须高度重视疫情的防控。严格落实“早发现、早报告、早隔离、早诊断、早治疗”，按照新型冠状病毒肺炎预检分诊及处置工作流程加强信息互通，协调配合，确保防控工作责任到位、措施到位、处置到位。

党委书记金昌晓指出，全体三院人，提高政治站位，顾全大局，勇于担当，统一行动听指挥，全力做好防控和病人救治工作。同时强调，和衷共济，要有必胜的信心，相信我们在党和政府的坚强领导下，一定能够克服困难，取得胜利。

### 未雨绸缪　积极准备　提高认识　加强培训

1月6日、1月14日，先后两次召开紧急会议，部署防控工作，制订工作流程。

医院根据卫健委主管部门要求，制订了相应的诊疗和防控方案及应急预案。成立了由院长、书记为组长的领导小组和由医疗副院长为组长的工作小组。同时，成立了专家组，强化疾病的诊疗和会诊制度；物资和后勤保障供应组、信息管理和上报工作小组，确保做到“上报要快，启动联防联控机制要快，救治要快，防护措施要快，确诊要稳”，确定“科学、规范，依法、有序，高效、安全”的治疗原则。

1月16日，医务处向全院中层干部通报武汉市不明原因肺炎疫情相关情况。强调防控要点，梳理工作流程。

1月20日，医院召开疫情防控工作动员培训会。疾病预防控制科主任张文丽转达了上级指示精神；呼吸与危重症医学科专家、副院长沈宁介绍了新型冠状病毒感染的特点、临床诊断的标准、确诊流程和治疗指导方法，强调医务人员要加强自我防护；感染管理科张会芝主任根据医疗操作可能产生的风险，强调医务人员要按照标准预防的原则做好个人防护、手卫生，要加强病区管理；医务处胥雪冬处长介绍了《医院新型冠状病毒感染的肺炎疫情防控工作预案（第一版）》及医院相关安排。会议同时强调做好医生、护士的备班，强调加强探视管理。

党委书记金昌晓强调，医护人员要做好防护，病情公布要依法依规，各个部门要熟悉预案。“三院有很好的防控疫情的经验和预案，对于此次疫情，我们也应有必胜的信心。”会后，乔杰院长等领导到急诊调研就诊流程并嘱咐急诊一线医务人员做好防护工作。

1月21日，医院召开党政联席会，制定《北京大学第三医院新型冠状病毒感染的肺炎疫情防控方案（第二版）》。

1月22日上午，确立每日例会制度，并召开首次工作例会。每天上午9时，新型冠状病毒肺炎疫情各部门联合防控工作例会召开，院领导传达北京市最新防控信息和要求，听取各部门汇报，针对出现的问题，快速解决落实。院领导多次现场办公，高效率解决实际问题。

1月22日下午，为进一步做好新型冠状病毒肺炎诊疗和防控工作，医院召开工作部署会。医务处通报了医院相关情况；专家组副组长、呼吸与危重症医学科主任孙永昌，以“科学认识新型冠状病毒肺炎”为题，详细讲解了新型冠状病毒肺炎防控和诊治工作；付卫副院长强调，面对防控工作，医院的综合协调能力、医务人员的恰当处置和医务人员自我保护缺一不可。科室主任、支部书记多关心自己的职工，尤其是一线医务人员。医院也一定会全力保障医务人员的安全，更好地服务患者。

党院办组织春节假期行政总值班人员培训会，重点强调疫情防控相关知识和工作要点。

1月23日，院领导和有关部门详细梳理了标本送检、会诊等详细流程，乔杰院长、付卫副院长带队，慰问感染疾病科一线工作人员并进行座谈，听取全科医生的意见和建议，并实地查看走访感染疾病科门诊、留观病房，了解发热门诊的流程和场地布局情况，指导防控工作。总务处、药剂科等部门对院内库存物资、药品进行盘点，及时采购补充。

1月24日，农历除夕，乔杰院长、金昌晓书记等院领导和相关部门负责人先后来到感染疾病科、儿科、检验科等地现场办公，部署防控工作，腾挪空间，保证医疗工作安全，并慰问医务人员，感谢他们的辛苦工作。

护理部主任李葆华、感染管理科主任张会芝协同发热门诊根据实际情况制定新版就诊流程。

1月25日，根据新的流程，改变感染疾病科分诊台位置，加快部署机场院区防控工作。为了缩短筛查新型冠状病毒肺炎阳性检验时间，早日实现院内监测，医工处紧急采购一台B2级别生物安全柜，连夜从大兴运回医院进行安装。克服种种困难，购置到了急需的空气消毒净化机、体温检测装置等设备耗材，并及时配置到位。门诊部紧急制订了门诊患者就医流程及疑似患者的转运流程，为后续工作顺利开展提供保障。

乔杰院长配合北京市疾控中心拍摄“预防新型冠状病毒肺炎个人防护要点”和“拱手为礼、健康过年”公益视频，视频发布后浏览量超100万次。

1月26日，诊区加强患者体温监测，及时疏导门诊患者，启用流行病调查表，通过微信、APP、海报、提示牌等多种方式加强疫情和防护的宣传工作。为了避免患者交叉感染，门诊部紧急进行诊区调整。

1月28日、29日，乔杰院长等院领导及相关部门领导多次前往感染疾病科调研，确定相关流程及落实情况，为后续工作做好准备。院领导多次进入隔离区，现场办公，指导功能分区、流程、人力、物资配备等，并从餐饮等生活方面关心着一线医务人员。

## 驰援武汉　共战疫情

1月25日，医院接到国家卫健委组建国家援鄂医疗队的通知。医院连夜开会，部署应急医疗队人员选派和后勤物资保障，多部门联动为医疗队紧急调配防护物资和生活用品。当晚，包括6名医师、1名感控专家、13名护士的20人医疗队组建完成。危重医学科副主任葛庆岗任队长，耳鼻喉科主任医师王丽、危重医学科李少云护士长任副队长，感染管理科副主任袁晓宁任临时党支部书记。得知要组建应急医疗队的消息后，三院人纷纷主动请缨，不论是在医院工作多年的老专家，还是入职不久的年轻人，不论医生，还是护士，大家纷纷表示：“驰援武汉，义不容辞。”

当夜，总务处、工会、医工处、药剂科等部门，通宵夜战，短短4小时内，为医疗队打包完成所需的医疗物资、防护物资、生活用品和药品等。非凡的三院速度，带给医疗队员们的是三院人“家”的温暖。

1月26日10点半，在医疗队行前动员培训会上党委书记金昌晓代表医院感谢大家能够在第一时间站出来，他强调，“国家有难，匹夫有责。我们是‘国家队’，此次与兄弟医院共赴武汉意义重大。北医三院、北大医学部、北京大学是大家的坚强后盾。我们一定能够战胜疫情，盼望大家平安归来！”

当天下午2点，医疗队集结后出发。

到达武汉后，1月29日凌晨3点，北医三院援鄂医疗队的第一组队员已按国家救援队要求进入同济医院中法新城院区病房开展临床工作。

目前病房已收治20余位新型冠状病毒肺炎病人，其中有若干名重症患者。援鄂队员王军红在日记里写到：“虽然武汉夜间温度接近0℃，但穿上防护服依然汗流浃背，查看病人，整理医嘱，写病历……时间不知不觉就过去了。”

## 职责在身　硬核请战

此次疫情防控工作中，北医三院发热门诊、儿科、呼吸与危重症医学科、急诊科、重症监护病房等多个临床科室的医务人员日夜奋战在新型冠状病毒肺炎病例筛查和诊疗的工作一线，任务艰巨，责任重大。为了缓解一线人员工作压力，医院大内科立刻召开内科系统主任沟通会，根据医院的统一安排，讨论部署内科系统应急预案，迅速派出心血管内科徐昕晔副主任医师、任川主治医师、血液内科杨萍副主任医师、内分泌科田勍副主任医师、消化科田雪丽副主任医师、老年内科王征主治医师、肾内科包文晗主治医师支援感染疾病科，同时在呼吸重症监护病房接受疑似患者、人员紧缺的情况下，派出血液内科万伟、内分泌科杨进、职业病科郑亦沐3名主治医师支援，并派风湿免疫科魏慧主治医师支援机场院区。同事们的加入缓解了抗疫一线科室的压力，也大大鼓舞了士气，全院上下协同作战。

在防控工作一线的感染疾病科发热门诊、呼吸科负压病房里，还有着这样一批人，他们是参加住院医师规范化培训的住院医师、专业型研究生，八年制二级学科阶段的学生们。他们坚守岗位，积极参加医院各项临床工作，用行动诠释着医学生誓言。

1月29日，为建立后续援鄂医疗队人员梯队，并同时考虑院内重点区域的实际诊疗工作需要，医院发出倡议，号召院内医务人员积极报名，参与支援。倡议书发出后，医务人员满腔热血，积极报名，截至1月30日上午11时，共收到32个临床科室、4个医技科室的积极报名，总人次达1507人。报名医务人员中，有的是在春节期间一直坚守工作岗位，面对疫情，选择继续工作，志愿前往一线支援；有的是放弃春节假期，提前赶回医院，时刻准备支援一线。

“这时候，我们不上，谁上！”

“我有抗击非典的经验，我是老兵，我有信心，让我去！”

“宣读希波克拉底誓言的时候，就做好了准备！”

“我是一个医生，治病救人是我的责任。”

他们坚定的信念和决心，让我们无不为之动容，也激励着每个人用实际行动，团结一心，面对疫情。

## 全院行动　众志成城

“有大三院做后盾，我们一定能完成任务！”援鄂医疗队队长葛庆岗医生的信心来自于全院上下的团结一致，万众一心，互帮互助。

全国疫情的发展牵动着亿万国人的心，医院抗疫一线科室也牵动着全院职工的心。全院各科室、各部门通力合作，从支援抗疫一线科室、应急预防制定、物资保障、安全防护等方面为临床一线提供全方位支持，做到即收即办，大力推进诊疗流程优化。

放射科、检验科医务人员与发热门诊、急诊等科室并肩作战，协助临床完成了发热及其他就诊病例的筛查工作，向临床提供有力的辅助诊断指标。

检验科、医务处、医工处、总务处、感染管理科等科室一起加班加点改造现有实验室，积极为安全开展核酸检测做好各项准备工作，现已完成生物安全柜（Ⅱ级B2型）、新风系统、排风系统的安装，各项防护装备已到位，待专家评估合格后即可开展核酸检测。

自北京出现新型冠状病毒肺炎病例以来，总务处为做好疫情防控工作，保障医院医疗工作顺利开展，增强班组值守人员力量，按照医院感控要求，认真落实应急防控方案。对基层保洁、洗衣、食堂配餐等相关人员做好个人防护培训和区域消毒等指导工作。1月28日医院紧急下令，需要将感染疾病科地下一层改造为轻症病人的隔离病房，总务处迅速做出响应，仅用24小时顺利完成改造工程。同时，对感染疾病科地上一层肝炎门诊消毒并加装门禁，改造成工作人员休息区，对部分区域进行隔断，改造为发热门诊及隔离病房区域，紧急投入使用，提供有力保障。为紧急解决医院200余名学生返京住宿事宜，总务处仅利用3天时间，克服了时间短、物资不足、搬运人力紧缺等诸多困难，累计配置完成239张住宿床位。

疾病预防控制科制定并不断更新医院诊疗与防控方案，强化重点科室全员培训，及时上报疫情信息，协助疾控部门积极进行可疑病例排查、疑似和确诊患者采样、流行病学调查及检测工作；撰写完成门诊及住院患者流行病学调查表、温馨提示信息、居家隔离注意事项等。

感染管理科医务人员为重点科室、援鄂队员、医生、护士、医学生们一遍一遍讲解感控重点，亲自示范防护服穿脱，力争医务人员“零感染”，宣传中心协助其完成“防护服穿脱流程”培训视频，连夜剪辑、后期制作，为医务人员正确使用防护用品，进行科学、安全的防护提供指导。

医院先后发布《医务人员教您口罩的正确佩戴方法》《北医三院官方线上咨询app，随时随地与专家一对一交流》等科普文章，指导公众进行自我保护、科学就诊。发布《目的地：武汉！北医三院20人应急医疗队出征》《北医三院医疗队在武汉|首日：实地考察、感控培训……临时党支部收到8份入党申请书，他们这样说》等文章，实时通过微博、今日头条对援鄂医疗队和医院医务人员工作进展和感人事迹进行报道，联合《人民日报》《光明日报》、中国网、新华网等媒体进行报道，讲述抗击疫情中的三院故事。

将温暖送到职工心里。1月30日，党委副书记兼工会主席刘东明、副院长宋纯理带领医院关心职工工作小组成员及院工会全体人员，看望并慰问急诊科、感染疾病科、儿科、呼吸与危重症医学科等一线科室的职工。院工会还陆续将一些生活日用品送到援鄂医疗队队员家中，为他们解除后顾之忧。

院内微信群里，院内职工对一线科室和援鄂医疗队时刻关注，一份份温暖的问候，一个个设身处地的建议，一次次鼓励和赞扬，给了抗击疫情一线的医务人员巨大的勇气和信心。

每一个人都在牵挂，每一个部门都在行动，有的人取消了春节回家的车票，有的人取消了外出旅行的计划，有的人还在吃着年夜饭就匆匆赶来医院，有的人瞒着父母悄悄报名前往武汉……

国有难，北医三院召必应，战必胜。疫情就是命令，号角已经吹响，经历非典洗礼、出色完成抗击非典任务的北医三院人，再一次肩负起守护人民生命健康的重责，上下一心，全院行动，誓必打赢防控疫情攻坚战。

# “疫”时门急诊，爱一直都在

## ——口腔防疫，“战”在一起

北京大学口腔医院　金　铄　王　冕

2020年春节前夕，一场始料未及的新型冠状病毒肺炎疫情肆虐中国大地。疫情发生后，北京大学口腔医院坚决贯彻党中央和上级部门的要求，把人民群众生命安全和身体健康放在第一位，制订周密方案，采取切实有效措施，打响了北大口腔防控“战‘疫’”。

### 高度重视，全面打响防疫战

1月17日，医院迅速启动了突发公共卫生事件应急响应机制，成立防控新冠肺炎领导小组和工作小组。

1月20日，下发《关于呼吸道传播疾病医院感染预防控制措施的通知》。

1月21日，出台《新冠肺炎疑似病例和确诊病例上报及转诊流程》。

1月22日，印发《新冠肺炎疫情防控应急预案（第一版）》，之后根据要求和疫情进展已陆续完善到第四版。

1月23日一早，召开中层干部会，院长书记亲自做动员，部署全院防控工作以及春节期间诊疗安排。会后，院感科以单独小组培训的方式，对医务人员的防护、环境消毒和疑似患者处置流程等内容展开深入培训。

1月26日，出台《新冠肺炎门急诊三级预防方案》《落实“四方责任”，进一步加强新冠肺炎防控的通知》。

……

“生命重于泰山，疫情就是命令，防控就是责任。”春节期间，全体院领导和相关科室、部门负责人一直带头坚守在一线，与春节值守的医务人员并肩战斗，为全市人民群众健康安全保驾护航，打好疫情防控阻击战！

## 急诊，爱一直都在！

疫情正值春节假期，急诊科医护人员一直坚守在岗。作为24小时服务患者的窗口，他们的任务尤其艰巨。十天假日，急诊共接诊患者1376人次，日均137人次。

“跨越半个北京城，去了好几家医院都建议我来北大口腔，疼得实在受不了！”——来到急诊就诊的患者，大多是饱受急症折磨而四处求医的患者，北大口腔急诊就成为了他们的“最后一站”。

面对急切治疗的患者，急诊人并没有退缩，更不会推诿。大家按照医院不断修订完善的对医务人员和患者的院感防护要求，逐步细化完善接诊流程，根据不同急症的特点分类采取相应的防护措施。尽管他们从年前开始一直坚守在一线，尽管他们在救治患者过程中汗水湿透了衣背，他们都“疫”无反顾，逆行而上，全力救治。

面对医务人员的尽心诊治，患者们都发自内心地感谢：

“太感谢你们了！幸亏还有你们在！”

“你们辛苦了！向你们致敬！”

……

当姬爱平主任为接诊的一位60多岁牙周脓肿患者完成治疗症状缓解后，年逾花甲的患者大为感动，深深地鞠了两躬表示感谢。

隔离了病毒，但不能隔离爱。疫情当前，医务人员这份对患者的爱、患者的这份感激，成为了漫天飞雪中最温暖人心的力量。

## 组建临时急诊科，并肩战斗！

春节假期结束前，医院决定从综合治疗科、综合治疗二科、牙体牙髓科、口腔外科门诊抽调医务人员组建“临时急诊科”，在6层收治急症病人，缓解急诊科的工作压力，并安排其他科室医务人员增援急诊科。

“疫情就是集结号”，医护人员马上进入战斗状态：规划诊疗区域、调整诊室布局，设计合理的筛查流程、接诊流程、防护要求、消毒措施，防护物资统一调拨临时急诊科使用。临时急诊科崔静、胡菁颖两位护士长更是全然不顾自己的腰疾和佩戴着颈托的不便，周密部署每一个细节。同事们劝她们多休息，她们却说：“这个时候，身为护士长，必须要和大家一起并肩战斗。”

2月3日，大年初十，是春节假期后第一个工作日，临时急诊科正式开诊了。临时急诊科主任潘洁，党支部书记曾艳，护士长崔静、胡菁颖全程在岗，不断改进优化接诊流程。对于需要接受开髓等喷溅操作的患者，由接诊的医护人员将患者引导进入操作诊室，医护人员加穿一次性隔离衣。完成治疗后，全面进行物表消毒和诊室紫外线照射半小时才能再次使用。

就是这样，急诊科、临时急诊科这两支医护团队，在全院各科室的强有力支持下，有条不紊地运行着。他们以实际行动，践行了“守土有责、守土担责、守土尽责”的铮铮誓言。

## 疫时门急诊，不一样的景象

根据疫情的防控要求，结合口腔诊疗特点，一旦有隐瞒病情或潜伏期无法检出的患者接受口腔诊疗，新型冠状病毒就容易随着诊疗操作产生的飞沫和气溶胶弥散到空气中，其他患者在接受治疗时又无口罩保护，很可能产生交叉感染，从而导致疫情的蔓延。

按照北京市新冠肺炎防控工作领导小组的部署，作为“国家队”公立医院，北大口腔坚持以人民健康为中心，科学调配医疗力量，在重点加强急重症治疗的基础上，整合各科室的诊疗资源，及时调整门急诊的就诊流程和患者就诊路线。

医院相继在2层修复科、6层综合二科设置门诊集中诊疗区，以减少诊疗区域分散导致的院感风险。各科室积极行动起来，设置《门急诊患者新冠肺炎防控调查表》，组织医护值守一线，合理安排复诊患者改约，有效避免因人群聚集而可能产生的交叉感染风险。

在门诊工作中，各科室党员干部积极行动起来，主动要求值班、主动申请在一线进行喷溅类操作。“我是党员，我先上！”“我是党员，排我的班！”——一时间，这些话语蔚然成风。党员成为了各科室抗疫的先锋队，充分体现了党员意识和责任担当。

口腔颌面外科和麻醉科的医务人员，按照医院制定的预案，第一时间完成新冠肺炎初步排查，在确保安全的前提下，高质量地完成口腔颌面外科急诊患者的手术救治，在无影灯下弘扬着“敬佑生命、救死扶伤、甘于奉献、大爱无疆”的职业精神。

## 成立“预备队”，“我报名！”

在兄弟医院相继派出史无前例的大规模医疗队之时，口腔医院也积极准备，自发组织了北大口腔“抗疫预备队”，“预备队”由口腔颌面外科、麻醉科、院感科、检验科、药剂科的医务人员和各科室护士共80人组成。

报名通知一经发出，全院上下踊跃报名，请缨出战。

“我是党员，我报名！”

“我报名！我没结婚，优先考虑我！”

“我参加过2003年的抗击非典医疗队，我有经验，请报上我！”

面对疫情，护理人员责无旁贷。年轻护士说：“我年龄小、没牵挂”；年长护士说：“我经验足”；还有护士说：“我身体好，家庭负担小”……

大家都不顾个人困难，面对疫情表现出医务人员的无畏与大爱。

2月8日上午，首批“抗疫预备队”的80余名医护人员接受了北京市医院感染质量控制和改进中心主任武迎宏老师的专题培训，重点学习了在高危险环境中应如何做好严密的防护措施。面对疫情的不断变化，他们时刻准备着！

## 齐心合力，打好防疫总体战

疫情当头，全院各部门勠力同心，把初心写在行动上，把使命落在岗位上，合力打好北大口腔疫情防控总体战。

医务处根据医院防控领导小组部署及时协调门急诊工作安排，发布各类通知预案24个；不断根据门急诊需求调拨人员和物资支援一线，有力牵头保障疫情防控期间医疗工作的有序运行。

“防控疫情，护理人员就该冲在前线”，护理部主任李秀娥说。护理部开展全院护理人员培训，每日深入临床一线现场办公，积极组织人力和物资支援急诊科、临时急诊科、综合门诊，成为疫情中召之即来、来之能战、战之能胜的“铿锵玫瑰”。

院感科积极制订各项防护措施，并深入科室开展单独小组培训，指导一线医务人员做好环境消毒、疑似患者处置、各类岗位防护指导等工作，科学防控、精准施策。

保卫处全体安保队员严阵以待，24小时在各入口对全体人员进行体温检测，楼内巡逻保安与中控室、驻警形成联动防控体系保障医院安全。

医学装备处、药剂科按照医院现有防护应急物资、药品、消毒用品情况，不断协调联系各生产厂家调运物资，并及时将紧急调拨或多方筹措的防护应急物资分配到各科室。

信息中心根据疫情需要改造医疗信息系统，培训线上音视频会议、协助科室开展线上“业务学习”，开发了“互联网+”线上咨询程序，推进互联网咨询服务的开展。

后勤处为各个区域进行全面消毒；关闭空调机组回风阀，开启全新风模式。医用织物的回收供应、医疗废物的处置、水电气暖的支持、一项项的抢修维护，都少不了他们幕后的辛勤奉献。

其他部门也是积极迎战，围绕防疫这一中心工作，服务大局：党院办加强干部管理和总值班值守，做好对外信息发布和患者宣教，凝聚校友和各界力量捐助物资；人事处制订防控一线人员调配方案，做好教职工返京统计工作；教育处做好“四生”管理工作，布置春季学期教学和学生工作；科研处开通文献资料查询功能，做好疫情时期的实验室管理，及时调整项目审批相关工作；运营办每日汇总上报各类数据；财务处做好应急采购资金安排，配合导医中心应对号源变化，协助病房做好住院患者收治工作；病案管理科在病历管理的每一个环节都做了相应的防护措施，开放数字化病案阅览；工会及时关心和慰问一线职工；餐饮中心做好一线医务人员的统一配餐和值班人员的分餐工作；家属院做好居民住户的管理和环境消毒……

## 同舟共济，共克时艰

“巧妇难为无米之炊”，疫情防护物资成为当下最紧俏的资源。按照国家卫健委的总体安排，作为委属委管医院，北大口腔第一时间将现有防护物资库存量上报，听候国家调拨。“即便自己再困难，我们也要服从国家安排”“宁可自己勒紧裤腰带，也要把最紧缺的物资送到最急需的一线”成为院领导的共识。

口腔医院举全院之力，从颌面外科、儿科、修复科等科室调拨心电监护仪和除颤仪共10台件支援武汉最前线，已由国家卫健委统一调拨到湖北省人民医院使用。

“岂曰无衣，与子同袍”。面对来势汹汹的疫情，1月28日，北大口腔向身在武汉最前线的武汉大学口腔医院、华中科技大学同济医学院口腔医学系发函表示将与他们携手并肩、共抗疫情。

在支援武汉的同时，医院也接受了社会各界和广大校友的慷慨支持。既有雪中送炭般的防护物资，又有慰问医务人员的食品和奶制品。物资中，饱含着大家沉甸甸的情谊和对坚守医务工作者的关心爱护。海外校友们心系母校，邮寄来的一箱箱防护物资，给予了全院师生员工前行的力量。

北京大学医学部和市卫健委积极筹措调拨防护物资的大力支持，各界人士和校友们的慷慨捐赠，解了医院的燃眉之急。全院医务人员也积极落实防控要求，将其用于急重症患者救治，尽职尽责地守护人民健康。

这段抗疫岁月，必将让每个人都难以忘却。

面对这突如其来的疫情，不会忘记的，还有北大口腔人“疫”往无前、“战”在一起勇敢的样子。

爱和希望，勇敢和温暖，必将驱散冬日的寒冷和无情的病毒。

繁花似锦的春日，就要到来！

期待那一天！

# 一个党支部就是一个堡垒，一名党员就是一面旗帜

## ——不忘初心　勇敢逆行　坚决打赢疫情防控阻击战

北京大学肿瘤医院　刘　晨　王　伦

疫情牵动人心，仁心温暖人心。庚子年的春天虽然少了往日的温馨热闹，却因为全国医务人员的并肩逆行让所有人感受到了温暖的力量。他们的分秒必争、夜以继日和全力以赴，有效地遏制了新型冠状病毒肺炎在全国的蔓延。疫情面前，全国人民众志成城，万众一心；疫情面前，北京大学肿瘤医院不忘初心、勇敢逆行，与全国医务工作者携手同行、共克时艰，决心打赢这场疫情防控阻击战！

### 坚定信心，科学部署

疫情就是命令，防控就是责任。自湖北武汉新型冠状病毒肺炎疫情发生后，北京大学肿瘤医院党政领导清醒认识疫情防控的严峻形势，以高度的责任感和使命感，认真贯彻落实党中央国务院、市卫健委、医管中心和北大医学部的决策部署，坚定信心、同舟共济、科学防治、多种举措，坚决打赢这次没有硝烟的战争。

医院于第一时间成立了由党委书记朱军、院长季加孚为领导的防控新型冠状病毒肺炎疫情工作领导小组，领导班子成员多次召开现场工作会，研究落实防控措施，优化工作流程，做到严阵以待、严防死守。

院党委及时向全院党支部和全体党员发出了《致全体党支部和全体党员的倡议书》，要求各党支部和全体党员要自觉践行初心使命，恪尽职守、勇担重任、顽强拼搏、冲在前列、干在实处，率先做好疫情防控等各项工作。

1月25日，召开现场工作会，党委书记朱军、副书记薛冬，院长助理、门诊部主任吴楠带领有关部门同志，就医院医疗区域疫情防控进行了现场研究，对医疗区域出入口和测温流程制订了工作方案。

1月27日，院防控领导小组召开了疫情防控工作部署会，院领导及各科室负责人参加了会议。副院长郭军作了国家及北京市疫情防控形势通报，院感科主任张霁

就院感防护及数据上报具体要求做了讲解，党委副书记、医务处处长薛冬对医院防控工作具体安排做了布置。党委书记朱军、院长季加孚分别讲话并做了动员和工作部署。

1月28日，再次召开现场办公会，就医疗区域出入口调整、入口测温、排队流程以及门诊放疗区域进行了现场查看确认。同时，放疗科加速器开始治疗，预计每日放疗病人500人。

1月30日，召开新型冠状病毒肺炎疫情防控小组工作会，紧急部署医院应对疫情防护等级提升、医疗工作相应调整事宜，对医院近期的医疗工作进行了调整和部署。

1月30日，医院疫情防控领导小组向全院发出组建应急医疗队的动员令。动员令一经发出，全院职工纷纷响应，各科室的医护人员积极请战。经院疫情防控领导小组遴选、把关和综合评估，以“党员带头、新老搭配、专业互补”为原则，按照市医管中心要求，截止2月9日，累计建立四批预备医疗队，共计108人，涉及医师、护士、技术员（药学、影像、检验等），陆续进行培训，时刻待命出发。

1月31日上午是第二个节假日门诊。早8点，院长季加孚，副院长郭军，党委副书记、纪委书记隗铁夫，党委副书记薛冬，院长助理吴楠带领相关科室同志召开现场办公会，对北门和主楼西侧门测温流程进行了优化和调整。为加强医疗区域出入口管理，做好医护人员和患者的防护和保障，医院北门区域、主楼西侧门设置测温点。

2月1日，召开疫情防控领导小组工作会，对全院工作进行了具体安排和部署，并向全院科室发布通知，由科室负责人进行科室内传达落实，要求各科室合理安排人力资源，全力做好疫情防控工作。

2月3日，春节假期后正式上班第一天，召开疫情防控领导小组扩大会议，院领导班子及疫情防控领导小组成员参加会议。会议研究了为疫情防控需要组建本院医疗队等相关事宜，并对疫情防控相关问题进行了讨论。会议要求各科室全力做好防控、合理安排医疗工作的同时，做好患者沟通和安抚工作。要求科主任严格执行医院疫情防控小组所发布各项医疗工作调整方案。

2月5日，党委书记朱军、副院长郭军、党委副书记薛冬、院长助理吴楠等带领疫情防控领导小组成员来到西院区，慰问一线工作人员并检查了防控措施落实情况。要求全院职工都把疫情防控作为当前最重要的工作来抓，各岗位工作人员必须完善防护措施，做足防护准备，确保医护人员和患者安全。

2月7日上午，副院长郭军、党委副书记薛冬来到医学影像科看望医护人员，检查科室防控措施落实情况。现场查看了患者预约、候诊、检查等情况，对注射药物近距离操作的护士提出具体防护要求，要求科室落实防控工作，全力做好医护人员防护，保障医务人员和患者安全。

2月7日下午，副院长苏向前带领相关科室同志检查了食堂、保洁等工作，向各岗位工作人员表示慰问。查看了食堂工作环境，向食堂及保洁管理人员了解就餐及保洁情况，详细询问了目前上岗人员、未到岗人员、隔离人员的具体数量及个人现状，要求严格把好质量关，全力保障安全服务。

2月10日，党委书记朱军、院长季加孚、副院长郭军、副院长苏向前、党委副书记薛冬、院长助理吴楠等带领院疫情防控工作领导小组成员现场办公，对9日北京市卫生健康监督所防控监督检查中提出的立行立改意见进行整改落实。并组织召开疫情防控领导小组扩大会议，要求对保安、保洁、护工、食堂、电梯等岗位工作人员加强培训，针对目前防控形势，院感科将开展各类人员的视频培训。要求对住院患者加强筛查，追问流行病学史，进行二次体温筛查，严格管理探视时间，建议视频探视。梳理了夜间和周末发热门诊流程，要求增加防护物品配备，完善应急预案。会议要求日间病房加强防护，保障患者和医护人员安全。疫情期间，各科室要加强同患者的沟通，做好安抚工作。要求后勤处完善涉疫垃圾处理流程。

## 敬佑生命，勇往直前

"主任，报我吧，保证完成任务"。2月6日，医院院感科张晶前往疫情集中治疗基地报到上岗，这也是北京大学肿瘤医院第一位支援定点医院的同志。2月5日下午，医院接到北京市医管中心紧急任务，根据疫情防控工作需要，要求北京大学肿瘤医院选派出医院感染管理人员一名，参与定点医院筹建和院感管理。院感科张晶有多年检验及院感工作经验，经历过2003年非典事件，考虑到其他同事也有困难，虽然自己家孩子今年要参加高考，仍第一时间积极响应、主动报名，这种勇于担当的精神让人钦佩。临行前她表示："谢谢领导同事们关心，一定全力进行疫情院感防控，平安归来！"

2月9日，医院重症医学科主任王宏志前往新型冠状病毒肺炎定点医疗机构报到上岗。2月8日，医院接到北京市医管中心紧急任务，根据疫情防控工作需要，要求医院选派出副高级职称以上重症医学专业人员一名。"报我吧，保证完成任务，绝不会给肿瘤医院丢脸！"重症医学科主任王宏志积极响应并主动报名，并于9日一早报到上岗。

早在春节前，重症医学科的疫情防控工作就在科室主任王宏志的带领下，有条不紊地开展了，从防疫物资准备到医务人员的调配都有序进行，全科医护人员做到召即回、回能战、战能胜！

重症医学科工作任务重是众所周知的，假期后，部分工作人员按照上级要求返京居家隔离，能正常上班的工作人员只剩一半。王宏志主任在解除隔离后第一天就顶替被隔离的医生冲到了临床第一线，同时召回了休假中的陈小杰医生和在外转科的杨媛医生，加上未离京的陈仁雄和梅儒齐两位医生，一人担两岗，大家克服困难，无条件服从科室工作安排，与医院、与科室同舟共济，共度防疫难关。

报名期间，重症医学科护理人员得知需要抽调科室多名护理人员紧急组建医疗队，科室两位护士长方华、王伟带头报名。科室其他护理人员也是群情激昂，没等护士长安排，高年资护士带头报名，很快全科护士全体报名！

## 率先垂范，党员先行

新型冠状病毒肺炎疫情牵动着每一个人的心，面对疫情防控工作的严峻形势，医院党政领导高度重视，要求全院当前把疫情防控工作作为最重要的任务抓紧抓好。医院统一在门诊北门设立测温点，所有来院人员测温之后方能进入门诊大厅，入口流程改变给很多患者带来了不适应，需要有大量人员引导，但是目前工作人员严重不足。党委副书记、纪委书记隗铁夫发现这一情况后发起号召：行政后勤党支部的党员和入党积极分子应充分发挥战斗堡垒作用和先锋模范作用，协助奋战在工作第一线的医务工作者，积极开展疫情防控门诊志愿服务活动。志愿者们要做好来院就诊人员门诊引导，全力把好医院入口关，切实做好防控工作。

在活动报名中，党委副书记、纪委书记隗铁夫，党委副书记、工会主席许秀菊，副院长邢沫，总会计师刘军燕几位领导带头报名，行政后勤各支部积极响应。机关一党支部、机关二党支部、机关三党支部、机关四党支部、财务党支部、后勤保障党支部、北办公区党支部、离退休党总支、科研处共计102人报名参加门诊志愿服务活动，其中党员87人，入党积极分子和群众15人。每天早上7:00 ~ 8:00是门诊就诊的高峰时段，党院办仲西瑶主任率先垂范“我对流程熟悉，平时早上到得也早，早上最冷，周一早上7点的班我来值！”大家深受鼓舞和感动，纷纷表示“我家近，我也可以值早班”。采购中心为每位参加志愿服务的同志们发放口罩等防护用品，为志愿者们做好防护工作，门诊部为大家准备了外出棉服，在寒冷天气为大家做好保暖。

从2月3日起，门诊志愿者们在每工作日分三个班次，分别是上午7:00～8:30、8:30～10:00、下午1:30～3:00三个时间段，每班次安排2名志愿者，分别站在北门入口处及测温点出口处一米线旁。协助保安维持测温队伍秩序，指引患者及家属按次序测温，并保证出入口的通畅。党院办与门诊部及时沟通，随时动态调整班次。

“疫情就是命令，防控就是责任”，志愿者们在防疫情工作中可能做的只是最简单的一项工作，但是一个党支部就是一个堡垒，一名党员就是一面旗帜。面对疫情，在院党委的统一领导和指挥下，党支部在行动、党员在行动，每个北京大学肿瘤医院人都在行动，为打赢这场无硝烟的战斗提供坚强的组织保障和人员保障。

## 恪尽职守，众志成城

在这场没有硝烟的“战争”中，北京大学肿瘤医院各个部门全体员工讲政治、顾大局，关键时刻站得出来、冲得上去，有的人牺牲了与家人的团聚，在疫情严峻的时刻恪尽职守、上下一心、共同努力、严防严控，保持了医院的运行安全稳定，为防疫和医院运行保障工作作出了自己应有的贡献。

为保证肿瘤患者放疗的连续性，医院放疗科像往年一样按照春节前的治疗工作安排，于1月28日（初四）就开始了节后的首日治疗工作，24位治疗师到岗，6台加速器全部正常运行。

由于新型冠状病毒肺炎疫情的出现，放疗科各治疗室工作人员对接受放疗的患者的春节活动情况、身体状况等进行了一一核查，并检测所有患者及家属的体温，要求和督促所有患者及家属佩戴口罩。对未能按时前来治疗的患者进行了电话沟通和情况登记及反馈。为保证患者和医务人员的安全，放疗科成立了由王维虎、吴昊、李永恒三位主任和支部书记弓健、技师长杨敬贤及护士长张亚茹组成的放疗科应急核心小组，每天汇总科室最新情况，及时做出处理。副主任吴昊、支部书记弓健和技师长杨敬贤等每日驻守科室，检查问题、发现问题、解决问题，合理规范个人防护用品和消毒等用品的使用，为临床治疗工作提供了有力的保障和支持。

病理科技术组全体同志都纷纷要求一线值守，做好病理科工作，守好病理科的质量安全，人员安全。为了防范疫情，减少科室人员密集相处，病理科技术组对各小组工作实行统一、合理安排。根据院内疫情防控要求、患者需求、工作量的变化及工作人员的个人实际情况，科室及时有序调整工作计划。领导、党员、老同志带头，守护好病理科技术的一片天。

信息部在非常时期，为保证及时完成任务，紧急召集相关开发工程师，线上讨论系统修改方案，为确保第二天按照新规定执行，连夜组织开发、测试等工作，并于当晚新程序开发完成并发布，保证了第二天相关系统按要求平稳运行。全科体工作人员和一线人员一起携手并肩，全力以赴做好北京大学肿瘤医院信息保障工作。

春节期间，后勤处维修团队坚守岗位，在人员材料都紧缺的情况下全力完成保障任务，抢搭测温大棚，封闭调整院区出入口，及时完成日常运维工作。后勤处全体员工做好保障服务，与一线医护人员一起，共同打好这场防疫硬仗。

像放疗科、病理科、信息部、后勤处一样，还有很多科室虽然不在防控疫情的第一线，但是全体人员无时无刻不牵挂着疫情。大家众志成城，齐心协力，在当前形势下，做好自身防护的同时，坚守岗位，做好本职工作，为患者服务就是对国家疫情防控工作最好的支援。正是因为全院上下各个部门做了大量细致扎实的工作，医院的疫情防控工作取得了显著成效。

国有难，召必至，战必胜！疫情面前，白衣逆行。北京大学肿瘤医院全体医务工作人员将充分发挥自身力量，与全国人民同心合力共克时艰，一起携手打赢这场阻击战！我们坚信，温煦的春风，明媚的阳光不会缺席2020年春天！

# 守卫疫情防控的心理战线

## ——抗击疫情，我们在行动

北京大学第六医院

2020年新年伊始，一场抗击新型冠状病毒肺炎的战役在全国打响。疫情就是命令，防控就是责任。北京大学第六医院按照国家卫健委、北京大学和北京市卫健委的要求积极开展工作，发挥精神心理的专业优势扎实工作，不忘初心、牢记使命，充分发挥基层党支部和党员的先锋模范作用，以实际行动为抗击疫情贡献六院人的力量。

### 加强组织建设，多措并举全力战“疫”

2020年1月初，北京大学第六医院党政领导班子多次讨论新型冠状病毒肺炎的防控工作，成立由陆林院长和王向群书记为组长、各个院领导为成员的领导小组，领导小组下设疫情控制组、医疗救护组、物资保障组，明确各个工作小组的职责。经工作小组制定、领导小组审核，发布了《北京大学第六医院2019新型冠状病毒防控方案（试行）》，为医院疫情的防控工作提供了工作指导。

陆林院长、王向群书记、刘靖副书记等人参加了北京大学新冠肺炎疫情防控视频会议。会议传达了中央、教育部和北京市关于疫情防控的指示、措施和工作安排，竭尽一切力量预防疫情在大学和附属医院发生，坚决落实“四方责任”。北京大学第六医院各部门、领导和个人要完全执行国家和大学要求，齐心协力，全力做好疫情防控工作。

北京大学第六医院党委号召全院各支部党员、群众，积极投身疫情防控工作中，各党员干部带头做表率，积极为疫情应对献力献策，勇于站在疫情防控斗争第一线，并对公众进行积极、有效的心理引导，充分发挥党支部在关键时刻的战斗堡垒作用，用实际行动践行初心和使命。

## 加强培训和督导，提升医院保障和防控能力

春节前，孙洪强副院长带领医务处、护理部、感控办工作人员深入各个病区，为工作人员讲解新型冠状病毒肺炎的防控方法，针对各个部门的特点提出了针对性防控要求，并对各个部门急救物品、医院院感暴发应急用物及环境安全和病例监测、排查和管理工作的情况进行全面检查。1月21号上午，孙洪强副院长和医务处佘永军处长接待卫健委领导对门诊疫情防控工作的检查。卫健委专家现场提问医生，评估北京大学第六医院对新型冠状病毒肺炎的培训情况。

1月26日大年初二，张霞副院长带领后勤保障部门盘点医院防控物资储备情况，积极和上级部门协调防控物资货源；后勤保障部门对院内防护物资进行统筹集中管理，开源节流双管齐下，有力保障医院各项资源高效利用。工会积极做好赴鄂心理救援队的各项需求及培训场地保障工作，并为门诊医护人员及时送温暖，提供了护目镜、一次性帽子、消毒液、防寒大衣、连帽棉坎肩、暖手宝、护手霜等多种慰问物资。

春节期间，陆林院长、王向群书记带领医院领导班子到各个科室慰问值守人员，叮嘱工作人员注意疫情防控，严格落实各项感控规定，保障患者和医务人员安全。为保障特殊时期北京大学第六医院夜班人员晚餐安全及质量，2月6日院长会讨论通过同意北京大学第六医院营养食堂为夜班职工提供免费晚餐，费用由医院承担。

## 时刻关注疫情变化，不断提升防控力度

随着疫情的发展，疫情防控形式愈发严峻。医院领导小组随时讨论提升医院的防控力度：春节前要求医疗相关科室人员春节期间坚守岗位，取消离京活动，将疫情防控工作放到各项工作的首位。1月21日，启动进出医院人员的体温监测工作，随后实施疫情期间防控物资集中管控，进而发布医院职工返京和居家隔离的相关要求，梳理医院所有职工春节期间流向，做好疫情防控期间的人力资源配备，测算疫情期间物资需求、积极寻求物资支援等。2月3日，决定成立住院患者隔离观察病房，对所有新收入院患者观察14天，确认无新冠肺炎感染后再转入普通病房。2月12日，为进一步加强医院安全保障，决定实施对入院人员全面筛查工作，检查关口前移，所有人员在门口经过第一关检查，进入门诊病房大楼人员再一次进行预检筛查，最大限度保障医务人员和患者安全，同时加强预检分诊工作人员防护，穿隔离

衣。此外，医院教育部门按照教育部和北京大学的工作要求，以点对点的方式通知到每一个学生推迟开学的安排；及时发布防护培训教学视频；每日向相关部门报送研究生及住培生疫情防控信息；认真做好各类学生的思想稳定及重点学生心理关注与情绪维护；按照北京大学“停课不停学，不停教，不停研”的工作思想，组织教师录制课程、网上直播、答疑互动进行线上教学活动。一系列的政策先后出台，防控力度不断加强。

根据上级延长春节假期精神，并结合返京人员隔离观察规定，积极组织相关院领导以及教育处联合讨论临床住院医的返京方案，既要保障返京医务人员和学生的安全防控，又要保障临床工作的持续开展。组织门诊部、药剂科等相关部门紧急制定假期延长后的应对工作，包括重新安排门诊、病房以及药房值班，通知医院相关部门和职工，对外通知等等，大量临时协调组织工作，最终周密部署，一一落实，井然有序。

## 积极配合国家防控工作，承担国家队责任和义务

北京大学第六医院作为精神心理领域的国家队，积极按照国家卫健委的要求开展防控工作。中国科学院院士、北京大学第六医院院长陆林多次为国家卫健委的各个司局提供建议、录制疫情防控期间心理应对的短视频，帮助大众疏解情绪；临床心理中心唐登华主任医师等专家积极参与、配合国家卫健委制定《新型冠状病毒感染的肺炎疫情紧急心理危机干预指导原则》；公共卫生事业部马弘主任医师、马宁主任带领公共卫生事业部工作人员积极承担国家卫健委指派的各项应急任务；唐登华、黄薛冰、钱英、刘琦等多位专家参与健康中国新型冠状病毒科普知识视频的录制，针对新冠肺炎疫情中的常见心理问题进行解答和指导；医院鼓励专家和媒体合作开展疫情防控相关的心理干预活动，黄悦勤教授、石川主任、孔庆梅主任等从不同的角度为题进行科普直播，帮助公众正确应对疫情期间的紧张情绪。

为全力做好新冠肺炎医疗救治工作，北京大学第六医院积极响应国家卫健委的号召，根据不同需求组建不同梯队的心理救援队，包括国家驰援武汉心理救援队、北京市心理救援队、北大附属医院工作人员危机干预队、本院新冠肺炎救援梯队，并积极开展内外部培训，全力做好多方心理干预保障工作。1月26日，北京大学第六医院开始组建驰援武汉心理救援队，全院根据条件确定了87名志愿者。首批心理救援队由钱英、石川、李雪、蒲城城、王宏生、岳建新、井军君、孙博韬在内的4

名医生和4名护士组成。同时，救援队成员积极参与“微心战‘疫’”和“爱心战役”公众项目，招募心理咨询师志愿者进行心理咨询志愿服务工作，同时组织志愿者培训、督导等相关工作，积极筹备为武汉一线工作人员和方舱住院患者开辟咨询专线；组织心理咨询和治疗专业委员会专家积极开展爱心公益讲座。

2月2日，北京大学第六医院医技科主任、临床心理测评中心主任石川作为国家卫健委派出的专家之一赶赴武汉，为抗击疫情一线的医务人员、患者和群众提供紧急危机心理干预服务，目前石川主任已参与完成不同人群干预方案的制定，并多次深入一线病房提供心理支持等。

北京大学第六医院为满足疫情中患者日常开药需求，积极协调，并于2月11日实施根据病情需求适当延长用药开药量政策。为方便因交通不便而不能到医院就医的患者，为群众提供专业、科学的精神心理咨询服务。2月12日，北京大学第六医院与京东健康合作搭建了网络精神心理咨询平台。同时，为更好地缓解一线新冠肺炎疫情防控医务人员的心理压力，北京大学第六医院网络平台开通了一线人员心理援助专用通道，免费为其提供专业、科学的精神心理咨询服务。

## 发挥精神心理特色，引导社会理性应对疫情

利用“北京大学第六医院”官方微信公众号、微博和“精神卫生686”公众号等宣传平台，组织专家撰写应对疫情的心理疏导指南、汇总全国心理援助热线等，发布各类宣传资料，为普通社会大众、医务人员、居家隔离人员和住院感染者送去了心理调适和压力排解的良方。北京大学第六医院心理应急救援队推出系列科普“健康卫士能量加油站”，帮助公众提高安全感和积极感受，并与“学习强国”APP沟通，为北京大学第六医院科普系列开设专题，目前该平台持续更新北京大学第六医院科普内容。同时协助《健康报》等媒体多次转载北京大学第六医院科普文章。

2月7日和14日，由北京大学第六医院马弘教授主编的《应对新型冠状病毒肺炎疫情社区服务心理支持技巧50问》，由中国科学院院士、北京大学第六医院院长陆林主编的《新型冠状病毒肺炎全民心理健康实例手册》由北京大学医学出版社相继正式出版，此外北京大学第六医院与清华大学出版社合作的《1小时科普·线上加油站　新冠疫情下心灵守护操作指导》一书于2月18日出版。这些公益科普书籍满足疫情下前线医护人员、一般医护人员、感染患者及其家属、疑似患者、社会服务工作者、社区群众以及孕产妇、老年人、儿童等全体民众的不同需求，为全民提供

权威心理防护与应对措施。

## 加强思想引领，齐心协力，共同打好防疫攻坚战

自疫情发生以来，北京大学第六医院党政班子成员高度重视，严格要求医院各个部门、职工按照医院统一要求，落实各项防控措施，积极讨论便民服务举措、保障群众的就医需求。医院各个部门配合紧密，党院办、医务处、感控办、护理部、后勤保障处、工会等部门人员放弃假期，坚守岗位，完成了医疗救援队的行前培训、物资采购、科普宣传等各项工作。

北京大学第六医院党委切实把思想和行动统一到习近平总书记重要指示精神上来，统一到党中央重大决策部署上来，向全体党员发起倡议书，引导党员提高政治站位，坚定必胜信念，强化使命担当，发挥共产党员先锋模范作用，以人民利益为重，以医院大局为重，在疫情防控和普通患者医疗服务双线作战，全力以赴打赢这场战役。

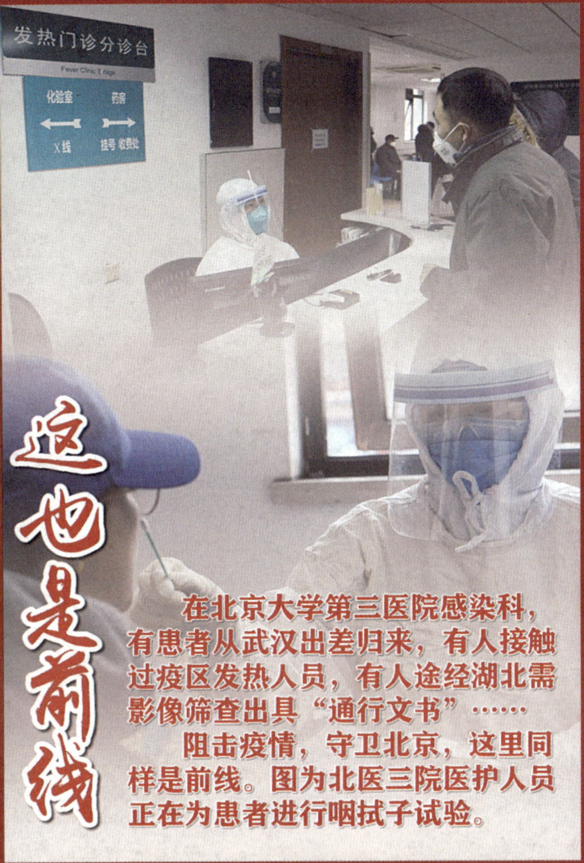


## 这也是前线

在北京大学第三医院感染科，有患者从武汉出差归来，有人接触过疫区发热人员，有人途经湖北需影像筛查出具“通行文书”……

阻击疫情，守卫北京，这里同样是前线。图为北医三院医护人员正在为患者进行咽拭子试验。

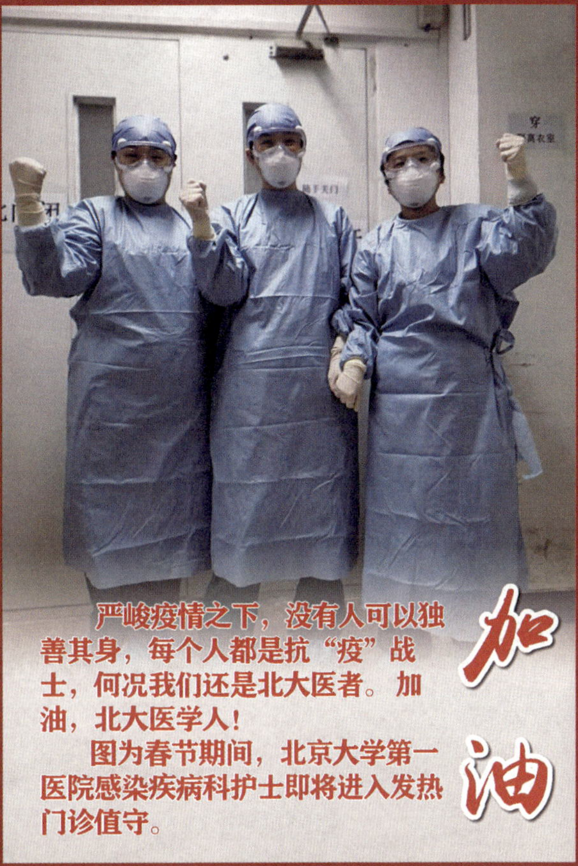

## 加油

严峻疫情之下，没有人可以独善其身，每个人都是抗“疫”战士，何况我们还是北大医者。加油，北大医学人！

图为春节期间，北京大学第一医院感染疾病科护士即将进入发热门诊值守。

## 甄别

北京大学人民医院主动请缨承担北京市定点新型冠状病毒感染的肺炎检测试点工作，面对疫情沉着冷静应对，仔细甄别排查，及时规范上报。图为人民医院医护人员正在专业的实验室里进行核酸检测。

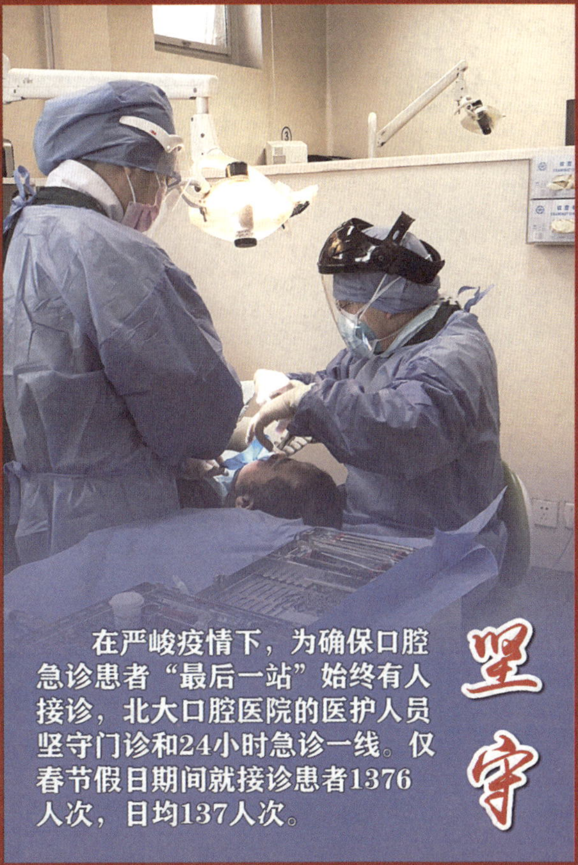

## 坚守

在严峻疫情下，为确保口腔急诊患者“最后一站”始终有人接诊，北大口腔医院的医护人员坚守门诊和24小时急诊一线。仅春节假日期间就接诊患者1376人次，日均137人次。

# 5 致敬·祝福

向直面病魔、
奋战在抗疫前线的
老师同学们致敬!
期盼大家平安健康,
早日凯旋而归!
医学人文学院
科学技术史 韩明月
加油!!

武汉加油
がんばれ武漢
春日万里奈

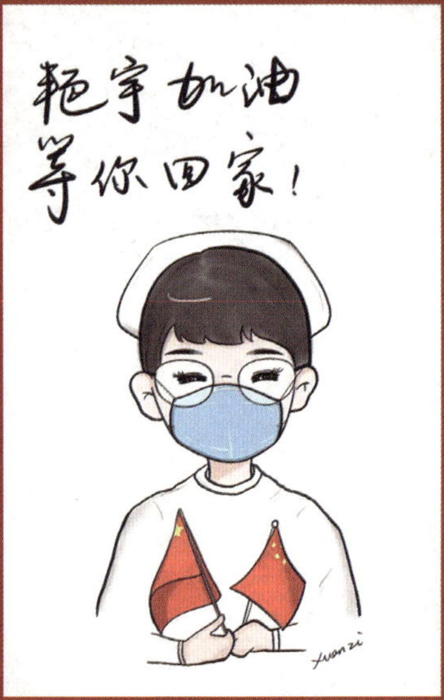
艳宇加油
等你回家!

All Frontline
北医老师们,
We are very proud
of YOU!

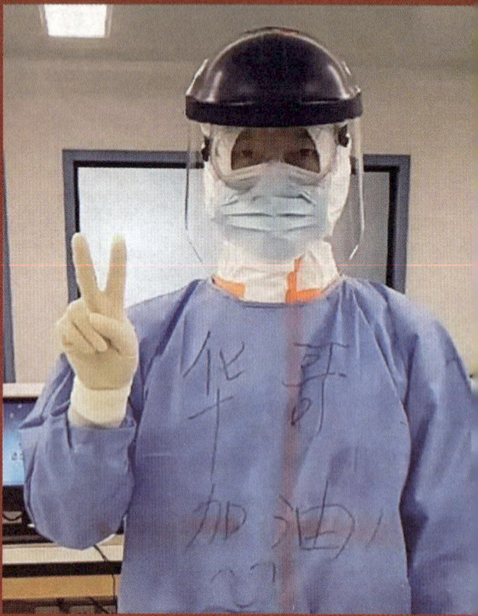

中国加油!!!
你们一直鼓励着我们的未来!
北京大学医学部蒙古国留学生

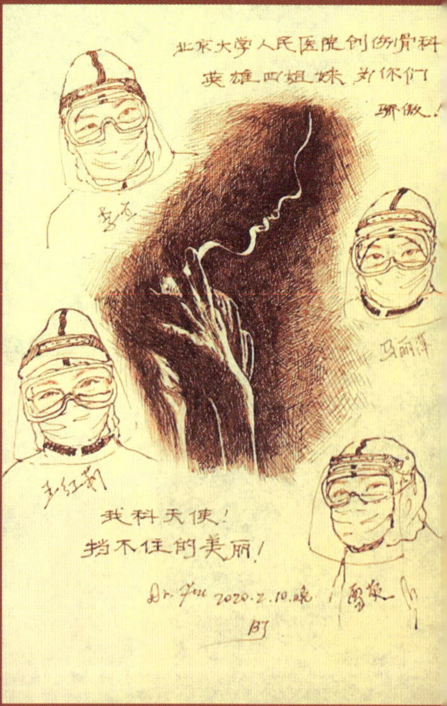
北京大学人民医院创伤骨科
英雄四姐妹 为你们
骄傲!
我科天使!
挡不住的美丽!
2020.2.10.晚

不好意思,
忘戴口罩了,
稍等一下。

中国加油!!武汉加油!!
韩国也会支持你们!!
北医三院 口腔科 韩国留学生
李泛昔

前线的北大医学人啊
你们义无反顾的身影
带走了我们最深切的牵挂

也许在别人看来
你们是医务工作者
是逆行的英雄
但是在我们的眼里
你们还是我们的家人、同事、朋友
是我们所有医学生今后最想成为的人

请带上我们的敬意和祝福
我们不需要英雄
我们只愿你们平安归来

# 今天，我为你唱一首歌

北京大学

新型冠状病毒来势汹汹，疫情之下，广大医务工作者挺身而出，义无反顾。同样奋斗在一线的，还有“战斗在警戒线上”的警务人员，医院建设工地上挥洒汗水的建筑工人，加班加点赶制医疗物资的工厂员工，千千万万为抗击疫情作出贡献的普通人，共同汇聚成防疫的钢铁长城！

北大人在这场战“疫”中也竭尽所能作出自己的贡献。北大校友钟南山年逾八旬仍在为公众健康奔走，北大医学人先后派出多批医疗队驰援湖北，全球北大校友捐款捐物支援前线。

这世上从没有生来的英雄，只有勇于担当的凡人。每一份平凡的伟大，都值得讴歌与赞颂。

北大师生以一首原创歌曲《致敬！逆行者》向所有奋斗在一线，为抗击疫情作出贡献的逆行者们致以最真挚的祝福和最崇高的敬意！

祝愿逆行者早日平安归来！

《致敬！逆行者》MV

当疫情暴发
他劝众人不要去武汉
自己却第一时间登上开往武汉的火车
钟南山院士逆行当先
诠释了何为“侠之大者，为国为民”
堪称国士无双

当病毒袭来
他们白衣逆行，千里驰援
世上哪有什么白衣天使
只不过是一群胸怀热血的凡人
庄重地许下了希波克拉底誓言后
便不惧用一生去践行

火神山医院、雷神山医院
一座又一座疫情中的“诺亚方舟”
在短短十数天内建设完成
令人赞叹的中国速度背后
是无数建筑工人辛勤的汗水
和不计回报的默默付出

当凄惶弥漫
警务人员于长夜漫漫，凛冬严寒中
战斗在警戒线上的身影
却让人感到无比的安心与温暖

也许
每个人的力量单薄如暗夜里的萤火
但点点汇聚
终会变成一束光
照亮被病毒笼罩的城市

照亮每一个惴惴不安的灵魂

而在抗击疫情的庞大队伍中
始终有这样一群人
他们有着同一个引以为傲的身份
——北大人
北京大学及千万北大人
始终与时代、与民族、与国家
同呼吸共命运

面对此次疫情
无论是奔赴第一线
还是从海内外筹集物资
无论是科研攻关，寻找病毒克星
还是传递知识，点亮宅家生活
……
北大人始终勇于承担，甘于奉献
为祖国的安定
贡献出自己的力量

北大医学一批又一批援鄂医疗队
舍小家为大家
毅然去向最危险的地方

学校高度重视，认真研判
做好防控工作部署
全面细致落实疫情防控工作
学校领导慰问赴鄂北大医疗队
并到校内防疫工作一线看望工作人员

坚守后方的无数北大职工严阵以待

为留驻在校的师生
提供全天候的健康守护与生活保障
送去无微不至的悉心关怀

校内设置隔离区
严格执行防疫措施
全面保障隔离区的学生身心健康

斗争在湖北的427名北大医学白衣天使
不畏艰险，坚定维护医者的崇高与荣誉
救死扶伤，生动诠释北医的大爱与担当
他们的言语与行动
无时无刻不在影响着北大的医学生们

在万众一心抗击疫情的每一道战线
都能看到北大人的身影
严谨、坚强、勇毅、活跃

北大人、北大青年
正以其一往无前的勇气
与常思奉献的热忱
投身抗疫战场
与国家与人民共同奋斗！

致敬！逆行者！
致敬！北大人！

没有一个冬天不会过去
没有一个春天不会到来
愿所有迎难而上的逆行者
与春天一起，带着爱与希望归来！

# 歌谱

## 致敬！逆行者

1=D $\frac{4}{4}$ 深情 自信地

词曲：孙锦露

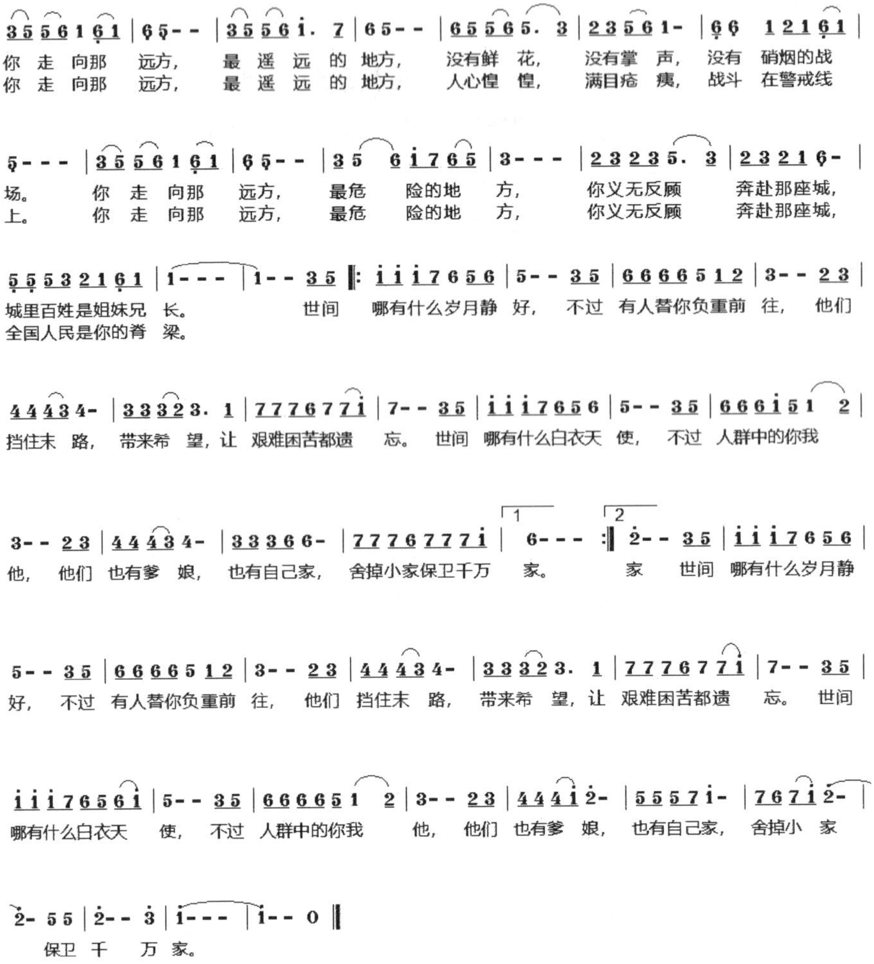

## 创作团队

【音　　乐】

词　　曲：孙锦露　北京大学2011级校友

编　　曲：林莫樵

演　　唱：詹启敏　中国工程院院士、北京大学医学部教授

李　鸿　北京大学歌剧研究院副教授、教工合唱团团长

刘　萍　北京大学中文系教授

刘　昱　医学部工会教师

凌笑梅　北京大学药学院教授

申一博　北京大学校友工作办公室老师

闫　蕾　北京大学公共卫生学院老师

姚　畅　北京大学招生办公室老师

聂瑞娟　北京大学物理学院高级工程师

曹　璐　北京大学保卫部老师

毕佳荣　北京大学光华管理学院老师

石运佳　北京大学学生资助中心老师

杨　森　北京大学环境科学与工程学院教师

宋　玺　北京大学心理与认知科学学院18级研究生

冯溢昕　北京大学国际关系学院18级本科生

尹　悦　北京大学歌剧研究院17级硕士生

歌曲混音：薛　影

配乐混音：张晓威

【视频MV】

导　　演：刘先帝　　剪　　辑：王红斌

【文字编辑】

撰　　写：谭小玉　鲁沛怡　　编　　辑：伍雪怡

【策　　划】刘海骅

【制　　作】石运佳

【音乐指导】李　鸿

【出　　品】北京大学学生资助中心　北京大学教工合唱团

来源：北京大学微信公众号

# @战斗在疫情最前线的北大医学人，请收下这份祝福！

北京大学医学部学工部、团委　北京大学宣传部

庚子年的新春，注定不平凡
在这个阖家团圆的日子里
有这样一群人，他们坚定地踏上了离家的路
不顾个人安危，选择逆行，驰援武汉，救死扶伤
他们放弃了假期休息
成为了国家疾病预防控制中心的志愿者
夜以继日，为战胜这次疫情贡献力量
还有一支心理援助队伍，已经集结完毕，整装待发
随时准备响应国家的号召冲向前线
他们有个共同的名字——向着疫情逆行冲锋的北大医学人
在他们身后，是校友、师长、学生、同事、家人、社会各界朋友的牵挂与支持
大家用祝福祈愿：
加油，最美的北大医学人，战胜疫情，平安归来！

“健康所系，性命相托”。北医奔赴武汉的老师和学长学姐们，你们真真切切地用行动诠释了这八字真言。生活的安稳总是因为有人在负重前行。正因为有像各位老师和学长学姐们这样的“逆行者”，我们才有着战胜病魔的决心和能力！你们是最可爱的人！

加油北医！加油武汉！加油中国！

——2018级口腔3班　韩　潇

这是一个值得铭记的冬天。此时此刻，病毒乘着春运的风向大江南北播散，信任与恐慌交织的旋律中，白色防护服下知名或无名的战士们抗击疫情的脚步从未停歇。

作为普通民众，我期待凯旋，惟愿你们平安归来；

作为一名医学生，我关注疫情，更关注防疫前线每一条鼓舞人心的讯息；

而作为未来的公卫人，我牵挂每一位投身此次防疫事业的师长同窗，心念每一位疫区内外的同胞，也深知帮助身边亲友了解预防知识是我的义务。

信任与配合前方的工作，北医人义不容辞；无论身在何方，我们都在口罩下同呼吸、共命运。

——2017级预防医学　林雨欣

没有千言万语，你们的一句句“我愿意报名”掷地有声。也是父母子女，你们却披上白衣战袍奔赴远方。生命重于泰山，疫情就是命令，防控就是责任，你们的壮举为这句话做了最触动人心的注解。致敬北大医学逆行勇士，愿早日春回大地，等你们平安归来！

——2017级信息科学技术学院6班　马　逸

致敬北医冲锋逆行者：

疫情肆虐，不忘健康所系之责任；

英雄勇赴，守得性命相托之重诺。

——2019级药学3班　李静文

不久之前的课堂上，我们还在听临床老师深有感触地讲述当年抗击非典的故事，当年我们还小，对疫情没有太多的印象。几个月后的今天，疫情暴发，全国各地的人们奔赴前线，我就知道我们的临床老师们也会坚定向前，不问辛劳。我相信老师们，富有经验、满怀信心，一定能迅速战胜疫情，胜利归来！新春佳节，我们也守在家里，为社会贡献微薄力量，愿“福”字把我们相连。但愿人长久，千里共洪福。

——2017级护理3班　罗　维

疫情就是命令，防控就是责任！在这个最最特殊的鼠年春节，还有许许多多的医务工作者日以继夜、废寝忘食地奋战在抗击新型冠状病毒肺炎的前线。“哪里有什么白衣天使，不过是一群孩子换了一身衣服，学着前辈的样子，治病救人和死神抢人罢了。”正是千千万医务工作者不畏病魔、不惧死亡的奉献，给这个被病毒的阴霾笼罩的寒冬带来了希望的曙光。每个时代都有不同的英雄，医学英语同学祝愿我们伟大的英雄平安归来！

——2017级医学英语　彭权明

众志成城，中流砥柱济国难；共克时艰，北大医者勇担当。
感恩你们——北大医学人，以奉献织就温暖，用医术撑起希望。
谢谢你们的付出和承担，我们为你们骄傲，更有深切的牵挂。
万望珍重，远方的我们，等你们回家。

——2019级中文系硕士研究生　隋雪纯

千里奔袭，万里开赴
逆行前线，决战肺炎
我医必胜，恶魔必败
向我医最美“逆行者”致敬！

——2019级临床4班　廖家顺

我是北医2018级的一名临床学生，作为一名大二学生，在新型冠状病毒肺炎来临时能做的只是让周围的人多关注、早预防。是你们选择了逆流而上，做中流砥柱。隔山、隔海，不能隔绝爱，封城、封路，不能隔绝心，我们在默默祝福，望你们凯旋！

——2018级临床医学专业　李桢旭

在本是阖家团圆之时，一个个北医人，化身白衣战士，踏上离家的路，奔赴无烟战场。你们用医者仁心与无畏担当助力武汉，我们用祝福祈愿与物资支援等你们回家。待到春花烂漫，同赏未名花开。

——2018级地球与空间科学学院遥感硕士班　杨婉婷

出征，看白衣素裹，却胜金戈铁马。

归来，待山河浪漫，不负似锦繁花。

——2019级药学2班　陈嘉欣

致敬奋战在防疫前线的医务工作者！疫情面前，为了人民的健康，你们义无反顾，在这场没有硝烟的战争中冲在最前线，成为疫情中最美的逆行者。奋战在防疫前线的公卫人用自己的奉献与执着，诠释着“公行天下，卫戍健康”的真谛。你们在救助他人时，请一定保护好自己，我们等你们平安归来！齐心协力，战胜疫情！

——2017级预防医学　王雨竹

我不知道你们的名字，但你们有一个共同的称号：北大医学人；
我不曾见过你们的容貌，但我想，你们一定是坚定勇敢的模样。
举家团圆之际，你们是妻子、丈夫，是父母，也是儿女，
但是面对疫情，你们挺身而出、飞速集结、无畏逆行、驰援武汉。
最美逆行者，请允许我向你们致以最崇高的敬意。
我明白，你们并非没有恐惧，而是责任感与使命感战胜了恐惧本身。
当你们奋战在一线时，当你们疲惫、劳累的时候，
希望你们知道，我们一直在牵挂着你们，我们在为所有白衣天使祈祷：
祝你们平安，愿你们凯旋！！

——2018级城市与环境学院人文班本科生　张慧新

在疫情面前，每个人的共同努力
便是对坚守奉献的逆行者最大的祝福。
愿所有战斗在前线的北大医学人，早日平安归来。
2020年的新春，注定会被铭记。

来源：北京大学医学部微信公众号

# 这个元宵节，我们向医护人员致敬！

北京大学医学部党委宣传部　武慧媛

万家灯火时
致敬你们坚守的背影
圆月升空时
想起你们专注而坚毅的目光

**“放心，家里一切都好！”**

2020，庚子新年第一个月圆之夜
本该家和人团圆
却因新冠肺炎疫情
你们与家人暂时离别

为了更多人的健康
舍弃“小家”团圆
守护“大家”平安
家人想对你们说
“放心，家里一切都好！”

元宵节家人祝福视频

## “等归来，奏凯歌！”

初心如磐，使命在先
肩有承担，无所畏惧
象征并蕴含团圆、和睦、光明、幸福的节日里
你们义无反顾奔赴前线
送别的战友想对你们说
“等归来，奏凯歌！”

### 满江红·抒怀

深夜送赴武汉医疗队出征有感

孙善才（北医三院保安队长）

漫天飞雪，送英雄，出征深夜。
除魔障，壮士何惧，瘟疫肆虐。
新冠病毒锁江城，鄂荆同胞遭罹祸。
危难处，方显坚强本色，誓除恶。
三院人，再组团，聚精英，又赴鄂！
剪发以明志，不避汤火。
国难当头筑屏障，不负韶华担干戈。
等归来，春暖花开日，奏凯歌！

送别时的不舍
临行前的叮嘱
难以掩饰的牵挂
藏在心里的祈福
都是一种爱
爱的名字叫
“静静支持、默默加油”

此时
无论你是在病房值守
还是在院区奔忙
无论在短暂休整
还是为医疗救治研究方案
我们都想说
致敬白衣勇士
一定平安归来

**“您就是我们最想成为的人”**

敬爱的前辈
您不仅是最美的逆行者
更是我们想成为的人
您带给我们的是感动，更是激励
我们向您致敬，愿您平安！
“您就是我们最想成为的人”
初入医学殿堂的可爱的北大医学生
花了三个日夜“熬制”的致敬视频
请驰援武汉一线的医护人员收下这份真诚
医学生发出铮铮誓言
传承吾辈青年学子的使命与担当

北大医学预科生
致敬抗疫
前辈短片

## “肩负人民的希望，你们是北大医者”

疫情发生时
在最危险的地方
你们选择用生命守护生命
因为，你们是医者
国家召唤时
在最艰难的时刻
你们选择肩负起人民的希望
因为，你们是北大医者
致敬！致敬！

## 西江月·赞天使

庚子年深冬于京华燕园献给出征江城的北大医务人员

安钰峰（北京大学党委副书记、秘书长）

腊月惊闻魔病，九州铸就长缨。
锤镰高举战旗红，黎庶随形如影。
天使出征三镇，爱心难顾亲情。
无声汗水洒江城，捷报传来同庆。

来源：北京大学医学部微信公众号

素材源自北京大学人民医院、北京大学第三医院、医学部学工部

# 医学部工会致援助湖北抗击疫情北大医学人的一封信

亲爱的驰援湖北抗击疫情的北大医学人：

近期，新型冠状病毒肺炎在全国肆虐，湖北武汉的疫情最为严重，人民健康正承受着严峻的考验。大年初二，正是阖家团圆的日子，你们60位来自北京大学第一医院、人民医院、第三医院的第一批医护人员响应国家号召，告别家人和亲友，义无反顾地奔赴武汉，参加这场没有硝烟的战斗。你们是最美丽的“逆行者”、最勇敢的“北大医学人”。

1月28日晚，当国家医疗队首批进驻隔离病房指令下达，你们首当其冲担起了“先锋队”“排头兵”，首批进驻隔离病房，开启了工作状态。你们克服重重困难：对医嘱系统和病历系统不熟悉；穿上隔离防护服的憋闷感；平时轻松的操作——查体、记录生命体征、护理操作，对医护人员来说本是“家常便饭”，在这身厚重的“战衣”下都变得不那么容易。国家援鄂医疗队采取“九三制”分四个班轮换，你们在隔离病区的工作时间并非正常，而是“黑白颠倒”。你们是最辛苦的“守护者”，请你们一定要做好个人防护、按时吃饭，“忙里偷闲”地休息好，照顾好自己的身体，只有这样才能更好地守护患者。

在这场抗击疫情的战斗中，你们不是独自在奋战，医学部各级工会是你们的“娘家人”，我们和全体教职工都在关注着你们。我们每时每刻都在关注疫情的进展，我们会全力以赴协调各种资源支援奋战在前线的你们，我们也将时刻关心和帮助你们的家人，让你们没有后顾之忧。你们有什么“心里话”，请第一时间以微信或电话等方式通过所在工会小组告诉我们。你们不是“独自前行”，我们所有的北大医学人与你们同行！

盼你们早日打赢战“疫”，平安凯旋！

北京大学医学部工会

2020年1月31日

# 您就是我们最想成为的人

## ——北京大学2019级医学预科生致敬抗疫前辈

当未知的病毒对我们张开爪牙，
当疫情顷刻间席卷这片土地，
是你们义无反顾地冲锋陷阵，
为祖国赢取片刻喘息之机。
你们背负着全国人民的期望负重前行，
在这场没有硝烟的战争中拼尽全力。
面对如此艰苦的生存环境，
你们没有退缩；
面对时刻被病毒感染的危险，
你们面无惧色！
你们有一个沉重而勇敢的名字：
疫情中的逆行者，
你们有一个亘古不变的代名词：
白衣天使！

为向在一线抗击疫情的医护人员们传达医学晚辈的敬意与祝福，医学预科办公室带领医学预科全体同学，共同创作了一段致敬抗疫英雄的短片。

1月28日，“医预之家”官方微信平台面向2019级全体医学预科同学，征集对前线抗疫医学前辈表达敬意的寄语、视频及绘画等，得到了同学们的积极参与。

1月31日，素材征集近百份，视频制作开始。

2月1日，负责人结合指导老师的建议，完成了对剧本和剪辑设计的修改。

2月3日，完成视频剪辑工作。

2月4日，北京大学2019级医学预科生致敬抗疫前辈短片微信推送正式完工。

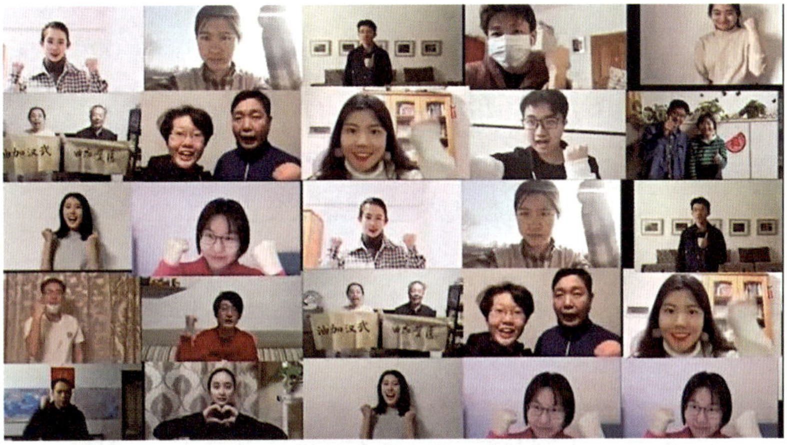


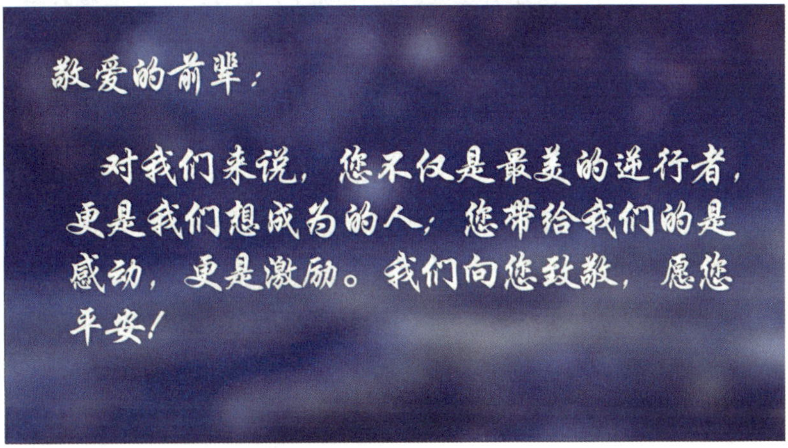


在所有的寄语中，最频繁提及的一句话就是：您是我们最想成为的人。

奋战在前线的医学前辈们，是每一名医学生的榜样。我们渴望成长为独当一面的医者，渴望像你们一样在国家有难时冲锋在前，我们想要成为像你们一样的人！

希望这个短片可以将我们的心声传递到武汉抗击疫情的一线。也希望我们这些初入医学殿堂的北大医学生，能够传承前辈们医者仁心、大爱无疆的品质，践行“祖国之所需、北大医学之所往”的医学生承诺。在努力学习、脚踏实地中真正成长为国家栋梁，不负人民的健康所系，不负患者的性命相托！

## 医预小子庚子年春节逢疫情有感

千城万家掩重门，闭户锁窗除疫瘟。
十万医军药作戈，城中日月隐为谋。
庚子灾祸延四海，新春徒至黯光彩。
幸有医者志成城，为民请命复生情。

——2019级基础医学　王欣欣

君不见，
十万医军奔武汉，抗疫前线紧周旋。
又有院士钟南山，临危受命冲在前。
廉颇未老犹壮健，八十四岁益精坚。
院中医者尤艰险，防护服中欲偷天。
无关生死何曾言，不论报酬志愈坚。
清退阎君行善念，命魂争夺分秒前。
前程若云何足念，且驻意马务眼前。
小生学医方一年，突逢异变心震悚。
徒卧家中无所为，惟愿天地悯民生。
前线医者皆前辈，后生小子未长成。
尚有八年磨一剑，后浪接前起新风。
志念坚毅定中起，方寸沉郁静中生。
半月静修莫空负，点滴奋进铺锦程。
与君共勉勤春意，预祝平安度新春。

——2019级基础医学　王欣欣

▲ 2019 级临床医学　赵亚宁

一袭白衣，一片丹心；
一腔热血，千里驰援。
风霜雨雪，病毒肆虐，无惧；
艰苦卓绝，日夜奋战，无悔。
用专业与无私践行着那一句誓言：
健康所系，性命相托！
一线的前辈们，
祈愿请命征战的你们平安归来！

——2019级口腔医学　冯　琦

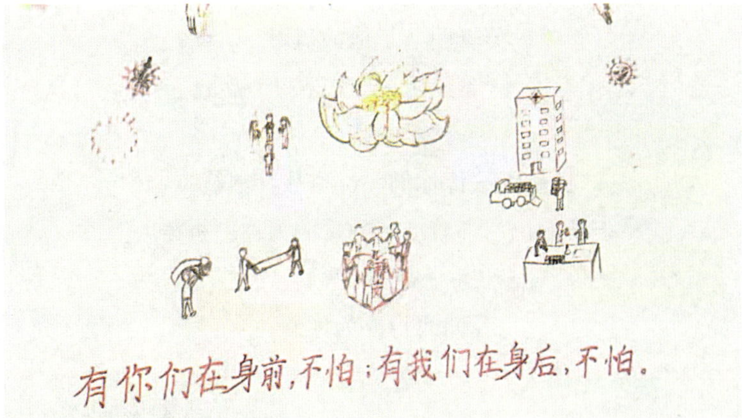


▲ 2019 级基础医学　叶禧春

山河未定，你未惜其身；
深渊在侧，你全力以赴。
灯火阑珊，你一袭白衣，便是光。

——2019级医学英语　陈佳瑶

蓝袍掀腾，白衣飞扬。
瘟魔的尖啸声中，你们擎持蛇杖。
北医的勇士，民族之脊梁。

——2019级药学　韩宇轩

白衣亦可为铁甲，
赤血只为救中华，
致敬逆行的你们！

——2019级药学　汪晓娅

何谓英雄，
救黎民于水火，
于硝烟中逆行。
何谓天使，
英雄脱下了他的盔甲，
着上了一袭白衣。
此刻的我们，
虽然无法像你们一样奋战在前线。
但我们仍然怀着虔诚的希望为你们祈祷。
我们祝福你们，
我们终将成为你们！

——2019级口腔医学　李时进

瘟情蔓延，人心惶恐。
不管苍颜银发已现，哪顾白衣战袍仍新。
最美逆行者，最仁医者心！

——2019级临床医学　曹　杨

疫情凶险，愿化天地炉，
逆行以赴，慨当以慷，
与子同袍。

——2019级药学　陈毓凌

当病毒肆虐，白衣翩翩逆行而上；
当物议沸然，白衣铿锵安定四方；
当人群恐慌，白衣飞扬抚慰人心！

——2019级临床医学　李泽琨

双廿新年初逢险疫，誓守响荡气；
医者仁心感天动地，杏林春满意。

——2019级临床医学　方圣皓（台湾同学）

病魔呼啸，却阻止不了你们的脚步；
传疫危险，却不能掩盖你们的风姿。
医者仁心，永不止步！

——2019级药学　王岳珩

白衣不畏病魔，
素手能医身痛。
赤心一片，人间有你。

——2019级药学　何立栋

你们是航海者的灯塔，
你们是生命线的红心。
将要指引着，将要奔跑着，
为这生命重生之奇迹。

——2019级药学　刘海扬

你们是榜样、是楷模，
你们亦是良师、是益友。
相信你们不忘来路、不畏前路，
更因你们而坚信：
国有难、医者在、战必胜！

——2019级口腔医学　任思忆

千里奔袭，万里开赴。
逆行前线，决战肺炎。
我医必胜，病魔必败！

——2019级临床　廖家顺

最绚丽的是白衣的白，
最美的是逆行的背影。
没有硝烟的战场中，你佑我平安。

——2019级药学　王海心

病毒无形，医者有情，
众志成城，共抗疫症，
新年平安，伴你同行。

——2019级药学　吴晶晶

感恩抗击在疫情前线的你们，
你们的负重前行终将换回时代的岁月静好。
2020爱你爱你！

——2019级医学英语　徐璐彬

身着一袭白衣，
肩扛防疫重担，
致敬无畏的逆行者！

——2019级药学　司家豪

不论是文字、图画，还是视频，同学们都以自己的方式向一线医护人员们送出了最真挚的祝福。我们相信，有这样一群美丽的白衣天使，我们一定能够渡过难关，战胜疫情！武汉加油，医学加油，中国加油！

来源：北京大学医学部学工部医学预科办公室

叮咚！武汉，请查收世界各地北医学子的祝福！

啊，你问我最近在干吗?

最近新冠肺炎疫情防控不是处于关键时期嘛，所以我也听咱的杰出校友——钟南山院士的话，按兵不动。虽然是闷在家中，但我也并不孤单，因为我收到了来自世界各地小伙伴们的祝福。

他们与我们共同生活在北大医学这个大家庭里，他们同样热爱着这片土地，在这里发生的一切也牵动着他们的心，和我们一样都盼望着能早日战胜疫情，拥抱明媚的春光。

有人录了视频

有人画了画

还有各种真挚的祝福

来自加纳同学的祝福

我是一名北大的留学生，我在这里和北大一起为武汉加油，希望全国人民一起，众志成城，共渡难关。武汉是一个英雄的城市！中华民族是一个很伟大的民族！中国是一个很坚强的国家！一切都会好起来！武汉加油！中国加油！

——ERNEST DAPAAH（左非）

来自中国澳门同学的祝福

希望身在前线的医护人员在抗击疫情时也要保护好自己，你们是国家的英雄，人民的英雄，我们都盼望着你们能凯旋！作为一名还在医院见习的医学生，非常敬佩所有奔赴前线的医护人员以及辛勤工作的科研人员，很想为这场疫情做点什么，却不知道从何入手，希望你们看到我的加油后能充满力量，我相信在大家共同努力下，祖国一定能战胜这场疫战，武汉加油！

——李雅秀

来自日本同学的祝福

武汉加油　所有医护人员平安归来！

尊敬的各位前辈们，大家好。

我是青山可奈，来自日本，2019年以优异成绩毕业于北京大学医学部，现在在北京大学第三医院进修。我在2013年独自来到中国，选择在北大学医，七年的中国生活，让我对中国有了深深的感情。

这次新型肺炎疫情爆发，全国各地的医护人员赶往湖北武汉媒体播放现场医护人员面对的艰辛困难，同时又报道了患者及家属的苦楚与悲痛伤感，我看到这些时心里非常难受，非常痛苦，在疫情下我一个小小的医学生能做到的事情远少于老师们，我只能看着朋友圈里的不顾自身安危而选择去疫区的前辈们，那些情景真正地打动了人心，“无论生死，不计报酬”八字体现出一线医护人员的勇敢与伟大，让我感到医护人员的责任与担当，这些都足以让我流下眼泪。

由于我没有较丰富的文采，所以只能用加油二字来表达自己对一线医护人员的鼓励，大家加油！我相信中国医生能够赢得与病毒的战争，因为我知道中国医生有丰富的临床经验，我也相信大家都能够平安归来，因为我知道大家都非常能吃苦，我们的心于你们同在，祝所有医护人员能够战胜疫情，我为你们非常骄傲！

2020年02月02日　青山可奈

## 来自韩国同学的祝福

李京宰(韩国)

因为很多媒体的报道，在韩国的家人也担心在北京的我，每天都会打几次电话。
"来到韩国怎么样?"，"口罩买了吗?"
我的家人比我更担心。但实际上，我连开学都推迟了，正在等待一个无期的日子。

翻看老照片，可以看到一年半前去武汉的照片。因为现在的情况，我脑子里过去的样子变得模糊不清，但是看到照片后，就会清楚地想起那天的样子。

武汉是个好地方。18年8月，那里荷叶大张着嘴，荷花也开了。我在那里有一位认识的老师，跟他吃了武汉的特产，第一次吃了莲子。 在充满莲花香气的地方吃饭、喝酒，感觉就像变成了神仙。我在武汉呆了三天，在东湖散步，还和老师一起在武汉大学的校园里走一走。武汉是一个充满人文和艺术气息的地方。当时，老师的父母都是武汉大学毕业的，年龄90岁的老人非常健康。我们一起边看文化类纪录片边聊，我看到了武汉人的人文学的一面。

目前，武汉遇到了意想不到的难关，医护人员和病人正在打一场无敌的战争。我不知道这个时间什么时候会结束，但我想那个时间一定会到来。而且我想武汉大学的校园里，应该会开满了樱花。我想再去看看我去的时候太热了没见过的这美景。

来自泰国同学的祝福

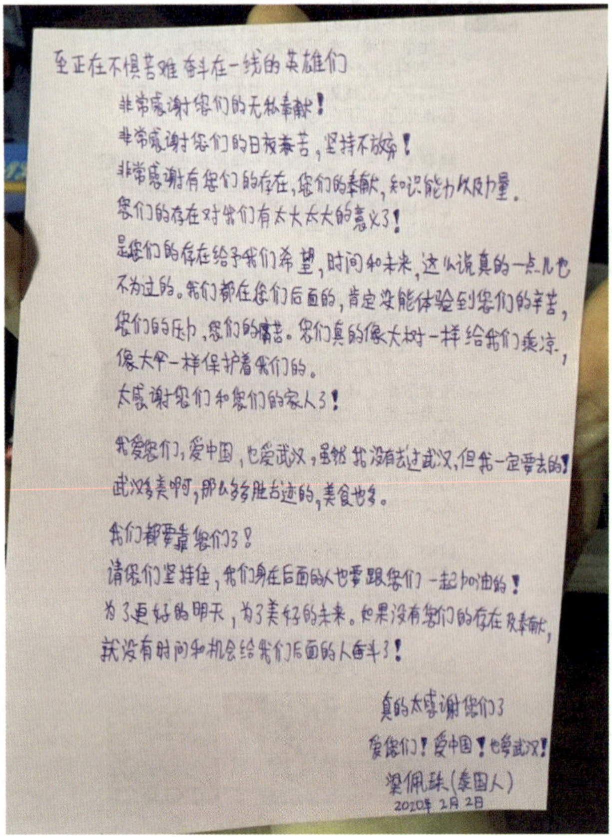

至正在不惧苦难奋斗在一线的英雄们

非常感谢您们的无私奉献！

非常感谢您们的日夜辛苦，坚持不放弃！

非常感谢有您们的存在，您们的奉献，知识能力以及力量。

您们的存在对我们有太大太大的意义了！

是您们的存在给予我们希望，时间和未来，这么说真的一点儿也不为过的。我们都在您们后面的，肯定没能体验到您们的辛苦，您们的压力，您们的痛苦。您们真的像大树一样给我们乘凉，像大伞一样保护着我们的。

太感谢您们和您们的家人了！

我爱您们，爱中国，也爱武汉，虽然我没有去过武汉，但我一定要去的！武汉多美啊，那么多名胜古迹的，美食也多。

我们都要靠您们了！

请您们坚持住，我们身在后面的人也要跟您们一起加油的！

为了更好的明天，为了美好的未来。如果没有您们的存在及奉献，就没有时间和机会给我们后面的人奋斗了！

真的太感谢您们了

爱您们！爱中国！也爱武汉！

梁佩珠（泰国人）

2020年2月2日

来自尼泊尔同学的祝福

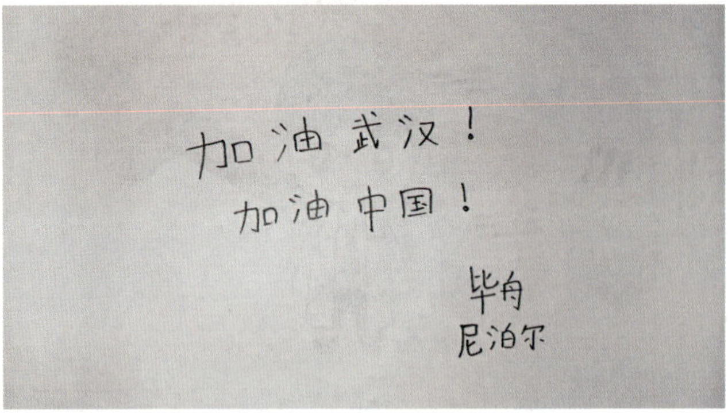

加油武汉！

加油中国！

毕舟

尼泊尔

来自塞浦路斯同学的祝福

来自新加坡同学的祝福

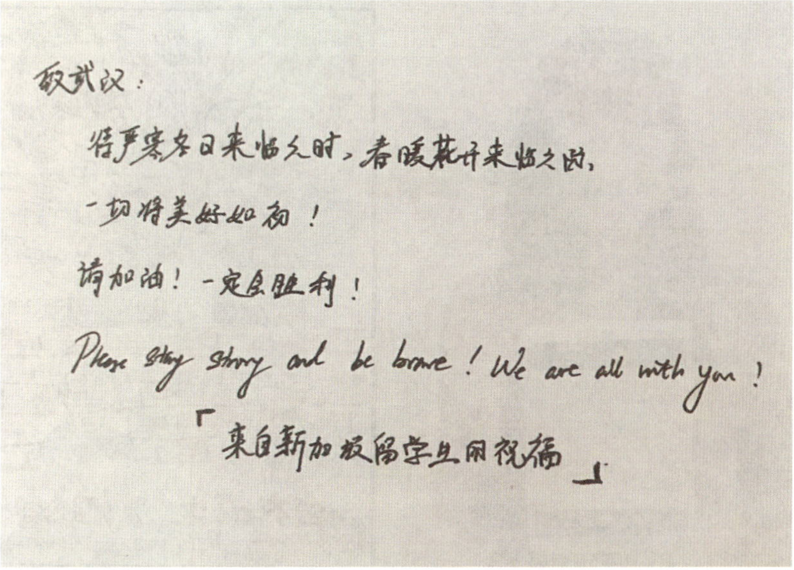

致武汉：

待严寒冬日来临之时，春暖花开来临之际，

一切将美好如初！

请加油！一定会胜利！

Please stay strong and be brave! We are all with you!

「来自新加坡留学生的祝福」

▲ Cecilia 路心然

来自蒙古国同学的祝福

来自斯里兰卡同学的祝福

▲ 马莎

▲ 南丝

还有更多同学选择在朋友圈里表达祝福

王子

中国🇨🇳加油！

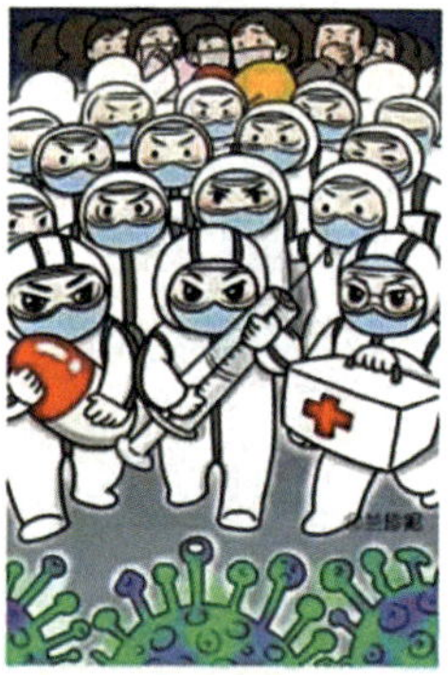

北京 · 北京大学医学部

ams

Keep calm and support 🇨🇳:we are with you wuhan and china ,加油💪💪💪💪

北京 · 北京大学医学部

来源：北京大学医学部学生会、国际合作处、台港澳办公室

# 一封“老战友”的来信

北京大学第一医院

距离北大医院组建国家援鄂医疗队赶赴武汉已经整整31日了。连日来，前线的情况牵动着北京同事的心，在进入“战场”即将满月的时候，医院已退休的原副院长、护理部主任许佁陶写了一封信，请求转交给前线工作的同事们。

这封信，来自鲐背之年的长辈，更来自一位久经考验的白衣战士。如今已是94岁高龄的许老，曾于1950年抗击鼠疫、于1951年参加北京市第一批抗美援朝志愿手术队、于1958年支援蒙古国，每一次奉命执行任务都出色地完成。新冠疫情暴发后，许老师视力已不如从前，就请同样参与过抗美援朝的老伴一字不落地把消息读给她听，希望为抗击疫情出一份力。如今的抗疫前线，江城武汉众志成城，医护人员全力施救；遥想当年，半岛他乡战火纷飞，蒙古外疆困难重重；虽已年逾九旬，视力大减，但许佁陶初心不改，本色不变，费时费力提笔写下了这封信，寄给前线，鼓励同志们坚定信心、全力救治、及时总结、争取胜利！

亲爱的小妹妹、小弟弟们：

我是许佁陶，今年94岁了。论年龄，我可以做你们的阿姨或祖母了，但我宁愿作为老姐姐和你们说说悄悄话，因为我和你们是同一“战壕”的“战友”。

1950年北京刚刚解放，内蒙鼠疫流行，我在广安门参加防疫工作。1951年冬季，我参加了北京市第一批抗美援朝志愿手术队。1958年,应卫生部派遣参加了蒙古人民共和国的中蒙友谊医院的支援工作。这些工作对我以后的工作很有帮助。

我是怀着激动和敬佩的心情写这封信的。你们热烈地响应党和人民的号召，积极投身到这场艰难和危险的战役中，历尽了辛劳、痛苦，战胜了许多难以想象的困难，取得了“战役”的一个又一个胜利，这是你们平时很难遇到的一段经历。

这次“战役”对你们是一场最艰苦的考验，也是最实际的磨难和锻炼。业务上，全国和世界知名的院士、教授和专家在带领你们工作。你们经过实际的锻炼，业务上会有飞跃的进步和提高，一定要抓紧时间学习和总结。

最重要的，还是在艰苦困难的斗争中，如何通过战胜困难而提高自己的思想觉悟，每个人都要冷静地思考，今天的胜利是如何得来的。第一，我们有伟大的中国共产党和英明的习近平同志领导的党中央的正确领导。第二，我们有中国特色的社会主义的国家体制。第三，我们有全国人民高度的政治觉悟和团结一致，召之即来、战胜苦难的高度凝聚力。这是取得这次胜利的基本保证，而你们的付出，为保证这次胜利贡献了巨大的力量，这是其他任何国家做不到的。想到这些，不禁让人热血沸腾、豪情万丈，什么困难都能克服。你们现在的工作是影响到全世界的抗击病毒的严酷战斗，必将载入世界防疫大事的史册。你们个个是好样的！都不愧是北医的护士，不愧是中国的白衣战士，你们真棒！

同志们！在最后胜利即将来临时，希望你们稳扎稳打、精益求精，做好个人防护工作，为这次抗疫工作划上圆满的句号。

同志们！热烈地期盼你们健康地胜利归来！

你们的老战友　许饴陶

2020年2月24日

# “您就是我心目中的英雄”

## ——12岁女儿写给抗疫一线妈妈的一封信

北京大学第一医院

**以下是国家援鄂医疗队队员、北京大学第一医院神经内科护士贾丽媛上小学六年级的女儿宣宣写给她的信。**

亲爱的妈妈：

您好！今天提笔写这封信，是想跟您说说我的心里话。我知道，现在您正奋战在抗疫一线，捂在密不透风的防护服里，履行着白衣天使的职责。这些天，家里看不到您的身影，我也不再发微信问您几点下班回家，总感觉心里空落落的。

大年初三，您下白班刚到家，就接到护士长的电话，让您马上收拾行李到医院集合，晚上出发去武汉。放下电话，您就拿行李箱，一点儿也没有犹豫。可是我很害怕，眼泪便落了下来。我一边哭，一边看您匆忙地收拾行李，不知道该跟您说什么。我已经六年级了，长大了，知道那是您的责任，所以我不能像幼儿园的孩子一样，抱着您的胳膊哭闹，求您别去。那天爸爸不在家，我只能默默地流泪，您也默默地流泪。走的时候，您跟我说：“妈妈要去‘打仗’，这是妈妈的职责”。嗯，我知道，您放心吧。我会在家听话，照顾好奶奶。我知道您坚决的眼神背后是强忍的泪水，平静的话语下面是无尽的担忧。您放心，我也是妈妈您坚强的后盾，不会让您担心，不拖您后腿。

您出发的那天，天气阴沉沉的，外面下着大雪。透过窗子向外望去，原本就若隐若现的马路更加模糊了，几乎看不到一个人影。之前在新闻上看到其他的奋战在一线的“战士”们时，心中尽是敬佩之情，觉得他们真勇敢，但当您也要离开我们，投入到其中的时候，我只有难过。对我来说，您不是英雄，不是战士，只是我的妈妈。我只希望您健康平安，只希望这场没有硝烟的战争赶快结束，您赶快回家。

记得以前，您常常跟我和爸爸说起2003年非典，那时您刚工作，不知道什么是害怕，勇敢地奋斗在抗击非典的第一线，小汤山就留下了您战斗过的足迹。以前听您说，我完全不明白“勇敢”这个词到底包含了多少无奈和泪水，可是现在我真的知道了。妈妈，那时的您没有爸爸、没有我，可是现在我们都在家盼着您平安归来啊！

每天，我都会焦急地盼望您的电话，听您说说上班的情况。您每天对我说的都是“我很好”，但是我知道，为了节省物资，每天8～10个小时的工作，您不能喝一口水、不能吃一口饭，也不能去上厕所。我很心疼您，您却说“没事，我能坚持，大家都这样。”语气是那样的轻松、不在意。

您每天和病人聊天，为他们加油打气，跟他们一起对抗病魔，您说只要看到有病人康复出院，就会感到十分欣慰。

妈妈，说句实话，以前我以为“英雄”就应该要像课本里的人物一样，在战火纷飞的年代，为了国家、为了他人，勇敢地献出自己的生命，视死如归。可是现在，我觉得“英雄”真的不一定要做什么惊天动地的大事，像您这样，完成自己的工作，尽自己的义务，遇到危险，能够有勇气不退缩、不逃避，这样的人就是英雄。您就是我心目中的英雄！妈妈加油！我为您感到骄傲！

现在，我每天会自己规划好时间，每天在规定的时间内完成任务，请不要担心我。老师、同学、朋友也常常送来祝福与问候。看到那句句问候，眼泪也经常模糊了我的视线。不过妈妈您放心，我会像您一样坚强、乐观，在您身后为您加油打气！

今年春节，下了几场雪。虽然天气很冷，马路很空，但我知道，每个中国人的心中都燃着一团火，都在为武汉、为中国加油！

妈妈，我和爸爸在家等您早日平安归来！妈妈，加油！白衣天使，加油！！！

您的女儿　宣宣

2020年2月13日

# 你们平安归来，是我们最大的心愿！

北京大学人民医院

抗击新冠肺炎疫情，举国上下、万众一心。前方医护人员在冲锋陷阵，后方还有无数人时刻牵挂着他们的安危。

大家提笔展卷，拨弦和声，用不同的方式为奋斗在武汉抗击疫情最前线的“人民医院人”加油鼓劲，为所有医务工作者诉说着发自内心的祈福祝愿——

你们平安归来，就是我们所有人最大的心愿！

## 医路相伴

词曲：田竞冉

演唱：田竞冉

她，是我臂弯里的宝贝
她，是我怀抱里的玫瑰
今天，她却装做大人的模样
逆行而上，舍我其谁
他，是我老泪中的期盼
他，是我思念中的相伴
此刻，他却扮成超人的样子
逆风而行，捍卫勇敢
医路相伴，奋不顾身
看不清的面容却带着坚定的眼神
弱小的身躯，用力撑起一道墙
遮风挡雨，只为保护我们
医路相伴，逆路而来
汗浸透的脊梁却抗住亿万的期待

万众的力量，汇成坚硬一座山
一路有你，医路有我们在

北京大学人民医院原创歌曲《医路相伴》，用最深沉的旋律、最真挚的情感向奋战在抗疫一线的医护人员致敬。新华社、《健康报》都相继报道，反响强烈。

## 你好吗，春天

词曲：蒋镭
演唱：丁云铱

昨天下了一场大雪
大地白茫茫一片
想起与你玩雪的画面
笑声回荡在耳边

你说瑞雪可以兆丰年
笑看雪花飞舞天地间
种子在土壤中微微笑
是因为梦见了春天

一阵风，一眨眼
抬头望，风云变迁
昨天的心愿
变成今天的想念

想念热热闹闹的大街
想念熙熙攘攘车马喧
想念你，白衣妈妈
你写的信我已读了好几遍

这个看似寂寞的冬天

总会有人与你肩并肩
那些看似慌张的双眼
也在诉说着万语千言

梦中下了一场大雪
城市已消失不见
仿佛回到古老的从前
千年以前的人间

我们曾历尽艰险
征服海洋，入地上天
渺小的身躯
战胜苦难的预言
把神话一一实现

等到春回大地的那天
等到梦想苏醒的瞬间
等到你，白衣妈妈
露出甜甜的笑脸

等你终于回到我身边
心中的话早已默念好几遍
你好吗，白衣妈妈

这首歌的词曲作者蒋镭，医学博士，北京大学人民医院电子显微镜实验室的医生，业余喜欢文学和音乐创作。歌曲演唱者是蒋镭10岁的女儿丁云铱。蒋镭说，当她看到医务人员出征武汉的照片，那些母亲与孩子依依不舍的场景深深触动了她，于是就想站在孩子的角度创作一首歌。正好北京下大雪，触景生情的她就写下了第一句歌词。丁云铱在学钢琴和声乐，平时就很喜欢唱歌，也想用自己的歌声向“白衣妈妈”们表达心意。

## 生命传奇

北京大学人民医院麻醉科医护人员作词演唱的《传奇》(医护版)唱响朋友圈，获得10万+的阅读量，饱含深情的天籁之音拨动心弦。

此刻，歌曲词作者姜华医生已经奔赴武汉，和前线抗疫医护人员一起书写生命传奇。

还有这样一群人，他们拿起画笔用奇思妙想、用真情实意，画出了心中“逆行者”最美的样子——

《传奇》(医护版)MV

## 刷屏的美图

设计师董思乔的母亲，是北京大学人民医院的一名医务工作者。在董思乔7岁那年，正逢非典疫情，她的母亲坚守岗位留在医院救治患者。17年后，新冠肺炎来袭，她看到很多医务工作者也像当年她的母亲一样在最危险的地方战斗，义无反顾，驰援武汉。于是，她拿出画笔画出她心中医务工作者们最美的样子：“身后，是飘香的饭菜，是温馨的家；面前，是防疫一线，是需要救治的患者。逆行者们，愿你们平安归来。”

## 最传神的插画

疫情发生后，北京大学人民医院医护人员义无反顾奔赴前线，他们作为“尖刀兵”率先进入重症隔离病房，全力救治重症肺炎患者，送走国家医疗队治愈出院第一人！

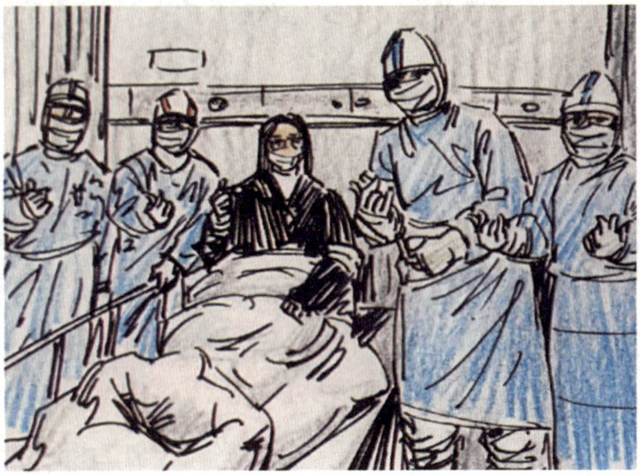

北京大学人民医院药剂科贺真老师的爱人是人民卫生出版社的插画画家，感动于医疗队员们的无畏壮举，一幅幅逼真传神的插画诞生了。

## 挡不住的美丽

创伤骨科副主任付中国，是“潜伏”在医务工作者里的画家。此次特意为出征的四名护士姐妹创作了一幅肖像。

“英雄四姐妹，为你们骄傲！”说出了每个人的心声。

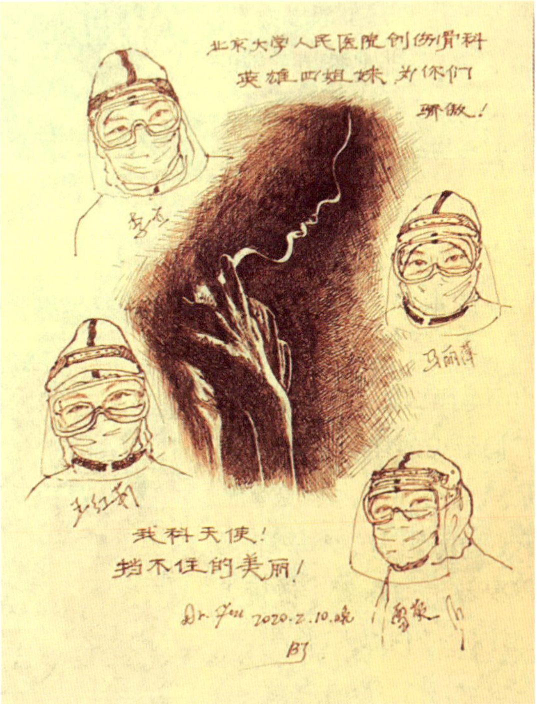

## 等你回家

北京大学基础医学院“90后”教师方璇平时很喜欢画画。应北大人民医院耳鼻喉科护士长朱锦玲的请求，为驰援武汉的池艳宇画了一张漫画肖像。

艳宇加油，等你回家！

## 百病不侵

北京大学人民医院呼吸内科暴婧医生作为第一批医疗队员赶赴武汉前线。曾经的学生为她画了一幅漫画。那雷厉风行的女大夫形象生动再现了学生眼中的老师。

“百病不侵”是她、也是每一个人对前方医护人员的祝愿。

## 最好的礼物

呼吸内科护士马跃明的女儿发来自己画的画。身为军人的爸爸和身为护士的妈妈此时都奋战在抗疫前线，稚嫩的笔触和童真的字迹，写下了对父母的骄傲与思念。

马跃明感动地说道：“一幅画、一封信是妈妈收到的最好的礼物！你是我最大的牵挂，也是我最强的支柱！虽然妈妈不知道什么时候回去，但是我会健康回家！”

## 姐妹情谊

脊柱外科护士李洋在前线收到科室小伙伴的一份心意。

## 童心温暖

医护人员的小宝贝们，也都纷纷献上了自己的才艺——

画下这幅画的是鹤鹤，今年10岁，现在是北京市西城区育翔小学四年级的学生。

鹤鹤的妈妈是北京大学人民医院生殖医学科的一名护师，妈妈这样描述鹤鹤：因为男孩的缘故吧，总是各种闲不住，唯独画画能让他坐得住，从5岁开始，儿童画、线描、国画、素描，一直在一步一步地坚持学习。

从小跟随爸爸妈妈长大的鹤鹤，聪明好学、听话懂事，不仅擅长绘画，武术、小提琴也得心应手，更经常从妈妈口中了解到很多医院里发生的事，理解妈妈的辛苦，特别敬佩医务人员，遇到困难总是冲锋在前。

说起这次为什么要画这样一张拼凑的“英俊”脸，鹤鹤回答道：看到很多医生护士都去支援武汉了，我想为这次抗击疫情多加一份力，和医生一起打败病毒，看这幅画，右边的少年，就是我呀！长大后，我想成为他。

◀ 医务工作者和男孩，坚毅坚定的眼神

北京大学人民医院老年科魏雅楠大夫的外甥女朱梓涵用书法作品表达敬意和祝福。

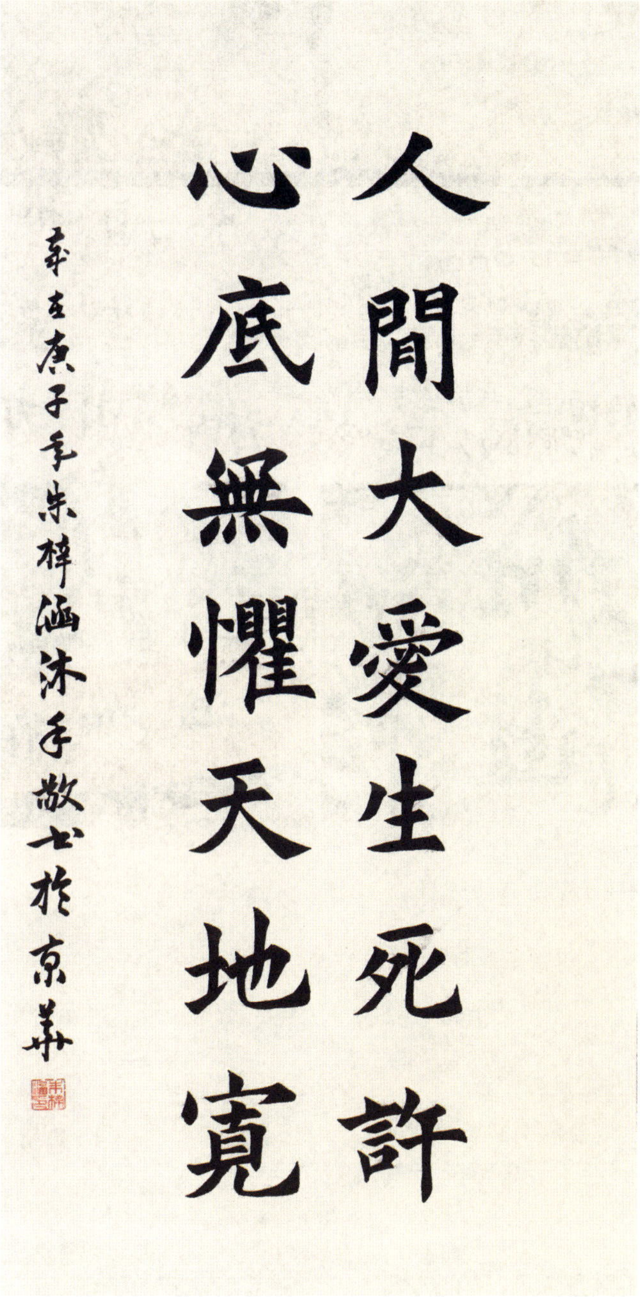


▲ 朱梓涵书

To:
湖北武汉
全体抗疫人员
From:
北京海淀
为武汉加油！
岂曰无衣，
与子同袍
山川异域，风月同天
火神山医院
肺炎疫情
武汉加油吧，北京去支援你
了。我们希望疫情变少，不希望变
加油 加油
武漢 武漢
加油 加油
别怕加油

▲ 童心稚语却感人至深

## 挥毫泼墨

检验病理党支部陈定宝医师书法作品，致敬前线医护人员。

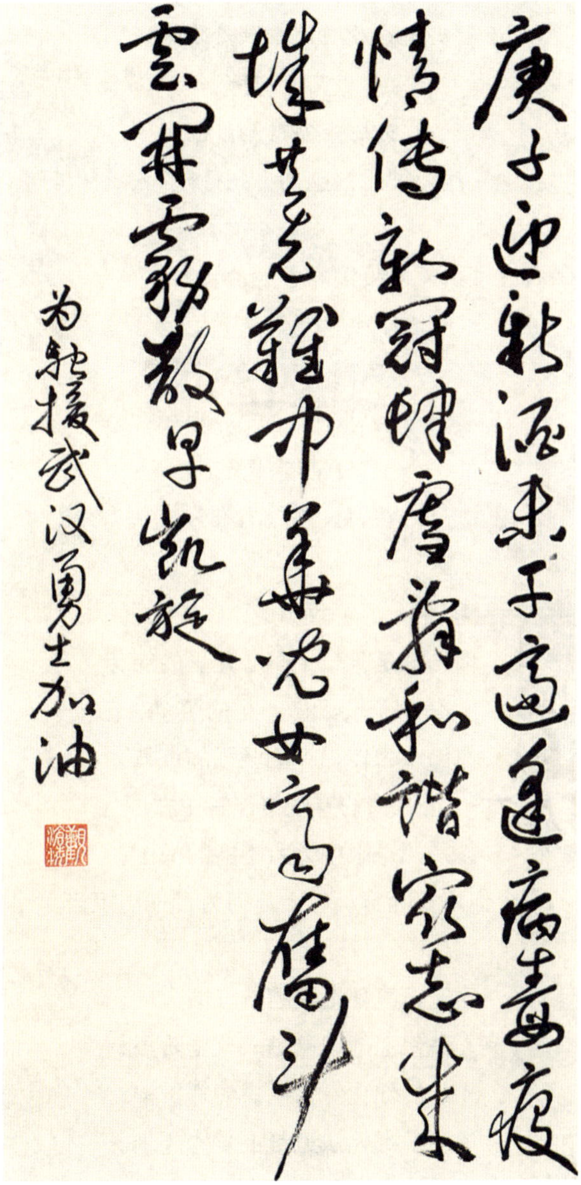

情之所至，诗亦至焉。医护人员们用饱含深情的笔触，向前线兄弟姐妹诉说着最诚挚的祝福与思念。

## 人民　出征！

贪婪触碰逆鳞，
掀开了潘多拉的魔盒，
灾难在欢腾声中悄然降临。
魔鬼带着皇冠，
在江城上空魅影乱窜，
病毒肆虐繁殖向九州蔓延……

疫情席卷大地，
太多生命终无法幸免。
家国危难之际，
自会见证人心的冷暖。
疫情催征，
终将有人身赴国难……

我知道
你一直是长辈手掌心儿里的宝，
依旧需要无微不至的照料；
你已成为伴侣身侧坚强的依靠，
用深情的宠爱常伴其左右；
你是儿子眼中无所不能的战士，
如今你用实际行动教会他何为责任与担当。

病魔正疯狂地吞噬着江城大地，
人民保卫战现已进入攻坚阶段，
此刻的你化身为生命的守护神，
证明病毒无法追赶上爱的蔓延。
可我竟来不及在出征前夕，
向你献上一份微不足道的温暖。

昨日的我们，
一起说笑，话家长里短，
我喜欢你纯美脸上，如花般笑颜。
昨日的我们，
一同奋战，续生命之缘，
我忆起你匆匆身影，护生命周全。

出征前夜姐妹们留守阵地，
在风雪之中备齐爱心物资。
这将是一次怎样的出征？
你匆忙劝慰了家中的母亲、自己的先生，
火速整理好行装等待冲锋的命令。
逆行，已成为这个时代最美的身影！

你伴随着清晨的阳光启程，
车窗下依然是你往日明媚的笑容，
我们驻足在原地挥手向援鄂医疗队送行。
你们所乘坐的CA041、CA045次航班，
终于划破长空，冲破这万籁俱静的江城，
这飞往春天的航班已迎来新的希望。

我焦急地寻找熟悉的身影，
只因我迫切地想知道你此时面临何种困境。
你在哪儿？你们在哪儿？
找到了！我认出你来了！
此时的你已然屹立于风暴中心，
张开双臂扼住灾难的喉咙。

当阳光被阴霾遮盖，
没想到你会拼命为我拨开。
雾气之下的视线，

饱含你温暖而坚毅的目光。
防护服下的印记，
是你为感动刻下的坐标。

请让风的轻柔，将思念，
吹向遥远的，你的身边。
待到山花烂漫时，
你我再一同摆酒设宴话团圆！

你说你因我们准备的爱心物资而骄傲，
而北京大学人民医院同样因你而自豪。
亲爱的战友请高歌凯旋，平安归来，
这会是所有人对于结局最美好的期待！

北京大学人民医院心外科刘鑫护士以此诗向战斗在武汉前线的北京大学人民医院心外科韩琳琳、郜晶以及广大医务工作者致敬！

## 新时代的驼铃

我能看清你的样子
我能记得你的姓名
艳宇　明天你要出征

前线“战事”吃紧
疫情就是命令
你说　老师我要报名

荆楚大地伤痛
四方医护接踵
集结　替我们负重前行

嘱咐有千言万语
叮咛有万般千种
最后　都化为一声珍重

救治是我们的天职
必达是我们的使命
等你　平安凯旋庆功

北京大学人民医院耳鼻喉科朱锦玲护士长以此诗，向战斗在武汉前线的人民医院耳鼻喉科池艳宇以及广大医务工作者致敬！

## 爱笑的姑娘

北京这城市里住着一群爱笑的姑娘
她们总是喜欢将如花的笑容挂在眼角旁
她们话语温柔　笑起来是那么平静优雅
她们闪光的眼神里装的是什么　是坚定的信仰
武汉今年的冬天比以往来得清冷
病毒来势汹汹　掩去了所有人脸上的笑容
街头没有了以往车水马龙的繁荣
多少个日夜热闹的曾经已消失不见
爱笑姑娘　你立刻收拾起行囊
爱笑姑娘　你从未犹豫奔向需要你的人身旁
出发的前夜是不眠的晚上
心中涌动着曾经的誓言和理想
爱笑姑娘　别怕那黑夜漫长
爱笑姑娘　我们都站在你的身旁
厚重的隔离衣压着你瘦弱的肩膀
起雾的护目镜没有让你迷失心中的方向
口罩里你用力呼吸聆听粗重的声音
头罩下你已剪短的头发致敬着曾经长发的时光

爱笑姑娘　即使面容已被遮挡
爱笑姑娘　即使鼻梁额头已经累累受伤
发皱的双手让人心疼　你却笑着说不用放在心上
来自北京的声音　想给你送去最真诚的探望
保重　我的爱笑姑娘
万望　万望！

北京大学人民医院门诊办公室王黎明以此诗，向战斗在武汉前线的所有医务工作者致敬！

一首首歌曲
一篇篇诗歌
一张张手绘
一幅幅书法
筑就温暖凝聚的钢铁长城
传递发自心底的祝福祈愿

## 写给奋战在抗疫前线学生的信：你的背影

——致我的同事郭维医生

我们相识多年
你总是尊称我——“老师”
医院里，我们见面不多
每次见面，却总是步履匆匆
你的背影，踌躇满志、充满活力

好久，我们没有见面了
曾记得那天，你来告别
说，要去大洋彼岸深造
我特别高兴，因为你选择的研究方向是心脏重症学
我期待着，有一天能与你并肩工作

你的背影，朝气蓬勃、满怀憧憬

其实，我们刚刚联系过
春节前，你从江西老区扶贫归来
风尘仆仆，却急着和我约定商量科研合作的事宜
而我们约定的时间，就是今天

除夕的钟声刚刚敲响
我们互相问候和祝福
不足24小时，就再次听到你的消息
你报名参加国家医疗队
即将启程，驰援武汉
你离京的背影
是那么的义无反顾、坚定自信
身后留下的是年幼双子的稚嫩声音
“爸爸，注意安全！爸爸，加油！”

再次看到你的背影
我的眼泪夺眶而出
作为医疗队的第一班医生
你坚定地走向隔离病房
坚定地用胜利手势鼓励同伴
坚定地用背影安慰所有关心你的人
走向抗击新冠肺炎的第一线
没有一丝迟疑

你的背影
坚毅挺拔、温暖人心
你的背影
肩负着中国人民的期盼

我凝望着你的背影，心中默念：

兄弟，请你平安回来！

北京大学人民医院心脏中心主任医师刘健——郭维一直尊称的“老师”，看到那熟悉的背影，提笔给前线奋战的郭维写下这封信。

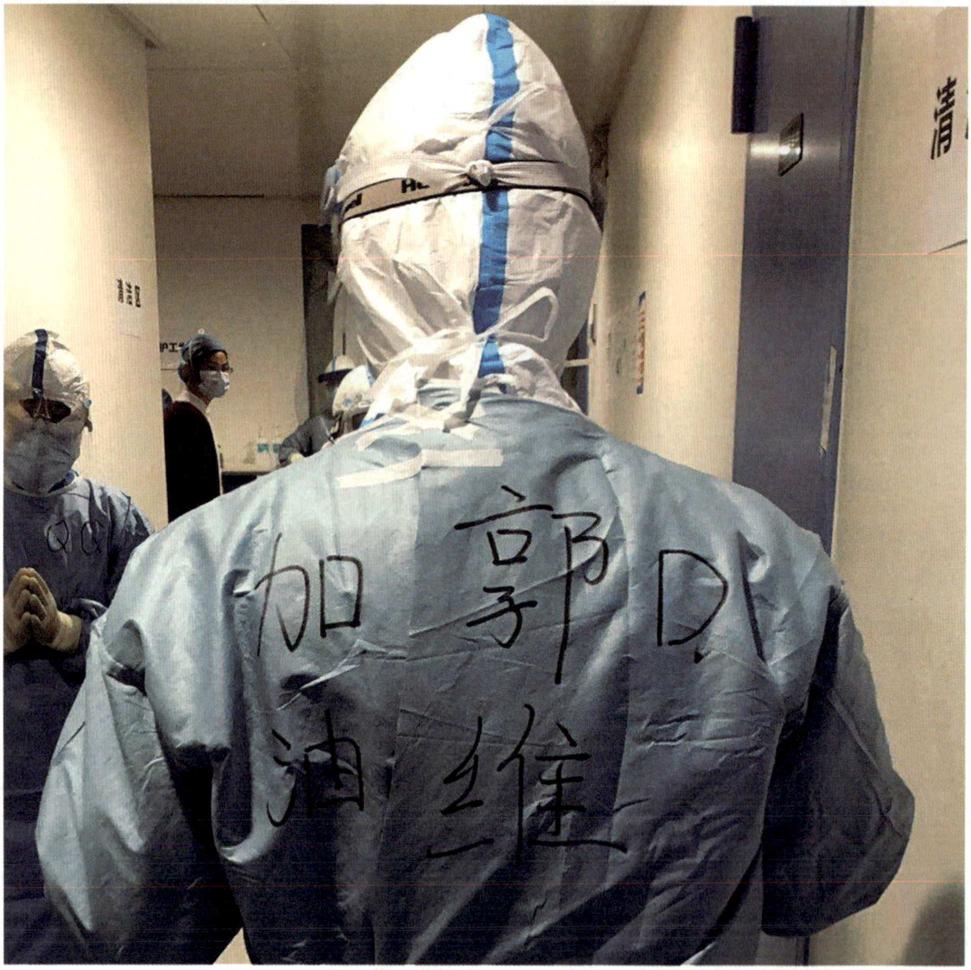

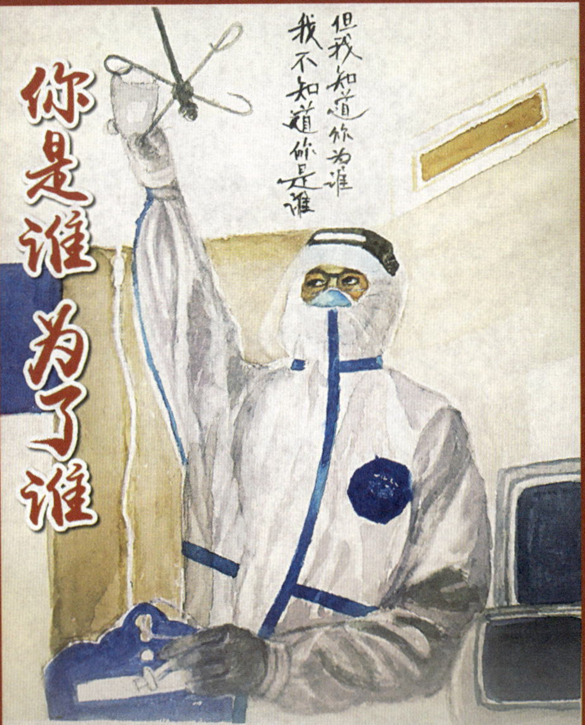


北京大学口腔医院主任医师姜婷教授（北医致公党党员、归侨）创作绘画致敬抗“疫”英雄。

北大医学生密切关注抗“疫”英雄们的感人事迹，积极向抗“疫”战士致敬、祝福！

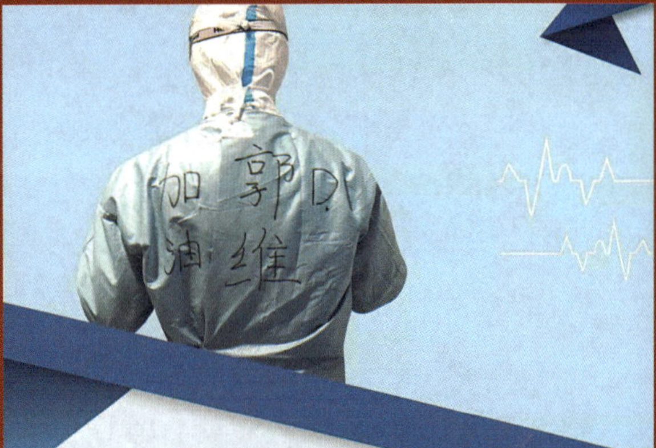


# 你的背影

—— 刘 健 ——

致我的同事——北京大学人民医院 郭维医生

我们相识多年
你总是尊称我——“老师”
医院里，我们见面不多
每次见面，却总是步履匆匆
你的背影，踌躇满志，充满活力

# 6 坚守·凯旋

北京大学
第一医院
北京大学
第一医院

北京大学
第一医院
北京大学第一医院援鄂抗疫国家医疗队英雄凯

医疗队

爱你没商量

AIR CHINA
京大学第三医院 援鄂抗疫

英雄凯旋

北京大学
第一医院

北大医院
欢迎抗疫英雄平安回家

北大医学
援鄂国家医疗队凯旋
北京大学

国家援鄂抗疫医疗队

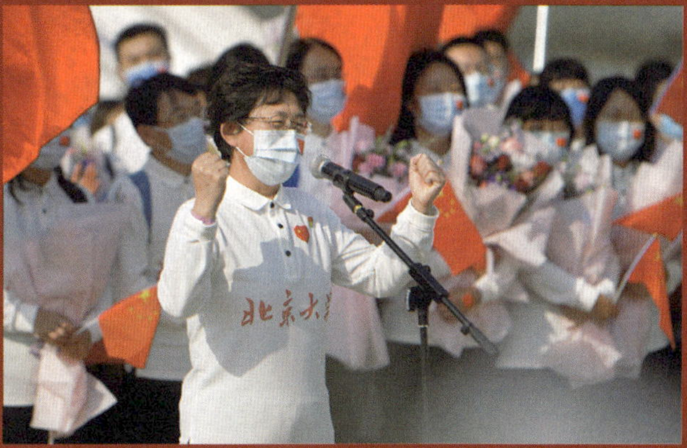

# 坚守最后一班岗　打好抗疫收尾战

北京大学第一医院

各地援鄂医疗队员陆续返回，北大医院援鄂抗疫医疗队仍然留在武汉继续战斗，为打好疫情收尾战，做着最后的攻坚。

## 医疗队的工作仍在继续

治疗危重症、提高治愈率、降低病亡率，这是医疗队的任务。他们日以继夜地拼搏和奋斗，心无杂念地进行诊疗和护理，就是希望每位患者都能稳定、好转、出院、回家。

全国援鄂医疗队两个月来的工作振奋人心。治愈病例数增加，现存确诊病例数从高峰时期的5位数逐渐降为千余例，重症病例数从2月中旬最多时的万余例逐渐减少为如今的400例；方舱医院休舱，医疗队返乡休整，武汉各大医院开始恢复正常医疗秩序。

此时，北京大学援鄂抗疫国家医疗队三家医院院长和专家组成员，共同梳理收治患者情况，制订下一阶段治疗策略。

为了仍在医院治疗的患者，医疗救治的“歼灭战”正在进行，我院和其他“国家队”的战友仍奋斗在武汉，集中救治现有确诊病例，确保他们平安转归。

## 集中收治，分级管理

医疗队所在的同济医院中法新城院区是新冠肺炎患者救治定点医院最后的战场。其他医疗队陆续撤离后，作为“国家队”的他们，集中了医疗资源配置，接收转来的重症患者。

收病人、转病人，这项工作需要根据情况通盘考虑、仔细甄别，分级管理、动态调整。每日疫情通报中现有确诊病例数逐日变化，患者们也逐步集中到我院医疗队所在的院区来。2月8日，医疗队独立运行的病区开始收治由社区和定点医院转入的重症患者；3月7日前后，医疗队开始收治方舱医院休舱后转入的患者；3月26日起，各定点医院逐步关闭新冠肺炎病区，医疗队开始收治其他病区转来的患者。

3月下旬以来新收治的转院患者多为病程迁延、基础病多发者，救治除了要关注病毒核酸是否转阴外，还要根据基础病发病情况进行综合诊疗。医疗队根据各位患者病情，继续发扬多学科诊疗的优势，综合评估患者病情，针对性地制订诊疗护理方案，给予抗病毒、抗感染、抗炎、抗休克，纠正内环境紊乱、酸碱平衡失调、器官功能障碍等治疗，努力缩短治愈时间。

有序的排班、精准的救治、科学的管理——尽管已经看到了胜利的曙光，但医疗队员们仍然没有丝毫懈怠，一如既往地保持着战时姿态，为全面清零全力以赴。

## 健康教育，心理疏导

抗疫之战最激烈的时候已经过去，但在院患者仍有负面情绪，很多患者困扰于治疗后会不会复发、核酸持续阳性、会不会传染别人等问题。缓解内心的焦虑或其他负面情绪与肺炎本身的治疗同样重要，医疗队员们在治愈身体疾病的同时，也一再提供健康教育和心理干预，重建患者的身心健康，希望他们不要一直生活在阴影里，被焦虑或抑郁所困扰。

从病魔手中抢回生命后，医疗队员们稳定住了患者的病情，也更重视疏导患者的心理。查房时，大夫们会和患者做充分的交流，希望患者们出院的时候能放下包袱。他们倾听着患者的忧虑和悲伤，然后逐一回答并做解释。掰开了揉碎了，道理一点点讲，细节一点点抠，问题一个个解，这样，患者们被安慰，情绪被疏解，离院回家拥抱生活的勇气和热情被唤回。医“身”同样医“心”，守护患者身心平安，是医疗队员们最朴素的情感。

在这个守护平安的港湾内，尽管艰辛苦累，但医疗队员们始终保持着积极向上的精神面貌，用精湛医术缓解病痛，用科学理性释怀焦虑。“大江大湖”的武汉，天气的“秉性”也“大开大阖”，过去的一周，武汉的天气历经春夏秋冬。头天还是热似入夏，转天就风雨交加。气温骤升骤降，唯有我院医疗队员守护的病区内仍安宁平静，每一位患者都在转危为安。

坚守最后一班岗，打好抗疫收尾战！相信在不久的将来，我们就会看到这支胜利之师的凯旋！

来源：北京大学第一医院微信公众号

# 国家队就是要战“疫”到底

北京大学人民医院

3月的武汉，樱花盛开，春光驱散许久的阴霾，一座病痛中的城市慢慢苏醒。一批又一批逆行驰援的白衣战士，踏上了回家的归程。

北京大学人民医院援鄂医疗队，从1月26日首批医疗队逆行出征，到2月7日百人团精锐驰援独立接管同济医院中法新城院区重症病区，两个多月来，一直不懈坚守，筑起了一道道白衣长城，顽强地阻击了病毒的侵袭，创造了一个又一个生命的奇迹。

当前新冠肺炎重症救治已经进入最后攻坚阶段，经过医护人员的不懈努力，截至目前，湖北重症、危重症患者已经从最高峰的突破万例，下降到现在的千余例。作为武汉最后“兜底”的3家集中收治新冠肺炎重症患者的定点医院之一，同济医院中法新城院区正集中高水平医疗力量，包括北京大学人民医院援鄂医疗队在内的顶尖医疗队仍在坚守，尽最大努力救治每一位患者，须臾不敢放松，全力打好最后的“歼灭战”。

“作为国家医疗队，战斗到最后，这是党和国家给予我们的认可，也是对我们信任。我们将慎终如始，精准施治，挽救每一个生命，治愈最后一位病人，见证武汉这座英雄城市的最终胜利！”北京大学人民医院院长、北京大学人民医院援鄂医疗队领队姜保国坚定地说道。

## 集中高水平医疗力量，打好高水平救治攻坚战

“阿姨，您到这里就放心吧！我们是北京大学人民医院医疗队，我们一定会坚持到最后，将您治愈出院！”“您一定好好配合我们的医生护士，我们的顶级专家组会为您制订专门的治疗方案，咱们一定有信心！”北京大学人民医院姜保国院长、王天兵副院长在同济医院中法新城院区北京大学人民医院援鄂医疗队重症病房，细心查看每一位患者，并为他们带去暖心的安慰和鼓励。

这批患者是从同济医院光谷院区转到北京大学人民医院援鄂医疗队管理病区接受治疗的。从开始接管病房30小时收满50张床，到接收方舱医院转院患者，再到接收光谷院区重症患者，目前已经累计收治101名新冠肺炎患者。

为了更好地收治新冠肺炎重症、危重症以及具有严重基础疾病的患者，人民医院专家小组提前到光谷院区查看、了解病情，既为安全转运提供保障，也为后续治疗连贯性做好准备。患者入院后，呼吸内科曹照龙教授、重症医学科朱凤雪教授、感染科高燕教授，第一时间进入病房查看每一位病人。

重症救治是场硬战，当前救治工作进入攻坚阶段，在院患者特别是重症患者救治难度更大。姜保国院长指出，医疗队继续深入落实习近平总书记关于把医疗救治工作摆在第一位的重要指示精神，对人民健康高度负责，尽最大努力救治每一位患者。医疗队继续坚持科学防控、精准治疗，总结成功经验，以患者救治需求为导向，科学选用药物和诊疗技术，一切为了治病救人，继续坚持分类管理、精准施策，“一人一策”，加强护理力量和精细化管理，推进治疗方案同质化、规范化，努力缩短治愈时间。

## 接到任务我们就上，继续战斗到底

北京大学人民医院援鄂医疗队从来到武汉的那天起，就是一支“召之必来，来之能战”的队伍。从第一批队员驰援武汉与其他几支“国家队”合作救治患者，到独立接管病区，都是高效率地完成各阶段各项任务。所以这次当知道要继续留守时，队员们并不惊讶，也都欣然接受任务。

北京大学人民医院援鄂医疗队专家组曹照龙教授说：“当接到通知让我们继续坚守一线、奋战到底时，我们其实已经做好继续‘战斗’的准备了，这是我们的责任与担当。”

“‘国家队’是一定要留到最后。我们也是按照国家的要求，坚持到最后，而且我们一定把这些危重病人尽量地减少，取得最好的治疗效果。”朱凤雪医生表示。

第四组组长高伟波医生说道：“开始刚接管病房时瞬间‘爆满’，后来这批患者陆续治愈出院，在武汉方舱医院休舱时，又转来第二批患者，也在我们的精心救治下，基本上痊愈出院了；而此次随着各地医疗队的陆续撤离，我们在为接收第三批患者做准备。尽管已经连续战斗了两个多月，大家非常劳累，但是我们队员们心里都明白，让我们坚守，是国家对我们工作的认可，这是我们莫大的荣誉。”

“来的时候我们就做好了打硬仗的准备。当然看到其他的队员走，大家也会想家。但有始有终是一种责任，打好所有的‘战役’才能平安地回家，安心地回家。能最后撤回也是一种信任和荣耀！”护士长赵礼婷表示。

“武汉已经开始热起来了，我们来的时候是穿羽绒服，现在已经穿短袖衣了。这么长时间当然也会想家，想早点回去。但是首先要保证完成救治任务！看到一个个病人经过我们的治疗痊愈出院，还是挺有成就感的。大家的想法就是坚守到最后，要圆满完成任务！”年轻的“90后”主治医生刘中砥笑着说。

## 持续发力，打赢这场硬仗

此时距离1月26日第一批援鄂医疗队来武汉已经2个多月了，队员们都已经在抗疫一线奋战了几十个日日夜夜，他们穿着厚厚的防护服在病房里工作，无论是生理还是心理都面临着极限的挑战。

在“战场”奋战了两个月，大家脸上的压痕压了退、退了压，防护服里的衣服湿了干、干了湿，听不到一声抱怨，看不到一人退缩。

武汉气温逐渐升高，对身着防护服的医护人员提出了新的挑战。前段时间武汉气温一度高达27℃，在隔离病房里穿上厚厚的防护服，即使原地不动也会感到异常闷热，更不用说还要完成一次次操作。一个班次下来，队员们个个汗流浃背，相当于一次数小时的“高温作业”。

“我们的努力没有白费，看到患者一个个好转、出院，还有他们竖起的大拇指，所有的辛苦付出都值得。”

“我们一定会坚守到最后，挽救每一个生命，直到最后一位病人康复出院！”

队员们如是说。

“在武汉已经工作了2个多月，大家付出了艰辛的努力，每一位队员都是英雄！此时我们又接受了新的任务，这是国家对我们工作能力、技术水平乃至全队纪律性的认可！我们既然是‘国家队’，就要承担更多的责任。现在到了决战疫情最关键的时候，要时刻保持冷静，在保护好自己的同时踏实工作，与武汉人民一起携手战‘疫’到底，打赢这场硬仗！”北京大学人民医院副院长、援鄂医疗队队长王天兵说道。

## “说实话，心里有那么一点想家”

“你们是不是快回家了呀?”这几天，北京大学人民医院援鄂医疗队的队员们收到的信息里，被问得最多的就是这个问题。随着各省支援湖北的医疗队陆续有序撤离，亲朋好友都期盼着我们的队员们凯旋。但是，队员们的回复则是：“谢谢您的关心，我们还在坚守!”

在一批一批的逆行者陆续返回家乡的时候，选择留守的队员们也有了更为浓厚的离愁别绪和思乡情结。但责任与使命重如泰山，病区里依然有在死亡线上挣扎的同胞等待拯救，北京大学人民医院援鄂医疗队130余名队员们选择了坚持到底，永不放弃。

“思乡之情是人之常情，时间长了都会想家、想孩子。但是在援鄂的这段日子里，我们130多位队员相处融洽，就已经像一家人一样。现在不仅仅是我们130多个人的坚守，也是我们130多个家庭的坚守，更是我们北京大学人民医院的坚守!”护士长马蕊说。

坚守的背后是更多人的付出。3月5日，在和家里每日视频报平安时，北京大学人民医院援鄂医疗队队员乔琳并不知道家里发生了大事。七十多岁的老父亲出现下消化道出血、贫血。“我只是一个普通的护士，只是在疫情面前做了每一个护士都会做的事情。但是似乎全社会的人都知道我来支援武汉了，都在默默地帮助我们。天坛医院高度重视，与我的医院取得联系，给予了规范的救治，全程给予最优质的护理。医院领导、科室主任、护理部主任和天坛医院的院长、主任们沟通了我父亲的情况，科室小伙伴们经常和我母亲联系。爸爸在如此的关爱下，快速康复。这一切都是在爸爸手术之后，妈妈留着感动的眼泪告诉我的。妈妈千叮咛万嘱咐，嘱咐我一定要好好干……”

乔琳说着哽咽了：“我是如此之幸运……在我救助别人的时候，别人也在救助我的家人，让我在千里之外没有后顾之忧并倍感温暖。感谢我们强大的后援团队，感恩领导对我们队员的支持和帮助，我会加倍用心在武汉做好我的工作，待到疫情全面结束，共享这盛世繁景。”

就是这样一支队伍，过去的几十个日日夜夜，他们与武汉人民生死相依，与当地医务人员手挽手，筑起了捍卫这座城市的防疫长城。战“疫”上半场，他们是逆行者；战“疫”下半场，他们誓做坚守者。

他们说，一定为最后一位病人迎来曙光!

他们说，疫情不退，我们不退！
他们说，一定和武汉人民、全国人民一起战“疫”到底！
他们说，一定要看一看这座城市车水马龙、繁华如初的样子！
他们说，再坚持一下，待繁花似锦，我们一起归家！

来源：北京大学人民医院微信公众号

# 留下来，“啃最硬的骨头”！

北京大学第三医院

中央应对新冠肺炎疫情工作领导小组3月26日会议明确指出，“在武汉保留高水平重症救治力量，最大限度提高治愈率、降低病亡率”。截至3月30日，湖北省6万余例患者治愈出院，3万余名医疗队人员完成救治任务陆续返回家乡。但面对目前600余例重症患者，北京大学第三医院（简称“北医三院”）的137名国家援鄂抗疫医疗队员，仍在继续坚守战斗，再披战袍，投入到了新一轮的救治任务中。

## “我们还有任务，要最后撤离”

为了尽可能将重症患者集中收治到高水平定点医院，武汉同济医院中法新城院区作为北京6家国家医疗队的主战场，毫无悬念地承担着最后一阶段的救治任务，这也是最艰难的任务，最难啃的“硬骨头”。3月26日起，同济医院光谷院区以及其他医院的危重症患者开始陆续转至同济医院中法新城院区，北医三院医疗队收治的在院患者从最少的6人再次增长为24人。

这些转入的患者，有的住院时间较长，有的历经多个住院地点，有的有着多项合并症或基础疾病，更有危重孕产妇等特殊情况。“所有队员必须快速进入状态，全力把最后这一阶段的‘硬骨头’啃下来！”在每天晚上7点北医三院医疗队常规例会上，乔杰院长以有力的声音强调着。她带头进入病房了解患者基本情况，并以温柔的话语安抚他们，给予他们力量。医疗队例会讨论着每一位患者的病情，制订诊疗方案。

对于疑难危重的孕产妇患者，第一时间组织和北京本部北医三院的妇产科、消化科、普外科等专家会诊，同时在北京大学会诊中心进行专家大会诊，逐一分析在院患者病情，认真梳理制订个性化方案，全力争取让每一位患者早日出院。

## 硬核队伍，确保质量

三院人在武汉一线，充分展现出了北大医学的深厚底蕴与担当，更展现出了国家医疗队的救治水平。

各医疗队积极开展多项有难度救治手段，确保医疗质量。同时充分发挥多学科合作，医疗队内部会诊、北京本部会诊、三家附属医院医疗队之间的会诊协同大的联合医务处会诊，共同搭建起了一个四维多学科会诊制度，全力提高救治水平。

与此同时，护理队伍作为此次医疗队的中坚力量，更是坚持把温馨、专业、人文的护理带进病房，在充分保证护理专业质量的基础上，给每一位身处隔离病房的患者带去家人般的温暖和关爱。同时，全体队员感染控制严抓不懈，细微之处毫不放松，将医护人员零感染坚持到最后。

## 65天，不畏挑战

自1月26日以来，北医三院援鄂国家医疗队派出三批共137人，在武汉同济医院中法新城院区全力进行危重症患者救治工作。截至3月30日，最长的有65天，最短的也有53天，是三院史上派出力量最多、作战时间最长的一次，这对于队员各方面都是一个考验。

无特效药传染病考验着医护人员的基本功。此次新冠肺炎疫情，传染性极强，且至今还未研制出有效的特效药，医护人员仅能根据病情对症治疗，这毫无疑问是对北医人基本功的最大考验。

穿着厚实的防护服考验着操作与耐力。从大雪纷飞奋斗到春暖花开，特别是面对武汉多变的气候环境。近日，武汉最高气温达到了27℃，在高温下，穿着不透气的防护服，那些平常看似简单的操作对于病房里的医护人员们是极大挑战，需要一定的体力和强健的体质才能够保持战斗力。

长期作战考验着队伍的管理与韧性，也考验着队伍的战斗力。面对队员身体突然不适的急症，医疗队领导第一时间连线本部专家组织高级别会诊，对症治疗；对于慢性不适，更是密切跟踪情况。

## 苏醒的城，将迎的胜

武汉这座城正在复苏，看到开通的公交车、地铁，恢复使用的长江隧道，陆续开门的商场，路上的车水马龙。回想起刚来到这里，城市空旷的街道，匆忙的救护车、转运车，病房里风扇的轰轰声，曾经的孤寂、焦灼、悲凉，总让人热泪盈眶。

3月27日，医疗队共同在同济医院中法新城院区的“希望林”里种下了紫薇树，乔杰院长代表所有医疗队进行发言，共同回首在中法新城院区的难忘点滴——我们经历了最初的一起开辟新病房，不断地创造短时收治患者数的新纪录，一次次会诊、沟通会更让我们亲如一家人，看着一批批战友凯旋。今天一起种下的是友谊之树、是生命之树、是希望之树，相信大家将永远铭记这一段并肩作战的日子，这一段为了祖国的希望、为人民健康的难忘经历。我们也终将战斗到最后一刻，迎来武汉最后的胜利！

来源：北京大学第三医院微信公众号

# 出征55天，北京大学国际医院援鄂抗疫英雄们凯旋！

北京大学医学部　陈　平　陈子豪

去时雨雪纷飞，归来草长莺飞。3月31日傍晚，北京大学国际医院援鄂医疗队二十名白衣战士，在湖北鄂州奋战55天后，满载鄂州人民的无限感激和不舍之情，圆满完成任务，全部平安凯旋！

北京大学党委常务副书记、医学部党委书记刘玉村，医学部副主任刘晓光等学校领导专程迎接和慰问全体医疗队员，高度赞扬医疗队员为抗疫斗争作出的突出贡献，充分展现出的北大医学人的使命担当。

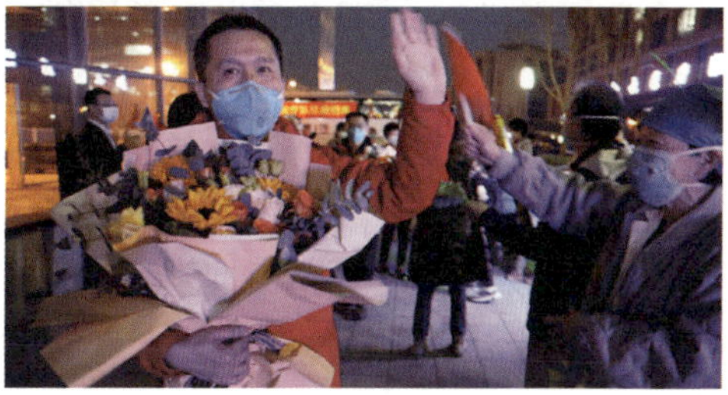

刘玉村代表北京大学欢迎勇士们回家，向医疗队表示诚挚慰问和崇高的敬意。刘玉村回顾了2月6日为医疗队送行时，全国上下新冠肺炎疫情的紧张形势和大家忧心忡忡的状态，对比今天春暖花开的天气，中国本土疫情传播基本阻断，让每一个人都获得了美好的心情。刘玉村指出，医疗队在湖北期间，学校时时牵挂着每一个人，每天通过各种渠道，了解医疗队的工作和各位队员的身体健康状况。国际医院医疗队凯旋让大家都得到了一份安慰，也同时更加牵挂依然在前线奋战的北大医学人。

刘玉村强调，北大将隆重表彰在新冠肺炎疫情防控工作中作出贡献的医务人员和教职员工。参加湖北保卫战、武汉保卫战的勇士们，不畏艰险、冲锋在前、舍生忘死，给予多少赞美都不为过；参加校园保卫战和在其他各条抗疫战线上无私奉献的卫士，也要得到称赞。

刘玉村叮嘱医疗队员在接下来集中隔离的这段时间中，既要好好休息调整，也不要放弃通过疫情防控工作，观察世界、感悟人生，并向大家赠送了北大的礼物：一件印有“北京大学”“北大医学”字样的纪念衣服，和两本精心挑选的书籍——《习近平的七年知青岁月》和《平凡的世界》。刘玉村勉励大家，认真学习总书记在疫情防控期间先后给正在北京大学首钢医院实习的西藏大学医学院学生和北京大学援鄂医疗队全体“90后”党员两封重要回信精神，从领袖的成长经历中，汲取个人奋斗的宝贵经验。立足平凡的工作岗位，认真体会世界百年未有之大变局。身在

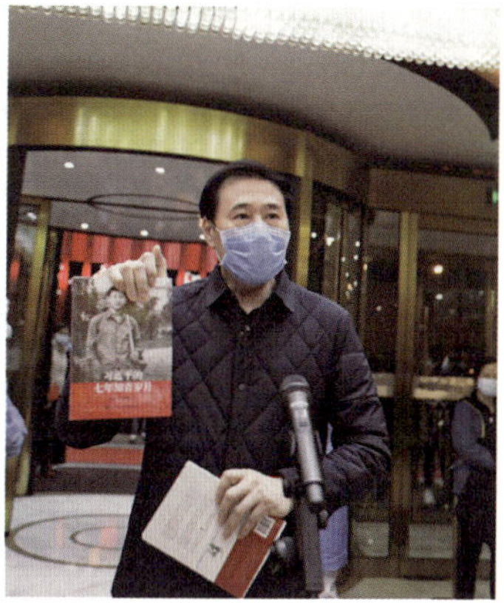

北大，心系国家、民族和世界，结合所从事的医疗工作，为构建人类命运共同体、人类卫生健康共同体继续努力奋斗。

2月6日，北京雨雪纷飞，湖北疫情严峻。北京大学国际医院临危受命，作为北大医学第三批援鄂医疗队，肩负国家和人民的信任重托，在短短3个小时内迅速集结完毕，不辞辛劳，连夜乘坐动车奔赴湖北支援鄂州市中心医院的ICU，专门收治新冠肺炎危重症病人。全体抗疫战士始终冲锋在前，舍生忘死地驱赶笼罩鄂州的疫情阴霾，帮助鄂州人民迎来久违的和煦春光。

北京大学国际医院的援鄂医疗队员们经受最危险最残酷的抗疫考验锻炼，不仅坚决捍卫了湖北鄂州人民的健康，也大力弘扬了北大医学人的“厚道”担当。目前，北大医学仍有408名白衣战士作为国家顶尖医疗团队继续坚守武汉。慎终如始，战斗到底，不获全胜决不收兵，期待全体抗疫战士打赢最后“歼灭战”，期待北大医学的“厚道”军团早日平安归来！

来源：北京大学医学部微信公众号、北京大学国际医院

# 千言万语化作一句“回来啦”：北大医学405名抗疫战士凯旋！

北京大学医学部党委宣传部　韩　娜

你是逆行的天使
你是美丽的朝霞
你的付出是春天
你用泪水将病魔冲刷
你是逆行的天使
你是勇敢的战士
你在没有硝烟的战场
你可知我盼你平安回家

4月6日下午3点，在《逆行的天使》的歌声中，国航CA46、CA48号航班先后降落在北京首都国际机场，一段平稳的滑行之后，缓缓来到“水门”前。

6辆消防车在飞机两侧喷射水雾，在春日午后的阳光下形成三道水门，一道美丽的彩虹为飞机披上了一层七彩霞光。北京首都国际机场以“过水门”这一国际民航中最高级别的礼仪，迎接国家援鄂医疗队员凯旋，为他们接风洗尘，向英雄们致以崇高的敬意。

4月4日，北大医学援鄂医疗队病区全部“清零”。自1月26日以来，北大医学援鄂医疗队在武汉同济医院中法新城院区独立接管3个病区，管理病床150张，累计收治危重症患者316人。

4月6日上午，北大医学405名抗疫勇士，圆满完成使命，离开他们拼命守护了72天的英雄之城武汉，回到首都北京。

国家援鄂医疗队员、北京大学人民医院安友仲在返程前写下了这样的诗句：

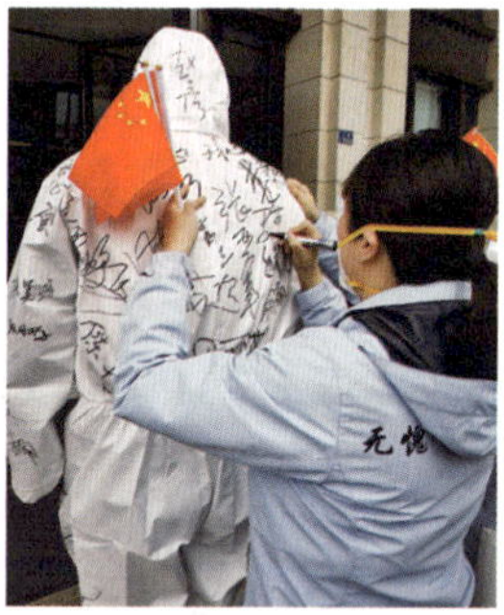


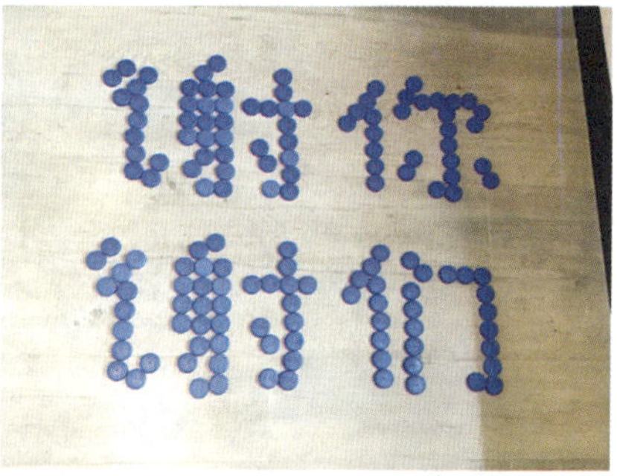

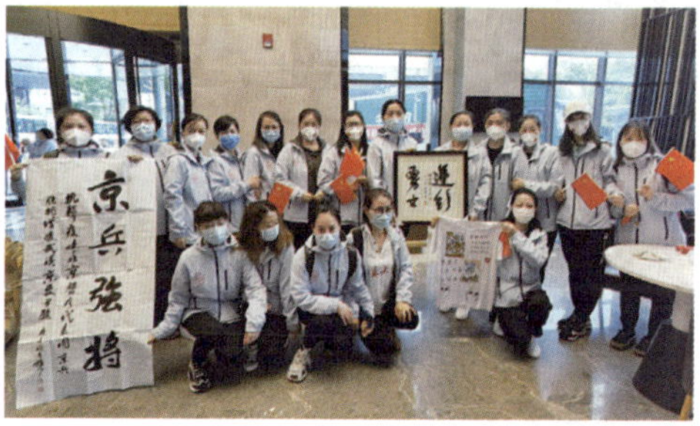


君问归期终有期　四月六号返京畿
江城浴血战冠毒　天南海北结友谊
欣喜神州忧邦外　班师休整且隔离
退思静品得失处　仁心精术为良医

下午3点10分，两架飞机停靠之后，在《有你最美》的背景音乐中，各医院援鄂医疗队队长擎党旗、队员手持小国旗和鲜花，依次走下铺着红毯的舷梯。“感谢有你，山河无恙”“ 去无悔，归无恙”“逆行天使，大爱无疆”“彰显蓬勃力量，交出合格答卷”，守候多时的接机人员打着横幅和旗帜，手捧鲜花，向着走下飞机的那些久别重逢的最熟悉的身影欢呼鼓掌。

武汉天河国际机场
最美逆行 同心战疫
@北大医院

北京大学第一医院援鄂抗疫国家医疗队英雄凯旋

白衣执甲 英雄凯旋

北大医学
三院援鄂国家医疗队凯旋
北京大学

▲ 北京大学党委书记邱水平致欢迎辞

队员们纷纷走到各自的“娘家人”对面，隔着安全距离相互挥手致意、两两相望。前来接机的医院代表向英雄们骄傲地竖起了大拇指，千言万语化作一句“回来了”，此时泪水早已模糊了双眼，大家只能不断地笑着挥手、再挥手。

国务院副秘书长孟扬；国家卫生健康委在京委领导、副主任、党组成员李斌；中央纪委国家监委驻国家卫生健康委纪检监察组组长、党组成员马奔；国家卫生健康委党组成员、全国老龄办常务副主任王建军；全国总工会副主席、书记处书记、党组副书记张工；国家民航局副局长、党组成员吕尔学；北京市人民政府副秘书长陈蓓；国务院办公厅秘书三局负责同志；国家卫生健康委负责同志；全国总工会办公厅负责同志；顺义区、延庆区人民政府负责同志；北京大学党委书记邱水平，北京大学校长郝平，北京大学常务副校长、医学部主任詹启敏，北京大学党委常务副书记、医学部党委书记刘玉村，医学部副主任刘晓光，医学部党委副书记朱树梅和北京大学、医学部、各附属医院代表一起出席了欢迎仪式。欢迎仪式由国家卫生健康委副主任曾益新主持。

“两个多月来在疫情最危险、任务最艰巨、人民最需要的地方，你们不畏艰险、冲锋在前、舍生忘死，与死神赛跑、与病魔搏斗，抢救了众多患者的生命，为打赢武汉保卫战作出了重要贡献。你们用赤子之心和爱国情怀续写了北大爱国进步

▲ 北京大学第三医院院长乔杰代表援鄂队员讲话

的英雄篇章，你们的英雄事迹必将载入史册！”邱水平在致辞中向医疗队成员致以崇高的敬意。他强调，习近平总书记亲自给北大医疗队全体“90后”党员回信，这是党和国家对我们的最高嘉奖，“让我们牢记总书记嘱托，在人们最需要的地方继续奋斗！”邱水平叮嘱大家好好休息，健健康康地与家人团聚，精神饱满地回到工作岗位，为夺取抗击疫情全面胜利作出新的贡献。

国家援鄂医疗队员代表、北京医院院长王建业感谢国家卫生健康委为北京医院提供了这个展示担当、作风和品格的舞台，感谢医院、家属和医疗队员，表示将在隔离期间反思总结，不断进步。

“我们胜利啦！”国家援鄂医疗队员代表、北京大学第三医院院长乔杰代表北京大学第一医院刘新民院长、北京大学人民医院姜保国院长，激动地向大家汇报胜利的消息。“我们承担了危险、面临了考验，我们收获了荣誉、获得了成熟。”在这个过程中，50后、60后、70后砥柱中流，80后、90后茁壮成长、堪当大任、不辱使命。北大医学人展现出的精湛的医疗技术、高尚的医德医风，获得了当地领导、医务同道和患者们一致的赞扬。“回家的感觉真好！”乔杰希望大家早日结束隔离，重返医疗岗位，和同道们共同努力，继续守护人民健康的初心和使命。“感谢大家，我们期待着能够摘下口罩和你们握手拥抱！”

李斌代表国家卫生健康委感谢国家援鄂医疗队的奉献、感谢社会各界的大力支持，希望大家安心休养，以最佳的状态与家人团聚，以最饱满的精神重返工作岗位，为人民的健康事业作出贡献。

“欢迎北大医院最可爱的人回家！”“北大人民人，欢迎凯旋！”“北医三院，欢迎回家！”“欢迎北医战士凯旋，你们辛苦了！”来自北大医院、人民医院、北医三院、北大六院的接机代表，纷纷对着镜头喊出了内心的激动。

欢迎仪式结束后，国家援鄂医疗队员们登上挂着“热烈欢迎援鄂国家医疗队凯旋”“向最美战‘疫’英雄致敬”横幅的28辆迎接大巴，在现场的欢呼声中，驶离机场，由警车开道护送，前往各自的疗休养基地隔离休养。

目前，北京大学第六医院马弘主任医师仍坚守在武汉前线，继续执行心理危机干预任务，守护着当地医务人员和百姓的心理防线。期待着所有北大医学白衣勇士平安返程，结束隔离，健康地与家人团聚，与所有关心他们的人倾情相拥。

来源：北医新闻网

# 英雄平安回家，医学部全方位做好服务保障工作

北京大学医学部工会

## 春暖花开，英雄回家

“欢迎回家！”“辛苦了！”“白衣天使你最棒！”

出征还冬日，归来已清明。4月6日，警车开道，迎接的群众和志愿者手持横幅夹道欢迎，在此起彼伏的呐喊声中，载有北京大学援鄂医疗队员的大巴车队分别顺利抵达位于北京延庆和顺义的集中隔离酒店，援鄂医疗队员经过体温检测后入住集中隔离酒店，开始为期14天的休养隔离。

英雄平安回家，是我们每个人的愿望。医疗队抵达前，各医院的迎接团队和当地自发前来的群众及医疗队员亲属一道，翘首以盼，等待迎接英雄的归来。

17时33分，载满北京大学援鄂医疗队员的大巴车抵达酒店，三家医院的医疗队队员逐一走出车门，迎候已久的迎接团队及工作组的志愿者纷纷隔空挥手呐喊，欢迎我们的抗疫勇士平安归来。

“我们回来了！”医疗队员们激动地同在场迎接的同事亲友招手，亦或驻足遥望久久不愿离去，从他们的眼睛里，我们看到了点点泪花。

## 志愿服务，保驾护航

为保障援鄂医疗队员休养隔离期间的生活起居和医疗保障，北京大学医学部成立了以詹启敏、刘玉村为组长，刘晓光、朱树梅为副组长的援鄂返京人员疗休养工作小组，休养隔离点也设立了志愿服务工作组。志愿服务工作组由国家卫健委、中国疾控中心、北京大学医学部、北京大学第一医院、北京大学人民医院、北京大学第三医院的工作人员组成。

医疗队员抵达前，驻扎在酒店的服务工作组早早迎候在酒店门前，耐心等待着英雄们的到来。在此之前，为做好服务接待工作，保证每位队员住得安心、吃得放心、过得舒心，服务工作组提前制订专项方案，以服务英雄楷模的标准为队员提供高质量服务。酒店目前已整体划分为隔离休养活动区、封闭管理区。服务工作组针对医疗队员房间的消毒消杀、安全隐患排查、医用物资运送、设备设施维修、专业防护培训等工作细节进行集中讨论。

医学部和三家医院为队员们配备的物资也逐一进行提前发放，对房间进行布置，并多次逐一对队员房间进行细致检查，保证每个队员入住的房间物品充足，布置舒适温馨。队员们入住酒店房间后，看到早已为英雄们精心准备的食品和生活医疗等物资，纷纷表示感谢，“太贴心了，非常感动和暖心，感恩为我们提供后勤服务的志愿者和酒店人员”，还有队员说：“昨天一进房间感动到要落泪，老师们太贴心了，不光之前担心没有的东西帮我们准备了，就连我们想不到的都准备得这么齐全，真是暖心。”

由于延庆地区气温较低，这几天又降温，医学部工会专门为队员们紧急配备了阿胶红糖姜茶、热水袋。为使队员们在休养期间能够在室内进行一些适当活动，还配备了瑜伽垫、十字绣、水写布套装、乒乓球训练器、跳绳等物资。后续还会随时关注队员们的需求，做好服务保障工作。

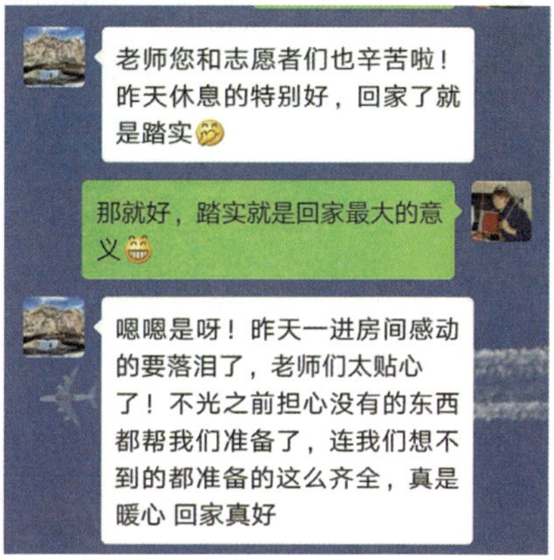

## 后勤保障，温暖如家

“上车饺子，下车面”，为了让医疗队员感受到回家的温馨，晚餐特地准备了北京特色菜肴——炸酱面、烤鸭和京酱肉丝，有医疗队员表示：“什么是幸福，幸福就是我大北京的炸酱面和烤鸭。两个月了，我们想念炸酱面和烤鸭。”有队员说：“吃到味道这么正的北京菜，亲切得想哭。”“晚餐太惊喜了，一瞬间告诉我，我真的回北京了。”

每位队员的餐桌上还特地摆放了绿植和果盘，并送上一株康乃馨以感谢白衣战士们逆行出征、舍生忘死的巨大付出。

春暖花开，英雄归来，幸得有你，欢迎回家！

来源：北医新闻网

北京大学第一医院
援鄂抗"疫"
刘新民
李海潮
李六亿
马靖
王玺
胡展维
李楠
潘佳忻
康文清
赵秀莉
王颖
常学
王芳 重症医学科
宋彦龙
高军
贾娜
尤亚静
曹帅
王周圳
张慧
王倩 感染疾病科
郭梦冉
崔晓博
张红
王玉英

孙璐
田雨
程渊
钱建丹
刘敬伟
齐康
董锦沛
张璐
侯婉音
郑苦子
张鑫
杨宏宇
李阳
王倩 血液内科
邓雪蓉
宋志博
杨帆
张龙
刘胜聪
翁浩宇
金汉
张扬
张健
郑园
王琳

孙靖雅
刘鑫娜
郭琳
申延
聂丽丽
宋秋辰
韩婷婷
张萌
姚伟
叶晶
相明
苏莉
杜楠辉
赵冰
晋小乔
尹建平
王菲
吴凡
申蕊
秦美伶
洪伟
李雪影
王征
安建葛
朱濛

张海明
曹海君
王旭 急诊
于淼
王晓月
冯海莉
武艳军
徐龙飞
林晓娟
张瑞琦
李雪芳
平喆
陆薪竹
郭立娜
刘志超
杨静怡
杨祎
巩月媛
李佳辰
陈莲
刘晶
陈聪聪
李喆
张晶
李丹

李月停
陈斯雯
康玉琼
贾丽媛
王旭 神内
杨丹
王双燕
王迪
张卫娟
田漠
焦新颖
刘玲
杨姗
田理莉
魏怡
杨莹
于坤
郭超
高洁
刘新宇
崔俊
郑雪静
王芳 血液内科
刘钟缘
陈曦

王新然
陈芳
郭新月
孟庆欣
朱佳林
刘璐
王倩 泌尿外科
刘晓宇
李颖佩
张臻
李伟
铭记抗疫英雄
牢记抗疫历史

# 北京大学人民医院援鄂抗“疫”英雄榜

高丽
高青青
高伟波
高燕
郭辅政
郭维
韩付平
韩琳琳
郝鑫
胡新颖
黄楠楠
黄伟
冀红
姜华
靳晶晶
李红梅
李嘉茵
李娟
李立
李明
李冉
李蕊
李文月
李雪莹
李洋

梁汉生
梁焱焱
刘静娜
刘秋月
刘中砥
柳红英
娄阿芳
鲁春宁
马春
马丹丽
马荟
马丽萍
马蕊
马跃明
倪文涛
聂艳
乔琳
邱桐
权怡
饶烽
任艳丽
宋新娜
苏媛媛
孙丽冰
邰晶

田济畅
田家利
田丽莎
田楠
汪梦怡
王光杰
王红莉
王卉(创伤)
王卉(重症)
王泠
王茜
王秋
王胜楠
王雯
王晓旭
王雪莲
王毅
王英朔
王振洲
魏新
吴文芳
席晓会
夏青
夏巍
邢星

薛小英
杨春菲
杨欢
杨继鹏
杨剑辉
杨文雪
杨笑楠
杨怡
杨振宁
殷赛
尹力
于鹏飞
岳晨
张斌
张静
张柳
张鹏
张旭光
张学录
张亚军
赵东阳
赵飞凡
赵金霄
赵静雯
赵礼婷

赵茜
赵秀娟
赵娅倩
赵彦
郑建
周颖
周映
朱凤雪
朱先娜
铭记抗疫英雄
牢记抗疫历史

# 北京大学第三医院援鄂抗“疫”英雄榜

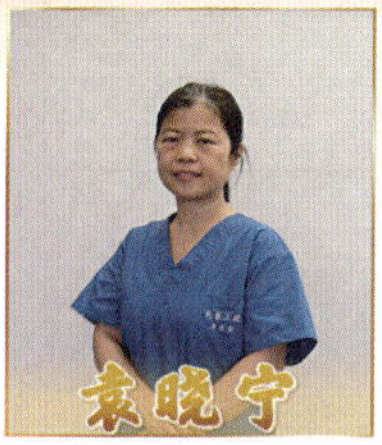

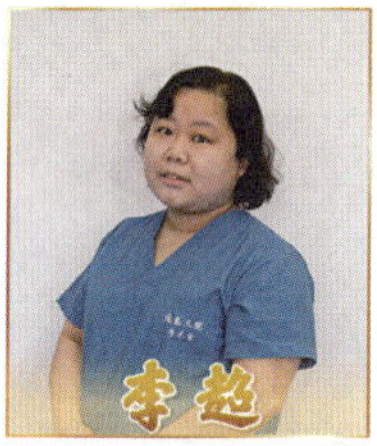

王奔

王军红

吴超

杨航

杨林承

翟佳羽

张瑞涛

张水生

赵志伶

郑亦沐

庄昱

组明
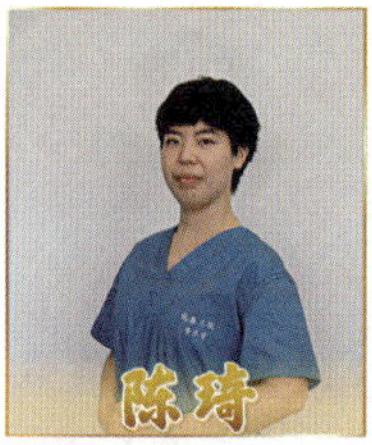
陈琦

程新鸽

崔曼
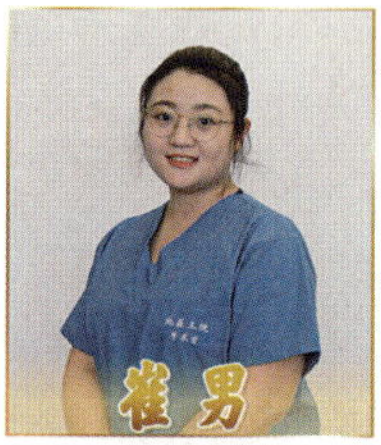
崔男

代安琪

杜海霞

高东晗
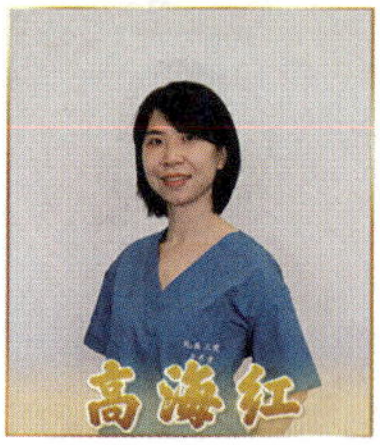
高海红
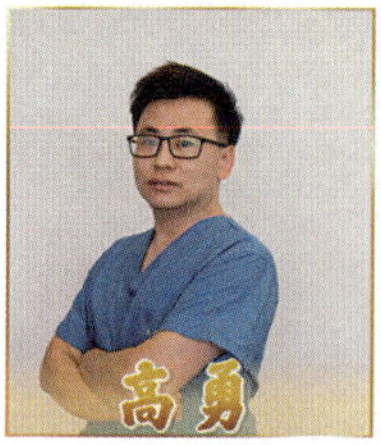
高勇

耿娜

巩志慧

桂莹莹
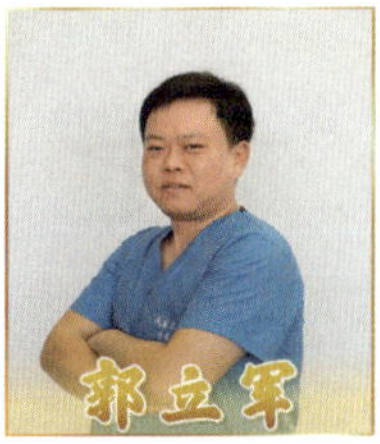
郭立军

胡静
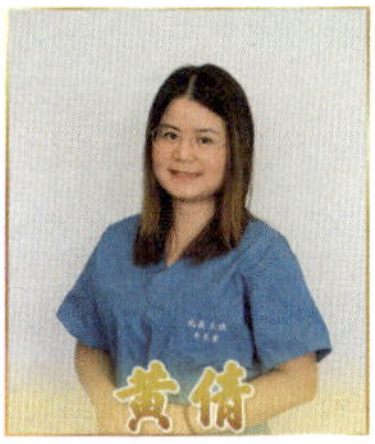
黄倩

霍天依

冀智洁

靳玥

李建君

李萌

李娜

李佩涛

李蕊

李少云

李思齐

李小龙

李雪

李亚静

李颖

李宇轩
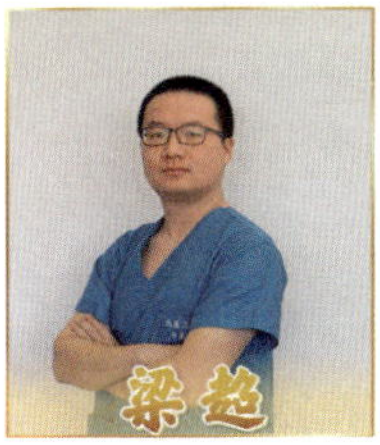
梁超

梁如冰

刘丹
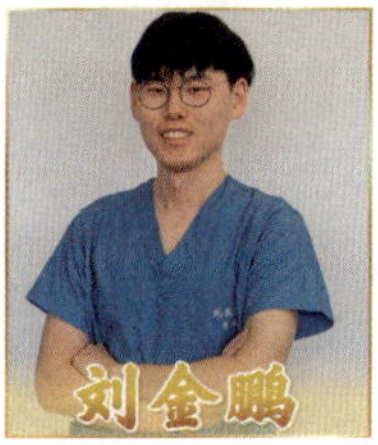
刘金鹏

刘宁婧

刘伟
刘洋
卢思雨
芦迪
罗敏
马骏
马腾飞
梅雅男
聂超
乔莉
曲雪
任卓月
申玉兰
神静
宋泊
孙立佳
孙琪
孙雨
佟美慧
王二敏
王慧
王京豫
王立强
王梦迪
王明春

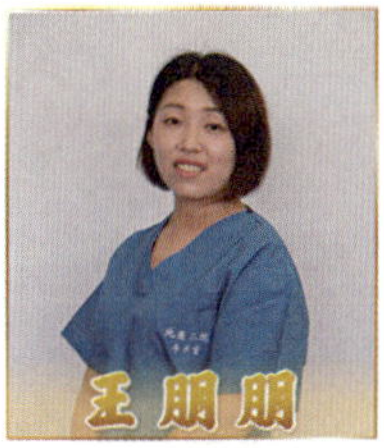
王朋朋

王思媛

王心锐

王旭
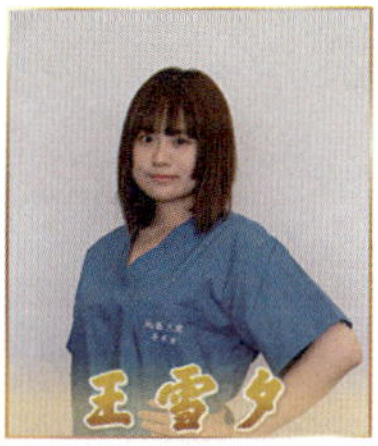
王雪夕

王雅亭

王亚平

王妍

王迎琪

王永洁

魏巍
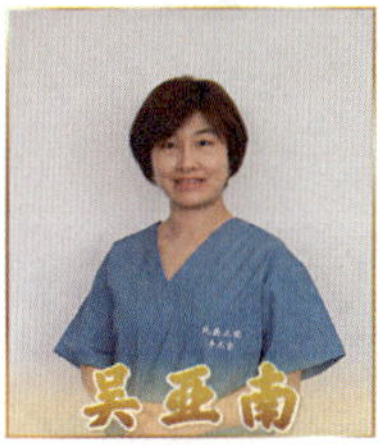
吴亚南

夏云霞

徐阳

闫海红
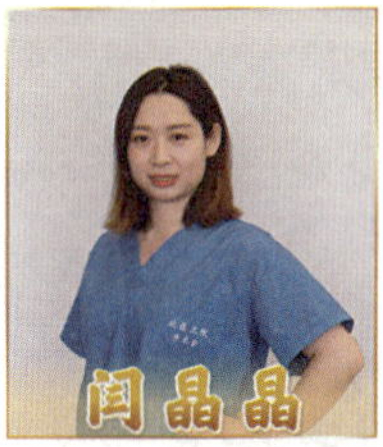
闫晶晶

杨丽娟

姚瑶

叶红菊

于瑞丽

张娣

张辉

张慧敏

张佳男

张洁

张丽颖
张连
张连起
张蒙
张睦毅
张文慧
张夕莹
张旭
张雷倩
张余
张远航
赵汝佳
赵亚娟
赵月
朱巨财
铭记抗疫英雄
牢记抗疫历史

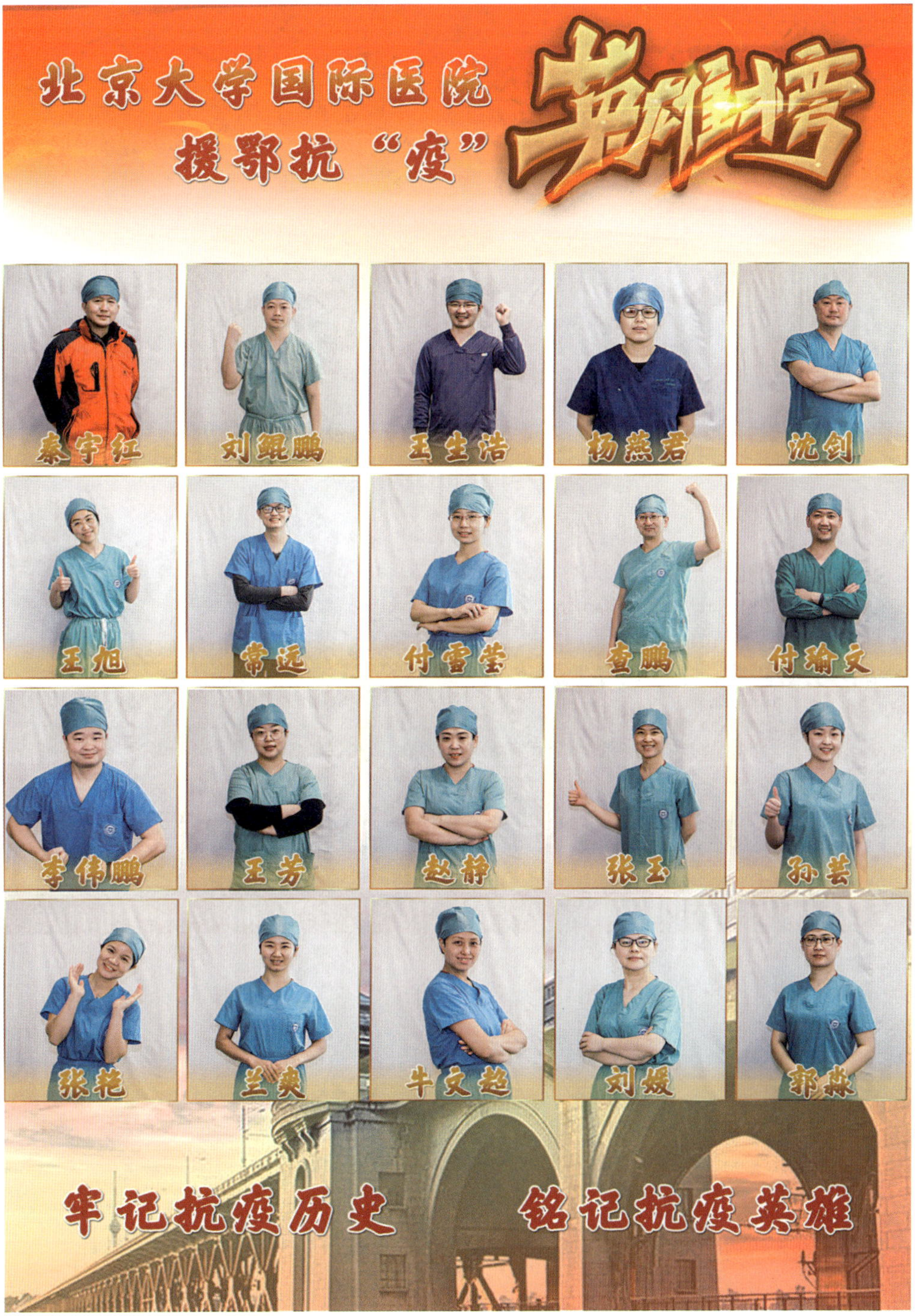
北京大学国际医院
援鄂抗“疫”
英雄榜
秦宇红
刘鲲鹏
王生浩
杨燕君
沈剑
王旭
常远
付雪莹
查鹏
付瑜文
李伟鹏
王芳
赵静
张玉
孙芸
张艳
兰爽
牛文超
刘媛
郭淼
牢记抗疫历史
铭记抗疫英雄

北京大学第六医院
援鄂抗“疫”
英雄榜
石川
马弘
铭记抗疫英雄
牢记抗疫历史

# 后　记

4月6日，随着我们对北大医学援鄂医疗队凯旋报道工作的顺利完成，这本筹备近两月的图书可以画上句号了。

庚子春节，十四亿中华儿女共同投入一场抗击疫情的阻击战。国家危难之际，北大医学人从不缺席。即使前路漫漫、危机重重，也毅然选择逆行而上。在这场疫情大考面前，北大医学人同全国医护工作者一道舍生忘死、佑护生命，用医者之初心使命谱写了一曲最美逆行者的壮丽凯歌。

记录下北大医学白衣战士的坚韧与无畏，展现他们铁一般的担当和炽热如火的家国情怀，是我们出版此书的初衷。

《北大医学战“疫”纪事》全书分为6个篇章：逆行出征，收录北大医学分批派出援鄂医疗队的图文报道；战“疫”故事，选取了北大医学部党委宣传部、医院宣传部门策划采写或整理的故事类报道，以及十多家社会主流媒体的23篇纪实报道；前线日记，收集整理援鄂队员从前线发回的71篇日记；后方守护，汇集北大医学各附属医院、学院、机关部处共抗疫情的工作纪事；致敬祝福，选择呈现了校园内外师生、家人对前线亲人的牵挂和祝愿；坚守凯旋，展现北大医学援鄂抗疫国家队坚守最后一班岗、留下来“啃最硬骨头”的精神风貌。

如同新冠肺炎疫情一样，本书的缘起也可谓“突如其来”。从1月26日北大医学派出首批援鄂医疗队，北大医学的战“疫”宣传报道工作即正式开启。随着前方战事的不断推进，战“疫”宣传犹如上了弦的弓一般始终紧绷。北京大学医学部和各附属医院微博、微信平台启动实时更新，北大医学内宣外宣齐力迸发，高效统筹。2月12日，当北大医学援鄂抗疫报道工作正处于加班加点连轴转的紧张状态时，北京大学医学部党委宣传部紧急成立了《北大医学战“疫”纪事》编纂小组。

疫情严峻又逢寒假，为了尽量不影响既定安排，编纂工作就由承担宣传报道的部分老师兼任，迅速开展起来。由宣传部焦岩牵头，总体部署、全面协调图书出版工作，武慧媛具体统筹、负责书稿内容编写，陈平、韩娜共同承担了书稿的整理和编辑。具体分工如下：第1、2、3、6篇章由武慧媛统稿，第4、5篇章由韩娜统稿，彩图制作由陈平负责，本书部分图片由黄大无提供。

整理书稿的过程，短暂而匆忙。2月20日，我们向出版社提交了第一批书稿，2月29日交出第二批。根据疫情进展，3月18日集中进行了补充调整，其后又做过几次微调。期间，来不及向各单位一一征稿，编纂小组通过和医院、学院、职能部门负责宣传工作的老师电话沟通，力求选择优秀稿件并兼顾全面。综合考虑各单位推荐作品，而更多稿件是我们直接选自校内外媒体平台的宣传报道，主要来源于社会主流媒体、北京大学医学部微信公众号，附属医院官方微博、微信、网站以及部分科室、个人的微信发布。

感谢北京大学第一医院张静、武骁飞，人民医院邵晓凤、第三医院仰东萍、第六医院何小璐、国际医院张然、公卫学院张景怡、口腔医院王冕、肿瘤医院管九苹，在本就繁重的宣传工作之余，给予书稿支持和帮助。

更要感谢奋战前线的医疗队员们发回珍贵图片和文稿，没有你们的记录，就不会有本书的呈现。

向社会媒体同仁们一如既往的支持与关注表达诚挚谢意！谢谢你们为讲好北大医学抗疫故事付出辛劳，创作精品。

感谢出版社王凤廷社长对本书出版的大力支持，从书号审批、出版流程推进到书稿审读，以及图书编辑的各个环节，都给予悉心指导和严格把关。感谢王智敏和张李娜两位责任编辑的辛勤付出，为了全书稿件的统一性、规范性，我们经历无数电话沟通、数次协商修改。特别是本书“非一次性交稿”“动态化调整”的特点，给编辑工作增添了不少工作量。

感谢学校各学院、职能部处的相助和理解！为了抗击疫情，大家和衷共济、众志成城，为守护家园坚守奉献，也为本书提供了丰富的内容素材。

感谢宣传部综合办公室张湄芷、张一鸣、柳欣，新闻采编办公室付东红、于洁、徐璐在图书编写过程中的帮助支持。

这是一部在特殊时期特别编辑的作品，书中纪事主要由3月中旬之前能搜集到的资料和媒体报道选编而成。尽管后期我们也进行了补充调整，但由于时间等所限，未能全面收录战“疫”感人故事，故本书只是北大医学援鄂抗疫战斗的一个缩影。

编纂组成员均是在繁忙本职工作之余完成书稿整理，对于书中出现的纰漏和不足，敬请谅解也期待指正。

北京大学医学部党委宣传部

2020年4月